btb

Aus Freude am Lesen

Mitte des 19. Jahrhunderts bricht der junge Carl Rasmussen zu einer Studienreise nach Grönland auf. Er ist der erste dänische Maler, der sich in die Eiswüste wagt und das Leben der Eskimos in seinen Bildern festhält. Hoch oben im Norden fasst er den Entschluss, gegen alle Hässlichkeit fortan nur noch »Schönes« zu malen. Nach seiner Rückkehr lässt er sich auf der Insel Æro nieder und heiratet. Nur – glücklich wird er nicht. Je mehr Freunde seine Malerei findet, desto größer werden seine Selbstzweifel. Hat er sich ans Idyllische verkauft? Ist er ein harmloser Freilichtmaler geworden? Als alternder Mann reist Rasmussen noch einmal nach Grönland, auf der Suche nach dem verlorenen Leben.

Carsten Jensen, geboren 1952, wuchs in Marstal auf der dänischen Insel Æro auf. Er studierte in Kopenhagen Literaturwissenschaft und arbeitete als Journalist und Kritiker. Jensen ist einer der profiliertesten Essayisten Dänemarks. Sein literarisches Schaffen begann er Mitte der neunziger Jahre. Der internationale Durchbruch gelang Jensen mit seinem Roman »Wir Ertrunkenen«, der mit zahlreichen Preisen ausgezeichnet wurde.

Carsten Jensen

Rasmussens letzte Reise

Roman

Aus dem Dänischen
von Ulrich Sonnenberg

btb

Die Originalausgabe erschien 2007 unter dem Titel »Sidste rejse« bei Gyldendal, Kopenhagen.

FSC www.fsc.org
MIX
Papier aus verantwortungsvollen Quellen
FSC® C083411

Verlagsgruppe Random House FSC-DEU-0100
Das für dieses Buch verwendete
FSC®-zertifizierte Papier *Lux Cream*
liefert Stora Enso, Finnland.

1. Auflage
Genehmigte Taschenbuchausgabe Juni 2012,
btb Verlag in der Verlagsgruppe Random House GmbH, München

Umschlaggestaltung: semper smile, München, nach einem Entwurf von bürosüd°, München
Umschlagfoto: James Adams
Druck und Einband: CPI – Clausen & Bosse, Leck
KR · Herstellung: BB
Printed in Germany
ISBN 978-3-442-74404-6

www.btb-verlag.de

For Lizzie
– you are everything that is good
and beautiful in the world

Das große, kräftige Pferd, das hoch über der geöffneten Luke von einer Seite zur anderen pendelte, trat ins Leere. Die Flanken des Schimmels zuckten wie nach einem ermüdenden Lauf. Als er in die Lukenöffnung blickte, um den sicheren Boden wiederzufinden, zeichneten sich dicke Adern ab, die an der schweißglänzenden Haut des Halses pochten. Vor dem entblößten Gebiss stand Schaum. Die schweren Hufe stampften in Panik durch die Luft. Dann verdrehte das Tier die Augen, bis das Weiß sichtbar wurde, und ein Schwall von flüssigem Kot entlud sich, während sich aus dem gewaltigen, herunterhängenden Glied Urin ergoss.

Der Lademeister, der von Deck aus das Dampfspill dirigierte, brach in lautes Fluchen aus und befahl, den Ladebaum über die Reling zu ziehen, damit das zu Tode erschrockene Tier sich in das trübe Hafenwasser entleeren konnte.

Das Pferd wieherte nicht, als es das Wasser unter sich sah. Der Laut, der aus dem zitternden Maul kam, klang wie von einem Menschen, der aus tiefster Verzweiflung aufschreit.

Der Schrei rollte durch den Hafen, bevor er von den Speicherhäusern am Asiatisk Plads zurückgeworfen wurde. Ein Schwarm Spatzen, die sich in der Havnegade um einen Kuhfladen versammelt hatten, flog erschrocken auf.

Carl Rasmussen wandte das Gesicht ab.

Abschied

Die Besatzung der *Peru* kam am frühen Morgen mit rotgesprenkelten Gesichtern an Bord. Bei einem großen, gebückt gehenden Mann, der einen tief in die Stirn gedrückten Bowlerhut trug, sammelte sich Schweiß in den schweren Augenbrauen, von dort aus lief er weiter über die Wangen, bis er sich schließlich in den einen Tag alten Bartstoppeln verfing. Die Seeleute trugen Seesäcke über den Schultern; sie gingen in die Knie und schwankten, als einer nach dem anderen an Deck sprang. Als müssten sie sich an ein unruhig schaukelndes Schiff erst gewöhnen. Doch die *Peru* lag noch immer vertäut am Kai. Es würden einige Stunden vergehen, bevor der Bugsierdampfer auftauchte und sie auf Reede schleppte. Es war die nächtliche Sauftour, die den Männern in den Knochen steckte.

Von Nyhavn aus hatte man sie auf die gegenüberliegende Seite der Hafeneinfahrt übergesetzt, und bei dem einen oder anderen lugte noch der Hals einer Bierflasche aus den tiefen Taschen der Moleskinhosen. Ihre Seetauglichkeit hatten sie sich beim Arzt bereits bescheinigen lassen. Auf der Reede erwartete sie ein weiterer Arztbesuch, bevor die *Peru* Kurs nach Norden nahm. Der Arzt sollte die Besatzung nun auf ansteckende Krankheiten untersuchen, die sie möglicherweise auf die Reise mitnahmen.

Wenn die Männer das nächste Mal ihre Füße an Land setzten, würde dieses mit Eis bedeckt sein und hoch über ihnen würde eine gnadenlose Sonne hängen, die ihnen weder bei Tag noch in der Nacht Ruhe gönnte – als wäre sie an der Himmelswölbung festgenagelt. Sie hatten lange und ausdauernd von der Dunkelheit getrunken, bevor sie das Deck der *Peru* betraten.

Der Steuermann war ein kleiner drahtiger Mann, der, mit in den Nacken geschobener Mütze, an der Achterluke stand. Jedes Mal, wenn er eine Flasche erspähte, sprang er mit einem Wutanfall auf den Neuankömmling zu.

»Du verfluchter Trunkenbold, glaubst du etwa, du hättest in einem Wirtshaus angeheuert?«, brüllte er mit einer Stimme, die aus einem Paar riesiger Lungen zu kommen schien, die nicht recht zur Größe seines Brustkastens passen wollten.

Sein Gesicht, über dessen Wangen und die vorspringende Nase sich kreuz und quer Narben spannten, verzog sich zu unerwarteten Mustern.

»Wenn du das nächste Mal auch nur daran denkst, an einer Bierflasche zu nuckeln, setz ich dich auf dem nächsten Eisberg ab.«

Er riss die Flasche aus der Tasche des Sünders, der den Kopf einzog, als erwartete er einen Schlag, und schleuderte sie mit einer geübten Handbewegung über die Reling. Mit einem Plumps landete die Flasche im dreckigen Hafenwasser, wo sie einen Augenblick vor sich hin dümpelte und dann Kurs auf die Mitte der Hafeneinfahrt nahm.

An der Landetreppe hakte der Zahlmeister mit lauter Stimme den Proviant ab, der an Bord gebracht wurde. Geräuchertes, gesalzenes und gekochtes Fleisch, Butter, Stockfisch, Grieß, Schiffszwieback und Dosenbrot, Roggen- und Weizenmehl. Als der Kaffee kam, rief er zwei Sorten aus, brasilianischen und javanischen. Mit einer Spur Bosheit in der Stimme fügte er hinzu, der zweite wäre der Kajütenkaffee, was den Eingeweihten signalisierte, dass der javanische den Offizieren und Passagieren vorbehalten blieb. Dann setzte er seine Aufzählung fort: Tee, Dörrpflaumen, Rosinen und Weinessig, rohe und getrocknete Kartoffeln, Suppenkräuter und Zwiebeln, Weißkohl in rohem und gekochtem Zustand, getrocknete Erbsen und Bohnen, Salz, Reisgrütze, Sago, Melis und Puderzucker.

Der Zahlmeister machte eine Pause, als beabsichtigte er, sich erneut zu einer Unannehmlichkeit zu äußern. Doch diesmal war es der Steuermann, den er herauszufordern gedachte, ja, vielleicht versuchte er geradezu, dessen Autorität zu untergraben. Mit lauter Stimme verkündete der Zahlmeister, dass sich unter dem an Bord gebrachten Proviant auch einhundertzwanzig Liter Branntwein und zehn Tonnen Schiffsbier befänden. Die Männer richteten sich auf, als hätten man ihnen Satisfaktion erteilt.

»Ihr glaubt doch wohl nicht«, schrie der Steuermann, als er den Blick der Mannschaft bemerkte, »dass dieser Branntwein für euch ist, ihr Hunde!«

Er riss sich die Mütze vom Kopf und warf sie vor sich auf die Luke, dann begann er, darauf herumzutrampeln, als wäre das in diesem Moment ein Ersatz für eine Schlägerei mit der gesamten Besatzung.

Am Bug des Schiffes stand eine einsame Gestalt mit dem Rücken zu dem Tumult. Carl Rasmussen war nicht viel größer als der Steuermann, aber er schien schwerer zu sein, was möglicherweise an den vielen Schichten von Kleidung lag, die er übereinander trug – als wollte er sich bereits jetzt gegen die arktische Kälte schützen. Auch er reagierte auf die Aufzählung des Zahlmeisters, aber auf eine andere Weise als der Steuermann und die Mannschaft. Er fasste sich an den Bauch, als verursachte ihm die bloße Erwähnung der Speisenfolge, auf die er von nun an viele Monate angewiesen sein würde, bereits Magendrücken.

Die Sonne stand tief. Das Rigg des Schiffs und die Lagerhäuser am Kai warfen lange Schatten in die Hafeneinfahrt. An den Liegeplätzen entlang der Havnegade wurden zwei englische Dampfer mit Butterfässern und Speckseiten beladen. Ein Viehhirte trieb eine Herde Kühe vorbei, die beim Anblick der hohen Bordwände in den Morgenhimmel muhte. Auf der anderen Seite des Kongens Nytorv erkannte Rasmussen undeutlich das Hauptkontor der Großen Nordischen Telegrafen-Gesellschaft, deren Gebäude nur noch eine Etage bis zur Fertigstellung fehlte. Die Bäume rund um das Reiterstandbild waren noch nicht ausgeschlagen, aber er wusste, dass den Waldboden im Dyrehave schon lange ein blühender Teppich aus Anemonen bedeckte, und in einigen Tagen würden auch die Buchen ergrünen. Er würde es nicht erleben. Obwohl die *Peru* noch ein paar Stunden am Kai vertäut liegen bleiben sollte, spürte er, dass er Dänemark bereits verlassen hatte und sich in einer fremden Welt befand.

Er blieb der einzige Passagier an Bord des Schiffs der Königlich Grönländischen Handelsgesellschaft, der Brigg *Peru*. Er hatte Bauchschmerzen, und es tröstete ihn nicht, dass es sich auf der *Peru* um ein den Passagieren und Offizieren vorbehaltenes Privileg handelte, Javakaffee trinken zu dürfen. Carl Rasmussen trank keinen Kaffee.

Gegen acht tauchte der Bugsierdampfer auf. Die Taue wurden losgeworfen und die *Peru* mitten in die viel befahrene Hafeneinfahrt geschleppt, wo sich Schlepper, Schuten, Prahme und Fährboote aus Nyhavn gegenseitig behinderten. Warnrufe waren zu hören, und kräftige Schiffsschrauben peitschten das dreckige Hafenwasser zu schlammigen Schaumkuchen auf. Überall erhoben sich große Speichergebäude, hinter denen die Kirchtürme der Stadt beinahe verschwanden. Weiter südlich hatte die Knippelsbro ihre eisernen Klappen geöffnet. Zu beiden Seiten der Brücke bildeten sich lange Schlangen von Pferdewagen und Fußgängern. Ein Dampfer steckte in der engen Öffnung fest. Er stieß ein Warnsignal aus, und Rauch quoll stoßweise aus dem hohen schlanken Schornstein, als wollte das Schiff mit Maschinenkraft allein versuchen, sich aus dem Griff des Mauerwerks zu befreien. Metall, das sich auf diese ungleiche Kraftprobe eingelassen hatte, scheuerte und kreischte.

Ein Baggerschiff arbeitete an der Vertiefung der Hafeneinfahrt. Das große Holzrad wälzte Schlamm und Schlick vom Meeresboden in einen verrotteten Prahm, der aussah, als könnte er jeden Moment unter dem Gewicht des stinkenden Morasts sinken. Dahinter reckte ein Kohlenkran seine schwarze Eisenkonstruktion in die Luft. Ein verbeultes Eisenfass, das gut und gern einen Mann aufnehmen konnte, wurde in die offene Luke einer vertäuten Schute gefiert. Eine Staubwolke stieg aus dem Laderaum auf, als die Kohlentrimmer zu schaufeln begannen. Vom Kai aus liefen schwarzgesichtige Männer mit vollen Schubkarren über schmale, schaukelnde Bretter, die als Gangway dienten. Erst hin, dann zurück, der gleiche Arbeitsablauf, den ganzen Tag lang.

»Schauen Sie nur, wie sie laufen. Verfluchtes Ameisenleben.«

Kapitän Thomsen hatte sich neben den einzigen Passagier des Schiffs an die Reling gestellt. Er zog die Tonpfeife aus dem Mund und spuckte ins Wasser. Die Regelmäßigkeit seines runden Kopfs wurde von einem grau melierten Backenbart unterstrichen, der exakt der Linie seines Kiefers folgte, den größten Teil der Wangen und der Mundpartie aber freiließ. Seine kleinen Augen saßen in eingesunkenen Augenhöhlen; ihr prüfender Blick erschien bisweilen stechend.

»Ich lag mal zum Laden auf dem Jangtse«, ergänzte Thomsen. »In China kannten sie noch keine Schubkarre. Sie trugen ein Joch mit zwei Körben über den Schultern. Aber abgesehen davon ist es das Gleiche.«

Nachdenklich blickte er auf den Stadtteil Christiansholm.

»In China laufen sie auch. Die Last ist unmenschlich. Aber sie schleppen sich nicht dahin. Sie setzen nicht vorsichtig einen Fuß vor den anderen. Sie rennen. Genau wie diese Halunken dort drüben. Ich hab mal versucht, mir so einen Sack auf den Nacken zu legen. Es ging um eine Wette mit einem Hafenarbeiter.

Ich konnte nicht mal die Füße bewegen. Hundertfünfzig Kilo! Dann zeigte er mir die Technik. ›Laufen Sie, Kapitän!‹, sagte der Kerl zu mir. Ich dachte, ich müsste auf der Nase laufen. Aber es klappte! Ich hatte das Gefühl, als müsste ich vor der Last davonrennen. Schauen Sie sich die da an. Jeden Moment könnten sie mit der vollen Schubkarre von der Gangway fallen. Aber was machen sie? Setzen sie vorsichtig einen Schritt vor den anderen, wie wir anderen es tun würden? Nein. Sie laufen davon. Vor dem Schwindelgefühl und dem Ungleichgewicht.«

Er lachte vor sich hin.

»Die Frage ist natürlich, wie lange man laufen muss. Es gibt ja für alles eine Grenze.«

Der Kapitän drehte sich um und brüllte ein Kommando. Dann zog er seinen Passagier auf die Steuerbordseite. Die Kvæsthusbro glitt achteraus. Eine lange Reihe von Pferdewagen mit fast eingenickten Kutschern warteten auf dem überfüllten Kai, um Stückgut auf die vielen kleinen Dampfer zu verladen, die regelmäßig die Provinzstädte in Jütland anliefen. Prahme mit frischer Kohle schoben sich an die Seiten der Dampfer. Ein Tuten und Brüllen erscholl, als würden sich der Hafen und das ganze Land zum Aufbruch rüsten.

Die *Peru* passierte den Larsens Plads. Hinter einer Reihe niedriger Speicher verbarg sich Schloss Amalienborg. Rauch stieg aus dem Schornstein des großen Amerikadampfers *Thingvalla;* am Kai wimmelte es von Menschen, die gekommen waren, um sich von den Auswanderern zu verabschieden.

»Ich würde Sie gern etwas fragen, Rasmussen. Sie sind doch Maler.«

Der Passagier nickte.

»Wie kommt es, dass ich hier nie jemanden mit einer Staffelei sehe? Hier müsste es doch genügend Motive geben.«

Carl Rasmussen, bisher in eigene Gedanken vertieft, schien plötzlich zu erwachen.

»Was für Motive?«, fragte er und wies auf den Kai. »Kohlenhaufen, Masttopps, ein qualmender Schornstein? Amalienborg kann man kaum erkennen, den schönen Schlossplatz schon gar nicht. Das ist die Aussicht, die wir unserem König bieten. Wurzellose Menschen, die ihm den Rücken zukehren und das Land verlassen, weil es ihnen nicht gut genug ist. Sollte ein Maler dem Schaden auch noch Spott hinzufügen, indem er den Schmutz als Motiv wählt? Nein, es gibt wahrlich passendere Sujets. Dänemark ist noch immer ein schönes Land. Das dürfen wir nicht vergessen, und es ist die Aufgabe eines Malers, die Erinnerung daran wach zu halten.«

»Aber Sie sind doch auf dem Weg nach Grönland.«

»Dort ist die Natur großartig. Dort kann man die Hand des Schöpfers deutlich sehen.«

»Rasmussen hat recht.«

Der kleine Steuermann war neben ihnen aufgetaucht. Er hatte die Beschimpfung der Mannschaft für einen Moment unterbrochen.

Der Maler sah ihn an.

»Ich glaube nicht, dass man uns vorgestellt hat.«

»Verzeihung. Ich habe keine Manieren.«

Der Steuermann zog mit einer übertriebenen Bewegung seine Mütze vom Kopf und streckte die Hand aus.

»Ryberg, Harry. Mein Name ist Harry Ryberg.«

Er sprach den englisch klingenden Namen mit einem dänischen ›y‹ aus.

»Ich bin ganz Ihrer Meinung. Der Herrgott wird in Kopenhagen nicht geachtet. Sehen Sie nur, wie die Gläubigen zu leben gezwungen sind.«

Er wies in die Hafeneinfahrt, wo die gewundene Turmspitze der Vor Frelser Kirke hinter den Lagerhäusern am Asiatisk Plads hervorstach.

Der Maler sah den Steuermann verwundert an.

»Meinen Sie die Kirchen? Ich bin durchaus der Ansicht, dass wir hier in der Stadt schöne Kirchen haben.«

»Nein, Ryberg denkt an das Seemannsheim Betel in Nyhavn. Das ist dem Herrn hier nicht fein genug.«

Der Kapitän schlug dem Steuermann munter auf die Schulter.

»Eine Baracke ist das! Nichts anderes als eine Baracke!«, stieß der Steuermann in erregtem Ton hervor. »Und obendrein noch in Nyhavn, das voller Versuchungen ist. Wie soll ein Seemann vor dem Verderben bewahrt werden, wenn man nichts als eine Baracke für ihn übrig hat? Dann ist das erbärmlichste, verlausteste Hurenhaus vorzuziehen.«

»Ich glaube nicht, dass unser Herr Jesus Christus diese Art von Sorgen hatte. War es nicht Jesus, der sich selbst mit den Vögeln auf dem Feld verglich und sagte, dass er nichts hätte als einen Stein, an den er seinen Kopf lehnen könne?«

Der Maler sah den Steuermann spöttisch an, der verwirrt den Blick niederschlug. Dieses Argument war ihm offensichtlich nie in den Sinn gekommen.

Der Kapitän blinzelte Rasmussen beifällig zu.

»Die Arbeit ruft«, sagte er und gab Ryberg einen respektlosen Stoß, als wäre der Steuermann bloß ein lästiger Schiffsjunge, der sich in ein Gespräch unter Erwachsenen eingemischt hatte. Carl Rasmussen blieb an der Reling stehen.

»Nein«, dachte Carl Rasmussen, »das hier ist nichts für einen Maler.«

Der riesige Hafenbereich glich einem Schlachtfeld. Rauch stieg aus den turmhohen Schornsteinen der Dampfmühlen und Elektrizitätswerke, es sah aus, als stünde das halbe Gebiet in Flammen. Überall erhoben sich Kohleberge und versperrten die Aussicht auf die Stadt; sie glichen improvisierten, hastig aufgeworfenen Wallanlagen, hinter denen frische Schützengräben vorangetrieben wurden. Kopenhagen schien unter Belagerung zu stehen. Und der Feind hatte seinen Ring aus Eisen, Stahl, Kohle,

Dampf und Feuer bereits so dicht um das Zentrum gelegt, dass der letzte entscheidende Sturm auf die dem Tode geweihte Stadt jeden Moment erwartet werden musste.

Rasmussen hatte nicht wie der Kapitän der *Peru* die Hafenstädte entlang der Ufer des Jangtse gesehen, aber er hatte die Themse befahren und die Londoner Docks erlebt. Ein Weltenbrand lief über die Kontinente und legte alles, was er kannte, in Schutt und Asche. Im Hafen von Kopenhagen befand er sich nicht länger in Dänemark, sondern im vulkanisch pumpenden Herzen der Zukunft, inmitten eines so gewaltigen Energieausbruchs, wie ihn sonst nur die Natur auslösen konnte. Er war Maler, aber hier wurde er blind.

Carl Rasmussen hatte die Frage des Kapitäns beantwortet, indem er das Dänemark pries, das er kannte. Aber er hatte mechanisch altbekannte Phrasen und ausgemusterte Glaubensbekenntnisse wiederholt, um seine eigene Unruhe zu verbergen.

Zum zweiten Mal in seinem Leben befand er sich auf dem Weg nach Grönland. Um ein Gegengewicht zu finden? Eine Kraft, die noch stärker war als diejenige, die hier ihre Hand im Spiel hatte? Vielleicht suchte er eine Seele, einen Blick? Oder wünschte er nur, wieder auf einem zugewachsenen Pfad wandern zu können, den er allzu früh verlassen hatte? Er wusste es nicht. Er fühlte lediglich, dass er fortmusste. Und die Worte des Kapitäns über Hafenarbeiter, die an den Ufern des Jangtse und auf den Kais von Kopenhagen identisch reagierten und sofort anfingen zu rennen, sobald eine Last auf ihre Schultern gelegt wurde, lösten ein sonderbares Echo in ihm aus.

»Vielleicht hat er recht«, dachte Carl, »vielleicht bin auch ich ein Hafenarbeiter des Herzens und renne mit meiner inneren Last.«

Im nächsten Augenblick ging ihm der entgegengesetzte Gedanke durch den Kopf: »Vielleicht laufe ich nicht, um sie zu schultern. Vielleicht laufe ich, um ihr zu entkommen?«

Sie ließen die Hafeneinfahrt hinter sich und gingen auf Reede vor Anker. Der Arzt erschien kurz nach Mittag an Bord und nahm die Mannschaft ein letztes Mal in Augenschein. Nach einer Weile brachte er jenen großen, gebückt gehenden Mann aus dem Mannschaftsraum, der mit dem tief in die schweißige Stirn gedrückten Bowlerhut angemustert hatte. Auf der Schulter trug er seinen Seesack. Niemand sagte ein Wort, als die beiden Männer zur Leiter gingen, um in den Schlepper zu steigen, der sie zurück zum Kai bringen würde. Der Mann presste die Lippen zusammen und sah blass aus. Er blickte hinunter aufs Deck. Die Untersuchung des Arztes hatte offenbar eine ansteckende Krankheit ergeben; nun musste er abmustern. Der Arzt hielt ihn am Arm, als wäre der unglückliche Seemann ein Arrestant, dessen Flucht er zu verhindern suchte. Als sie die Reling erreichten, riss der Mann sich los und drehte sich zur Besatzung um, die ihm stumm mit den Augen gefolgt war.

»Ihr Haufen Scheiße!«, brüllte er.

Sein Gesicht wurde von dem Wutanfall verzerrt.

»Glaubt ja nicht, dass ihr was Besseres seid! Ihr werdet noch allesamt Glasscherben pissen!«

Er sah den Arzt höhnisch an, der ihn wieder mit einem festen Griff am Oberarm packte. Dann kletterte er ohne Widerstand die Leiter hinunter. Als der Schlepper Kurs auf den Hafen nahm, stand er am Steven und starrte auf die Stadt, als hätte er die Heuer bereits vergessen, die er gerade verloren hatte.

Von nun an war Landgang nicht mehr gestattet. Der Klüverbaum wurde gesetzt und das Schiff seeklar gemacht. Um vier kam das Postboot.

Die ganze Nacht blies eine gleichmäßige Brise und das Schiff zerrte an den Ankerketten.

Carl Rasmussen stand an Deck und blickte lange auf die erleuchtete Stadt, bevor er sich zur Ruhe begab.

Um halb sechs Uhr morgens kam der Lotse an Bord. Die Segel wurden gesetzt, und die *Peru* ging im Sund auf nördlichen Kurs. Carl Rasmussen fühlte sich wieder zu Hause. Auf dem Sund hatte sich eine Segelschiffparade verabredet. Sie kreuzten gegen den Wind, zwischen den Dampfschiffen hindurch, die wie aufgereiht liefen und schwarze Rauchfahnen als kontinuierliche Streifen hinter sich herzogen, als wollten sie den Beweis liefern, dass sie nicht einen Moment von ihrem abgesteckten Kurs abwichen. Vom Deck aus sahen sie große dreimastige Barken, kleine Jachten und Galeassen, die im Vergleich mit den Dampfschiffen nichts anderes zu sein schienen als Jollen. Ein Bramsegelschoner passierte an Backbord. Carl erkannte den Südamerikasegler *Hans,* der Marstal als Heimathafen hatte. Bram- und Toppsegelschoner waren die bevorzugten Schiffstypen der Marstaller. Ja, er kannte wie ein Seemann jedes Segel und jedes Tauende. Als Marinemaler musste er auf all dieses Wissen verzichten, das eine Leinwand allzu sehr füllen konnte. Ein Maler sollte sich nicht in Details verlieren. Seine Aufgabe bestand darin, das Licht einzufangen. Über dem Meer gab es diesen besonderen Ton in der Luft. Die grenzenlose Aussicht ließ den Betrachter weit blicken, der Abstand hatte allerdings auch einen ausgleichenden Effekt. Ein Schiff, das sich dem Horizont näherte, wurde nicht nur kleiner, es veränderte sich auch. Die scharfen Linien verschwammen, der Maler musste gleichsam einen Schleier vor seine Leinwand ziehen. Bei den prallen Segeln handelte es sich um nichts anderes als Licht. Massive, schiefergraue Wellen konnten mit trügerischer Regelmäßigkeit steigen und fallen, und doch hatten sie keine feste Gestalt. Ungeachtet wie schwer sie rollten – auf der Leinwand hatten sie tänzerisch leicht zu erscheinen.

Die Stadt versank hinter ihnen, und die Küste Nordseelands tauchte auf. Sie passierten Skodshoved, wo eine Ansammlung von Fischerbooten lag. Das Wasser bewegte sich unruhig. Es blinkte und schwappte um die Boote, deren Spiegelbilder in den glänzenden kleinen Wellen gebrochen wurden. Die weiße Eremitage erhob sich auf ihrem Hügel im Dyrehaven. Auf der weiten Grasfläche vor dem Jagdschloss sah er Hirschrudel ruhig äsen, unangefochten von der Anwesenheit von Menschen. Dort war er vor langer Zeit mit dem alten niesenden Frisch spazieren gegangen und hatte die dänische Natur studiert.

Gegen elf segelten sie an Schloss Kronborg vorbei, und der Lotse ging von Bord.

Der Anblick der jahrhundertealten Kupfertürme und des wehenden Dannebrogs veranlasste Carl Rasmussen zum ersten Mal auf dieser Reise, seinen Skizzenblock und die Aquarellfarben hervorzuholen. Er fühlte sich wie ein Rekonvaleszent, der nach langer Krankheit fühlte, wie sein Lebensmut zurückkehrte.

Um acht Uhr abends bekamen sie Peilung auf den Leuchtturm von Anholt. Als Carl am nächsten Morgen erwachte, war Schnee gefallen, obwohl man den ersten Mai schrieb. Auf dem nassen, rutschigen Deck blieb der Schnee nicht liegen, aber die Luft war voller wirbelnder Flocken. Wieder verspürte er dieses unbestimmte Gefühl, sich auf seine letzte Reise begeben zu haben.

In der Kajüte nahm er einen Zeitungsausschnitt der Svendborg Amtstidende zur Hand. Holm hatte ihn Carl zum Abschied gegeben. Der Architekt war alt geworden, teilte Carls kleine Triumphe aber mit dem gleichen Enthusiasmus wie früher. Es handelte sich um eine schmeichelhafte Besprechung der Ausstellung, die Rasmussen zusammen mit Professor Bøgh in der Teknisk Skole gehabt hatte, und Holm hielt den Artikel sicher für geeignet, seine Laune während der langen Abwesenheit aufzuheitern.

»Einen schöneren Schmuck der eigenen Wände wird man kaum finden als diese frischen Bilder unserer heimischen Meere, die Rasmussen mit so viel Treue und Anmut malt«, hatte der anonyme Rezensent geschrieben. Die Besprechung fuhr in dem gleichen begeisterten Ton fort: »Es gibt wahrlich nicht viele unserer Maler, die eine derartige Herrschaft über ihren Pinsel ausüben, wenn es darum geht, die Luft und die See zu malen wie eben Rasmussen. Er muss uns nichts anderes als lediglich ein leicht gekräuseltes Meer zeigen, eine Luft mit einigen leichten Wolken, die der Sonne jedoch gestatten, einige Strahlen auf der Wasseroberfläche zu verstreuen, ein paar kleine Inseln im Hintergrund und ein Segelschiff in der Ferne – und man hat ein Kunstwerk, bei dem man lange wird suchen müssen, um etwas Vergleichbares zu finden.«

Als er die Besprechung beiseite legte, hatte sich die Zufriedenheit, die sich zunächst in ihm regte, bereits in ihr Gegenteil verkehrt. Er vernahm einen Lockruf in dieser Rezension. Hatte er sich nicht gerade mit dieser leichten Schönmalerei auseinanderzusetzen, mit seinem eigenen schlichten Entzücken an den Luftspiegelungen der Natur, mit seiner Neigung zum Idyllischen? Er hatte genügend Zeit mit Wandschmuck und Altarbildern verschwendet. Jetzt musste er den Weg zurück zur Kunst finden, diese Spur, auf der er einmal gewesen war, damals, als er in seiner Jugend den für einen Kunstmaler unerhörten Entschluss fasste, nach Grönland zu reisen.

Dort oben an der grönländischen Küste würde er zweiundfünfzig Jahre alt werden.

War es bereits zu spät?

Unterwegs

Das erste Mal hatte Rasmussen die grönländische Westküste als junger Mann besegelt. Damals wäre er vermutlich niemals an Land gegangen, hätte er nicht gewusst, dass dort Menschen wohnen. Er hätte sich in Seenot befinden können, nach einem Schiffbruch in einem offenen Boot, er hätte monatelang ohne Nahrung und Flüssigkeit umhertreiben können, mit Zähnen, die ihm durch Skorbut aus dem Mund fielen, er hätte die Endlosigkeit des Meeres vorgezogen, seine Rettung jedoch hätte er bestimmt nicht hier gesucht – egal, wie schwach er auch gewesen wäre.

Damals kam er im Sommer. Doch er hatte den Eindruck gehabt, als wäre der Sommer nur eine dünne Schicht Schminke auf dem Gesicht eines Toten. Das Land hatte sich von der ersten senkrechten Felswand an abweisend gezeigt, und je tiefer der Reisende eindrang, desto menschenfeindlicher wurde es. Wie eine Warnung zogen sich die Gletscher bis hinunter ans Meer. Hier begann das Totenreich. Überall streckte das Eis seine weißen Leichenfinger zur Küste aus, und das bisschen Vegetation, das sich behauptete, schien nichts anderes zu sein als Schimmel, der auf einem Gerippe blühte.

Wie Boten des Todes schwammen die Eisberge, an deren Grund die Gletscher kalbten, aus den Tiefen der Fjorde heran, oder sie tauchten knirschend mit der Meeresströmung aus dem Süden auf, als beabsichtigten sie, das Schiff, das sich so weit vorgewagt hatte, unter den Pol zu zwingen – bis zum Ende der Welt und des Lebens. Er hatte das Gefühl gehabt, den Anfang einer vollkommenen Vereisung der Erde zu erleben. Wenn der Tag des

Jüngsten Gerichts käme, würde er in einen Eisblock eingefroren sein, den Mund zu einem stummen Schrei aufgerissen.

Hinter den Fjells erwies sich das Inlandeis als eine abweisende Mauer aus schneidendem Weiß. Wer zu lange auf diese weiße Mauer starrte, nahm Schaden an seiner Seele und verlor jeden Lebensmut. Die Welt und all ihr Sinn schien ihm vor den Augen zu zerfasern. Das Inlandeis war unfruchtbarer als die unbarmherzigste Wüste. Nicht ein Vogel sang hier, nicht ein Grashalm wagte sich heraus, nicht einmal das genügsame Moos fand Halt auf der blanken Oberfläche des Eises. Schriftsteller kannten die Angst vor dem weißen Papier, wenn kein Gedanke sich einstellen wollte, Maler die Angst vor der weißen Leinwand, wenn die Inspiration ausblieb. Das Inlandeis war Gottes weiße Leinwand. Hier war seine Schöpferkraft blockiert, fielen seine Hände kraftlos herab. Das Inlandeis war ein Monument der Ohnmacht Gottes.

Carl hatte den Blick abgewandt, aber wo auch immer er hinsah, glitzerten Eisberge in der Sonne, dass es in den Augen schmerzte. Wie Adern unter der Haut liefen blaue und grüne Schmelzwasserstreifen unter der hart gefrorenen, eiskalt weißen Oberfläche. Gewaltige Kräfte waren im Spiel. Ohne Vorwarnung konnte ein Eiskoloss in der Mitte durchbrechen und ein Stück, größer als ein Dom, ins Meer stürzen und in seinem Fall nicht nur ein Kajak, sondern ein ganzes Schiff in die Tiefe reißen.

Wieder blickte er auf die Eisberge. Es schauderte ihn, und doch konnte er seine Augen nicht von dem Farbenspiel in der knisternden Eismasse abwenden. Der Maler in ihm erwachte.

Näher an der Küste sah er Wiesen und steinige Ebenen. Er sah goldene Butterblumenteppiche und das schimmernd grüne Laub der Zwergbirken. Häufig lagen blühende Flächen mit Weidenröschen, Weiden und Blaubeeren in der Nachbarschaft eines Gletschers, der sich bedrohlich zwischen den grauschwarzen Klippen vorschob. Und plötzlich sah er alles aus einer umgedrehten Perspektive. Nicht die Gletscher kalbten. Es war das Leben. Er befand sich in keinem Totenreich, sondern in einem Grenzland, in dem das Leben standhielt.

Zum ersten Mal verstand er die Nordländer, die Wikinger, die sich hier vor tausend Jahren unter Erik dem Roten niedergelassen und Hunderte von Jahren ausgehalten hatten, bevor sie wieder verschwanden. Die Wiesen hatten sie gerufen. Sie waren nicht gekommen, um sich als Herren über ein fremdes Volk zu erheben, sondern um dem Griff des Eises einen Rest noch fruchtbarer Erde abzuringen. Sie hatten auf Seiten der Butterblumen gestanden.

Sofort entschloss er sich, ein Bild von der Ankunft Erik des Roten in Grönland zu malen. Grönlands Entdecker sollte rote Streifen in die Segel bekommen, rot wie der Heideteppich, rot wie das Laub der Zwergbirken im Herbst, rot wie das Herz, das trotz des eisigen Würgegriffs schlug.

In Julianehåb, wo das Schiff einen Zwischenstopp eingelegt hatte, bat er, nach Hvalsø übergesetzt zu werden. Hier, in einer kleinen Bucht, stand die am besten erhaltene Kirche der Nordländer. Man hatte ihm erzählt, dass am Ende des nahen Einarsfjords Gadar sich die größte Siedlung der Nordländer befunden hatte: Mit einem Dom, dem Bischofssitz und Ställen, die so groß waren, dass Hunderte von Kühen dort untergestellt werden konnten. Wenn die erzene Glocke des Doms schlug, hatte man das Echo bis zur Mündung des tiefen Fjords hören können. Jetzt lag die Glocke nach einem vernichtenden Brand zerbrochen im Erlengebüsch. Von dem großen Gebäudekomplex war als Motiv für einen Maler nicht genug stehengeblieben, nur unregelmäßige Überreste aus Stein, die für einen Archäologen durchaus interessant sein könnten, aber auf der Leinwand nichts hergeben würden.

Was vom rauen Klima nicht zerstört war, hatten die Eskimos

fortgeschleppt. Sie bauten daraus ihre trostlosen Steinhütten mit den langen röhrenförmigen Eingängen, die sie gegen die Kälte schützen sollten – offensichtliche Nachbildungen ihrer Schneehäuser am Pol.

Nach Gadar wollte er nicht. Von Julianehåb aus wäre die Reise zu weit, außerdem fürchtete er, dass die Ausbeute in keinem Verhältnis zu den Anstrengungen stehen würde.

Aber die Mauern der Kirche auf Hvalsø standen noch.

Carl wurde ein lokaler Führer zur Verfügung gestellt, der ihn den langen Weg durch den Hvalsøfjord rudern sollte. Ein kräftiger Mann mit einem zerfurchten Gesicht. Carl hielt ihn für einen Mann in den mittleren Jahren; doch das drahtige Haar, das ihm flach wie ein Helm auf dem Kopf saß, glänzte ebenso blauschwarz wie sein dichter Schnurrbart. Er hieß Jonas und sprach kein Wort Dänisch. Er lächelte freundlich und umgänglich, übertrieb seinen Diensteifer beinahe und protestierte mit vielen unverständlichen Worten, als Carl sich neben ihn auf die Ducht setzte, um seinen Teil der Arbeit an den schweren Rudern zu übernehmen. Schon bald indes fanden sie zu einem gemeinsamen Rhythmus. Beide waren ordentliche Ruderer, und das Boot schoss mit guter Fahrt durch das dunkelblaue Wasser.

Es war um die Mittagszeit. Die Sonne brannte und Carl spürte den Durst. Sie hatten Proviant mitgenommen, aber nirgendwo sah er eine Flasche Wasser. Jonas beugte sich über die Reling und trank aus dem Meer. Carl sah ihn verblüfft an. War der Mann wahnsinnig? Jonas lachte und forderte ihn auf, das Gleiche zu tun.

Carl dachte, es handele sich um einen Scherz, den er sich mit dem unwissenden Dänen erlauben wollte, aber nach kurzem Zögern lehnte er sich hinaus. Er formte mit den Händen eine Schale und trank. Das Wasser schmeckte überhaupt nicht salzig, es war süß und erfrischend. Zunächst verstand er es nicht.

Sie befanden sich doch mitten auf dem Meer und nicht auf irgendeinem Binnensee. Dann begriff er und lachte laut auf. Er empfand eine kindliche Freude über seine Entdeckung. Das frische Schmelzwasser der großen Gletscher hatte sich über das schwere Salzwasser gelegt. So musste es sein, sie ruderten auf einem Süßwassersee von möglicherweise nur einem halben Meter Tiefe. Einen festen Grund hatte dieser See nicht. Wie ein Holzprahm schwamm er über die unbarmherzige Tiefe des salzigen Meeres.

Die Kirche stand dicht am Ufer, mit der Längsseite zum Fjord. In den Bächen, die überall von den Felsen herabstürzten, funkelte es und Treibeis beleuchtete das dunkle Wasser der kleinen Bucht. Ein pyramidenförmiges Felsmassiv, allerdings größer als jede Pyramide, die selbst der mächtigste Pharao hätte bauen können, türmte sich hinter der Kirche auf. Als hätte die schadenfrohe Natur diese Ähnlichkeit mit den gewaltigen Bauwerken im Wüstensand gewählt, um ihre Überlegenheit über den verlassenen Gott zu zeigen, der nur über eine winzige, zerbrechliche Kirche herrschen konnte.

Die Südmauer der Kirche bröckelte, stand aber noch. Die Holztüren und -decken waren längst verschwunden, stattdessen beherrschte der grönländische Himmel den ehemals so dunklen Kirchenraum. Früher hatte dort ein Taufbecken aus Topfstein gestanden. Dort musste eine geschnitzte Altartafel gehangen haben, davor gab es einen Altar mit silbernen Kerzenleuchtern und einem Altartuch, auf dem während der Messe die geweihte Hostie lag. Jetzt hatte die Natur die Dekoration übernommen. Auf den Mauern wuchsen Flechten, und Carl ging auf einem weichen Teppich aus Moos und Grasbüscheln zum Chor hinauf.

Auf der Erde vor ihm glitzerte es. Er bückte sich und fand eine Scherbe aus grünem Glas, das einmal in den schmalen Fenstern gesessen hatte. Er blickte auf das gewölbte Chorfenster des Ostgiebels, an dem der Baumeister sich abgemüht haben musste.

Gewölbt hatte es sein sollen. Hier dachte man nicht an schlichten Nutzwert. Hier wollte man kühn zum Himmel streben. Die Nordländer waren keine Kinder dieser mächtigen Natur gewesen, sie waren ihre Herausforderer. Carl schloss die Augen und stellte sich den Besuch des Bischofs von Gadar vor, mit Goldring und einem Bischofsstab aus Esche, dessen gekrümmtes Oberteil aus einem kunstfertig geschnitzten Walrosszahn bestand.

Er trat vor die Kirche, um einen Winkel zu finden, aus dem er mit seiner Skizze beginnen konnte. Jonas lag mitten in einem Blumenflor aus Fettkraut, Weidenröschen und Glockenblumen auf der Wiese und schlief. Ein Rabe landete ein Stück entfernt und starrte ihn mit seinen Steinkohle-Augen an. Carls Hand hielt kurz vor dem Papier inne.

Er dachte an Eckersbergs »Blick vom Kolosseum«, der Aussicht vom obersten Stockwerk der mächtigen Ruine. Das massive Mauerwerk bildete den Rahmen der Darstellung. Der Mensch war das Maß aller Dinge, und die Natur musste weichen. Nach Rom zogen die Maler auf ihren Bildungsreisen, und eines Tages würde auch er in den Süden kommen. Aber nun hatte er als Einziger die entgegengesetzte Richtung eingeschlagen, in den äußersten Norden. Auch hier warteten Motive auf den Pinsel eines Malers, und niemand vor ihm hatte sie je gemalt.

Carl hatte den Besuch der Kirche auf Hvalsø lange geplant, doch erst in diesem Moment, als der Blick des Raben auf ihn fiel, wurde ihm klar, dass irgendetwas nicht in Ordnung war. Es schien nicht nur ein Gedanke zu sein, der ihm unerwartet durch den Kopf schoss. Nein, es war eher eine schwindelerregende Übelkeit, ein Anfall wie bei einem Fieberkranken, der von unbegreiflichen Erscheinungen heimgesucht wird.

Was unterschied die Ruinen Roms von dieser zerfallenen Kirche vor ihm? Es ging nicht nur um die Proportion, das gewaltige Kolosseum gegen eine winzige Kirche. Das Römerreich war untergegangen, aber nicht die eingefallenen Barbaren hatten über

Roms Zukunft entschieden. Im Gegenteil, eine höhere Gesellschaftsform wurde geboren, als das einst so mächtige Weltreich zusammenbrach. Von den Ruinen des Kolosseums hatte Eckersberg die Aussicht auf eine christliche Stadt.

Carl war im großen Europa noch nicht weit herumgekommen. Er hatte viele Ausstellungen besucht und unzählige Gemälde gesehen, auch von Ruinen, allerdings hatte es sich immer um Darstellungen früher Zivilisationsreste gehandelt. Noch nie hatte er das Bild einer Kirchenruine gesehen. Sødring hatte in den dreißiger Jahren die großen Steinbrocken gemalt, die über den Marmorplads in Kopenhagen verteilt lagen und darauf warteten, dass die unvollendete Kirche irgendwann einmal fertiggestellt würde. Nur handelte es sich dabei nicht um eine Ruine, sondern um einen Bauplatz, auf dem seit hundert Jahren nichts mehr passierte, ein unerfülltes Versprechen, ein Anfang. Doch bei der Kirche auf Hvalsø ging es um ein Ende.

Es lag außerhalb von Carls Vorstellungskraft, dass irgendwann einmal eine neue Gesellschaftsform diejenige ablösen könnte, die auf dem Glauben basierte – oder dass danach überhaupt nichts kommen sollte. Wer sich die Mühe machte, weit vorauszudenken, wusste, dass am Ende der Geschichte – wenn das Irdische in das Himmlische überging – Frieden und Erlösung warteten. Die verschiedenen Epochen hatten Kirchen in immer neuen Stilarten gebaut, aber ein Ersatz für Gottes Haus schien ihm ein unmöglicher Gedanke. Die Kirche war das letzte Bauwerk. Es stand am äußersten Rand der Zeit, um den Beginn der Ewigkeit zu bezeugen. Aber in Grönland hatte es einen Jüngsten Tag ohne Erlösung gegeben, die Christen waren verschwunden, ohne eine Spur zu hinterlassen. Die Zeit ließ ihre Kirchen zerfallen. Nur eine Ruine war geblieben. Das Christentum als Episode. Der ewige Glauben hatte sich als ebenso vergänglich erwiesen wie das irdische Leben.

Grönlands Apostel Hans Egede kam nicht in die eisbedeckte Einöde, um die Eskimos zu christianisieren, sondern um die Nordländer zu finden. Er starb, ohne einen einzigen gesehen zu haben. Die Kontinuität des Glaubens war unwiederbringlich zerbrochen. Fünfhundert Jahre hatten die Nordländer ausgehalten. Dann wurden sie von der Kirche und von ihrem eigenen Land im Stich gelassen. Kein Versorgungsschiff erreichte mehr ihre Küsten, kein Bischof ließ sich mehr auf dem Bischofssitz in Gadar nieder, kein Priester wurde mehr geweiht. Ohne Eisen und anderes Metall hatten sie nicht länger ihre Waffen herstellen können, die ihnen die Überlegenheit über die Eskimos sicherte. Wurden sie selbst zu Barbaren? Verloren sie den Glauben?

Carl dachte wieder an den Altar, der einst in dem geplünderten Kirchenraum auf Hvalsø gestanden hatte. Am Ende war den Nordländern vielleicht nur noch die Altardecke geblieben, die sie an das Abendmahl erinnerte, jetzt, da ihnen kein Messwein und kein Mehl zum Backen der Hostien mehr gebracht wurden. Konnten sie ohne Bischof und ohne Priester überhaupt irgendeinen Sinn in der Messe finden? Hatte sich das jahrhundertelang unterdrückte Wikingerblut in ihnen wieder durchgesetzt? Hatten sie sich dem Ragnarök ergeben und in ihrer wieder entflammten Wildheit die Kirche selbst niedergebrannt? Was hatte sie letztendlich umgebracht? Hunger? Krankheiten? Oder hatten die Eskimos sie schließlich überrannt?

Er sah es vor sich: die brennende Kirche, verteidigt von entkräfteten Nordländern, die kaum noch ihre rostigen Schwerter heben konnten, die Speere der Eskimos, die sich durch löchrige Brünnen bohrten, ein Armageddon ohne Gott.

Er spürte die Hitze des lodernden Kirchendachs auf seinen Wangen. Er hörte den Lärm der klirrenden Waffen und die Rufe der letzten Nordländer, die ihre Verwünschungen zum Himmel schrien, bevor sie auf der Erde niedersanken, die sie ohnehin nicht haben wollte.

Er schreckte zusammen, als eine Hand sich plötzlich auf seine Schulter legte. Jonas stand mit einem Lächeln in den Mundwinkeln vor ihm. Vermutlich glaubte er, dass Carl seinem Beispiel gefolgt und auf der sonnigen warmen Wiese eingeschlafen wäre.

Carl zitterte noch, als er sich auf die Ducht des Ruderboots setzte. Erst die Notwendigkeit, dem Rhythmus der Ruderschläge zu folgen, ließ ihn die Fassung wiedergewinnen.

Er kehrte mit einem leeren Skizzenbuch aus Hvalsø zurück.

Er musste nicht alles malen, was er sah. Auf Grönland lernte er es wieder.

Begonnen hatte es allerdings in Marstal.

Carl hatte geglaubt, dass er dort seinen Platz finden würde.

Die letzten zwölf Jahre seines Lebens, bevor er den Entschluss fasste, noch einmal nach Grönland zu reisen, hatte er mit seiner Familie in Marstal auf Ærø gewohnt. Sein Kardinalfehler als Maler, die Ursache all seines Verdrusses.

Er war auf dieser Insel zur Welt gekommen, in Ærøskøbing.

Sein Vater, der Schneider Johan Arenth Rasmussen, war ein untersetzter Mann von unauffälligem und bescheidenem Äußeren. Direkt unter dem rechten Nasenloch saß eine dunkle Warze, die blutete, wenn er ihr mit dem Rasiermesser zu nahe kam; daher stand um den Auswuchs stets ein Kranz von Barthaaren, die der Schneidermeister mit der Universalschere seiner Frau kurz hielt. Die Warze fiel weder ins Auge noch war sie abstoßend. Dennoch zog sie die Blicke auf sich, denn sie bewies, dass der Schneidermeister trotz seiner gepflegten Erscheinung nicht alles unter Kontrolle hatte. Wie ein winziges Zittern in einer im Übrigen sicheren Hand. Wie ein Spalt, der sich ohne Vorwarnung erweitern und das gesamte Gesicht aufplatzen lassen könnte.

Für einen Maler bedeutete die Warze des Schneidermeisters eine interessante Herausforderung. Sollte er sie in seinem Porträt zeigen oder sollte er sie weglassen? Die Warze stellte keine physiognomische Eigentümlichkeit dar, die es verdient hätte, hervorgehoben zu werden. Warum ihr also einen Platz einräumen, wenn man das Gesicht des Schneidermeisters kartografierte?

Ein Maler hat sich in die Person einzuleben, die er porträtiert, aber er muss auch einen Teil von deren Seele in sich aufnehmen, auch wenn es sich nur um einen vorübergehenden Gast handelt. So gesehen, konnte er die Warze nicht weglassen. Denn sie erzählte, dass sich hinter dem wohlkontrollierten Auftreten des Schneidermeisters ein Gefühl der Ohnmacht verbarg: Allen, die wohlhabender und gebildeter waren als er, trat er unterwürfig gegenüber, folglich dem größten Teil seines Kundenkreises. Auch sein Selbstbewusstsein hatte er seinen Kunden als Pfand überlassen. Johan Arenth Rasmussen vertraute nicht seiner eigenen Urteilskraft, sondern hatte stets Angst, gewogen und für zu leicht befunden zu werden.

In einem Porträt musste Ausgeglichenheit herrschen. Die haarumkränzte Warze war kein Sinnbild der gesamten Persönlichkeit des Schneidermeisters. Die Warze drückte einen Teil davon aus, unter besonderen Umständen vielleicht auch alles – doch wenn ihn niemand bei seinen täglichen Verrichtungen störte, würde die Warze bleiben, was sie war: eine Warze und kein Zeugnis innerer Schwäche.

Als Carl seinen Vater schließlich mit diesem distanzierten, prüfenden Blick ansah, mit dem Kinder so selten ihre Eltern betrachten – er hoffte inständig, dass seine eigenen Kinder ihn niemals so ansehen würden –, sah er die Warze. Die Warze und nichts als die Warze. Und er wusste genau, dass er seinen Vater niemals würde malen können. Er wünschte sich die Nähe nicht, die ein Porträt erforderte. Entstehen würde ein unausgeglichenes Gemälde, weil es einen Menschen zeigte, der selbst das Gleichgewicht verloren hatte. Und er zögerte nicht, sich eine Tatsache einzugestehen, obwohl er die Worte nie laut ausgesprochen hätte: Es würde ein hässliches Bild werden.

Trotz seiner bescheidenen Größe hatte Ærøskøbing den Rang einer Provinzhauptstadt. In den Straßen wimmelte es von Rentmeistern, Richtern, Zollverwaltern, Konsuln, Assessoren und

Winkeladvokaten. Nur wenige verfügten über einen Titel, der gewöhnlichen Menschen verständlich werden ließ, womit sie eigentlich ihren Lebensunterhalt verdienten. Die Titel repräsentierten die Unergründlichkeit der Macht und der Obrigkeit. Sogar ein Arzt hieß nicht einfach nur Doktor, sondern Doktor physicus. Und selbst wenn man schließlich begriff, womit sie ihr Geld verdienten, gehörten sie doch zu einer höheren, unantastbaren Welt. Ob es sich nun um Kaufleute, Landgutsbesitzer oder Schiffsreeder handelte, in erster Linie galten sie als Familien. ›Die vornehmen Familien der Stadt‹ hieß es – weniger als Hinweis auf ihren Stammbaum denn auf ihre Titel. Nominativ und Genitiv waren vertauscht: Sie gehörten nicht zu den vornehmen Familien der Stadt. Die Stadt gehörte den vornehmen Familien.

Wenn auch nicht alle Einwohner der Stadt bei ihnen in Lohn und Brot standen, so fehlte doch keiner im Kreis der Bewunderer. Die Seeleute, die sich an der linken Seite der Nørregade drängten, mit Aussicht aufs Meer, hatten auch Familie. So wie der Segelmacher Dauer in der Brogade und der Färber Jørgensen in der Søndergade, aber Familien waren sie dennoch nicht. Sie hatten niemanden, der von ihnen abhängig war. Sie verfügten über keinen Glanz. Ihre Frauen kleideten sich nicht in Krinolinen aus Brokat und Moiré. Sie kannten auch keine Taftmantillen oder Samtmäntel und zeigten sich nie mit Kapotthut und Kinnband.

Der Schneidermeister Johan Arenth Rasmussen kannte den Glanz. Er lebte, um dazu beizutragen. Auch er hatte Nachkommen, sogar ziemlich viele. Carl war der Älteste in einer Schar von elf Kindern, und es würden ganz sicher noch weitere kommen. Alle sollten sie den Glanz kennenlernen, respektieren und ehren, obwohl niemand von ihnen sich der Hoffnung hingeben konnte, daran je teilzuhaben.

Rasmussen war ein Mann weniger Worte, es sei denn, er erläuterte Kunden die Vorzüge seiner Schneiderkunst. Jeden Sonntag verabreichte er seinen Kindern eine Tracht Prügel. Eine Präsentation seiner Kraft, bei der er das Bild einer schwächlichen Muskulatur, die man normalerweise mit dem Schneiderhandwerk verbindet, Lügen strafte. Nur der Letztgeborene, der noch auf dem Arm seiner Mutter saß, blieb von der Züchtigung ausgenommen.

Der Schneidermeister tat dies ohne Leidenschaft oder Zorn, sondern als Vorbereitung auf die Unbilden des Lebens und als stete Einübung in die notwendige Disziplin, nicht von der rechten Bahn abzuweichen. Seiner Meinung nach lauerten den Nachkommen gewöhnlicher Familien ohne Glanz weit größere Gefahren auf.

Von Bestrafung konnte keine Rede sein, eher von Ermahnung. Er schlug mit einer Kleiderbürste, die jedes Mal, wenn sie traf, ein lautes Klatschen erzeugte, allerdings stand das Ergebnis in keinem Verhältnis zu dem Geräusch. Wie alles andere in der Stadt der vornehmen Familien waren auch die Schläge symbolisch.

Carl hatte die Erziehungsmethoden seines Vaters niemals angezweifelt. Die kleineren Geschwister der Kinderschar jedoch taten es. Einer nach dem anderen kam zu ihm und fragte mit den Händen auf dem Hintern, ob er als der Älteste nicht das Vertrauen des Vaters genießen und die Antwort kennen würde.

»Warum schlägt uns Vater? Wir haben doch nichts Falsches getan.«

Carl zuckte die Achseln. Er wusste nicht, was er sagen sollte, und die Ohnmacht entfachte seinen Zorn.

»So ist das einfach«, erwiderte er kurz angebunden.

Er spürte, dass ein Teil des Unergründlichen in den Handlungen der Erwachsenen in diesem Augenblick auf ihn überging und er sich ein wenig von ihrem Glanz borgte.

Das sonntägliche Ritual fand nach dem Kirchgang statt, die Zeit der Predigt verbrachte Carl unruhig. Er litt bei dem Gedanken an die kommende Erniedrigung. Denn um eine Erniedrigung handelte es sich. Die Bestrafung fesselte ihn an eine kindliche Welt, die er am liebsten längst verlassen hätte, und doch musste er dem Befehl gehorchen und sich den Hosenboden stramm ziehen lassen.

Ob Pastor Fabricius zu den vornehmen Familien der Stadt gehörte, wusste man nicht. Fabricius hatte sich damit abfinden müssen, dass Postmeister Kaffkas Gemälde von der Grablegung Jesu im Kirchenschiff aufgehängt wurde. Der Postmeister hatte 1848 am Krieg teilgenommen und hielt sich selbst für einen Künstler – eine Ansicht, der sein Bild in Carls bereits kritisch geübtem Blick in jeder Beziehung widersprach. Aber Kaffka gehörte zu den vornehmen Familien, und so war es am klügsten, das Gemälde von Jesus' toten Gebeinen mit Kennermiene zu loben, obwohl der gekreuzigte Sohn Gottes eher einem entrindeten Baumstamm glich. Eines Sonntags predigte der Pastor über die Selbstsucht, der die Freude unbekannt war, eigene Vorlieben und Neigungen aufzugeben, um anderen zu helfen.

»Sie kennen nichts anderes, als stets an sich selbst zu denken und jede ihrer Handlungen nach dem Vorteil zu bemessen, den sie daraus ziehen können. Wie sehr fehlt es uns doch an Liebe.«

Pastor Fabricius schickte einen herausfordernden Blick über die Gemeinde. Meinte er die vornehmen Familien der Stadt? Die meisten sahen vor sich hin und verzogen keine Miene, aber einzelne, darunter Carl, schlugen den Blick nieder.

Fabricius' Tonfall wurde wieder versöhnlicher, wie immer, wenn sich seine Predigt dem Ende zuneigte.

»Wir haben keine andere Hoffnung, als dass der Herr uns nicht nach unseren Worten, Gedanken und Taten richten wird, sondern mit seiner gnädigen Liebe über uns urteilt, denn sonst könnten wir nicht selig werden.«

Jedes Wort traf Carl wie ein Schlag, und die Wörter säten in ihm eine stete Ungewissheit über die Echtheit seiner Gefühle.

Niemals traf er einen Entschluss ohne diese zermürbende Mischung aus Zweifel und Schuld: »Bin ich selbstsüchtig?«

Zu Hause wartete Mutter mit dem Essen. Sie trug ein schwarzes Kleid mit seidenbestickten Kanten und Zierknöpfen. Es war ihr Sonntagskleid, das sie in den kurzen Perioden zwischen ihren rasch hintereinander folgenden Schwangerschaften mit einem Gürtel schmückte, dessen Schnalle eingelegte Emailleblumen zierten. Wenn der Gürtel verschwand, galt dies als sicheres Zeichen, dass Familienzuwachs zu erwarten war. Carl sah es vor sich, wie die Ungeborenen in einer langen Reihe draußen auf der Nørregade standen. In regelmäßigen Abständen öffnete die Mutter die Tür, um einen weiteren Bewohner in das längst überfüllte Haus einzuladen, und kurz darauf hatten sie sich für das sonntägliche Ritual aufzustellen.

Der hellste Glanz ging vom Nachbarhaus aus. Ærøskøbing war eine zu kleine Stadt, als dass die verschiedenen Stände in getrennten Vierteln hätten wohnen können. Die vornehmen und die weniger vornehmen Familien wohnten wild durcheinander. Nicht die Adresse zählte, sondern die Größe des Hauses. Rasmussens hatten drei Zimmer für dreizehn Personen. Gleich um die Ecke in der Brogade verfügte Claus Christian Hinrichsen im ehemaligen Rentmeisterhof über zwei Etagen mit zwölf hohen Zimmern für sich und seine Frau, deren umfangreiche Krinolinen allerdings auch platzgreifender waren als die kinderreichste Familie. Johan Arenth Rasmussen lieferte den Eheleuten Hinrichsen die Kleider; allerdings handelte es sich von Hinrichsens Seite um reine Güte, dass er sein standesgemäßes Auftreten einem örtlichen Schneider überließ. Er bewegte sich in der Hauptstadt ebenso souverän wie in den Handelsstädten Hamburg und Altona. Bis nach London kam er auf seinen häufigen Geschäftsreisen. Er kaufte bei Liberty in der Regency Street, und es kam vor, dass er mit einem Seidenschal nach Ærøskøbing zurückkam, in dem »Made in France« auf einem gestickten Etikett stand.

»Fühlen Sie«, sagte er aufgeräumt zu Rasmussen, »solch eine Qualität lässt sich in unserem kleinen Dänemark gar nicht auftreiben.«

Rasmussen befühlte den Stoff fachmännisch und nickte bestätigend, während sich ihm der Magen zusammenzog.

»Jetzt ist es vorbei«, dachte er, »jetzt hat er einen anderen Lieferanten gefunden. Er teilt es mir lediglich auf eine freundliche Weise mit.«

Doch Hinrichsen bestellte immer wieder bei Rasmussen. Und für Rasmussen war er nicht nur ein Kunde, er war ein Gönner, ja, eine Quelle der Inspiration. Mit niemandem sonst konnte er derartige Diskussionen über die neue Mode führen. Gehrock oder ein Jackett mit kurzen Schößen? Londoner Rauchfarben, algiergrau oder russischgrün?

Hinrichsen verkehrte in allen Gesellschaftsschichten. Er galt als Wohltäter der ganzen Stadt. Sein Name stand in jeder Buchführung, in den Kontrabüchern, auf Kaufverträgen, Wechseln und Pfandbriefen. Was hätte aus den Schiffsreedern Brandt und Schaarup werden sollen, zwei der vornehmsten Familien der Stadt, als ihre Spekulationen auf dem launischen Kornmarkt fehlschlugen und sich ihre Lagerhäuser mit unverkäuflichem Weizen füllten, wenn Hinrichsen nicht eine helfende Hand ausgestreckt hätte? Im Hotel Harmonien trank er bayerisches Bier mit den Skippern Birkholm und Brandt, Errboe und Kock und mit den vier Brüdern Erichsen. Mit allen machte er Geschäfte wie unter Seeleuten. Außerdem gehörte ihm ein Schiff, sogar das größte der Stadt, die Brigg *Kronprinds Frederik*.

Wenn die Brüder Bing von der Firma Gebrüder Bing aus Hamburg einen offiziellen Besuch abstatteten und Hinrichsens Kandelaber aus den Fenstern des ersten Stocks ihren Schein über das holprige Pflaster der Brogade warfen, wurden nicht Gänsesuppe und Sauerbraten serviert, die üblichen Sonntagsgerichte in Ærøskøbing. *Cailles en Sarcophage* stand auf den handkolorierten Menükarten, die an jedem Gedeck lagen. Die große weite Welt landete auf den Tellern, und sie stand auch auf der Bühne, wenn die Ny Teaterselskab aus Odense auf Einladung Hinrichsens eine Doppelvorstellung von *Der Mulatte* und *Das Maurenmädchen* gab, zwei Stücke, die der hochberühmte Hans Christian Andersen geschrieben hatte.

Hinrichsen hatte die eigentümliche Angewohnheit, ständig mit einem Auge zu zwinkern. Wer ihn nicht kannte, mochte glauben, dass es sich um ein nervöses Zucken handelte, das unangekündigt ein Augenlid schloss; denn Hinrichsen zwinkerte in Momenten, in denen man es keineswegs erwartete. Er konnte am Beginn eines Gesprächs zwinkern, aber er zwinkerte auch zum Abschied. Er zwinkerte, wenn er schwierige Verhandlungen zu einem Abschluss gebracht hatte, bisweilen aber auch mittendrin. Manchmal zwinkerte er, wenn er jemanden um einen Gefallen bat, aber auch, wenn er selbst darum gebeten wurde – was weit häufiger vorkam. Aber niemand, dem Hinrichsen je zugezwinkert hatte, zweifelte an dessen Absicht. Mit seinem Zwinkern knüpfte Hinrichsen ein Band der Vertraulichkeit. Er lud ein zu einer innigen Freundschaft. Man wurde zu einem Teil seines engeren Kreises, und egal, wie groß dieser Kreis auch sein mochte, ja, es kam vor, dass er die ganze Welt zu umfassen schien, so befand man sich dadurch doch an einem privilegierten Ort.

Selbst der fünfzehnjährige Carl kam mit Hinrichsen in Kontakt. Auch ihm wurde eines Tages zugezwinkert. Es war ebenso unvermeidlich wie die hoch am Nachmittagshimmel über Ærøskøbing stehende Sonne, die ohne Standesunterschiede auf alle herunterschien, die in den Straßen verkehrten. Hinrichsens Blick fiel auf Carl, als der in dessen Entree stand, um ein Päckchen des Vaters abzuliefern. Eigentlich war es Aufgabe des Dienstmädchens, die Lieferung anzunehmen. In diesem

Moment kam Hinrichsen polternd aus der ersten Etage, und als er den Sohn des Schneiders aus dem Nachbarhaus erblickte, musste er selbstverständlich tun, was er bereits mit dem Rest der Stadt getan hatte – in dessen Schicksal eingreifen und es verändern.

»Was haben wir denn da?«, fragte er und ließ sich von dem Dienstmädchen das Päckchen geben.

Er begann sofort auszupacken. Alles an ihm war Unrast, und kurz darauf hielt er eine Samtmantille für die Dame des Hauses in den Händen. Doch plötzlich zögerte er und beugte sich vor, als hätte er ein Detail gefunden, das seiner besonderen Aufmerksamkeit bedurfte.

»Na, so was, was sagt man denn dazu«, sagte er, »hier haben wir ja einen Künstler.«

Carl sah verwirrt zu. Er wusste nicht, ob er sich im Namen seines Vaters geschmeichelt fühlen durfte. Doch Hinrichsen meinte gar nicht den Vater. Er faltete vor Carl das Packpapier auseinander, der eine seiner Skizzen wiedererkannte. Eines Tages war er zu der kleinen Insel Drejø gerudert, auf der im Sommer die Kühe grasten, um die Stadt von der Seeseite zu zeichnen. Im Vordergrund lagen Schiffe auf Reede vor Anker. Hinter der Stadt, die er detailliert mit der kupfergedeckten Kirchturmspitze in der Mitte wiedergegeben hatte, erhoben sich die Hügel von Ærø. Mit der dramatischen Wolkenlandschaft, die über der Insel lag, hatte er sich besondere Mühe gegeben.

Der Vater hatte die Zeichnung zum Einpacken verwendet. Ob er die Zeichnung übersehen hatte oder sie wertlos fand, wusste Carl nicht.

Meine Schuld, dachte er, schließlich habe ich sein Papier benutzt.

»Komm, komm!«

Hinrichsen winkte ihm zu und stürmte die Treppe hinauf in die erste Etage.

»Talent muss man pflegen«, tönte es von oben, »und Talent hast du.«

Hinrichsen stand auf dem Treppenabsatz und zwinkerte ihm zu, als gehörte Carl von nun an zu den Auserwählten.

»König Artus«, sagte er, »kennst du die englische Legende?«

Carl schüttelte den Kopf.

»Um sein Anrecht auf den Königsthron zu beweisen, sollte er versuchen, ein Schwert aus einem Stein zu ziehen, in dem es feststeckte. Kräftige Männer hatten bei dem Versuch aufgeben müssen. Das Schwert ließ sich nicht bewegen. Und Artus? Er war nur ein schmächtiger Junge. Doch er zog das Schwert aus dem Stein. Mühelos. Diese Mühelosigkeit hast du. Es liegt eine Selbstverständlichkeit in deinem Strich, die Talent verrät.«

Hinrichsen war gerührt von seinem eigenen Redestrom und musste schlucken. Er hatte einen Kloß im Hals.

»Das Recht auf den Thron«, wiederholte er und zwinkerte.

Er führte Carl in ein hohes Zimmer mit einem Sofa-Arrangement aus dunklem Mahagoni. Über dem Sofa hing das Bild eines Sonnenaufgangs über dem Meer. Es gab so gut wie keine Brandung. Hell leuchtende Wolken schwebten direkt über dem Horizont, wo sich die Sonne in einer Lücke sehen ließ. Weiter oben verdunkelten sich die Wolken zu einem drohend graublauen Ton, als würde die Nacht noch zögern, den Platz dem Tag zu überlassen.

»Lundbye«, sagte Hinrichsen lakonisch und wies auf das Gemälde. »Ja, das ist der Name des Malers. Wie du siehst, haben es ihm die Wolken angetan. Genau wie dir.«

Er ging an einen Bücherschrank, dessen Tür halb offen stand, zog ein kleines Buch heraus und überreichte es Carl.

»Hier«, sagte er, »das sollst du haben. Lies es. Dadurch erfährst du mehr über Wolken. Alle dänischen Maler lesen es. Lundbye …«, er zeigte noch einmal auf das Gemälde, »glaub mir, er hat es auch gelesen.«

Hinrichsen stand jetzt so nah bei Carl, dass es den Anschein hatte, als wollte er ihm diese ungeheure Energie übertragen, die in seinem Körper hauste und weder ihn noch die Stadt ruhen ließ.

Carl sah sich das Buch an. *Der Wolkenhimmel* lautete der Titel. Der Autor war B. S. Ingemann. Er hatte den Namen schon einmal gehört.

»Du bist ein Maler. Das sieht jeder. Jetzt müssen wir nur noch sehen, wie wir dich auf den rechten Weg bringen. Meisterwerke gehören nicht auf Packpapier.«

Er musterte Carl, der den Blick niederschlug.

»Schneidersohn«, sagte Hinrichsen, »das ist kein Hinderungsgrund. Hans Christian Andersen ist der Sohn eines Schuhmachers. Es wächst und gedeiht im dänischen Volk. Wir alle haben etwas beizutragen.«

Er begann, Carl auszufragen. Skizzenblock, ordentliches Papier, Kohlestifte, Staffelei, Palette, Ölfarben? Hatte er etwas davon?

Bei jedem Utensil, das er nannte, schüttelte Carl den Kopf.

»Einen Lehrer können wir dir hier in Ærøskøbing vermutlich nicht beschaffen. Es sei denn, du willst dich von unser aller Kriegsheld unterrichten lassen, dem Postmeister Kaffka?«

Carl wusste nicht, was er sagen sollte. Schließlich hing in der Kirche das Bild des Postmeisters von der Grablegung Jesu. Er gehörte zu den Vornehmen in der Stadt. Vielleicht war es besser, überhaupt nicht zu antworten.

»Mir gegenüber kannst du ehrlich sein. Na, was sagst du?«

Carl schluckte. Hinrichsen war geradeheraus. Ihm gegenüber durfte man sicher nicht lügen. Und hatte er nicht auch einen Hauch von Ironie gehört, als Hinrichsen Kaffka erwähnte?

»Er kann überhaupt nicht malen«, sagte Carl mit leiser Stimme, die so gar nicht zu dem Kategorischen seiner Aussage passte.

Es kostete ihn Überwindung, seine Meinung zu sagen. In der

Gesellschaft Erwachsener war er es nicht gewohnt. Er senkte den Kopf, als hätte er mit seinen Worten eine Grenze überschritten, und wartete nun darauf, dass eine Kleiderbürste mit dem üblichen lauten Klatschen sein Hinterteil traf.

»Kunstkenner bist du auch?«

Hinrichsen lachte anerkennend und zwinkerte.

Dann drehte er sich auf dem Absatz um.

»Ich muss los«, erklärte er. »Eile, Eile, immer in Eile.«

Er stürmte die Treppe hinunter und summte dabei ein paar Worte auf eine Melodie, die sich anhörte, als hätte er sie sich selbst ausgedacht.

»Dies fette, phlegmatische Erdenleben,
in dem alle nur nach Realem streben.«

»Wenn der wüsste«, unterbrach er sich, als würde er den Urheber der Worte zurechtsetzen, wer immer es auch war. Er selbst konnte jedenfalls nicht gemeint sein. Wenn Hinrichsen etwas nicht war, dann ein Phlegmatiker.

An der Haustür blieb er stehen und drehte sich zu Carl um.

»Heiberg«, sagte er. »*Eine Seele nach dem Tod*. Ich leih dir das Buch, wenn du das nächste Mal zu Besuch kommst.«

Mahnend hob er den Zeigefinger und zwinkerte Carl zu, der die Treppe fast bewältigt hatte und auf der vorletzten Stufe stand.

»Du sollst Maler werden. Ich rede in den nächsten Tagen mit deinem Vater.«

Eigentlich klang diese Ankündigung wie ein Versprechen; doch es lag eine Selbstsicherheit im Tonfall, die Carl verstehen ließ, dass es sich in Wahrheit um einen Befehl handelte. Seine Zukunft hatte sich entschieden.

Hinrichsen eilte aus der Tür und verschwand im Galopp in Richtung Markt. Die Zukunft so vieler Menschen war von seinen Entscheidungen abhängig.

Das Dienstmädchen ließ Carl hinaus. Sie blickte ihn schelmisch an, als würden alle, die in die Nähe des Hausherrn kamen, ein Geheimnis teilen.

»Dieser Hinrichsen«, sagte sie.

Überwältigt lief Carl durch die Straßen. Die Zukunft hatte wie ein Blitz eingeschlagen und seine Fantasie entfacht. Maler – er hatte es nie gewagt, diesen Gedanken zu denken. Was würde sein Vater sagen? Diese Frage brauchte er sich nicht zu stellen. Kam die Idee von Hinrichsen, würde sein Vater keine Einwände haben, obwohl das freischwebende Leben eines Malers im Grunde eine Revolte gegen sämtliche Überzeugungen war, für die der Schneidermeister eintrat. Nun erhielt sein Sohn jedoch einen Teil des Glanzes, dieses Glanzes, den das Nachbarhaus jeden Abend ausstrahlte und in dessen äußerem Kreis Johan Arenth Rasmussen sein Leben verbracht hatte. Carl war in die erste Etage eingeladen worden. Auch sein Vater hatte sich dort schon aufgehalten, allerdings mit dem Maßband in der Hand und dem Mund voller Stecknadeln. Carl wurde wie ein Gleichgestellter behandelt. Er diskutierte mit Hinrichsen die aktuelle Literatur, und eines Tages würde ein Gemälde, das seine Signatur trug, über dem schweren Sofa hängen. Er legte jede Bescheidenheit ab und gab sich seinen Träumen hin.

In der Søndergade kam er an Jørgensens Färberei vorbei. In der Mitte der Straße floss das Abwasser der Färberei im Rinnstein – ein glimmendes Kobaltblau, intensiver als das wolkenfreie Himmelszelt an einem der farbenklarsten Septembertage, und dann ein Currygelb, so scharf, dass es sich ebenfalls nicht in der Natur finden lassen würde. Ein paar Meter flossen die Farben nebeneinander, bevor sie sich mischten und zu einem Grün wurden, das inmitten des grauen Straßenpflasters und der blassen Pastellfarben der Hausmauern die Augen nadelte. Als hätte die alltägliche Realität einen Riss bekommen und aus einer bisher verborgenen Quelle sprudelte ein Strom ungezähmter Farben. Vor Carls Blick flimmerte es. Ein Schrecken durchzuckte ihn und gleichzeitig empfand er eine Sehnsucht, die so unbezähmbar war wie die beißenden Farben. Dies waren die Grundstoffe, auf denen sein künftiges Leben fußen sollte.

Er lief hinunter zum Wasser und ging den Jungerfernstieg entlang, bis er eine ungestörte Stelle fand, um in Ruhe lesen zu können. Mit der Aussicht auf Drejø – dort hatte er die Ansicht gezeichnet, die Hinrichsen die Augen öffnete – schlug er Ingemanns Buch auf und begann, die Naturgeschichte der Luft zu studieren.

Es vergingen einige Tage. Carl bemerkte keinerlei Veränderungen an seinem Vater, von Hinrichsen sah und hörte er nichts. Hatte der vielbeschäftigte erste Bürger der Stadt sein Versprechen vergessen?

In seiner Fantasie hatte Carl manches Luftschloss gebaut. Sollte seine Zukunft nur in seiner eigenen kleinen Traumwelt versteckt bleiben? Oder musste er selbst etwas unternehmen?

»Wieso hast du meine Zeichnung als Packpapier benutzt?«, wollte er von seinem Vater wissen.

Er schlug den Blick nieder, als er fragte.

Der Schneidermeister antwortete nicht, stattdessen blickte er auf seine Nadel.

Da wusste Carl, dass Hinrichsen mit dem Vater gesprochen hatte.

Am nächsten Sonntag wurde einer weniger aufgefordert, sich zum wöchentlichen Ritual aufzustellen.

Carl sollte nie wieder die Kleiderbürste zu spüren bekommen.

Wissen Sie, wo ein Neger am empfindlichsten ist, Rasmussen?« Kapitän Thomsen blickte von seinem Teller Erbsensuppe auf und schaute hinüber zu Carl, der wie gewöhnlich im Essen stocherte.

»Sollte ich das wissen?«

»Unser Steuermann hier weiß es. Außerdem ist er Christ und gewohnt, die andere Wange hinzuhalten. Stimmts, Ryberg? Du weißt es.«

Der Steuermann nickte widerwillig.

»Das Schienbein«, sagte er mürrisch. »Am empfindlichsten sind sie am Schienbein. Der Schädel ist viel zu dick. Die merken's nicht, wenn man ihnen auf den Kopf schlägt.«

»Jetzt wissen Sie's, Rasmussen. Sie werden dieses Wissen kaum benötigen. Aber für einen Seemann ist es nützlich.«

Sie hatten ihre Mahlzeit beendet. Der Schiffsjunge kam herein und räumte die Teller ab. Thomsen orderte Kaffee.

»Tee für den Maler«, fügte er hinzu.

Thomsen hatte die merkwürdige Angewohnheit, den größten Teil des Tages Strickzeug in den Händen zu halten und wie eine routinierte alte Frau mit rasender Geschwindigkeit die Stricknadeln klappern zu lassen. Er arbeitete stets an Wollstrümpfen. Selbst bezeichnete er sie als ›Müßiggangsocken‹ und behauptete, es handele sich um einen Brauch aus seiner Heimat, wo es nicht gern gesehen würde, wenn die Hände eines Mannes oder einer Frau untätig blieben. Er stammte aus Fanø, das in diesen Jahren mit Marstal darum wetteiferte, in welchem der beiden Häfen der größte Teil der dänischen Flotte registriert war, abgesehen von der Hauptstadt. Strickte er die Maschen der Spitze zusammen – eine Operation, die ihm besonders schwerfiel –, durfte er nicht gestört werden. Lautlos bewegten sich seine Lippen, wenn er die Maschen zählte. Doch normalerweise steuerten seine Hände die Nadeln selbstständig, egal ob er einen prüfenden Blick zur Wolkendecke schickte oder der Mannschaft befahl, die Segel zu reffen oder zu bergen. Bisweilen steckte er sich die Tonpfeife in den Mund, strickte dabei aber weiter.

Thomsen holte die Müßiggangsocken heraus. Die Stricknadeln fingen an zu klappern. Er war gerade mit dem Bündchen fertig, das er nach der Methode zwei rechts, zwei links gestrickt hatte. Nun ging er zum Glattstricken über und die Nadeln schienen sich von allein zu bewegen, während sein Blick sich wieder auf Carl heftete.

»Sie glauben mir vielleicht nicht, aber ich bin tatsächlich ein Freund der Schwarzen.«

»Aha«, sagte Carl zurückhaltend. Ihm hatte der Ton zuvor nicht gefallen.

»Ich habe mit ihnen gelebt. Als junger Mann bin ich im Linienverkehr zwischen Nantes und Guadeloupe unterwegs gewesen. In Guadeloupe ankerten wir oben im Korallenbecken. Vier Monate. Wir schliefen am Strand unter Palmen, zusammen mit den Negern. Sie liefen nackt herum.«

»Nackt!«, stieß Ryberg hervor.

»Spiel hier nicht den Entrüsteten, Ryberg. Ich habe die Geschichte schon mal erzählt.«

»Der Kapitän hat nicht erzählt, dass sie nackt gewesen sind.«

»Ja, sie waren nackt. Und ich auch. Wir waren eine große Familie. Sie kannten weder Häuser noch Geld und Eigentum – oder Kleidung. Die Kinder blieben immer bei der Mutter. Niemand wusste, wer der Vater war. Krankheit, Kälte, Untreue, Zank oder Streit – all das war ihnen vollkommen unbekannt. Jeden Morgen, wenn sie aufwachten, fassten sie sich bei den Händen und fingen an zu tanzen. Sie begrüßten die Sonne. Ja, mein lieber Ryberg, es handelte sich um Heiden. Alles sehr anständige Menschen.«

Die Stricknadeln klapperten in den Händen des Kapitäns. Mit dem Glattstricken kam er rasch voran.

»Anständige Menschen«, der Steuermann verzog den Mund.

»Ja, ja, ich weiß, dass sie in Sünde lebten«, sagte der Kapitän in nachsichtigem Ton. »Und trotzdem nenne ich es ein Paradies.«

Er wandte sich an Carl, als hätte er den Steuermann aufgegeben.

»Des einen Himmelreich, des anderen Hölle. Und umgekehrt. Ich dachte, die Geschichte würde Sie interessieren.«

»Sagen Sie, haben Sie die Schwarzen in ihrem Paradiesgarten vors Schienbein getreten?«

»Nein, das war in Port au Prince, Haiti.«

»Ich kannte mal einen französischen Maler, der dachte genau wie Sie. Ich weiß nicht, was aus ihm geworden ist. Aber ich würde Sie gern etwas fragen. Wieso sind Sie nicht in Ihrem Paradies geblieben? Wieso begegnen wir uns hier, mit Kurs auf treibende Eisfelder?«

Die Stricknadeln unterbrachen ihr Klappern.

»Eine gute Frage, Rasmussen. Eine verdammt gute Frage. Ich habe mich seither dasselbe gefragt, und ich werde mir die Frage noch an dem Tag stellen, an dem ich auf dem Sterbebett liege.«

»Der Kapitän sollte lieber fragen, was Gott mit ihm vorhat.«

»Du hältst jetzt die Klappe, Ryberg. Hier unterhalten sich ernsthafte Menschen.«

Thomsen schaute den Steuermann nicht an, der brüsk aufstand und den Salon verließ, ohne den Kaffee abzuwarten, während der Kapitän seinen Gedankengang ungerührt wieder aufnahm.

»In Grönland fühle ich mich oft weit weg von zu Hause. Aber wissen Sie was, Rasmussen? Ich denke dann bestimmt nicht an

Fanø. Sondern an das Korallenbecken in Guadeloupe. Da gehöre ich hin. Wieso bin ich nicht dort geblieben? Ich geh mal davon aus, weil ich so bin, wie ich bin. Ein Schiff kommt überall hin auf der Welt. Aber wir Menschen sind nicht so beweglich, wie wir glauben. Ich weiß nicht genau, wie ich es sagen soll. Wir können uns selbst nicht entkommen. Spüren Sie das nicht auch, Rasmussen? Sie sind früher in Grönland gewesen. Irgendetwas muss Sie doch anziehen. Vielleicht haben Sie ja dort oben etwas Ähnliches erlebt wie ich auf Guadeloupe?«

Carl schüttelte energisch den Kopf.

»Na ja, ich will Sie nicht aushorchen. Ich bin diskret. Das muss ein Kapitän gegenüber seinen Passagieren sein. Aber Sie sind nicht in Grönland geblieben. Sie haben sich dort nicht angesiedelt. Sie können auch nicht aus Ihrer Haut. Tja, was wollen wir hier auf Erden? Eine verdammt gute Frage. Vielleicht haben wir gar keine so große Wahl, wie wir uns einbilden.«

Die Stricknadeln nahmen ihr Klappern wieder auf. Der Schiffsjunge kam mit einem Tablett und schenkte Carl Tee ein. Er nippte vorsichtig an der heißen Flüssigkeit.

»Gibt es auch Milch?«, erkundigte er sich.

Ein Künstler muss heraus, und Carl kam heraus. Er kam bis nach Marstal, nur zwölf Kilometer entfernt. Und doch sollte es die längste Reise seines Lebens werden. Von ihr kehrte er nie wieder zurück. Er hatte an so vielen Orten gewohnt und gemalt. Er hatte immer nach einem Zuhause gesucht. Aber was ist für einen Künstler ein Zuhause? Ist es das Vaterland oder das Volk, dessen Sprache und Geschichte er teilt? Ist es überhaupt ein geografischer Ort oder eher eine Idee – sein Atelier, die Brechung des Lichts, und, da er nun mal Maler ist, das Spiel der Farben? Fand er sein Heim in den Wolken?

Er blieb auf der Suche. Am längsten in Marstal, doch dort gehörte er nicht hin, dort hatte seine Heimatlosigkeit begonnen.

Kurz, nachdem er Hinrichsens Aufmerksamkeit erregt hatte und dank seines Wohltäters in den Kreis der Erwachsenen getreten war, passierte es. Carl besuchte seinen Onkel in Marstal, Rasmus Rasmussen. Obwohl der Name klang, als würde er stottern, handelte es sich bei Onkel Ras, wie er genannt zu werden verlangte, keineswegs um einen unsicheren Mann. In seinen Manieren und seiner Sprache war er in einem Maß geradeheraus, dass diese Offenheit sich leicht mit einem Mangel an Kinderstube verwechseln ließ – also das genaue Gegenteil von Carls Vater mit seiner verbissenen Prinzipienreiterei und dem ständigen Schielen auf die Form. Als würde das Leben aus nichts anderem bestehen als aus geraden Rocksäumen und der schwierigen Wahl zwischen algiergrau und russischgrün.

Onkel Ras hatte immer einen roten Kopf. Ein inneres Glühen ließ ihn aufleuchten, und wenn er lachte, sprühte ihm der Speichel wie Gischt aus dem Mund und hinterließ kleine weiße, feuchte Perlen in seinem dünnen, verfilzten Bart. Wie so viele andere in der Stadt verdiente er seinen Lebensunterhalt als Skipper, und bei einer der seltenen Gelegenheiten, an denen er zu Hause in der Møllegade war, hatte er die Familie seines Bruders aus Ærøskøbing zum sonntäglichen Mittagessen eingeladen. Von den Kindern nahm nur Carl, der Älteste, daran teil. Der Vater war der Ansicht, es gehöre sich nicht, das enge, niedrige Haus des Bruders mit seiner zahlreichen Kinderschar zu bevölkern.

Onkel Ras war beleidigt. Glaubte sein Bruder etwa, er wäre nicht imstande, die eigene Familie zu bewirten? Für ein Wurstende würde es noch immer reichen, selbst für das jüngste Besatzungsmitglied, polterte er, als er die kleine Gäste-Delegation vor seinem gelb gekalkten Haus auf der Straße empfing. Doch gleich darauf kehrte seine gute Laune zurück, und er versetzte Carl einen Willkommensschlag auf den Rücken, der ihn den schiefen Treppenstein aus schwarz geteertem Granit emporstolpern und kopfüber in den engen Flur stürzen ließ, wo er beinahe mit Tante Ermine zusammenstieß. Sie versteckte sich zur Feier des Tages hinter einer weißgestärkten Schürze, die sie bei den Vorbereitungen des Mittagessens vor Flecken hatte bewahren können.

Während der Mahlzeit saß Carl stumm und steif am Tisch, als wollte er den schlechten Eindruck wettmachen, den er bei seinem überstürzten Eintritt hinterlassen haben musste.

Das Sonntagsgericht bestand aus Reisgrütze und Eierkuchen. Johan Arenth Rasmussen warf seiner Ehefrau einen Blick zu. In Ærøskøbing aßen sie durchaus vornehmer.

Onkel Ras zog Carl mit der kurzen Jacke und der grünen Weste auf, mit denen er seinen frisch erworbenen Status als Erwachsener zu unterstreichen suchte.

»Du wächst deinem Vater bald über den Kopf«, sagte er, eine

Bemerkung, die mehr Wahrheit enthielt, als er ahnte. Carl trug die Kleider des relativ kleinen Schneiders.

»Hinrichsen hat ihn unter seine Fittiche genommen«, sagte der Vater mit feierlicher Miene.

Onkel Ras schien die Mitteilung nicht zu beeindrucken. Stattdessen begann er, die Schiffsreeder aus Ærøskøbing wegen ihrer Vorsicht und ihrer Unfähigkeit, sich auf den neuen Frachtmarkt einzustellen, zu kritisieren. Für umtriebige Männer gäbe es genügend Möglichkeiten, aber die Reeder von Ærøskøbing würden sie nicht nutzen.

Carl war verlegen und seine Verlegenheit wurde nicht geringer, als der Vater in einem verstimmten Tonfall ausführlich Hinrichsens zahlreiche Vorzüge darlegte. Dass auf Carl eine Zukunft als Maler wartete, beeindruckte den Onkel ebenfalls nicht. Kritisch musterte er Carl, der auf seinem Stuhl zusammengesunken war.

»Der Junge braucht frische Luft«, erklärte er, und es war klar, dass es ihm dabei nicht nur um die kleine Stube mit den beschlagenen Scheiben ging.

»Geh raus und schau dir die Stadt an«, forderte er ihn auf.

Erleichtert erhob sich Carl vom Tisch. Im Flur schnallte er sich seinen Tornister auf, bei dem es sich samt seines Inhalts mit Skizzenblock, Blei- und Kohlestiften um ein Geschenk Hinrichsens handelte. Alles war zusammen mit einer Staffelei, Leinwänden, Ölfarben, Malkasten, Palette und Pinseln mit Erichsens Paketboot aus Kopenhagen gekommen. Den Tornister trug Carl immer bei sich, obwohl er heute lieber eine sonnige Ecke finden wollte, wo er sich ungestört der Lektüre von Ingemanns Buch hingeben konnte, das wie gewöhnlich in seiner Jackentasche steckte.

Schon bald nahm ihn allerdings die Erkundung des Orts in Anspruch, der sich deutlich von Ærøskøbing unterschied. Seine eigene Stadt fand er wesentlich schöner. Die stattlichen Erkerhäuser entlang der Vestergade in Ærøskøbing hatten keinerlei Pendant in Marstal. Auch hier ragten mit Ziegeln gedeckte Dächer steil in die Luft, doch er sah überall die gleichen niedrigen Häuser mit ihrem Fundament aus schwarz geteerten Feldsteinen, die sich unter der Last der Dächer duckten. Für Bürgersteige war kein Platz mehr geblieben. Die Häuser schoben sich unordentlich in die Straßen, ohne sich an einer geraden Linie auszurichten – so hinterließ ein Kind seine Bauklötze, wenn es müde war vom Spielen und vergessen hat, hinter sich aufzuräumen.

Marstal hatte man auf einem Hügel gebaut, und der einzige Plan für die Stadt schien gewesen zu sein, dass alle Straßen wie das Wasser nach unten liefen, um dort zu enden, wo es einst einen Strand gegeben hatte. Nun aber lagen hier Hafenkais und Werften, die von einer kilometerlangen Mole geschützt wurden. Hätte er einen Fassreifen gehabt – dafür war er natürlich längst zu alt –, hätte er ihn nur loslassen müssen, er wäre allein den Hügel hinuntergerollt und mit einem Plumps im Hafenbecken verschwunden. Offenbar war den Männern der Stadt das gleiche Schicksal vorbestimmt. Jedenfalls gab es in Marstal weit mehr Seeleute und registrierte Schiffe als in Ærøskøbing, obwohl beide Städte am Meer lagen und ungefähr die gleiche Einwohnerzahl aufwiesen.

Er war eine Weile in den Straßen umhergegangen, als er bemerkte, dass ihm ein paar Jungen folgten. Vier oder fünf. Der Älteste war so groß wie er, die anderen mochten ein paar Jahre jünger sein. Ein dicker Junge mit einem feuerroten Streifen quer über dem Gesicht drückte sich am Rand der Gruppe herum, als wüsste er nicht so genau, ob er dazugehörte oder nicht.

Carl war ein Fremder. Hielt er es für ein Begrüßungskomitee, das jeden Moment ein Ehrentor für ihn errichten und eine Rede halten würde? Wohl kaum. Er machte sich keine Gedanken über ihre Motive, ihm zu folgen. Obwohl sie alle auffällige

Narben und Schrammen im Gesicht und an den Händen hatten, warnte ihn in diesem Moment weder sein Instinkt noch seine Erfahrung. Er spannte seine Muskeln nicht an, wie die meisten Jungen es getan hätten. Ungerührt setzte er seinen Spaziergang durch die Stadt fort.

Plötzlich bildeten sie einen Kreis um ihn. Verstohlen schauten sie sich um, um sicherzugehen, dass niemand sie beobachtete. Dann sangen sie einen Kinderreim, dessen Sinn er nicht verstand. Niels, Niels Schneckenhorn, lauteten die ersten Worte. Der Ton hatte etwas Bedrohliches. Carl blickte sie verwundert an und wollte gerade fragen, was sie wollten, als der Größte ihm zuvorkam.

»Wo kommste denn her?«

Hohn lag in der Stimme. Er schubste Carl, als wollte er ihn auffordern, zur Seite zu gehen.

»Ærøskøbing.«

Der Junge beugte sich drohend vor, als bereite er sich vor zuzuschlagen. Er war breitschultrig und hatte tief liegende Augen. Eine weiße Narbe spaltete eine der Augenbrauen. Seine Stirn wies eine halb verheilte Wunde auf, als hätte er die Angewohnheit, ununterbrochen mit dem Kopf gegen eine Mauer zu rennen.

»Dann biste wohl richtig scheißwichtig, was?«

Carl starrte ihn verständnislos an. Aber noch bevor er reagieren konnte, bekam er einen harten Stoß an die Schulter. Diesmal verlor er das Gleichgewicht und setzte sich mit einem überraschten Gesichtsausdruck auf die Straße. Das Steißbein tat ihm weh, als er mit seinem Hinterteil auf das holprige Pflaster schlug, er schnitt eine Grimasse. Er blickte die Jungen verwundert an. Er verstand nicht, was hier vorging, und reagierte weder erschrocken noch wütend. Er fühlte sich nicht einmal gekränkt.

Viele Jahre später fragte er sich, was wohl passiert wäre, wenn er sich aufgerichtet und zurückgeschlagen hätte. Dieser Gedanke lag ihm damals vollkommen fern, im Grunde war es undenkbar gewesen.

»Seht mal, er hat ein Buch!«

Einer der Jungen zeigte auf seine Jackentasche. Er war fast so groß wie der Junge, der Carl geschubst hatte, aber irgendetwas in seinem Gesicht verriet, dass er mehrere Jahre jünger sein musste. Seine Züge waren weder weich noch unausgeprägt, und doch lag eine Empfänglichkeit in seinem Blick, die nichts mit dem kampfbereiten Gesichtsausdruck des größeren Jungen zu tun hatte.

Carl erhob sich.

»Liest du Bücher?«

Die Frage verwirrte Carl.

»Ja.«

Sie sahen sich an und grinsten verlegen.

»Können wir mal sehen?«

Carl reichte ihnen das Buch.

»Es gehört mir nicht«, sagte er, als wollte er sie auffordern, vorsichtig mit dem Buch umzugehen.

Der älteste der Jungen griff nach dem Buch und reichte es weiter.

»Was steht da?«

Der Junge, der Carls Buch als Erster gesehen hatte, sah es sich genau an.

»Das ist schwierig«, sagte er langsam. *»Der Wolkenhimmel.«*

Die Worte kamen zögernd. Bei dem verzwickten Untertitel musste er passen.

»Kommst du mit zum Grab des Russen?«

Er schaute von dem Buch auf.

»Ja, warum nicht.«

Carl wusste nicht, worum es sich bei dem Grab des Russen handelte. Aber er spürte, dass sie ihm ihren Kreis öffneten. Er stimmte zu, um eintreten zu können.

Er nannte seinen Namen und gab jedem Einzelnen die Hand.

Nacheinander stellten sich die Jungen vor. Niels Peter, Albert, Anders. Johan und Josef sahen sich ähnlich. Der Dicke kam näher. Auch ihm gab er die Hand. Er hatte einen schwammigen, feuchten Händedruck erwartet. Stattdessen war die Hand trocken, als wären die Fleischmassen und der hündische Gesichtsausdruck nicht die ganze Wahrheit über den dicken Jungen. Er hieß Lorentz. Carl erhielt sein Buch zurück und steckte es in die Jackentasche.

Sie nahmen ihn mit zu einem Strand, den sie Halen nannten. Es handelte sich um eine Landzunge aus Sand, die sich wie ein langer, beschützender Arm um den Hafen zog. Dabei erzählten sie ihm von der Stelle, die sie das Grab des Russen nannten. Während des Krieges mit den Deutschen hatte ein russisches Schiff in der südlichen Fahrrinne vor Anker gelegen.

»Die Russen waren ja unsere Verbündeten«, erklärte Jonas mit dem wissenden Gesichtsausdruck eines Erwachsenen.

Einer der russischen Offiziere hatte einen Matrosen der Meuterei beschuldigt und ihn niedergeschossen. Die Russen gehörten einer anderen christlichen Glaubensrichtung an als die Dänen. Daher wurde der Tote nicht auf dem Friedhof begraben, sondern im Sand von Halen. Es hieß, die Männer hätten um eine Dienstmagd von der Insel Strynø gestritten, in die sich beide verliebt hatten. Sie mochte den Matrosen lieber, also hatte der Offizier seinen Rivalen ausgeschaltet. Nur eine Erhöhung im Sand markierte die letzte Ruhestätte des Russen; aber irgendjemand hatte wilde Rosen auf sein Grab gepflanzt und mit weißen Steinen im Sand ein Kreuz angedeutet. Auf einem größeren Stein stand das Wort Vladimir, so hatten sie den Namen des Ermordeten erfahren. Jetzt ging der Tote mit seinem zerschossenen Schädel auf Halen um, in hellen Sommernächten hatten ihn viele dort schon gesehen.

Die Dienstmagd war längst verschwunden. Sie war nach Strynø zurückgekehrt, als sie ein Kind erwartete. Und nun kam niemand mehr, um nach dem Grab des Russen zu sehen. Die Jungen nutzten die Gelegenheit und hatten das Grab zu ihrem Treffpunkt gewählt. Die weißen Steine des Kreuzes legten sie jedes Mal um, wenn sie zum Strand kamen. An diesem Tag grinste ihnen ein Totenkopf entgegen. Es sollte wohl ein Porträt des Toten sein.

»Was hast'n du in dem Tornister?«, wollte Niels Peter wissen, als sie sich um das Grab gesetzt hatten.

»Meine Zeichensachen.«

Carl nahm den Tornister ab und stellte ihn vor sich in den Sand. Dann öffnete er ihn und zog den Skizzenblock heraus. Sie drängten sich um ihn.

»Was is'n das für ein Buch?«, fragte Albert.

»Das ist kein Buch. Das ist ein Skizzenblock.«

Er schlug den Block auf und begann, darin zu blättern. Sie rückten näher an ihn heran. Er hatte Häuser und Straßenzüge in Ærøskøbing gezeichnet, Schiffe mit gesetzten Segeln auf dem Weg aus dem Hafen – und Wolken. Er liebte die Wolken, ihre beständig wechselnden Formen luden seine Fantasie ein, ungehindert ihre eigenen Wege zu gehen.

Es gab auch ein Porträt von Hinrichsen. Carl hatte ihn im Hafen gezeichnet, im Hintergrund die Stadt mit den großen Erkerhäusern der Vestergade. Hinrichsen stand mit gespreizten Beinen und hochgeschlagenen Rockschößen da. Die Hände hielt er auf dem Rücken, und er ließ keinen Zweifel daran aufkommen, dass ihm die ganze Stadt gehörte. Perspektivisch zu zeichnen, hatte Carl noch nicht richtig gelernt. Die abfallende Vestergade sah aus, als ob sie direkt in den Himmel führte.

Die Zeichnung hatte er als Vorstudie zu seinem ersten Ölgemälde angefertigt. Das Gemälde hatte er Hinrichsen geschenkt. Über dem Sofa hing es zwar nicht. Aber es hatte einen Platz im Entree gefunden; es war das Erste, was die Gäste sahen, wenn sie das Haus betraten.

»Das nächste Bild«, sagte Hinrichsen, »hänge ich auf die Hälfte der Treppe. Um zu zeigen, dass du auf dem Weg bist.«

Carl errötete. Er verstand, was sein Wohltäter meinte: auf dem Weg in die erste Etage, zum Ehrenplatz über dem Sofa, dem höchsten für die Kunst erreichbaren Ort.

Niels Peter nahm ihm den Skizzenblock ab und hielt sich die Seiten dicht vor sein lädiertes Gesicht.

»Wer hat dir das geschenkt?«, wollte er wissen.

»Ich hab sie selbst gezeichnet.«

In Carls Stimme lag eine gewisse Kühnheit, er richtete sich auf.

»Bist ziemlich gut im Zeichnen.«

Niels Peter betrachtete Carl mit einem prüfenden Blick aus seinen tief liegenden Augen. Seine vernarbten Augenbrauen zogen sich zusammen, als würde seine Fähigkeit, etwas zu begreifen, einer unerwarteten Probe unterzogen.

Die Jungs beschäftigten sich erneut mit dem Block. Die Schiffe erregten ihr besonderes Interesse. Mit den Fingern folgten sie dem Tauwerk der Riggs und flüsterten miteinander. Carl begriff, dass sie die Schiffszeichnungen prüfend betrachteten. Sie suchten nach Fehlern in der Takelage und der Segelstellung, aber er konnte stolz sein, denn ihm war klar, dass sie nichts finden würden. Er wusste seine Augen einzusetzen.

Bei den letzten Skizzen handelte es sich um Wolkenstudien.

Dann hörte er ihre Stimme. Sie rief nicht ihn, aber wenn er später daran zurückdachte, hatte er jedes Mal das Gefühl, als hätte sie ausschließlich ihn treffen wollen.

Ein Ruck durchfuhr die Jungen. Sie sahen sich an – und blickten in eine andere Richtung, als ob sie gemeinsam beschlossen hätten, diesen merkwürdigen Anblick zu ignorieren.

Sie wackelte und wankte durch den lockeren Sand des Strandes und hielt sich jedes Mal den Fuß, wenn sie an einen Stein stieß. Ihr Blick war aufs Wasser gerichtet, als ob sie darauf wartete, dass sich am Horizont ein Wunder ereignete. Die Unzahl wollener Schals, in die sie sich gewickelt hatte, ließen sie eher wie ein vornübergebeugtes Tier als wie einen Menschen erscheinen. Ihr Gesicht war eingefallen und wirkte als gehöre es zu einem anderen Körper als dem unförmigen Bündel, aus dem es herausragte.

»Karo, Karo!«, rief sie mit dünner, klagender Stimme übers Wasser.

Johan kam auf die Beine und wandte sich an seinen Bruder.

»Wir müssen sie nach Hause bringen.«

Josef erhob sich unwillig. Er ließ die Schultern hängen und wich den Blicken der anderen aus. Die Brüder gingen auf die Frau zu und nahmen sie unter den Arm.

»Komm, Mutter, wir müssen heim.«

»Was?«, sagte sie mit einer schläfrigen Stimme. »Habt ihr Karo gefunden?«

»Komm jetzt!«

Josef zog sie ungeduldig am Arm.

Sie begann, lauthals zu jammern. »Mein Karo, mein Karo.«

Der Rest der Gruppe war ebenfalls aufgestanden. Mit den Händen in den Taschen und hochgezogenen Schultern marschierten sie auf die andere Seite der Landzunge, um dem Anblick zu entgehen. Sie blieben stehen und starrten hinüber zur Stadt. Es zuckte in ihren lädierten Gesichtern. Kämpften sie, um sich das Lachen zu verbeißen? Oder gab es einen anderen Grund?

»Verdammtes Weibsstück«, sagte Niels Peter.

In seiner Stimme klang eher Schrecken als Hass.

»Was ist mit ihr los?«, erkundigte sich Carl.

»Sie ist verrückt, siehst du das nicht?«

Niels Peters Stimme bebte jetzt vor Zorn. Dennoch trieb die Neugierde Carl zu einer weiteren Frage.

»Wer ist sie?«

Niels Peter starrte stumm vor sich hin.

»Die Frau des Lehrers, Frau Isager. Sie sucht nach ihrem Hund. Er ist ...«

Albert hatte anstelle von Niels Peter geantwortet. Er hielt mitten im Satz inne. Irgendetwas ließ ihn zögern.

Dann kam es doch noch.

» ... er ist tot.«

»Er ist nicht tot«, widersprach Niels Peter in einem zurechtweisenden Ton und warf Albert einen warnenden Blick zu.

»Er ist nur verschwunden. Niemand weiß, wo er ist.«

»Ja, er ist nur verschwunden«, wiederholte Albert. »Sie ist verrückt, seit es in der Skolegade gebrannt hat.«

»War das nicht in einer Silvesternacht? Damals konnten wir den Brand bis Ærøskøbing sehen. Wir glaubten erst, die Sonne wäre mitten im Winter nachts aufgegangen. Dann dachten wir, ganz Marstal stünde in Flammen.«

»Es war bloß die Skolegade«, sagte Niels Peter, als wäre eine brennende Straße eine Bagatelle, die es nicht verdient hatte, dass weitere Worte darauf verschwendet wurden.

Die Jungen schüttelten sich, als würden sie frieren. Dann gingen sie zurück zur Stadt.

Carl folgte ihnen im Abstand von ein paar Metern. Irgendetwas wollten sie ihm nicht erzählen. Das spürte er. Aber er fragte nicht nach.

Sie brachten ihn zum Klotschenmann, der an der Ecke Lærkegade und Kirkestræde Holzschuhe verkaufte. Auch Schleifsteine und Brustzucker gehörten zum Sortiment des verwahrlosten Ladens, aber die eigentliche Attraktion war der Klotschenmann selbst. Ihm fehlten nämlich beide Ohren, oder besser gesagt, er besaß nur noch die Ansätze von Ohren. Sie saßen an seinem Kopf wie zwei nicht aufgesprungene Blütenknospen, deren Wachstum unterbrochen wurde, bevor sie Zeit fanden, sich zu entfalten.

Er hatte etwas zu lange Ohren, erklärten die Jungen in vertraulichem Ton, der verriet, dass Carl nun in ein Geheimnis eingeweiht wurde. Der Klotschenmann hatte Dinge gehört, die er besser nicht gehört hätte, oder die er jedenfalls nicht hätte weitererzählen sollen. Er hatte bei Assessor Clausen in Ærøskøbing ein paar Schmuggler aus Marstal angezeigt, die ihr Versteck auf dem Dachboden des Schmieds von Ommel hatten. Clausen wollte halb Marstal einsperren. Aber die Marstaller kamen ihm zuvor und schafften zwanzig Wagenladungen in einer Nacht beiseite, sodass der Assessor mit einer langen Nase dastand.

Den Ohren des Klotschenmanns erging es umgekehrt. Sie wurden kürzer.

Als sie ihre Geschichte beendet hatten, lachte der ganze Haufen laut los.

Den Besuch beim Klotschenmann hatten sich die Jungen als Geschenk für Carl gedacht. Sie gingen davon aus, dass die gestutzten Ohren des Klotschenmanns einen Zeichner interessieren müssten. Diese Art von Kuriositäten hielten sie für Sehenswürdigkeiten.

In der Kongensgade zeigten sie ihm ein Schild im Parterrefenster des reichen Schiffsreeders Kromann, auf dem jeden Tag zur Mittagszeit mitgeteilt wurde, was die Familie zu essen bekam. Der Schiffsreeder war all die Neugierigen leid, die ständig ihre Nasen an seiner Fensterscheibe platt drückten, um zu sehen, was man auf dem großen Mahagonitisch in der Mitte des Zimmers servierte. Nun ließ er täglich eine offizielle Mitteilung über die Speisefolge aufsetzen. An diesem Tag gab es Holunderbeerensuppe und Fischragout.

»Mit Speckwürfeln«, sagte Niels Peter.

Speckwürfel gab es nur bei den Reichen.

Im Hafen zeigten sie ihm den Sandgräber Store Hans, der das ganze Jahr über mit dem gleichen Südwester herumlief; er drehte ihn je nach Jahreszeit um, sodass mal sein bärtiges Gesicht vor der Sonne, mal sein Nacken gegen Regen geschützt wurde. Schuhe kannte er nicht, und gern ging er auch nur in seiner grauen gewebten Unterhose spazieren.

Auf einem Dachboden in der Korsgade präsentierten sie Carl ein Paar gewaltige Seestiefel, die nicht mehr benutzt wurden. Bei Sturm, wenn der Wind am Giebel rüttelte, fingen die leeren Stiefel an zu leben und marschierten von allein herum. Sie hatten Alberts Vater Laurids gehört, der sie zurückgelassen hatte, als er auf seine letzte Reise ging.

»Zeichne sie«, sagten sie und zeigten auf die Stiefel.

Sie wollten ihm so gern imponieren und versuchten es mit den kindlichsten Tricks.

Sie verstanden nicht, dass es ihm um mehr ging, als nur geschickt mit dem Bleistift umzugehen. Die Kunst war eine Sache, Kuriositäten eine andere. Abgeschnittene Ohren, ein Mann in Unterhose, ein Paar leerer Stiefel – ein Künstler musste sich würdigere Motive suchen.

Wenn sie bei der Führung eine Pause einlegten, schaute Carl in den Himmel und betrachtete die Wolken, die wandernden, unbeständigen Wolken, die zu ihm über etwas Höheres und Ewiges sprachen.

Den größten Teil des Sommers trafen sie sich auf halbem Weg zwischen den beiden Orten, auf dem Lindesbjerg, einem hohen Hügel, von dem aus sie fast die ganze Insel übersehen konnten. Carl kam dorthin, um das Zeichnen von Perspektiven zu üben. Statt quer über die Insel zu laufen, ging er südlich, über Noret, und folgte der neu angelegten Dammanlage. Der trockengelegte Meeresboden lag grau auf der einen Seite und wartete darauf, von den Pflanzen des Landes erobert zu werden. Häufig legte er ein Stück des Wegs auf einem Pferdewagen zurück, der, mit einer schweren Last Feldsteine beladen, dahinrumpelte. Die Steine stammten von den zahlreichen Steinzeitgräbern der Insel. Sie wurden in den Hafen von Marstal gebracht, wo sie zu einem Teil jener Mole wurden, an der die Einwohner seit dreißig Jahren bauten.

Die Jungen aus Marstal erschienen immer außer Atem am Treffpunkt. Sie waren den ganzen Weg um die Wette gelaufen, obwohl es Große und Kleine unter ihnen gab. Nur der dicke Lorentz tauchte nicht auf. Er konnte nicht mithalten und hatte eingesehen, dass die anderen schon wieder aufgebrochen wären, lange bevor er überhaupt ankam.

Auf dem Gipfel des Hügels standen drei gewaltige Steine, auf denen wie ein Deckel ein noch größerer Stein lag: eines der Steinzeitgräber, das die plündernden Marstaller verschont hatten. Die Jungen kletterten oft auf den Steindeckel, obwohl er kaum genügend Platz für alle bot. Lange mussten sie sich schubsen, bis alle um Carl und seinen Skizzenblock einen Sitzplatz gefunden hatten.

Im Osten konnten sie die Steilküste bei Drejet sehen. Noch

weiter entfernt lag Langeland mit der majestätischen Steilküste von Ristinge, wo niemand von ihnen je gewesen war. Sie sahen das flache Haff, das einst die Insel geteilt hatte. Dahinter lag Ommelshoved, eine lange und dünne Landzunge, die aus der Entfernung fast wie eine eigene Insel anmutete. Die Kirche von Rise und die Kirchturmspitze von Ærøskøbing erhoben sich zwischen Baumkronen auf weit entfernten Feldern. Im Süden breitete sich die große Fläche der Ostsee aus. Auf der anderen Seite lag das Inselmeer mit seinen Werdern und kleinen grünen Inseln. Weit entfernt sah man Fünen wie einen bläulichen Schatten. Überall waren Segel zu erkennen, die weiß auf dem Wasser leuchteten.

Die Jungen verstummten jetzt, Carl führte das Wort. Er erzählte ihnen, dass er eines Tages ein Maler sein wollte, der den ganzen Tag mit seinem Skizzenblock dasitzen oder vor einer Leinwand stehen konnte. Sie sagten nichts, und während er redete, verstand er, dass er etwas besaß, was sie nicht hatten. Er hatte ein Ziel. Er hatte Pläne für die Zukunft, während ihr Schicksal längst vorbestimmt war. Es wartete dort draußen auf dem Meer, das sich zu allen Seiten ausbreitete. Sie waren die Söhne von Seeleuten, und sie würden ihren Vätern aufs Meer folgen. Sie wussten durchaus, dass man einen Kurs abstecken musste, um ein Schiff sicher übers Meer zu führen, aber wenn es um ihr eigenes Leben ging, trieben sie vor dem Wind.

Aber auch im Menschen gibt es eine Kompassnadel, und jedes Mal, wenn er den Kohlestift über das Papier führte, spürte er, dass er die Kompassnadel zeichnete. Er würde kein Schneider werden wie sein Vater. Er hatte sich in seinem Leben ein eigenes Ziel gesetzt.

Albert erkundigte sich, ob er außer dem Buch, das er bei ihrer ersten Begegnung in der Jackentasche gehabt hatte, noch andere Bücher besäße. Als sie sich das nächste Mal auf dem Lindesbjerg trafen, brachte Carl einen Band der *Odyssee* mit, den er sich von Hinrichsen geliehen hatte. Er erzählte, dass es sich um einen Bericht über einen Seemann und einen Krieger handelte. Den Anfang wollte er überspringen. Das wäre nichts für sie, meinte er. Darin würde nur beschrieben, wie Odysseus' Frau und sein Sohn auf ihn warteten, als der Held zwanzig Jahre fort war, und das wäre ihnen sicher zu langweilig.

Albert erwiderte, dass er den Teil trotzdem gern hören würde.

Carl hatte eine Weile vorgelesen, als Albert ihn unterbrach.

»Wieso glaubt Telemachos eigentlich, dass sein Vater noch lebt, wenn er ihn zwanzig Jahre nicht gesehen hat?«

»Weil er treu ist. Er will seinen Vater nicht im Stich lassen.«

»Na ja, aber er hat ihn doch noch nie gesehen.«

»Trotzdem ist Odysseus sein Vater.«

Der Junge blickte zu Boden. Lange saß er so da, und Carl hatte den Eindruck, dass er nicht mehr zuhörte.

Es war Sommer und der Himmel jeden Tag wolkenlos. Aber die Jungen trieben sich nicht wie sonst am Strand oder am Hafen herum. Stattdessen trafen sie sich auf dem Lindesbjerg. Ein paar Fremde tauchten in dem abschüssigen Gerstenfeld auf. Sie kamen von den umliegenden Höfen und blieben ein Stück entfernt stehen, bereit fortzulaufen. Eigentlich gehörte das Territorium ihnen, aber der Ruf der rauen Marstaller Jungen hielt sie auf Abstand. Erst als Carl sie mit einer Handbewegung einlud, näher zu kommen, traten sie zögernd heran und setzten sich am Fuß der Steine ins Gras, in Hörweite, aber doch in sicherem Abstand. Sie verhielten sich ganz ruhig. Carl las weiter, und bald hörten beide Gruppen, die sich sonst als Erzfeinde gegenüberstanden, vereint der Geschichte zu.

Eines Tages zeichnete er sie. Sie saßen im Kreis um den Steinhügel, die Jungen aus Marstal vorn, die Bauernjungen an der Seite, aber doch dicht beieinander, die Gesichter ihm zugewandt. Von oben, von der Steinplatte aus gesehen, wirkten sie wie eine einzige Gruppe. So zeichnete er sie, mit Gesichtern, die sich alle auf ein unsichtbares Zentrum konzentrierten. Es schien, als hätte eine liebevolle Hand ihre Züge geglättet. Die Jungen aus Marstall waren nicht mehr lädiert. Die Wunden und Beulen, die sie sonst verunstalteten, waren verschwunden. Ihre Gesichter leuchteten in einem inneren Frieden. Er konnte die Kinder in ihnen erkennen. In der Ferne lag die Steilküste von Vejsnæs. Das Meer war gesprenkelt von Schatten vorbeitreibender Kumuluswolken. Das reife, samtweiche Gerstenfeld wogte in der Sonne. Er fing alles ein.

Als er seine Zeichnung beendet hatte, sprang er herunter. Die Jungen umringten ihn, um sich die Skizze anzusehen. Niemand sagte etwas. Die Bauernsöhne rochen nach Schweiß und Vieh. Plötzlich wusste Carl, dass die Jungen aus Marstal es zum ersten Mal zuließen, ihnen so nahe zu kommen, ohne dass sie anfingen, die Bauernjungen zu verprügeln. Das bedeutete ihr Schweigen: Als er vorlas, hatten sie für einen Moment ein Erlebnis gehabt, das sie vergessen ließ, wer sie waren.

Die Zeichnung hatte er aufgehoben. Technisch war sie bei weitem nicht perfekt, den Gesichtern fehlte Individualität. Er behielt sie, nicht, weil er stolz auf seine Fertigkeiten gewesen wäre. Aber durch diese Zeichnung fand er zu seiner Kunst.

Er selbst stellte darin nichts anderes dar als ein Kraftfeld, das die Seelen anzog. Nicht er lenkte ihre Blicke in die gleiche Richtung. Seine Lesung vereinte sie. In diesem Augenblick hatte er die Kunst begriffen.

Er hatte die Kompassnadel gezeichnet.

Noch gab es Sonnentage, aber selten ohne Wind, es regnete immer häufiger. Der Horizont wurde von fernen Schauern verschleiert. Die Aussicht reichte weit genug, dass sie sehen konnten, wie der erwartete Herbst sich aus weiter Ferne näherte und die Insel umkreiste, bevor er sich mit seinen Stürmen und eiskalten Regenschauern auf sie stürzte. Der Himmel lieferte das Schlachtfeld, auf dem sich die Jahreszeiten trafen und die große Wende vorbereitet wurde. Carl nannte den Jungen die Namen der Wolken. Überwiegend handelte es sich um Kumuluswolken. Dann folgten die grauen Stratuswolken, die sich wie ein flacher Deckel über die Insel legten.

Ihre Hände wurden rot vor Kälte. Die Gesichter zeigten sich wieder entstellt von Schrammen. Es gab neue, frische Wunden, er hielt sie für ein Zeugnis der Wildheit, die sie zu bändigen schienen, wenn er in der Nähe war.

Die Zeit war gekommen, den Lindesbjerg zu verlassen. Sie zogen sich ins flachere Land zurück, wo sie dem wechselhaften Wetter weniger ausgesetzt waren. Sie sahen sich jetzt nicht mehr so häufig wie bisher. Der Sommer hatte ihnen als Treffpunkt gedient, nicht der steinbedeckte Hügel auf der Hälfte des Weges zwischen den beiden Städten.

Und doch schloss nicht der Herbst die Tür zwischen Carl und den Jungen aus Marstal.

Es geschah an jenem Tag, an dem sie sich zum letzten Mal auf dem Lindesbjerg trafen. Johan und Josef waren nicht mitgekommen. Vielleicht passierte es deshalb.

Der Regen fiel gleichmäßig und schwer, Wind kam auf. Die Wolken fegten über sie hinweg, als ob dort oben ein noch stärkerer, unbändigerer Sturm im Hinterhalt läge. Die Bauernjungen ließen sich nicht blicken, und schon bald war auch die Sicht auf das Meer im Nebelregen verschwunden.

Carl begleitete die Jungen auf dem Rückweg nach Marstal. Er hätte ebenso gut umdrehen und in Ærøskøbing Schutz vor dem Regen suchen können, aber plötzlich überkam ihn ein Unwille bei dem Gedanken an Zuhause. Vielleicht wollte er auch sein Publikum nicht verlieren.

Sie hatten die Hügel bei Drejet hinter sich gelassen und gingen in Richtung Midtmarken, als sie mitten auf einem der schwarzen Äcker ein merkwürdiges Wesen bemerkten, das für einen Menschen zu stämmig und viereckig schien. Irgendein Tier konnten sie darin allerdings auch nicht erkennen. Im Grunde war es lediglich diese langsame Vorwärtsbewegung, die sie davon überzeugte, dass es sich nicht um einen abgestorbenen Pappelstubben auf dem Acker handelte. Der Regen fiel jetzt dichter als zuvor, und das Wesen flimmerte vor ihren Augen, als ob es sich jeden Moment auflösen könnte. Sie blieben stehen und schüttelten sich, unentschlossen zwischen unwiderstehlicher Neugier und einem ebenso unwiderstehlichen Drang wegzulaufen. Schließlich siegte ihre Neugierde und sie rannten über den Acker, dessen schwarzer, aufgeweichter Boden ihr Tempo verlangsamte.

Carl bemerkte, wie sie sich mit Blicken taxierten, bevor sie losrannten. Es war eine Probe, der sie sich gegenseitig aussetzten. Hier durfte sich niemand erlauben, Angst zu zeigen. Der Haufen würde sofort über ihn herfallen. Carl gehörte nicht dazu; er wusste, dass sie ihn später nicht danach beurteilen würden, ob er ihnen nun folgte oder nicht.

Die Jungen duckten sich und liefen auf die nächste Hecke zu. Von dort rückten sie mit gespannten Gesichtern vorsichtig vor. Der kleine Anders kicherte plötzlich. Es klang wie ein ängstliches Keuchen, das sich als Lachen verkleidete. Die anderen zischten ihn nieder. Sie konnten aus nächster Nähe ein Geräusch hören. Zunächst erkannte Carl es nicht wieder. Schrie da ein Vogel? Jaulte ein Tier? Das Geräusch war so eigenartig wie das Wesen, an das sie sich heranschlichen. Dann hörten sie es wieder, und die Jungen sahen sich an. Noch ein Schrei, und endlich begriff er. Es war Niels Peters verdammtes Weibsstück, die verrückte Frau aus Marstal, die er gesehen hatte, als sie am Grab des Russen saßen.

»Karo, Karo!«, schrie sie in den Nebelregen.

Sie wirkte gleichzeitig größer und kleiner als beim letzten Mal.

Das Bündel Schals wuchs ihr über Rücken und Schultern. Doch das Gewicht der nassen Wollsachen drückte sie zu Boden, sodass sie ihm diesmal noch gebückter vorkam – als hätte sie endlich begriffen, dass der verschwundene Hund unter der Erde zu finden war und sie versuchen musste, ihn mit ihren Schreien von den Toten zurückzurufen. Sie stützte sich auf einen Stock, und ihre Ähnlichkeit mit einem unförmigen Tier schien größer denn je.

Die Jungen rannten auf sie zu. Dann waren sie bei ihr. Sie umringten sie und schrien ihr ins Gesicht. Es klang wie Kriegsgeheul. Sie glichen einem Indianerstamm, der einen Totentanz um einen gefangenen Feind aufführt. Carl hörte jedoch noch etwas anderes in ihrem Geheul. Er hörte Furcht. Sie hatten Angst vor ihr. Er selbst fand sie eher bemitleidenswert als abscheulich. Er konnte an ihrer sonderbaren Erscheinung nichts Erschreckendes erkennen. Aber es hatte den Anschein, als würde sie in den Augen der Jungen eine Finsternis wecken, die alle zu verschlingen drohte. Das Geheul der Jungen wurde wilder. Sie bückten sich und lasen feuchte Erdklumpen vom Acker auf. Die Frau ließ den Stock los und verbarg ihr hässliches, eingefallenes Gesicht in den Handflächen. Ein paar lose graue Haarsträhnen hingen nass und klebrig über den mageren Händen.

Als das Gesicht nicht mehr zu erkennen war, schien es, als wäre der letzte Rest von Menschlichkeit an diesem unförmigen Wesen verschwunden. In einem unbarmherzigen Bombardement hagelten die Erdklumpen auf sie nieder. Im ersten Moment unternahm Carl nichts. Dann lief er zu der Frau und stellte sich schützend vor sie. Er hatte nicht weiter nachgedacht und auch keinen bewussten Entschluss gefasst, der Mut erforderte. Er spürte nur, dass ein Haufen ungezogener Kinder im Begriff war, etwas Falsches zu tun.

Aber das Bombardement der Erdklumpen hielt an, und nun wurde er selbst zum Ziel, als hätte er unvermittelt die Seite gewechselt. Ein Klumpen traf ihn an der Schulter, ein anderer an der Wange.

Er trat einen Schritt vor und packte Niels Peter um die Handgelenke.

»Hört jetzt auf«, sagte er. »Sie hat euch doch nichts getan.«

Niels Peter starrte ihn mit einem wilden Ausdruck in den Augen an. Dann stürzte er sich auf ihn und warf ihn rücklings auf den Acker. Sie rangen eine Weile, aber Niels Peter war der Erfahrenere der beiden, und schon bald musste Carl sich geschlagen geben. Niels Peter saß auf seiner Brust und drückte Carls ausgebreitete Arme in die aufgeweichte Erde des Ackers. Die anderen standen im Kreis um sie herum. Das eigentliche Ziel ihrer Quälereien hatten sie vollkommen vergessen.

»Was geht in euch vor?«

Niels Peter ließ Carls Handgelenke los und zuckte die Achseln, als ob er auch nicht imstande wäre, diese Frage zu beantworten. Er stand auf und gab Carl die Hand, um ihm auf die Beine zu helfen. Es schien, als erwachten sie aus einem Rausch.

Frau Isager war verschwunden, und keiner machte Anstalten, sie zu verfolgen.

»Die läuft uns ständig hinterher«, sagte Niels Peter.

»Das ist doch Blödsinn. Sie ist einfach eine arme Seele, die ihren Verstand verloren hat. Ihr habt doch selbst gesagt, dass sie ihren Hund sucht. Wieso sollte sie euch hinterherlaufen?«

Niels Peters Gesicht verzog sich. Er erwiderte nichts. Carl bemerkte auf seiner Wange einen Bluterguss, wie nach einem heftigen Schlag.

»Du musst sie zeichnen.«

Es klang wie ein Befehl.

Die anderen nickten zustimmend.

»Ja«, wiederholte Niels Peter. »Du musst sie zeichnen.«

»Aber ihr findet doch, dass sie hässlich ist. Und ekelhaft. Warum soll ich sie dann zeichnen?«

»Das geht dich gar nichts an.«

»Das geht mich wohl etwas an. Denn ohne mich gibt's keine Zeichnung.«

»Zeichne sie jetzt«, sagte Albert.

»Mach schon«, bellte Niels Peter.

Carl schüttelte den Kopf. Der Regen hatte ihn durchnässt, und nach dem Ringkampf war er matschverschmiert. Nun war es an der Zeit, ihnen zu zeigen, mit wem sie es zu tun hatten. Er richtete sich auf.

»Ich mach's nicht«, sagte er. Er sah jeden Einzelnen von ihnen an. »Ich zeichne nichts Hässliches.«

»Wie uns vielleicht! Wir sind dem kleinen Zeichner aus Ærøskøbing wohl nicht fein genug.«

»Weshalb sollte ich eine arme Irre zeichnen? Wer hätte Freude daran?«

Er bekam einen Stoß und fiel erneut in den Matsch. Er versuchte auf die Beine zu kommen, doch Niels Peter setzte ihm einen Stiefel auf die Brust. Er beugte sich hinunter zu Carl und fasste nach dem Revers von dessen Jacke. Er zog ihn ein Stück hoch, noch immer stand dabei sein Fuß auf Carls Brustkorb. Niels Peter atmete schwer. Sein Gesicht bekam wieder diesen wilden Ausdruck.

»Du weißt gar nichts!«, brüllte er. »Wir waren es! Wir haben ihren verdammten Mistköter umgebracht! Wir haben ihr Haus angesteckt! Wir haben sie wahnsinnig werden lassen! Du weißt überhaupt nichts!«

Die Worte brachen aus ihm heraus, als bekäme er keine Luft mehr. Er wies auf die rote Stelle auf seiner Wange.

»Was glaubst du, weshalb ich so aussehe? Bist du so blöd, dass du glaubst, wir prügeln uns einfach so untereinander?«

Carl sah weg. Genau das hatte er vermutet.

»Ja aber, sie kann doch nicht ...?«

Er bekam einen Faustschlag auf die Nase, der ihn zurück in

den Dreck schickte. Blut lief aus seinen Nasenlöchern, Tränen traten ihm in die Augen. Er sagte nichts. Noch immer verstand er nichts, spürte aber, dass er für seine Dummheit bestraft wurde und es auf die ein oder andere Weise auch verdient hatte.

»Wer schlägt euch?«

Seine Stimme war belegt.

Niels Peter antwortete nicht. Seine Faust war noch immer geballt, als wollte er gleich erneut zuschlagen.

»Es ist Isager. Er ist ständig hinter uns her.«

»Halts Maul, Albert!«

Niels Peter warf dem kleineren Jungen einen warnenden Blick zu.

Isager, der Schullehrer, der Ehemann der Verrückten. Er also war der Quälgeist, an dem sie sich rächen wollten. Sie war nur zufällig dazwischen geraten, die Vergeltung der Jungen hatte sie getroffen.

Aber was dachten sie sich eigentlich? Wollten sie ihren Lehrer verbrennen, nur weil er sie schlug? Alle Lehrer schlugen doch. Die Väter taten es ebenfalls.

Er sah sie an. Sie waren Kinder. Waren sie auch Mordbrenner? Damals auf dem Lindesbjerg hatte er etwas anderes in ihnen gesehen. Hatte er sich geirrt?

Seine Nase blutete noch immer, und er spürte den bitteren, salzigen Geschmack des Bluts im Mund. Furcht keimte in ihm auf, nicht so sehr davor, was sie jetzt möglicherweise mit ihm anstellen würden, sondern eher vor ihrer wahren Natur.

Vielleicht lag deshalb Trotz in seiner Stimme, als er noch einmal erklärte.

»Ich zeichne nichts Hässliches.«

Er wiederholte sich. Er wusste es, doch das war seine Art, ihnen zu zeigen, wer er war. Er wollte nichts mit ihrer Welt zu tun haben. Jetzt hatte er es gesagt. Nun konnten sie mit ihm machen, was sie wollten.

»Du zeigst dich nicht mehr in Marstal!«

Niels Peter spuckte Carl ins Gesicht.

Ein Teil des Speichels hing an Niels Peters Unterlippe und tropfte ihm das Kinn herab. Es sah komisch aus. Er glich einem sabbernden Kind und nicht einem Mann, der gerade eine Drohung ausgesprochen hatte.

Carl hörte die Bitte hinter der Drohung. Er sah die Unsicherheit in dem lädierten Gesicht, als die Worte mit einer übertrieben erwachsenen Stimme hervorgebracht wurden.

Nun kannte er ihr Geheimnis. Er würde nicht petzen. Er glaubte auch nicht, dass sie Angst davor hatten. Aber er hatte in sie hineingesehen. Daher mussten sie ihn aus ihrem Gesichtskreis verbannen.

Die Jungen drehten sich um und gingen in dem gleichmäßig fallenden Regen davon. Nur Albert wandte den Kopf, um zu ihm zurückzublicken, als sie sich ein Stück entfernt hatten. Carl kam vollkommen verdreckt auf die Beine. Erst jetzt fasste er sich an die Nase. Prüfend blickte er in seine Hand. Dann rieb er sich mit dem nassen Ärmel übers Gesicht, um Niels Peters Spucke abzuwischen.

Er hatte keine Lust, nach Hause zu gehen, obwohl er spürte, wie durchgefroren er war. Stattdessen kehrte er zum Lindesbjerg zurück. Er zitterte am ganzen Körper. Und er fing an zu verstehen, was die Jungen mit der Zeichnung von Frau Isager bezweckten. Sie wollten ein Bild ihres eigenen Schreckens, vielleicht weil sie glaubten, dass eine Zeichnung ihnen helfen könnte, die Furcht zu bezähmen.

Kurz bevor er den Gipfel des Lindesbjergs erreichte, klarte es auf. Die dichte Wolkendecke über ihm bekam Löcher, der Wind fegte über den Himmel und verteilte die Wolken in alle Himmelsrichtungen. Die Nase blutete nicht mehr. Er kletterte auf das Hügelgrab, das den Sommer über ihr Treffpunkt gewesen war, und sah über die Ostsee. Das oberste Stück des Himmels lag frei, aber über dem Horizont hing eine dicht gedrängte Wolkenschicht, die in aufgetürmten, zerrissenen Bergrücken auslief, umgeben von daunenartigen Wolkenfetzen.

Carl hatte viele Tage erlebt, die er als Wendepunkte bezeichnen würde. Er selbst hatte das Gefühl, ein wechselvolles Leben geführt zu haben. Dieser Tag war der hässlichste, gleichwohl der wichtigste gewesen.

Er blickte auf die Wolkenmauer am Horizont. Er erkannte sie von der Beschreibung in *Der Wolkenhimmel* wieder, wo Ingemann sie als Paradiesmauer bezeichnete. Er spürte, dass der Himmel ihm ein Zeichen gab, und er dachte an Ingemanns Wort, dass die Seelen dorthin flögen, wenn sie in ihrem weltlichen Kampf gesiegt hatten.

Carl begann zu weinen. Ungeschützt, das Gesicht zum Himmel gewandt. Er war aufgewühlt, doch einen singulären Grund dafür hätte er nicht anführen können. Es gab so viele Gründe auf einmal.

An diesem Tag sollte er noch einmal weinen. Hinter verschlossenen Türen, das Gesicht in den Händen verborgen, wobei er mit aller Kraft versuchte, nicht so laut zu schluchzen. Diesmal kannte er den Grund seiner Tränen allerdings nur allzu gut.

Er hatte seinen Traum verloren.

Der Kapitän und der Steuermann blieben seine einzige Gesellschaft auf dem Schiff. Jeden Tag aßen sie zusammen im Salon, und Carl lernte die beiden besser kennen, als er eigentlich wollte.

Der Kapitän erinnerte ihn an die Seeleute aus Marstal. Er erwies sich als kluger und nachdenklicher Mann, der den größten Teil der Welt nicht nur gesehen, sondern sich auch seine Gedanken darüber gemacht hatte. Ähnlich wie bei den Marstallern führten seine Beobachtungen allerdings fast immer zu zynischen Schlussfolgerungen, als würden Reiseerfahrungen jeden Glauben und jegliche feste Überzeugungen untergraben.

In dem Steuermann fand Carl zu seinem Unbehagen einen Glaubensgenossen. Bei Harry Ryberg handelte es sich um einen gläubigen und lautstark bekennenden Christen, nur klang das Christentum, zu dem sich der Steuermann bekannte, in Carls Ohren wie der primitivste Humbug.

Zur Bibel hatte er ein eher intimes Verhältnis. In einem seiner ehrlichen Momente hätte er es wohl schwärmerisch genannt. Carl las die Bibel am liebsten hinter geschlossenen Türen, und Pastoren erschienen ihm am vernünftigsten, wenn er mit ihnen unter vier Augen in ihren Studierstuben sprach. Auf der Kanzel veränderte sich ihr Tonfall, und er fand die Plumpheiten, die ihren Mündern entwichen, wenn sie die Aufmerksamkeit ihrer Gemeinde zu fesseln versuchten, nicht immer segensreich.

Ryberg hingegen hatte den Herrn erst spät in seinem Leben gefunden. Sein Glaube war in den Seemannskirchen dieser Welt nach den einfältigsten Rezepten geformt worden. Eifrig berichtete er von den zahlreichen Erlebnissen mit dem Herrgott, der seit Rybergs Bekehrung sein bester Freund geworden war. Der liebe Gott stand dem Steuermann jederzeit bei, wenn er in Not geriet oder ihm lediglich irgendetwas Praktisches fehlte. Drohender Schiffbruch, ein Leck, Navigationsprobleme in schwierigen Fahrwassern, der Herrgott war stets zur Stelle. Es zeigte sich, dass Rybergs bester Freund auch zu einem tüchtigen Lieferanten von Proviant und Frischwasser werden konnte, Hauptsache, der Steuermann fiel auf die Knie und betete inständig genug. Ja, Ryberg war an Bord eines Schiffs gewesen, auf dem ein schwerer Sturm die Petroleumtonne zerschlagen hatte, doch nach vielen inständigen Gebeten schickte der Herrgott eine neue Tonne, die urplötzlich aus den Wogen des Nordatlantiks auftauchte.

Wie immer schloss der Steuermann den Bericht über das jüngste Wunder mit einem triumphierenden Blick und einem Zitat aus der Bibel.

»Denn Gott der Herr ist Sonne und Schild; der Herr gibt Gnade und Ehre: Er wird kein Gutes mangeln lassen den Frommen.«

Carl war zu höflich, um etwas zu sagen. Thomsen aber legte das Strickzeug beiseite und nahm die Tonpfeife aus dem Mund, bevor er in den Spucknapf am Fuß des Tisches spuckte. Dann schlug er seinem Steuermann aufgeräumt auf die Schulter.

»Tja, der liebe Gott«, sagte er. »Sollte verdammt noch mal unter die Schiffsausrüster gehen.«

Ryberg schaute gekränkt zu Boden, erwiderte allerdings nichts. Verstohlen blickte er zu Carl, als erwartete er, dass der Maler ihm zu Hilfe kam. Ryberg hatte sich ihm anvertraut und von Spott und Verfolgungen erzählt, denen gläubige Seeleute, ›der Bruderkreis auf See‹, wie er es ausdrückte, überall auf den Schiffen ausgesetzt waren, und Carl wurde klar, dass der Steuermann nun die Rolle des Märtyrers spielen wollte.

Carl spürte keinerlei Bedürfnis, ihm beizuspringen. Mit seinen Torheiten zog Ryberg den Spott doch an. Es handelte sich um ein Spiel zwischen Steuermann und Kapitän, das Carl nicht gefiel. Der Gläubige fand eine ungesunde Bestätigung in den Erniedrigungen, die er die ganze Zeit über selbst provozierte. Er bettelte geradezu darum, zum Märtyrer gestempelt zu werden, und Thomsen hielt sich nicht zurück, wenn es galt, Ryberg die notwendigen Prügel zu verabreichen.

Eines Abends hielt sich Carl trotz zunehmender Kälte noch spät an Deck auf. Er stand an der Reling, in diesem sonderbar rastlosen Licht, das nun rund vierundzwanzig Stunden am Tag herrschte. Nachts, wenn es eigentlich hätte dunkel sein sollen, zauberte das Licht mit dem fernen Horizont. Die Konturen verschwammen, und der Horizont schien sich zu bewegen, als wäre er eine Welle, die sich in der Nähe aufbaute.

Carl hörte Schritte an Deck und drehte sich um. Ryberg stand hinter ihm und reichte ihm wortlos eine Tasse heißen Tee. Carl wusste, dass der Tee nur als Vorwand für neue Vertraulichkeiten und Bekenntnisse herhalten sollte, aber es fiel ihm schwer, ihn abzulehnen.

»Tja, an so einem Abend gehen die Gedanken zurück«, begann Ryberg.

Carl erwartete eine weitere erbauliche Geschichte, gefolgt von einem abschließenden Bibelzitat.

»Man denkt an Frau und Kind.«

Den Worten des Steuermanns folgte ein langes Seufzen. Ryberg kratzte sich im Nacken und bekam einen abwesenden Blick, als ob er sich vollkommen in seinen Erinnerungen verlor.

»Sie vermissen sie?«, erkundigte sich Carl. »Ja, es ist hart, die Familie zu entbehren. Aber eines Tages geht die Reise ja auch wieder zurück.«

Er hatte das Gefühl, in diesem Moment sehr überzeugend zu klingen. Es lag an seinem Gegenüber. Wenn er mit Ryberg zusammentraf, fühlte er sich stets wie ein Erwachsener. Der Steuermann erforderte die gleiche Aufmerksamkeit wie ein exaltiertes Kind.

»Für sie gibt es keinen Weg zurück. Ich habe sie vor einigen Jahren verloren.«

Das Überspannte an Ryberg war verschwunden. Seine Stimme klang nüchtern.

»Das tut mir leid.«

Carl überlegte, ob er sich in Ryberg möglicherweise geirrt hatte und der Mann es mit dem Christentum tatsächlich ernst meinte.

»Ja, damals habe ich mich abgewandt, wenn mir jemand etwas von Gott erzählte«, sagte der Steuermann, als hätte er Carls Gedanken erraten.

»Meine Frau und meine Kinder sechs Fuß unter der Erde – das ist ja wohl Beweis genug für die Liebe Gottes! Ich hatte mein eigenes Schiff, und auf dem Meer setzte ich Segel wie ein Wahnsinniger. Ich kannte keine schönere Melodie als das wilde Heulen des Sturms im Rigg. Lagen wir im Hafen, soff ich fünf Tage hintereinander. Einmal sprang ich im Delirium sogar durch ein geschlossenes Fenster.«

Er wies auf sein Gesicht und streckte dann die Hände aus.

»Die Narben habe ich noch. Ich habe alles verloren, was ich besaß. Haus, Schiff – aber ich machte mir nichts daraus! Denn das Wichtigste hatte ich längst verloren. Ich ging auf Grund, Rasmussen. Ich ging auf Grund.«

Wieder verfiel der Steuermann in eine etwas inszeniert wirkende Pose. Er hatte mit einer seiner erbaulichen Geschichten begonnen, nur spielte er diesmal selbst die Hauptrolle. Carl wagte nicht einmal, an den Spott zu denken, mit dem Kapitän Thomsen diese Geschichte kommentieren würde, wenn er sie gehört hätte. Vielleicht kannte er sie ja auch schon, und der Steuermann suchte in Carl einen verständnisvolleren Zuhörer.

»Möchten Sie wissen, wie es auf Grund so ist, Rasmussen?

Das kann ich Ihnen erzählen. Dort wartet der Selbstmord. Oder der Herr. Sonst würde ich heute nicht hier stehen. Eigentlich ist es ganz einfach. Wir müssen bloß eins verstehen: Wir schaffen's nicht allein. Die meisten Menschen begreifen das nie. Durch Glück oder durch das Spiel des Zufalls bleibt ihnen ihre Ohnmacht verborgen. Sie glauben, sie schaffen's allein. Aber niemand kann das.«

»Ich bin froh, dass Sie den Glauben gefunden haben.«

Carl hörte die Höflichkeit in seiner eigenen Stimme.

»Ich schaff's nicht allein.«

Ryberg wiederholte sein Glaubensbekenntnis. Er starrte vor sich hin, und im gleißenden Abendlicht unter der tiefhängenden Wolkendecke schwammen seine Augen in Tränen.

Carl wandte sich ab. Nicht nur die Scham ließ ihn in eine andere Richtung blicken. Er fand den Gefühlsausbruch in dem hässlichen, vernarbten Gesicht des Steuermanns abstoßend.

Eine Weile standen sie wortlos da und starrten auf den Horizont.

»Sie haben nie wieder geheiratet?«

Der Steuermann schüttelte den Kopf.

»Mit dieser Visage?« Er zeigte auf sein zerschnittenes Gesicht. »Und Sie?«, fragte er. »Sind Sie verheiratet?«

»Ich habe acht Kinder.«

»Mit der Liebe Ihrer Jugend? Mit der Frau, von der Sie geträumt haben?«

Rybergs Stimme klang insistierend. Carl vermutete, dass der Steuermann eigentlich auf seinen eigenen Verlust anspielte. Er wandte den Blick ab. Er mochte nicht antworten.

»Ihr Tee wird kalt«, sagte er stattdessen.

Ryberg schaute auf seine Tasse. Dann führte er sie pflichtschuldig an den Mund und trank einen Schluck. Als er sie absetzte, sah er Carl wieder an. Sein Blick hatte etwas Beharrliches.

»Lieben Sie Ihre Frau?«

»Das geht Sie nichts an.«

Die Worte entfuhren Carls Mund, bevor er darüber nachgedacht hatte. Der Steuermann war zu aufdringlich geworden, außerdem war ihm das Thema ohnehin unangenehm.

Ryberg zog sich gekränkt zurück. Carl blieb noch eine Weile an Deck. Er grübelte über die Geschichte des Steuermanns.

»Im Grunde ist es eine Art von negativem Glaubensbekenntnis«, dachte er. »Es beruht auf einer vollkommen selbstzerstörerischen Verachtung. So sieht mein Glaube nicht aus. Ich bin Künstler. Alles, was ich schaffe, steht im Zeichen des Bejahens.«

Er trank von dem Tee.

»Darum reise ich nach Grönland«, sagte er halblaut zu sich.

Es lag Zweifel in seiner Stimme, als müsste er sich selbst überzeugen und hatte noch nicht das richtige Argument gefunden.

Als Carl am späten Nachmittag an den beiden Windmühlen auf dem Gipfel des lang gestreckten Hügels vorbeikam, der bis hinunter nach Ærøskøbing reichte, stieg Rauch aus den weiß gekalkten Schornsteinen der Stadt. Die Sonne zeigte sich wieder. Er war zügig ausgeschritten, und trotz der durchnässten Kleider, die auch die Sonne nur halbwegs hatte trocknen können, war ihm warm geworden. Er wunderte sich über den Rauch. Es war zu früh im Herbst, um schon zu heizen, und jetzt, da die Sonne noch einmal Kraft bekam, hatte sich die Luft sogar ein bisschen erwärmt.

Kurz vor der Stadt sah er auf einem Feld einen Mann ein Loch graben. Der Mann stand halb verborgen hinter einem Hain gestutzter Pappeln, und schon aus weiter Entfernung fiel Carl auf, dass es sich nicht um einen Bauern handelte. Auf dem Kopf trug er einen hohen Zylinder und statt des bei den Bauern üblichen Friespullovers einen Gehrock. Er sah aus wie ein Mitglied aus einer der vornehmen Familien der Stadt, der wie durch einen Zauberschlag in einen Bauern verwandelt worden war, ohne dass er Zeit gefunden hätte, die Kleider zu wechseln. Carl beobachtete ihn neugierig. Irgendetwas in den Bewegungen des Mannes und an dem breiten Gesicht unter dem Hut erinnerte ihn an jemanden.

Als er näher kam, erkannte er Hinrichsen.

Er lief übers Feld und hob die Hand zum Gruß. Hinrichsens Schuhe starrten vor Matsch. Auch seine grauen Überziehhosen waren besudelt. Die ehemals weiße Hemdbrust lugte dreckig zwischen den Jackenaufschlägen hervor, und über sein Gesicht zogen sich schmutzige Streifen.

Hinrichsen blickte von dem Loch auf, an dem er grub. Neben ihm lag ein gefüllter Kissenbezug. Seine kantige Form deutete an, dass die Füllung nicht aus Daunen bestand.

»Wie siehst du denn aus?«

Eigentlich hätte Carl seinen Wohltäter gern dasselbe gefragt, aber so konnte er nicht mit dem Mann sprechen, der sein Schicksal in Händen hielt. Er wusste nicht, was er antworten sollte, und breitete nur die Arme aus.

»Kann ich helfen?«

Hinrichsen nahm seine Arbeit mit der Schaufel wieder auf. Er schaute auf den Kissenbezug, als wollte er prüfen, ob das Loch bereits tief genug war. Er murmelte vor sich hin, laut genug, dass Carl die Worte verstand.

»Retten, was noch zu retten ist. Ja, darum geht's jetzt.«

Wieder warf er einen Blick auf den Bezug. Dann ruhte er sich auf der Schaufel aus, murmelte dabei aber weiter, doch diesmal so leise, dass Carl nicht hören konnte, was er sagte. Eine seltsame Verwirrtheit hatte Hinrichsens ehemals so zielgerichtete Energie abgelöst, als wüsste er kaum, wer er war und wo er sich befand. Eine Seite seines Gesichts zog sich zusammen, und er zwinkerte unablässig mit dem Auge, als ob es sich tatsächlich um ein nervöses Leiden handelte und nicht um ein Zeichen von Vertraulichkeit, wie alle angenommen hatten.

»Kann ich irgendetwas tun?«

Carl wiederholte seine Frage. Aber diesmal dachte er nicht an das Loch im Feld. Er hätte Ærøskøbings ersten Bürger gern bei der Hand genommen und zurück in die Stadt gebracht, als würde Hinrichsen im Windschatten der schützenden Häuserreihen wieder zur Besinnung kommen und sich daran erinnern, wer er war.

»Bist du noch immer hier, Bursche? Mach, dass du wegkommst! Das hier geht dich überhaupt nichts an!«

Erschrocken trat Carl einen Schritt zurück. Beinahe hätte er sich rücklings auf den Boden gesetzt. Dann drehte er sich um und lief zurück auf die Landstraße. Sein erster Gedanke galt Hinrichsen. Er hatte keinen Zweifel, dass es sich um eine Art Eintrübung des Gehirns handeln musste, die seinen Wohltäter heimgesucht hatte, obwohl er nicht verstand, wie eine derartig gewaltige Veränderung von einem Tag auf den anderen bei einem Menschen stattfinden konnte. Er musste in der Stadt Hilfe holen, doch er wollte niemanden von der städtischen Obrigkeit oder den Doktor physicus aufsuchen, sondern seinen Vater. Der Vater würde wissen, was zu tun war.

Als Carl Pilebækken überquerte und durch die Häuserzeilen der Østergade lief, begegnete er keinem Menschen. Das war nicht weiter ungewöhnlich. Erst am kleinen Gänsemarkt an der Ecke begann die Stadt richtig. Doch wie still es auch hier war, fiel ihm auf, als er die lange Søndergade erreichte und noch immer niemanden getroffen hatte. Vor Erstaunen vergaß er sein eigentliches Anliegen. Statt direkt nach Hause zu laufen, ging er zum großen Marktplatz, an dem die Lateinschule, das Gericht und die Kirche lagen. Überall war es menschenleer. Ein seltsamer Umstand, der ihn einen Augenblick überlegen ließ, ob Hinrichsens Gehirntrübung möglicherweise ansteckend sein könnte, sodass er selbst jedes Gefühl für Zeit und Raum verloren hatte und seinen Sinnen nicht mehr trauen konnte.

Carl blieb ganz ruhig auf dem großen Platz stehen und rief dann in einer plötzlichen Eingebung: »Ist hier jemand?«

Sogar in den eigenen Ohren klang die Frage eigenartig; als befände er sich in einem fremden Haus und nicht mitten in der Stadt, die ihm sein ganzes Leben vertraut war.

Er erhielt keine Antwort. Kein Fenster öffnete sich, kein Händler trat vor die Tür, um zu sehen, wer da so verstört rief. Das einzige Lebenszeichen schien der Rauch zu sein, der aus vielen Schornsteinen der Stadt in die windstille Luft stieg. Als hätte ein feindlicher Indianerstamm die Stadt eingenommen und sendete aus ihren Kachelöfen nun Rauchsignale in einem Code, den er nicht verstand.

Carl rannte die Brogade hinunter. Er wollte nach Hause zu seinen Eltern. Dieses Haus, aus dem er sich so oft schon fortgesehnt hatte, kam ihm nun vor wie die letzte Bastion der Geborgenheit. Mutter und Vater würden ihn davon überzeugen, dass die Welt noch existierte.

Er stürmte durch die Haustür und platzte in die Nähstube seines Vaters, in der die Fenster vor Hitze beschlagen waren. Seine Mutter beugte sich über den glühenden Kachelofen. Die Luke stand offen, sie stopfte weiße Blätter in die Flammen.

»Mutter!«, rief er.

Seine Erregung hatte sich nicht gelegt. Der Anblick seiner Mutter vor dem Kachelofen dämpfte das Fieber nicht, das in seinem Hirn raste.

Die Mutter zuckte zusammen, als hätte man sie bei etwas Verbotenem ertappt.

Sie drehte sich zu ihm um.

»Ach, du bist es«, sagte sie.

In ihrer Stimme schwang weder freudige Überraschung noch ein Willkommensgruß mit. Eher klang sie, als ob ihr sein plötzliches Erscheinen ungelegen käme. »Wo bist du gewesen?«, lautete gewöhnlich ihre erste Frage. Nun kehrte sie ihm den Rücken zu und begann erneut, den Ofen zu füttern.

»Mutter!«, rief er noch einmal.

Carl spürte, wie ihm die Tränen kamen.

»Wo sind all die Leute?«

Mit einer müden, resignierten Bewegung, als würde sie ihn mit ihrem ganzen Körper bitten, sie doch nur in Ruhe zu lassen, legte sie einen Finger an die Lippen.

»Pssst«, zischte sie.

Dann verlor sie die Beherrschung. Es zuckte um ihren Mund,

und sie schlug die Hände vors Gesicht, um ihren Gefühlsausbruch vor ihm zu verbergen.

»Es ist so furchtbar«, jammerte sie mit tränenerstickter Stimme. »Was sollen wir bloß machen? Was sollen wir armen Menschen denn bloß machen?«

Er umarmte sie. Um die eigene, wachsende Panik zu dämpfen und um sie zu trösten. Doch sie stieß ihn von sich.

»Sprich mit deinem Vater. Er ist draußen im Garten.«

Verwirrt ging Carl zur Hintertür. Er fand den Vater mit einer Schaufel in der Hand unter dem Apfelbaum. Wie Hinrichsen war auch er im Begriff, ein Loch zu graben. Von den Nachbargärten trennte den Garten lediglich ein Bretterzaun, und überall sah Carl Männer mit gebeugten Rücken, die in der Erde gruben. Als hätte die gesamte Stadt den Verstand verloren.

Der Schneidermeister stellte die Schaufel beiseite und richtete sich zu seiner vollen Größe auf. Er zeigte mit dem Finger auf Carl, wobei seine Augen aufflammten, wie der Junge es noch nie gesehen hatte: »Jetzt ist es genug! Jetzt ist Schluss mit dem Unfug!«

Die Worte entfuhren seinem Mund in einem Donnerschlag lang aufgestauter Wut. Aber da er Angst hatte, dass die Nachbarn ihn hörten, flüsterte er, statt zu brüllen, und das Ergebnis war ein seltsames Fiepen wie von einer Maus, die eine unerklärliche Erregung erfasst hat.

»Was machst du denn da?«, fragte Carl. »Wieso gräbst du?«

»Sei still!«, sagte der Vater mit seiner neuen Stimme. »Ich schicke dich nach Kopenhagen. Du kommst in eine Manufakturlehre. Schluss jetzt mit diesem Malerunfug. Es ist Schluss! Schluss! Schluss!«

Er hielt unvermittelt inne. Er war außer Atem. Schließlich kam es mit einem langen, kraftlosen Seufzen: »Schluss mit allem.«

Der letzte Satz klang, als würde er ein Urteil fällen, nicht nur über Carl, sondern auch – und vielleicht vor allem – über sich selbst.

An diesem Abend gab es lediglich ein Gericht anstelle der sonst üblichen zwei.

Der Esstisch war nicht groß genug für die gesamte Kinderschar, daher aß die Familie normalerweise in mehreren Gruppen. Die Mutter teilte aus, der Vater führte am Tischende den Vorsitz. Er kaute langsam und nachdenklich und behielt dabei die wechselnden Gruppen seiner essenden Kinder im Auge. Er sprach kein Wort, sondern schlug nur in regelmäßigem Abstand mit der Handfläche fest auf den Tisch. Bemerkte er, dass eine der sorgfältig eingeübten Tischmanieren nicht eingehalten wurde, verwarnte er damit die ganze Schar auf einmal. Sofort kehrte Ruhe ein. Sie vergaßen sogar zu kauen. Messer und Gabeln kratzten nicht mehr über die Teller, wenn sie mit eingeübtem Schuldbewusstsein den Blick niederschlugen. Nach einer angemessenen Pause begannen die Kinder wieder zu essen. Hatten sie ihre Mahlzeit beendet, standen sie auf und stellten sich hinter die Stühle, wobei sie sich im Chor für das Essen bedankten und ihre Plätze der nächsten Gruppe überließen.

Heute mussten sie sich in der Küche die Graupensuppe jedoch selbst aus dem Topf schöpfen. Niemand kümmerte es, wo sie saßen. Der Vater hatte sich an seinen üblichen Platz am Tischende gesetzt, aber er aß nicht. Die Mutter stand hinter seinem Stuhl, als erwarte sie einen Befehl. Da sie nichts hörte, begnügte sie sich damit, verzagt die Kinder anzusehen, die verwundert ihren Blick erwiderten. Sie verteilten sich mit ihren Tellern in der ganzen Wohnstube, zwei setzten sich sogar auf den Boden, als hätten sie die jahrelange Erziehung mit einem Tag vergessen und wollten nun ihre frisch erworbene Freiheit erproben.

Carl, der keinen Appetit hatte, verließ das Haus und lief ziellos in den Straßen umher.

Er hatte es aufgegeben, irgendeinen Schlüssel für dieses Benehmen zu finden, das wie ein kollektiver Wahnsinn von den Einwohnern der Stadt Besitz ergriffen zu haben schien. Nur eins hatte er begriffen: Die Tür zu seiner Zukunft hatte sein Vater an diesem Tag unversehens versperrt. Sein Traum, Maler zu werden, würde niemals in Erfüllung gehen.

Zu Hause fand er keine Ruhe, nun boten die menschenleeren Straßen einen Freiraum. Instinktiv wusste er, dass in allen Heimen Ærøskøbings die gleiche Ratlosigkeit herrschte wie in seinem Elternhaus. Kein Neugieriger saß hinter der Gardine, um die Straße zu beobachten. Endlich konnte er sich den Tränen hingeben, die ihm in den Augen standen, seit sein Vater, mit der Schaufel in der Hand, die düsteren Worte ausgesprochen hatte.

Am nächsten Tag ließ sich alles im ›Ærø Avis‹ nachlesen, und Carl verstand bald, dass nur ein junger Mensch wie er nicht hatte wissen können, was sich in Ærøskøbing abspielte. Claus Christian Hinrichsen, der Schutzengel der Stadt, der erste Bürger und allmächtige Wohltäter, aller Freund und niemandes Feind, sein ganz persönlicher Mäzen, war bankrott. Im Augenblick der Katastrophe zeigte sich, dass es Hinrichsen, der mit einem Blick, einem Händedruck, einer besonderen Betonung in der Stimme, einem vertraulichen Augenzwinkern jeden x-beliebigen Fremden zu seinem engsten Verbündeten, ja, zu seinem intimsten Freund machen konnte, gelungen war, sich einen Feind zu schaffen. Nur einen einzigen, aber das reichte aus. Denn dieser Feind erwies sich als unversöhnlich und unbeugsam und gab niemals auf. Es handelte sich um das Gesetz.

In der Konkursmasse Hinrichsens herrschte ein Missverhältnis zwischen Passiva und Aktiva, und ihm war der größte Teil seiner Schuldposten erlassen worden, kurz bevor er Konkurs ging. Lange war er den großen Kaufleuten in Hamburg und Altona, die er so fürstlich bewirtete, wenn die Silberkandelaber aus der ersten Etage ihren flackernden Schein auf die Brogade warfen, ungeheure Summen schuldig geblieben. Doch auf dem Papier schuldete er den Skippern und den einfachen Leuten, die er im Hotel Harmonien mit einer Flasche bayerischem Bier bewirtete, weit größere Summen. Bei den Kaufleuten in Norddeutschland handelte es sich jedoch um die wahren Gläubiger, die Skipper und Bürger Ærøskøbings waren es nur zum Schein. Sie bildeten ein Heer von Helfern, das verhindern sollte, dass irgendjemand Hinrichsens Eigentum hätte pfänden können, sollte der Tag des Konkurses einmal kommen. »Mitschuldig an Gläubigerbetrug«, stand in der Zeitung. Schuldscheine, Wechsel und Kaufverträge, auf denen die Unterschriften der halben Stadt standen, bezeugten alle dasselbe: Das Ganze lief auf die Namen anderer. Der arme Hinrichsen besaß selbst überhaupt nichts.

Carl verstand nichts von all dem, obwohl er den ausführlichen Artikel auf der Titelseite so genau studierte, als könnte er sein eigenes Schicksal zwischen den Zeilen lesen. Nur ein Wort verstand er. Die Schlussfolgerung: Hinrichsen war ein Schwindler.

Hinrichsen hatte den Bürgern der Stadt geschmeichelt. Sie müssten ihm aus einer mittelfristigen Klemme helfen. Er hatte ihnen zugezwinkert und sie spüren lassen, um welches Privileg es sich handelte, zu seinem Kreis zu gehören. So einen kleinen Dienst könnten sie ihm wohl erweisen. Er war doch der Wohltäter der Stadt. Eine einzige Unterschrift hätte doch keine so furchtbaren Konsequenzen. Vielleicht hatte er sich auch ein wenig erkenntlich gezeigt, als Gegenleistung für ihre Hilfsbereitschaft.

Und plötzlich hatte sie Panik ergriffen.

Eine Untersuchungskommission wurde eingesetzt. Die Amtmänner Arnesen und Smith kamen aus Augustenborg und Gråsten mit der Befugnis, Verhöre vorzunehmen und Arrestbefehle auszustellen. Ihnen folgte ein Heer norddeutscher Gläubiger, und war der Fall erst verhandelt und das Urteil gefällt, dann würden die beiden Amtmänner wie Generäle an der Spitze eines blutrünstigen Haufens von Söldnern den Gläubigern das Recht geben, die besiegte Stadt auszuplündern.

»Ja sicher, ich ließ mich beschwatzen«, sagte der Barbier, »aber ich sitze nicht so in der Patsche wie der Spengler.«

Die Schreiber des Stadt- und Landgerichts schüttelten vor den Amtsstubenbevollmächtigten die Köpfe, der Kammerassessor verwies auf den Zollbevollmächtigten, Pastor Fabricius befriedigte seine Rache, als er behauptete, Postmeister Kaffka, dessen hässliches Gemälde von der Grablegung Jesu er in seiner Kirche hatte tolerieren müssen, wäre noch weit mehr in die Angelegenheit verwickelt als er.

Alle hatten ihre Unterschrift unter Dokumente gesetzt, von denen sie genau wussten, dass sie nicht ganz mit der Wirklichkeit übereinstimmten. Über die Konsequenzen hatten sie nicht nachgedacht. Sie hatten es für die Stadt getan. Schließlich war Hinrichsen der erste Mann der Stadt. Nun riss er sie mit in seinem Fall. Honette Bürger waren sie alle. Und beinahe unschuldig.

Schneidermeister Rasmussen wurde nicht erwähnt. Selbst das Gerede der Leute, das doch sonst aus unversiegbaren Quellen zu schöpfen schien, vermochte nicht alle Namen zu nennen.

Aber Carl brauchte den Namen seines Vaters nicht zu hören. Er hatte seine Mutter vor dem glühenden Kachelofen und den Vater mit der Schaufel in der Hand unter dem Apfelbaum gesehen. Einen Moment lang hatte er geglaubt, die gesamte Stadt hätte den Verstand verloren, dann hatte er eine Eintrübung des eigenen Gehirns vermutet.

Und nun erwies sich einfach alles als Schwindel.

Die Gläubiger kamen. Ganze Wagenladungen wurden aus dem ehemaligen Rentmeisterhof abtransportiert. Hinrichsen hatte einen vollen Kopfkissenbezug hinter einem Hain gestutzter Pappeln vergraben, und eines Tages würde er ihn sicher wieder ausgraben. Möglicherweise lagen Schmuck und Silberzeug darin. Doch das Sofa konnte er nicht in einem Kissenbezug verstecken, das Gemälde von Lundbye an der Wand über dem Sofa nicht vergraben und auch die Brigg *Kronprinds Frederik* nicht verschwinden lassen. Obwohl er das Schiff, einen Tag, bevor er Konkurs ging, beim Barbier als Sicherheit für ein Darlehen verpfändet hatte, das er nie bekam. Der Barbier wurde zu dreißig Tagen Gefängnis bei Wasser und Brot verurteilt, und die Brüder Bing aus Hamburg übernahmen die *Kronprinds Frederik*.

Nicht nur der Barbier landete hinter Gittern. Ein Familienoberhaupt nach dem anderen musste diesen Weg gehen, und in einigen Fällen sogar ihre Ehefrauen. Jetzt gab es keine vornehmen Familien mehr in Ærøskøbing, jetzt gab es nur noch Familien. Hinrichsen hatte sich immer für demokratische Ideen eingesetzt. Es zeigte sich, dass er sie auch praktizierte. Er hatte Arm und Reich gleichermaßen einbezogen, und nun gab es keinen Unterschied mehr.

Hinrichsen wurde zu drei Jahren verurteilt. Damit blieb er, wie stets, der erste Bürger der Stadt.

Hatte sich der Vater für Carl auf etwas eingelassen, von dem er bei all seiner Prinzipienfestigkeit hätte wissen müssen, dass es falsch war? Hatte Johan Arenth Rasmussen seine Ehre aufs Spiel gesetzt, weil er die Zukunft seines Sohnes als Maler sichern wollte?

Carl stellte sich diese Frage und musste nicht lange nach einer Antwort suchen. Er dachte an die vielen Male, bei denen er den Vater zusammen mit Hinrichsen gesehen hatte. Nicht um dem Sohn auf seinem Lebensweg zu helfen, war der Schneider zum Mitwisser einer Gaunerei geworden. Es ging um den Glanz. Es war die Vertraulichkeit mit einem mächtigen Mann. Ihr hatte der Vater nicht widerstehen können. Hinrichsen hatte ihm zugezwinkert, und schon hatte der Schneider seine Unterschrift dort hingesetzt, wohin der Finger des mächtigen Mannes zeigte.

Eines Abends saß Carl wie gewöhnlich draußen auf dem Treppenstein. Er ertrug die Atmosphäre im Haus nicht mehr. Am liebsten hätte er sich wie ein obdachloser Vagabund zum Schlafen auf die Felder außerhalb der Stadt gelegt, wenn es nicht bereits Herbst und somit zu kalt gewesen wäre. Die Tür des Nachbarhauses klapperte im Wind, und er blickte auf. Gläubiger hatten sich tagsüber in Hinrichsens Haus aufgehalten und offenbar vergessen abzuschließen. Von einer plötzlichen Eingebung gepackt, ging Carl durch die offene Tür in das verlassene Haus. Er sah sofort, dass sein Porträt von Hinrichsen im Flur verschwunden war. Hatten die Gläubiger bloß alles mitgenommen, was nicht niet- und nagelfest war? Oder hatten sie seine Zeichnung ausgewählt, weil sie meinten, sie könnte Geld bringen? Sollte er so seine erste Anerkennung bekommen? Als Teil einer Konkursmasse?

In der ersten Etage ging er von einem Raum zum anderen. Der Mond erleuchtete die leeren Zimmer mit seinem blauen Schein. Carl hatte damit gerechnet, das Haus leer vorzufinden, trotzdem überraschte ihn die Kahlheit der Räume. Er hatte davon geträumt, dass seine Gemälde an diesen Wänden hängen würden. In seinem kindlichen Ehrgeiz hatte er sich vorgestellt, dass die Eroberung von Hinrichsens Wänden der Höhepunkt seiner Karriere als Maler werden würde.

Jetzt sah er in den kahlen Wänden ein Bild der vollständigen Leere, die ihn erwartete.

Er musste die Staffelei zu Hause lassen, als er mit dem Paketboot nach Kopenhagen aufbrach. Der Vater wollte die Fracht nicht bezahlen, und um sich die Staffelei über die Schulter zu hängen, war sie zu groß und zu schwer. Außerdem hing dort bereits der Malkasten mit der Palette, den Ölfarben und den Pinseln.

»Wo willst du damit hin?«, wollte sein Vater wissen und wies auf den Malkasten. Er klang verärgert, als würde ihm sein persönliches Eigentum genommen.

»Vielleicht willst du es ja unterm Apfelbaum vergraben?«

Carl hatte begonnen zu widersprechen. Er hatte das Untertänige in seinem Vater gesehen. Er hatte gesehen, wie sein Rücken mit jeder Verbeugung vor seinen vornehmen Kunden krummer wurde, bis es aussah, als hätte er einen unsichtbaren Buckel.

Der Vater kratzte sich nervös an der Warze unter dem rechten Nasenloch. Er hatte vergessen, den Haarkranz zu stutzen. Der Riss in seinem Gesicht öffnete sich.

»Du hast mir nicht frech daherzukommen«, sagte er mit kraftloser Stimme.

Sein Gesicht war erloschen. Er hatte seinen besten Kunden verloren, und die Übrigen bestellten weniger als zuvor. Carl tat der Vater beinahe leid. Doch dann spürte er die Wut. Er würde in Kopenhagen nicht als ein junger Mann ankommen, der die Zukunft noch vor sich hatte. Er würde am Liegeplatz des Paketboots in Nyhavn am Kai stehen wie ein Dienstbote, und Schuld daran hatte sein Vater.

Trug er den Malkasten, weil er noch immer hoffte? Hätte er auch die Staffelei mitgenommen, wenn es ihm möglich gewesen wäre? Nein, die Zukunft, die ihn erwartete, war ebenso leer wie Hinrichsens Haus, nachdem die Gläubiger es geplündert hatten. Den Anblick und das Gefühl, das ihn dabei ergriffen hatte, konnte er nicht vergessen. Den Malkasten, einst das Versprechen eines Lebens als Künstler, trug er aus Trotz. Er verhielt sich wie ein Kind, das sein liebstes Spielzeug im Arm hält, wenn es zu Hause ausziehen muss. Bei dem Malkasten handelte es sich um eine Kindheitserinnerung, nicht mehr.

Ottensens Manufakturhandel lag in Kopenhagen am Gammel-Strand. Und wenn Carl jeden Morgen den Bürgersteig vor dem Laden fegte, schaute er über den Frederiksholm-Kanal auf Thorvaldsens Museum, das auf der gesamten Länge mit Sonnes Fresken geschmückt war; Arbeiter mit offenstehenden Hemden und nackten Füßen schoben die gewaltigen Marmorskulpturen des weltberühmten Künstlers durch die Stadt. Carl schlief in einer Dachkammer, und bevor er frühmorgens aufstand und die drei Stockwerke hinunterging, um den Laden für die Kunden vorzubereiten, sah er durch das kleine Dachfenster, wie die vorbeisegelnden Wolken sich ihre Farben vom Sonnenaufgang liehen. Dann setzte er sich aufs Bett und holte seinen Skizzenblock heraus.

Es keimte wieder in ihm.

Carl begann, jeden Sonntag ins Schloss Charlottenborg in die Kunstausstellung zu gehen. Lange stand er vor den Leinwänden, aufgesogen von dieser neuen Welt, die sich ihm hier eröffnete und von der er bisher nur einen kleinen Ausschnitt über Hinrichsens Sofa gesehen hatte. Um ihn herum bewegten sich gebildete Menschen, die mit Kennermiene die Gemälde kommentierten. Hier und da schnappte er einen Satz auf. Er hörte

Gespräche über eine Kunst, die Volk und Land entdecken wollte, die nationalen Besonderheiten, wobei die Landschaft ein Schlüssel zum dänischen Geist war. Ihm wurde klar, dass sich ihre Spuren kreuzten – seine und die der Künstler. Sie zog es hinaus in die Provinz, aus der er kam, auf ferne Inseln und in unentdeckte Landschaften. Sie sahen die Freundlichkeit der Landschaft, die anmutigen Hügel, die in Wellen verliefen, als wären sie gerade aus dem Meer erstanden und trügen noch immer die Bewegungen des Wassers in sich. Wie die Insel, auf der er seine Kindheit verbracht hatte.

Er dachte an den Sommer, in dem er mit den Jungen aus Marstal herumgezogen war. Hatte er sich damals nicht ähnliche Gedanken gemacht?

Auch am Meer stellten die Künstler ihre Staffeleien auf. Das Meer hatte eine Größe, die der Landschaft fehlte. Gischt, so weit das Auge reichte, oder Ruhe in einer unaussprechlichen Majestät, und über dem Meer der Himmel mit seinen endlosen Variationen der immergleichen Wolkenformen, Zirrus und Kumulus, die er so gut aus Ingemanns Gedichten kannte.

Ihm ging es genau wie den Männern, die für diese Leinwände verantwortlich waren. In der mondhellen Spuknacht in Hinrichsens Haus hatte er gedacht, sein Traum wäre ausgeträumt. Doch er hatte einfach nur alles missverstanden. Er hatte geglaubt, seine Zukunft hinge von einem Wohltäter ab. Er hatte geglaubt, die Erlaubnis seines Vaters wäre notwendig, um weiterzukommen. Aber so war es nicht. Das begriff er jetzt. Die Inspiration musste von innen kommen. Alles hing von ihm selbst ab. Er hatte einmal geglaubt, er würde eine Kompassnadel in sich tragen. Dieser Gedanke kehrte jetzt zurück.

Carl kannte die Begeisterung für die Krümmung eines Blumenstängels, die Ehrfurcht vor einer Wolkenlandschaft, und das war das Entscheidende. Es genügte nicht, die Bilder anderer zu würdigen. Kunstverstand machte niemanden zum Künstler. Die Natur selbst musste für diesen Sog der Sehnsucht sorgen, damit es ungeduldig in der Hand zuckte und ein unsichtbarer Pinsel sich zwischen den Fingern bewegte. Die Landschaft diktierte die Pinselstriche. Die Welt flüsterte ihre Geheimnisse in einer Sprache, die andere nicht verstanden.

»Dann ist man ein Künstler.«

Er richtete die Worte an Henrietta. Carl war mit dem strengen Auftrag der Mutter nach Kopenhagen gekommen, die Familie am Solitudevej zu besuchen. Er hatte es pflichtschuldigst erledigt, voller Widerwillen. Er war jung, er wollte sich seine eigene Welt aufbauen, sich nicht an eine alte binden, und die Sorgen anderer interessierten ihn nicht. Sein Onkel, ein Schreinermeister, war vor einigen Jahren gestorben, und die Tante hatte mit ihren drei Töchtern ein Mietshaus bezogen, das der Schreiner als Witwenwohnung in einem der neuen Viertel hatte bauen lassen, die außerhalb der Stadtwälle entstanden. Den Verlust des Ehemannes hatte die Tante nie verwunden. Ihre älteste Tochter, Dorothea, litt an einem Buckel und lebte in einer Welt voller Salben und Hausmittel, welche die Schmerzen ihres missgebildeten Körpers lindern sollten. Und Henrietta, die so alt war wie er, musste sich anstelle der trauernden Mutter um die sechs Jahre jüngere Anna Egidia kümmern. Soviel also wusste er – und es reizte ihn nicht. Er ging nur dorthin, um hinterher seiner Mutter berichten zu können, dass er den Pflichtbesuch absolviert hatte.

Henrietta öffnete die Tür.

»Du bist Carl«, sagte sie nur.

Dann ließ sie die Hand mit einer Bewegung über seine Wange gleiten, die mütterlich zärtlich und prüfend zugleich war, als würde sie Maß nehmen. Sie hatte kobaltblaue Augen. Diese Farbe hatte er noch nie in einem Gesicht gesehen; einen Moment lang war er verwirrt.

»Du bist hübsch«, sagte sie.

Er wusste sofort, dass sie nicht seine Gesichtszüge meinte, sondern etwas, das sie in ihm sah und von dem er nicht wusste, was es sein könnte. Und er wusste genau, dass er unter ihrem Blick aufblühen würde.

Vom ersten Augenblick an entstand eine merkwürdige Weisheit zwischen ihnen. Es ging nicht um Liebe. Er fühlte sich nackt, als sie ihn so ansah, aber das war kein unangenehmes Gefühl. Eher glich es einem Sonnenbad. Und da sie ohnehin alles über ihn wusste, erzählte er ihr auch alles. Sie hatte sowieso längst alles gesehen. Stets hatte er seine Gedanken für sich behalten. Nun teilte er sie mit ihr, und erst dann schienen sie real zu werden.

Sie blickte ihn aus ihren kobaltblauen Augen an, und er hatte das Gefühl, als entzündete ihr Blick ein Feuer in ihm, eine Flamme, die zu gleichen Teilen aus Poesie und Ehrgeiz bestand.

Doch Zeit für die Kunst hatte er nur an Sonntagen.

Carl sah Eckersbergs Bild einer amerikanischen Kriegsbrigg, die vor Anker lag. Die Segel wurden getrocknet, der Rumpf spiegelte sich im windstillen Wasser, und er, der an einem Hafen aufgewachsen war, der selbst so oft die reinen Linien eines Schiffes in seinem Skizzenblock festgehalten hatte, nahm plötzlich zum ersten Mal ein Schiff wahr.

Er sah Emanuel Larsens Gemälde von einem Morgen an der isländischen Küste. Weit entfernt lag eine Brigg, und hinter dem Schiff erhob sich ein gewaltiger schneebedeckter Berg, vielleicht handelte es sich um einen Gletscher. Hinter dem Berg verbarg sich die aufgehende Sonne. Ein blassgelber Ton meldete sich am Morgenhimmel und löste die tiefhängenden Stratuswolken auf, die nicht viel mehr waren als Nebel über dem Wasser. Am dunklen Strand im Vordergrund erregte ein Stück Treibholz Carls Aufmerksamkeit. Als er näher herantrat, entpuppte es sich als Wrackteil. Der letzte Rest eines Schiffs, das wie die Brigg einmal stolz im Wasser gelegen hatte. Ein zerbrochener Mast. Zeugnis des schrecklichen Meeres und jener gewaltigen Kräfte, die sich an diesem windstillen Morgen so verräterisch unter der ruhigen Wasseroberfläche verbargen. Das Bild saugte ihn ein.

Nicht nur der Schlund, der sich mitten in dieser friedlichen Morgenstimmung öffnete, zog ihn an. Auch nicht, dass der Betrachter am Rand eines Abgrunds stand, wenn er den Sinn des Gemäldes einmal erfasst hatte. Es war mehr als das. Emanuel Larsen war bis nach Island gereist, um zu malen. Nach Italien hatte ein Künstler zu reisen, wenn es ihn ins Ausland zog. Emanuel Larsen hatte die entgegengesetzte Richtung gewählt, nach Norden, und mit seinem Pinsel fing er eine Welt ein, die wenige vor ihm beschrieben hatten. Er war ein Künstler und gleichzeitig ein Entdeckungsreisender. Die Maler fingen an, Kopenhagen zu verlassen. Sie kamen bis Jütland oder bis an die Nordsee. Doch sie hielt es nicht dort. Sie reisten immer weiter. Emanuel Larsen hatte seine Staffelei an den äußersten Rand der bekannten Welt gestellt.

Hinter Island lag Grönland. Und hinter Grönland die Polarkappe.

Woher stammte dieser zerbrochene Mast? Von einem Schiffbruch an einem unbekannten Ort hinter dem Horizont, von einem unbeschriebenen Drama mit dem Versprechen auf ein anderes Licht, auf eine Palette, die man bisher nicht gesehen hatte. Der Mast kam ihm vor wie der Sendbote einer unendlichen Vielfalt neuer Motive.

Ihm fehlten die Worte. Aber das tat nichts zur Sache. Wofür hatte er schließlich einen Pinsel?

Er erklärte Henrietta, dass er eines Tages einen Eisberg malen wollte, der auf dem Wasser schwamm, schöner als jedes Schloss. Der Eisberg würde am Gipfel halb geschmolzen sein und ein schäumender Strom aus Schneewasser mit der Farbenpracht von tausend Regenbogen an ihm herabstürzen. Carl träumte von

Grönland. Der Winter war eine lange Nacht, dennoch hatten die Tage ihr eigenes Licht, mit sternklaren Vormittagen und mondhellen Nachmittagen. Und im Sommer glühte die Sonne vierundzwanzig Stunden am Tag.

Seine Worte klangen feierlich.

»Wie schön du es beschreibst«, sagte Henrietta.

Und plötzlich veränderte sich ihr Gesichtsausdruck, sie bekam dieses spöttische Glitzern in die Augen, das ihm das Gefühl vermittelte, als spiele sie bisweilen auch die Rolle seiner großen Schwester.

»Aber ich glaube, ich habe das schon mal gehört.«

Carl sah zu Boden und errötete. Dann gestand er. Er hatte die Sätze bei Ingemann gelesen, in dem Roman *Kunuk und Naja oder Die Grönländer,* und die Beschreibung auswendig gelernt.

»Ich hoffe sehr, dass du nicht so malst, wie du liest.«

Henrietta zog die Augenbrauen zusammen und sah ihn tadelnd an. Ihre Stimme klang noch immer spöttisch.

»Was meinst du?«

»Dass du dir die Worte anderer zu eigen machst. Oder die Pinselstriche anderer. Dass du imitierst.«

Sie sah, dass er gekränkt war.

»Ich mach doch nur Spaß«, schnell strich sie ihm über die Wange, wie sie es bei ihrer ersten Begegnung getan hatte.

»Imitieren? Das würde ich nie tun. Ich käme nicht mal auf die Idee.«

Sein Gesicht hatte einen ernsten Ausdruck angenommen. Er spürte, dass er ein Gelübde ablegte, nicht nur ihr gegenüber, sondern auch sich selbst.

»Du solltest nach Grönland reisen«, meinte Henrietta.

Es klang so wirklich aus ihrem Mund. Es handelte sich nicht mehr nur um einen Traum. Er wusste jetzt, was er wollte. Und es gab jemanden, der ihm zur Seite stand. Das war das entscheidend Neue in seinem Leben.

Erwachsen war er noch nicht. Ihm wuchs nicht einmal ein Bart. Er war nur ein Junge – aber auch ein Eroberer. Jedes Jahr wurde er einige Zentimeter größer. Unrast tobte in seinem Körper. Jetzt, da er mehr und mehr erreichte, warum nicht alles?

Die Reise, die in Marstal endete, hatte begonnen.

Ein kleiner Birkenzeisig landete gegen Abend an Deck. Carl war der Einzige, der ihn bemerkte.

Die Sonne stand noch immer hoch. Sie segelten in nördliche Richtung, und bald schon würde sie nicht mehr hinter dem Horizont untergehen. Die Nacht würde verschwinden und ewiger Tag am Himmel herrschen.

Dieselbe Sonne hatte damals für ihn geschienen, als er vor über zwanzig Jahren zu seiner ersten Reise nach Grönland aufgebrochen war. Es war die Sonne der Jugend. Die Kraftquelle seiner Inspiration.

Jetzt sollte sie ihm wieder scheinen.

Vor vier Wochen hatten sie den Leuchtturm von Skagen passiert. Einen Monat waren sie schon unterwegs. Die *Peru* befand sich auf dem 57. Breitengrad, noch immer im Atlantik, und es konnte noch ein paar Wochen dauern, bevor Grönland in Sicht kam.

Eine viel zu lange Distanz für einen kleinen Vogel; es mussten wohl eher der Wind als seine zerzausten Flügel gewesen sein, die ihn so weit getragen hatten.

Am Abend zuvor war Sturm aufgekommen, der in den Morgenstunden allerdings abflaute. Die Bramsegel, den Innenklüver und das Briggsegel hatte man eingeholt. Nun wurden sie zusammen mit den Toppsegeln wieder gesetzt.

Carl hob den Vogel auf und hielt ihn in der Hand. Er spürte das Herz unter dem Federkleid. Es schlug wild und erschrocken, und doch schien seine Botschaft so klar wie ein Telegraf, der seinen Morsecode eintickerte. Das kleine Herz war unter der Anstrengung des Fluges über das endlose Meer beinahe zersprungen.

Nun bat es um Gnade.

Er holte einen Strohschuh aus der Kajüte und bröselte ein paar Brotkrumen hinein.

»Das hast du wohl nicht erwartet«, sagte er zu dem Vogel, dessen Herz weiterhin panisch schlug. »Hier kannst du die Nacht trocken und warm verbringen, mein kleiner Birkenzeisig.«

Den Strohschuh stellte er aufs Deckhaus.

Am nächsten Morgen war der Vogel verschwunden.

Sollte er allein davongeflogen sein, so erschöpft, wie er war? Er konnte es sich kaum vorstellen. Carl sah Kapitän Thomsen vorbeigehen. Würde er Verständnis für die Leiden eines kleinen Vogels aufbringen? Nein, vermutlich würde er bloß den Kopf schütteln über solche Kleinmädchenpossen wie das Bauen eines Nests in einem Strohschuh. Wahrscheinlich hatte es sich so abgespielt: Man hatte den Vogel auf Deck ausgesetzt, dann war er über Bord gespült worden und ertrunken.

Er ging in die Kajüte und setzte sich, um weiter an dem Brief für die Kinder zu schreiben, den er am Vorabend begonnen hatte. Gut gelaunt hatte er das Auftauchen des vom Wind durchgeschüttelten Birkenzeisigs beschrieben. Er hatte gedacht, es wäre eine Geschichte, mit der er die Kleinsten erheitern konnte. Nun teilte er ihnen knapp das Ende des Vogels mit. Er ergänzte noch, dass die Schwachen in der Welt untergehen müssen, damit die Starken in ihrem Siegesbewusstsein schwelgen und die Süße der Macht genießen können. Ihm kamen die Worte spontan in den Sinn, und doch überflutete ihn eine große Bitterkeit, als er sie niederschrieb.

Mit einer fröstelnden Bewegung zog er den Mantel aus Hundefell um sich zusammen. Mühsam kletterte er in die Koje, obwohl es mitten am Tag war und man noch nicht zu Mittag gegessen hatte. Er spürte, wie die Schwermut zurückkehrte.

Der Vogel war ihm wie ein Vorbote erschienen. Stattdessen war der kleine Birkenzeisig eine Warnung gewesen.

Eines Sonntagnachmittags legte sich eine Hand auf seine Schulter, und noch viele Jahre später spürte er diesen leichten, vertraulichen Druck.

Er hatte am Kai von Nyhavn gesessen und die vertäuten Schiffe skizziert. Er zeichnete aus Vergnügen und zur Übung. Die Hand musste beschäftigt bleiben. Lange war es nicht her, dass er vor dem Gemälde Emanuel Larsens seine Berufung erkannt hatte. In seiner unteren Gesichtshälfte begann allmählich ein Bart zu sprießen. Noch hatten die Stoppel einen gewissen Abstand zueinander, und doch konnte man es bereits sehen – Alter, Erfahrung, ein Schatten, der seine weichen Züge markanter werden ließ. Er spiegelte sich andächtig in jeder Fensterscheibe, an der er vorbeiging.

Henrietta und er waren gleichaltrig, aber sie war ihm stets reifer erschienen. Nun wurde er erwachsen und ihr ebenbürtig.

Er wusste, was er wollte. Er hatte sich für einen Kurs entschieden; noch erging es ihm allerdings wie einem Segel ohne Wind. Die praktischen Möglichkeiten fehlten. Noch war er ein Sonntagsmaler.

»Sie haben ja Talent«, sagte eine Stimme.

Carl blickte auf.

Ein groß gewachsener Mann in einem sandfarbenen Sommermantel betrachtete ihn mit einem freundlichen Lächeln. Sein Gesicht verbarg der Schatten einer Strohhutkrempe, umrahmt wurde es von einem dichten, gepflegten Bart. Der Mann gab Carl die Hand und stellte sich vor. Carl verbeugte sich tief. Der Schneidersohn aus Ærøskøbing steckte noch in ihm. Er spürte, dass seine Höflichkeit zu gleichen Teilen aus Unbeholfenheit und furchtsamer Unterwürfigkeit bestand. Aber sein Gegenüber hatte seinen Skizzenblock im Blick, nicht seine Erziehung, er hatte etwas entdeckt. Nur war Hans Holm kein Maler, sondern Architekt.

»Doch, Talent haben Sie gewiss«, wiederholte er.

Carl verbeugte sich erneut, ungefähr so, wie er sich in seiner Kindheit vor Pastor Fabricius nach dem sonntäglichen Gottesdienst verbeugt hatte. Holm bat, den Skizzenblock sehen zu dürfen. Carl stand daneben und wusste nicht, wohin er seinen Blick wenden sollte.

»Ihre Technik ist noch ein wenig mangelhaft. Und die Geheimnisse der Perspektivlehre sind Ihnen offenbar noch nicht ganz vertraut. Aber daran kann man ja arbeiten.«

Holm lud ihn zu einem Spaziergang zur Langelinie ein, während er mit ihm sprach wie mit einem Gleichgestellten. Sie diskutierten über Høyen, der bereits vor einem Jahr in einem Vortrag die Künstler aufgefordert hatte, aufs Land zu gehen und das Leben des Volkes zu schildern. Die Ideen des Kritikers hatten Schule gemacht, allerdings nicht sein Vorschlag, das Volk durch eine neue Form der Historienmalerei zu erziehen. Holm hatte erst kürzlich eine Ausstellung besucht und sich Constantin Hansens Gemälde von *Ägirs Trinkgelage* angesehen.

»Nein, die ursprünglichen Eigenarten des dänischen Volkes wiederzufinden, wie Høyen es fordert, gelingt den Malern gewiss nicht. Heutzutage steckt nicht mehr viel von Odin oder Thor in den Dänen«, lachte er.

Auch Carl hatte das Bild gesehen und war wie Holm enttäuscht gewesen. Er hatte sofort gespürt, was an Hansens Komposition nicht stimmte. Nicht nur, dass der Raum mit Menschen überfüllt war. Es gab keinerlei dynamische Bewegung in der Gruppe. Eher wirkten sie in ihrer strengen Feierlichkeit steif wie Skulpturen. Aber der wahre Fehler lag im Raum selbst, dem mit seiner Enge und der niedrigen Decke jegliche Größe fehlte. Nein, über der Szenerie hätte sich die mächtige Kuppel des Himmels wölben müssen.

Carl wurde durch das Gespräch und den direkten Ton seines Gegenübers ermuntert. Das Untertänige verschwand und er vertrat seine Ansichten mit einer Unbefangenheit, die er sich sonst nur bei Henrietta erlaubte.

Holm nickte anerkennend. »Ich höre, dass Sie den Blick haben.«

Sie unterhielten sich lange. Carl redete mit wachsender Selbstsicherheit. In der aktuellen Diskussion über Kunst kannte er sich aus. Er war kein unwissender Bursche vom Land. Er kam zwar aus der Provinz, aber gerade das erwies sich als großer Vorteil. Er stammte aus einem der Orte, in die die anderen reisten. Das, was sie auf ihren Reisen entdecken wollten, kannte er bereits.

Er erzählte Holm von seinem Erlebnis vor dem Gemälde Emanuel Larsens.

»Sie müssen reisen«, erklärte Holm. »Und dann mögen Sie einen Ort finden, der zu Ihnen gehört. Es ist nicht gesagt, dass es die Insel Ihrer Kindheit sein muss.«

Er ließ sich von Holm unterrichten, und Holm nahm ihn mit zu dem Maler Johan Didrik Frisch. Von ihm lernte er die Technik der Ölmalerei, ein großer Schritt. Nun trat er ernsthaft in die Welt der Farben ein. Frisch malte besonders gern Tiere. Er nahm Carl häufig mit in den Dyrehave, um ihm die Rudel umherstreifender Hirsche zu zeigen, die nach jahrhundertelangem Umgang mit den Menschen beinahe zahm zu sein schienen. Ihre Scheu vor Menschen erwachte erst, wenn man ihnen zu nah kam. Holm hatte davon gesprochen, dass Carl seinen Ort finden müsse. Frisch hatte stattdessen ein Tier gefunden. Für ihn existierte nur der stolze Kronenhirsch, wenn er in der Brunft des Herbstes seine Kraft vor einem Rudel Hirschkühe zur Schau stellte und sein herausforderndes Röhren über den Wald schallte – wie das Echo einer ungezähmten Natur, die längst aus Dänemark verschwunden war.

Bei Johan Didrik Frisch handelte es sich beileibe nicht um einen Kronenhirsch. Er war ein kleiner, dünnhaariger Mann, der an chronischer Erkältung litt und sich unabhängig von der Jahreszeit vor dem Aufbruch in den Dyrehave in einen Mantel und einen Wollschal wickelte, den er vor seine unablässig tropfende Nase band. Hinter den schützenden Wollschichten holte er Atem mit dem Geräusch eines Seehunds, der die Wasseroberfläche durchbrach.

Niesend näherte er sich dem Hirschrudel. Wachsam drehten die Hirschkühe die Ohren, ihre Beine bebten, als wären sie bereit, auf der Stelle davonzulaufen, doch der Kronenhirsch stand ungerührt unter ihnen, also blieben sie.

Carl spürte durchaus eine gewisse Faszination, Tiermaler wollte er dennoch nicht werden. Das wusste er sofort. Doch ihm ging es um die Technik, und in ihre Geheimnisse führte Frisch ihn ein. Außerdem sah er dieses wunderbare Lichtspiel, wenn die Sonne durch das Laub fiel und auf den Waldboden mit seinem abwechslungsreichen Teppich aus Blumen und welken Blättern traf. Carl konnte sich in solchen Motiven verlieren. Er konnte auf das Laub einer frisch ausgeschlagenen Buche blicken und die ganze Welt sehen. Das sollte ein Maler erfassen, die wunderbare Vielfalt und Einheit der Natur in ein und demselben Pinselstrich.

Er besuchte Frisch und Holm und erlernte die Grundlagen: Neapelgelb, Ocker und gebranntes Siena bildeten die Grundskala der Palette. Darüber hinaus gab es Weiß und Schwarz. Sie hatten für die Abtönungen zu sorgen, wenn sie mit anderen Farben vermischt wurden. Mit Zinnoberrot galt es vorsichtig umzugehen. Pariserblau wurde meist für den Hintergrund verwendet. Helle Partien mussten mit fetter Farbe und einem spitzen Pinsel aufgetragen werden, die Schatten mit stark verdünnter Lasur und einem Fächerpinsel. Am wichtigsten waren die Tönungen – Zwischentöne, Schattentöne, Lichttöne, das Zusammentreffen der Farben. Die Seele des Bildes bestand aus dem Zusammentreffen der Farben, und er lernte rasch, dass die Seele der dänischen Landschaft ebenfalls daraus bestand. Keine reinen Farben, keine aufdringliche Farbwahl, stattdessen die feine ausgleichende Arbeit des Fächerpinsels. Darin lag nicht nur das Geheimnis des dänischen, sondern auch seines eigenen Geistes.

Sein Motiv wartete dort draußen auf ihn, noch immer unberührt, doch wie lange noch? Er hatte ja seinen Ort, aber wie lange hatte er ihn noch für sich? Italien, sagten alle, du musst nach Italien. Sogar Frisch erklärte es ihm, obwohl er nie über den Dyrehave hinausgekommen war.

»Nun musst du weiterkommen«, sagte Holm. Aber er meinte damit etwas anderes, etwas Grundsätzlicheres: Jetzt hast du ein letztes Mal aus der Tür der Manufakturhandlung Ottensen zu treten. Carl wagte es nicht. Der Schneidersohn in ihm widersetzte sich. Als Künstler wollte er gern weiterkommen, aber im entscheidenden Augenblick blieb er dennoch auf der Stelle stehen. War sein Traum stark genug? Konnte er riskieren, den festen Boden unter den Füßen zu verlieren?

Er zögerte und Henrietta sagte ihm, es hätte keinen Sinn, allzu lange zu zögern. Wenn es um ihn ging, war sie verwegen. Sie wollte, dass er große Dinge tat, und große Dinge erforderten Mut. Sie hatte keinen Vater und eigentlich auch keine Mutter mehr. Sie hatte zu ihrem eigenen Vater, ihrer eigenen Mutter werden müssen, als sie gerade mal ein großes Mädchen war, und nun wollte sie, dass er das Gleiche tat.

»Du musst, Carl«, sagte sie, »du musst.«

Ihre kobaltblauen Augen wurden beinahe schwarz.

Sie beugte sich vor und küsste ihn auf die Stirn, nicht wie eine Mutter, sondern prüfend. Ob sie ihn eines Tages auch auf den Mund küssen würde? Er fühlte beides in diesem Augenblick verschmelzen und eins werden:. das Versprechen, das sich in diesem Kuss verbarg, und sein Traum, Künstler zu werden.

Was sollte er seinem Vater sagen? Er hatte den Malkasten mitgenommen, als er nach Kopenhagen aufbrach, doch er hatte es aus kindlichem Trotz getan. Er hatte den Vater nur ärgern, nicht aber herausfordern wollen, wie ein Erwachsener es hätte tun können.

»Ich werde nicht bei Ottensen bleiben«, erklärte er, als er während des Weihnachtsurlaubs seine Eltern in Ærøskøbing besuchte.

»Du willst also davonlaufen«, sagte der Vater resignierend.

Carl sah ihn gespannt an. Er bereitete sich auf einen Zusammenstoß vor, der unweigerlich kommen musste. Aber der Vater schwieg. Sein Tonfall hatte alles gesagt.

Nichts anderes hatte er von seinem Sohn erwartet. Verrat erwartete er von der ganzen Welt, nichts anderes als Verrat. Er hatte an die vornehmen Familien und den Glanz geglaubt, der von ihnen ausging. Nun war dieser Glanz verschwunden und damit seine besten Kunden. Man hatte ihn im Stich gelassen. So sah die Bilanz seines Lebens aus. Nicht einen Moment fragte er sich, ob er sich aus Hinrichsens Hasardspiel hätte heraushalten sollen, bei dem die ganze Stadt als Einsatz gedient hatte. Stattdessen zog er sich aus dem Leben zurück, gekränkt von dessen Zurückweisungen.

Carls jüngere Brüder hatte er bereits aus dem Haus geschickt. Obwohl sie erst elf, zwölf und dreizehn Jahre alt waren, mussten sie sich ihre Mahlzeiten selbst verdienen. Einer lebte auf Falster, der andere auf Langeland und der Jüngste auf einem Hof im Westen Ærøs. Es schien, als hätte er es aufgegeben, irgendwelche Zukunftspläne für seine Kinder zu schmieden. Auch das sonntägliche Ritual fand nicht mehr statt.

Die Mutter lief unruhig umher, wie eine Katzenmutter, die in allen Ecken nach ihren ersäuften Kätzchen sucht. Die verbliebenen Kinder überschüttete sie mit einer Zärtlichkeit, als würde sie mit ihnen Abschied von ihrer Rolle als Mutter nehmen. Vor zwei Jahren war sie das letzte Mal niedergekommen. Längst hätte sie wieder ein Kind erwarten sollen; aber den schleppenden Schritten des Schneidermeisters nach zu urteilen, würde die jüngste Schwangerschaft die letzte bleiben. Den hübschen Gürtel, den sie gewöhnlich in den Pausen zwischen den Schwangerschaften anlegte, um die Rückkehr ihrer Taille zu feiern, trug sie entgegen ihrer früheren Gewohnheit nicht.

Für den Vater würde die Geschichte niemals ausgestanden sein. Carl erkannte es, als er ihm gegenüber saß und verkündete, dass er den Zukunftsplänen seines Vaters nicht zu folgen beabsichtigte.

»Du kannst tun, was du willst. Hauptsache, du fällst deiner Familie nicht zur Last«, sagte der Vater und kratzte sich an der Warze.

Er blickte Carl prüfend an.

»Hast du etwa einen neuen Wohltäter gefunden, einen neuen Hinrichsen?«

Hohn lag in seiner Stimme, und Carl begriff plötzlich, dass ein Fiasko dem Vater nicht unlieb wäre.

»Ich komme schon zurecht«, erwiderte er, hörte aber die Unsicherheit in seiner Stimme.

Carl war ebenso überrascht wie erschrocken, dass der Vater ihn von allen Erwartungen freistellte. Er hatte sich auf Widerstand eingestellt, nicht auf Gleichgültigkeit. Er hatte das Gefühl, auf sich selbst zurückgeworfen zu sein, obwohl er Henrietta als Stütze hatte.

Die Freiheit kam ihm vor wie ein leerer Bottich, doch statt mit Plänen füllte er sich mit Einsamkeit.

Carl erklärte seinen Abschied bei Manufakturhändler Ottensen mit einer so bedrückten Miene, dass der Manufakturhändler die

Situation missverstand und glaubte, unglückliche Umstände in der Familie daheim auf Ærø zwängen ihn, die Lehrstelle in Kopenhagen aufzugeben. Ottensen fragte nicht. Stattdessen legte er eine aufmunternde Hand auf die Schulter des jungen Mannes.

»Du kannst jederzeit zu mir kommen. Ich war froh, dich hier gehabt zu haben. Du bist ein gewissenhafter Junge.«

»Du hast Angst«, sagte Henrietta.

Er konnte sie nicht anlügen. »Ja, ich habe Angst.«

»Du darfst niemals Angst haben, wenn du das Richtige tust.«

Er war aus dem Zimmer am Gammel-Strand in ein Hinterhaus am Nyhavn gezogen. Sie saßen sich an dem Tisch gegenüber, der zusammen mit zwei Stühlen und einem Bett das Mobiliar dieser kleinen Kammer bildete. Sie waren Vetter und Cousine und durften daher ohne die Aufsicht eines Erwachsenen allein sein. Sie nahm seine Hand.

»Steh auf«, sagte sie.

Er schob den Stuhl zurück und stand verwirrt im Zimmer. Noch immer hielt sie seine Hand. Er begriff nicht, was sie wollte.

»Im Moment habe ich eigentlich keine Lust zu tanzen.«

Sie lachte ihn spöttisch an. Das tat sie oft, und er stellte sich vor, dass so wohl eine Schwester ihren kleinen Bruder an der Nase herumführte, der ein wenig schwer von Begriff war. Aber er sah einen Schalk in ihren Augen, den er mit nichts Schwesterlichem verbinden konnte.

»Wir wollen nicht tanzen«, erwiderte sie. »Wir wollen gehen.«

»Gehen?« Er sah sich in der engen Kammer um. »Hier?«

»Ja, hier. Heb ein Bein und lehn dich nach vorn.«

»Aber dann falle ich.«

»Komm, mach schon, was ich dir sage.«

Er hob das Bein wie ein Storch und beugte sich vornüber, bis er beinahe das Gleichgewicht verlor. Henrietta mochte schmächtig sein, aber ihre Hände waren kräftig. Sie hielt ihn.

Er setzte eine nachsichtige Miene auf. Er hatte den Eindruck, dass die Rollen nun vertauscht waren. Jetzt war er der Erwachsene, der den Launen eines Kindes nachgab.

»Wollen wir etwa den ganzen Tag so stehen bleiben?«

»Jetzt stellst du den Fuß wieder auf den Boden«, sagte sie unbeirrt. »Und dann wiederholst du die Bewegung mit dem anderen Fuß. Nur ruhig, ich bin immer noch da.«

Einen Augenblick später standen sie beide mit der Nase an der Wand.

Er blickte sie von der Seite an.

»Und nun warte ich gespannt auf das Geheimnis des tieferen Sinns in diesem Mysterienspiel.«

In seiner Stimme schwang eine wachsende Irritation.

Henrietta lachte nur.

»Muss man dir alles zweimal erklären? Verstehst du nicht, was ich dir zeigen wollte? Du bist gegangen.«

»Ja, wir haben die bedeutende und enorm interessante Distanz von der Zimmermitte bis zur Wand zurückgelegt. Und was soll das bedeuten?«

»Bei jedem Schritt bist du aus dem Gleichgewicht geraten und hast es wiedergefunden. Wenn man ständig beide Füße auf dem Boden haben will, kommt man nirgendwo hin. Zu gehen bedeutet, für einen Moment das Gleichgewicht zu verlieren.«

Sie sah seinen verblüfften Gesichtsausdruck.

»Ein Dichter hat das gesagt«, lachte sie. »Oder ein Philosoph. Ich weiß es nicht mehr. Ingemann war es jedenfalls nicht.«

Plötzlich stieg eine ungeheure Freude in ihm auf. Er trat dicht an sie heran und legte ihr die Arme um den Leib.

»Und was sagt dein Philosoph über das Tanzen?«

»Ich glaube nicht, dass er tanzt.«

Durch das stramme Mieder spürte er die Wärme ihres Körpers. Er hätte sie gern eng an sich gedrückt, wagte es jedoch nicht. Sie tanzten ein paar Walzerschritte, erst in die eine, dann in die andere Richtung, und brachen ab. Das Zimmer war nicht groß genug. Sie standen sich gegenüber, ohne ein Wort zu sagen. Er sah ihr in die Augen, er spürte, dass die Röte, die sich auf ihren Wangen zeigte, ein Widerschein der Hitze sein musste, die seine eigenen Wangen entzündete. Ihre Augen schlossen sich, als wollten sie nicht Zeuge dessen sein, was nun geschah. Beide beugten sich vor, und ihre Lippen trafen sich. Das Erlebnis der Nähe des anderen war so überwältigend, dass es weitergehende Handlungen eher lähmte als beförderte. Eine Weile standen sie da, die Lippen willenlos aufeinandergepresst. Mehr geschah nicht. Es lag nicht allein daran, dass sie in der Technik des Küssens unerfahren waren. In ihrem Leben hatte es so wenige physische Berührungen gegeben, dass allein das Gefühl der nachgiebigen und ein wenig feuchten Lippen des anderen eine vollkommen neue Welt eröffnete; so reich an Reizen, Hingabe und Zärtlichkeit, dass sie mehr nicht in sich aufnehmen konnten und daher auch keinen Grund verspürten weiterzugehen. Als sie endlich voneinander ließen, atmeten beide schwer.

»Sind wir jetzt verliebt?«

Carl bereute sofort, dass er gefragt hatte. Einen Moment lang war er Henrietta ebenbürtig gewesen, aber nun klang er wieder wie ihr kleiner Bruder.

Henrietta fand sofort zu sich zurück.

»Wir sind Vetter und Cousine«, erwiderte sie. »Und das werden wir immer sein.«

Ihre Antwort enttäuschte Carl nicht. Schließlich lebten sie in einer seltsamen Mischung als Beinahe-Geschwister und Kameraden, und irgendetwas in ihm zögerte, dieser Liste auch noch das schwierige Rollenfach der Liebenden hinzuzufügen. Er konzentrierte sich darauf, dass Henrietta das Wort ›immer‹ benutzt hatte. Ihm war es egal, was sie waren, Hauptsache, sie waren zusammen.

Carl konnte sich nun mit ganzer Kraft seinen Studien hingeben. Holm bezahlte weiterhin den Unterricht bei Frisch und streckte ihm hin und wieder einen Extrabetrag vor.

»Wir müssen dir ein Stipendium in der Kunstakademie verschaffen«, sagte er. »Aber das wird dauern. Du musst so lange durchhalten.«

Das erwies sich als Geduldsprobe. Wenn ihm jemand erzählt hätte, dass Kunst ein Kampf wäre, hätte er in erster Linie an einen geistigen Kampf gedacht. Jetzt begriff er, dass seine Physis auf die Probe gestellt wurde. Wie viel hielt er aus? Mit wie wenig Essen kam er zurecht? Was hieß denn Inspiration, wenn die Gedärme im Leib schrien, draußen das Licht schwand, und er kein Geld hatte, um sich Lampenöl zu kaufen, während ihm die Finger um den Pinsel oder den Bleistift steif froren?

Not war ihm bisher unbekannt gewesen. Nun lernte er Armut kennen. Er dachte nicht einen Moment daran, dass er im Dienst einer kostbaren Sache litt. Er empfand über den Hunger und die Müdigkeit hinaus nur ein Gefühl, und das hieß Scham. Es quälte ihn, dass er gezwungen war, sich auf der Straße in seinen zerschlissenen Kleidern zu zeigen. Den Bart, seinen Stolz und seine Zierde, rasierte er mit eiskaltem Wasser. Es brannte, aber er sah ein, dass der Bart ihn nicht länger männlich aussehen ließ, sondern lediglich verwahrlost.

Er zweifelte nicht an seiner Kunst. Er zweifelte, ob sie dies alles wert war. Er verstand nichts. Er wollte etwas Edles schaffen. Er sah sich als Entdeckungsreisenden und Pionier. Er wollte der Menschheit zeigen, wie schön die Welt war. Warum musste er dafür Schmutz und Kälte erdulden?

Carl besuchte die Familie am Solitudevej nicht mehr. Er wollte nicht, dass Henrietta ihn so sah. Er bekam Briefe von ihr, die er nicht beantwortete. Eines Tages stand sie in der Tür seines Zimmers. Sie hatte nicht angeklopft, als hätte sie geahnt, dass er sich vor ihr versteckte.

»Wie du aussiehst«, sagte sie missbilligend.

Sie kam auf ihn zu und schnüffelte. »Du riechst auch.«

Sie sprach mit ihm wie mit einem Kind, und einen Moment fühlte er sich gekränkt. Verstand sie denn überhaupt nicht die Größe seiner Leiden? Ein Schatten von Unsicherheit zeigte sich auf ihrem Gesicht. Das erste und einzige Mal, dass er sie an sich selbst zweifeln sah. Sie musste geglaubt haben, dass er sich fernhielt, weil er sie nicht mehr mochte. Er konnte ihr alles vergeben, aber nicht Unsicherheit. Irgendjemand musste sicher durch die Welt gehen, und da er es nicht tat, musste sie es sein.

»Hast du genug zu essen?«

Carl hörte das Energische in ihrer Stimme. Sie verbarg ihre Gefühle hinter mütterlicher Fürsorge. Aber er war kein Kind mehr.

»Ja, danke, ich esse ausgezeichnet.«

Sie sah sich in der Kammer um. »Hast du etwas gemalt?«

Er zuckte die Achseln. »Ich wär gern allein.«

Er wusste nicht, warum er das sagte. Er dachte, weil er sich selbst hasste und sich möglicherweise überhaupt nicht zum Künstler eignete.

Sie blickte zu Boden, die Wangen unter ihrem dichten kastanienbraunen Haar wurden rot. Sie verlegte ihr Gewicht erst auf das eine, dann auf das andere Bein, ihr Körper begann zu schwanken. Dabei hielt sie die Hände auf dem Rücken. Unvermittelt drehte sie sich auf dem Absatz um und ging aus der Tür, die sie hinter sich offen stehen ließ. Er hörte sie die Treppe hinunterlaufen.

Carl blieb mitten im Zimmer stehen. Er hatte gehofft, dass sie seinen Wunsch, zu gehen, überhören und ihn stattdessen umarmen, ja, vielleicht sogar küssen würde. Er sehnte sich so sehr danach. Stattdessen ging sie und lieferte ihm den Beweis, dass sie nicht stark genug war. Er beschloss, sie niemals wiederzusehen.

Am nächsten Tag stand ein Korb vor seiner Kammer. Im Korb lagen ein frisch gebackenes Brot, eine Wurst und Aufschnitt von einer Lammkeule. Er trug den Korb ins Zimmer und fiel sofort darüber her. Während des Essens schämte er sich. Er wusste genau, das Essen kam von Henrietta. Aber er war so hungrig. Er aß, bis nichts mehr übrig war, doch sein praller Bauch besänftigte seine Ansicht über sie nicht.

Er erschien nicht mehr zum Unterricht bei Frisch. Sein Lehrmeister ließ einen Boten nach ihm senden; der Bote kam mit dem Bescheid, dass keinerlei Entschuldigung akzeptiert werde, es sei denn, er liege auf dem Sterbebett. Widerwillig erschien er. Im Atelier erwartete ihn eine Mahlzeit, Brot und Wein. Frisch erwähnte das Essen mit keinem Wort. Er begann sofort mit seinem Lebensevangelium, den röhrenden Kronenhirschen und ihren erhobenen Geweihen.

Musste man jeden Tag essen? Wie viele Tage kam ein Mensch aus, ohne zu essen? Diese dumme Frage wurde ihm wichtiger als die ganze Debatte um das Ziel der Kunst. Zu Frisch kam er dienstags und donnerstags, zu Holm am Sonntag. Waren drei Mahlzeiten in der Woche ausreichend? Um Hilfe bitten wollte er nicht. Sein Wohltäter tat bereits genug. Was war das Ganze wert, wenn er selbst nicht zurechtkam?

Er hustete hohl in seinen zerschlissenen Mantel, wenn er sich gegen einen Regenschauer stemmte. Er schlief in seinen Kleidern. Er zog sich nicht mehr aus. Die Kleider wurden zu seiner zweiten Haut. Er versuchte nicht einmal mehr, sich in seinen Sachen zu verstecken. Bei seiner verdreckten Kleidung handelte es sich ja um ein Signal: Hier kam ein mittelloser Mann, hier kam der Abschaum. Für den Armen gab es kein Versteck.

In seiner Not suchte er Ottensen auf. Er bat nicht darum, seinen Lehrplatz zurückzubekommen. Das wäre einer Kapitulation gleichgekommen und so tief war er noch nicht gesunken, jedenfalls nicht innerlich, obwohl sein Aussehen von nichts anderem als der Niederlage berichtete. Beharrlichkeit und Scham fochten eine tägliche Schlacht um ihn aus. Beharrlichkeit bedeutet, dass man durchhält, aber nicht weiß, warum, und genau so erging es ihm. Er lebte für die Kunst, aber er praktizierte sie nicht. Wenn man sich nur von dünner Luft ernähren kann, bleibt für die Kunst keine Kraft. Die Seele fordert ein warmes Bett, Brot, Essen, Freundlichkeit und Wein. Sie ist eine empfindliche Größe. Misserfolg bringt sie kaum zum Blühen. Sie ist ein Talglicht, das vom Durchzug ausgeblasen wird, kein loderndes Feuer, das sogar von einem drohenden Sturm zehrt. Wegen seiner Seele ging er zu Ottensen. Aber aufgrund seines Stolzes bat er nicht um eine feste Anstellung.

»Eine kleine Beschäftigung«, sagte er, »das ist alles, was ich brauche, ich bin ja eigentlich Künstler.«

Er hätte Ottensen auch ein Gemälde anbieten und einen vernünftigen Preis dafür verlangen können; aber dieser Gedanke kam ihm nicht. Er sah sich als Künstler, der die Menschheit veredeln und sie lehren wollte, das Schöne zu sehen. Nie hatte er erwogen, dass die Veredelung der Menschheit auch das tägliche Brot liefern konnte. Im Übrigen brachte er auf der Leinwand nichts anderes als technische Übungen zustande. Er war bei weitem kein fertiger Künstler.

Ottensen starrte ihn an. Er dachte, Carl wäre zu Hause bei seiner Familie auf Ærø. Stattdessen lief er in der Hauptstadt herum und sah aus wie ein Landstreicher. Ottensen verurteilte ihn nicht, doch Carl sah das Mitgefühl in seinem Blick, und das schmerzte mehr als jedes harte Wort.

Ottensen erkundigte sich nach der Familie auf Ærø.

»Es geht ihnen gut«, antwortete Carl in einem höflichen, aber gleichgültigen Ton.

Ottensen stellte keine weiteren Fragen.

Im Übrigen konnte von einer Neueinstellung Carls keine Rede sein.

»Präsentabel bist du keinesfalls. So wie du aussiehst, kannst du nicht hinter einem Ladentisch stehen, und das hattest du doch wohl im Sinn. Sieh zu, dass du dein Leben in den Griff bekommst.«

Ottensen legte die Hände auf den Rücken und schaute grübelnd zu Boden.

»Eine kleine Beschäftigung, hm«, brummte er und nagte an seinem Schnurrbart. »Ich habe eine Bestellung für Mehlsäcke, die du nähen kannst.«

Carl erhielt Sackleinen und Stopfnadel und nähte Säcke im Tempel des Geistes, der seine kleine Kammer hatte werden sollen. Sonderlich geschickt stellten sich seine Hände mit der großen Stopfnadel allerdings nicht an, ständig stach er sich. Und das grobe Sackleinen riss Schrunden in seine empfindliche Haut, sodass er den Pinsel nicht halten konnte, wenn er endlich Pause machte.

Eines Tages saß er an den Säcken und lutschte das Blut von seinen durchstochenen Fingern, als die Tür aufging und Henrietta eintrat. In einem rauschend großen Krinolinenkleid, das die ganze Kammer ausfüllte, glitt sie über den Boden. Ihre Füße schienen die Dielen nicht zu berühren. Sie beugte sich hinunter zu ihm. Das volle Haar fiel ihr locker über die Schultern, beide wurden von dem dichten Vorhang verdeckt. Sie nahm seine Hand und führte den verletzten Finger an ihren Mund, während sie ihm mit einem spöttischen Blick in die Augen sah, der ihm, wie bei ihrer ersten Begegnung, das Gefühl gab, nackt in der Sonne zu baden.

Er griff nach ihr und fasste in die Luft. Sie war nicht da. Er hatte gedöst und geträumt. Verwirrt rieb er sich die Augen.

»Carl«, sagte jemand.

Er blickte auf. Vor ihm stand Anna Egidia, Henriettas kleine

Schwester. Sie hatte ihren Wintermantel an und eine erwachsene Miene aufgesetzt.

»Wir verstehen nicht, wo du bleibst«, sagte sie. »Mutter sagt, du sollst zum Essen zu uns kommen. Aber du beantwortest nicht einmal Henriettas Briefe, und nun glaubt sie, dass du dir nichts mehr aus ihr machst. Also traut sie sich auch nicht zu kommen.«

Sie sah sich in der Kammer um.

»Mein Gott, wie sieht's denn hier aus.«

Er wedelte mit einer Hand vor seinem Gesicht, als wollte er eine lästige Erscheinung davonjagen.

»Geh weg«, sagte er. »Verschwinde!«

Seine Stimme war belegt, als wäre er aus seinem Traum noch nicht richtig erwacht.

Die Kleine ging im Zimmer herum, hob demonstrativ hier und da etwas auf. Sie wollte in seiner Unordnung aufräumen.

»Geh heim zu deiner Mutter.«

Etwas Bittendes lag in seiner Stimme. Er wollte sie hier nicht haben. Obwohl sie doch erst zwölf Jahre alt war, sollte nicht einmal sie ihn so sehen.

Anna Egidia drehte sich um und schaute ihm eindringlich in die Augen. Er wusste nicht, was er in ihrem Blick sah. Mitleid oder etwas anderes? Richtete sie über ihn?

»Du bist gewachsen«, sagte er.

Er stand auf, um zur Tür zu gehen und sie hinauszulassen.

Sie blieb im Türrahmen stehen.

»Soll ich Henrietta denn gar nicht grüßen?«, fragte sie.

Er biss sich auf die Unterlippe und schlug verlegen den Blick nieder.

Die Säcke verhalfen ihm zu einem Brot und einer Tasse Tee am Tag. Er bekam Farbe in die Wangen, aber nicht auf die Leinwand. Er musste versuchen, sich in den Unterrichtsstunden bei Frisch zu entfalten. Zu Hause gelang ihm nichts.

Von Henrietta kamen Briefe. Er öffnete sie nicht. Er wagte es nicht. Vielleicht enthielten sie einen Abschiedsgruß.

Der Sommer kam. Sein Wohltäter Holm zog aufs Land. Es gab keine Säcke mehr für Ottensen zu nähen. Mit dem Brot und den drei wöchentlichen Mahlzeiten war es vorbei. Die Kopenhagener holten ihre hellen Sommerkleider aus den Schränken und übertönten mit ihren gut gelaunten Stimmen den Hufschlag der Pferde auf dem Pflaster, während er sich wie ein Schatten unter ihnen bewegte und hungerte. Er entschloss sich, nach Hause, nach Ærøskøbing, zu reisen. Er hatte nicht lange überlegen müssen. Sein Bauch hatte die Wahl für ihn getroffen. Er wollte heim zu seiner Mutter und sich aufpäppeln lassen.

Carl saß am Kai von Nyhavn. Hier lagen die Schiffe mit ihren Versprechen auf neue Horizonte, auf eine Reise zu Emanuel Larsens isländischem Strand und noch weiter entfernten Orten. Hinter den Schiffsmasten erhob sich Charlottenborgs rotes Backsteingebäude, in dem die Akademie ihren Sitz hatte. Dort lagen die großen Säle, in denen die Künstler ihre Werke ausstellten. Dort war sein Traum, den er sich so kläglich ansah, seine Zukunft, auf deren Stufe er wie ein Obdachloser saß. Ihm fehlten die Mittel, um hineinzukommen. So nah schien Charlottenborg und doch so unendlich fern.

In diesem Augenblick legte der Schoner *Anne Cathrine* aus Marstal am Kai an. Einen der Matrosen erkannte er. Niels Peter. Carl senkte den Blick. Er konnte sich gut daran erinnern, wie Niels Peter ihm die Nase blutig geschlagen hatte, weil er nichts Hässliches zeichnen wollte. Bereits damals hatte er für seine Kunst gelitten.

Niels Peter grüßte ihn, als wäre nichts geschehen – als wären sie noch immer Freunde. Carl blickte auf und erwiderte den Gruß. Eine plötzliche Eingabe ließ ihn nach einer Mitreisemöglichkeit fragen. Niels Peter holte den Skipper. Es war Carls Onkel Ras aus der Møllegade in Marstal.

Er ließ seinen Blick über den derangierten Carl schweifen.

»Da haben wir ja unseren Künstler«, sagte er und schüttelte den Kopf.

»Niels Peter, du hast sicher ein paar saubere Klamotten, die du ihm leihen kannst. So wie er aussieht, kann er jedenfalls hier nicht herumlaufen.«

Kurz darauf stand Carl wie ein vollbefahrener Matrose in Pullover und weiten Hosen an Deck.

»Jetzt siehst du ganz repräsentabel aus«, meinte Rasmussen und schlug ihm auf die Schulter.

»Ein Tauende wirst du wohl ziehen können«, erklärte der Skipper, »außerdem will ich eine Zeichnung des Kahns und was du unterwegs noch so zusammenkritzelst. Damit bezahlst du für die Überfahrt.«

An einem Tauende ziehen konnte Carl, vorausgesetzt, jemand gab ihm genaue Anweisungen. Im Übrigen verstand er nichts von den Dingen, die an Bord vorgingen. Die Überfahrt verlief ruhig, und er bekam drei Mahlzeiten am Tag. Zum ersten Mal seit langer Zeit holte er seine Zeichensachen heraus und zeichnete eine Skizze von einem vorbeisegelnden Schiff und einer waldbedeckten Landspitze. Die Seeleute standen um ihn herum, und Niels Peter verbreitete sich mit Kennermiene über seine Fähigkeiten. Niels Peters Stolz über ihre Bekanntschaft überraschte Carl.

»Ja, du kannst etwas, das wir anderen nicht können, Bursche«, sagte Rasmussen, »Seemann wirst du vermutlich nicht, doch den Blick hast du.« Und dann begann er, die Details in Carls Zeichnung zu kommentieren.

Carl richtete sich auf. Ein ganzes Jahr hatte er missmutig vergeudet. Nun wurde ihm plötzlich und unerwartet Anerkennung gezollt. Rasmussen war bestimmt kein Kunstkenner, aber vor Talent hatte er Respekt. Künstler zu sein, hieß also doch nicht, einsam zu sein. Carl wuchs mit jeder Seemeile, mit der sie sich Marstal näherten.

Die erste Nacht auf der Insel verbrachte er bei der Familie des Skippers in der Møllegade. Seine alten, zerschlissenen Kleider wurden gewaschen und geflickt, und bevor er über die Insel heim nach Ærøskøbing lief, wurde er mit Pfannkuchen und Sagosuppe bewirtet. Er kam am Lindesbjerg vorbei und wusste, dass er ungefähr die Hälfte des Weges zurückgelegt hatte. Nun begann der lange Abstieg hinunter zur Stadt. Die Aussicht über das Inselmeer öffnete sich. Er sah die langen Landzungen Ommelshoved und Urehoved, die an dünne Arme erinnerten, obwohl ihre Namen eher auf Köpfe anspielten. Dann die versprengten Werder Dejrø und Lillø und weit entfernt Fünen als dunkler Rand. Es handelte sich um das Land seiner Kindheit. War es auch sein Platz als Künstler?

Plötzlich bekam er Magenschmerzen und musste in einem Graben Zuflucht suchen.

Die Mutter weinte, als sie ihn sah.

»Du bist so dünn geworden«, sagte sie. »Bekommst du denn nichts zu essen?«

Der Vater schaute missbilligend auf seine zerschlissenen Kleider.

»So etwas tragen in Kopenhagen alle Künstler«, behauptete Carl.

Die Aufmerksamkeit auf der *Anne Cathrine* hatte ihn übermütig werden lassen.

»Nun ja, ich werde dich nicht füttern«, erklärte der Vater.

Carl blieb einige Tage. Der Vater schaute jeden Mittag über seinen Teller, als würde ihm das Essen vom Mund gestohlen. Er schien alt geworden zu sein. Um seinen Mund zeigte sich ein gieriger Ausdruck wie bei einem Kind, das eifersüchtig darauf achtet, dass die anderen nicht mehr bekommen. Doch die Mutter schöpfte Carl jeden Tag eine Extraportion auf seinen Teller. Ein Kampf tobte zwischen den Eltern, der sich quer über den Mittagstisch abspielte, doch in der Mutterliebe lag eine Kraft, die den Vater zwang, den Mund zu halten.

Carl quälten Schmerzen. Das häufige Hungern in Kopenhagen hatte seinen Magen so empfindlich werden lassen, dass er nicht imstande war, die großzügigen Portionen der Mutter aufzuessen. Und er blieb auch nicht lange genug daheim, um sich wieder an regelmäßige Mahlzeiten zu gewöhnen.

Der Vater registrierte es zufrieden. Also gab es doch noch Gerechtigkeit, obwohl sein Arm zu müde war, um ihr Geltung zu verschaffen.

Nach einer Woche ging Carl zurück nach Marstal und bat Rasmussen um eine Heuer.

»Mit Rücksicht auf die Familie«, sagte der Skipper. »Denn du bist, verflucht noch mal, keine sonderlich große Hilfe auf einem Schiff, mein lieber Carl. Und ich glaub auch nicht, dass wir aus dir einen Mann machen können. Aber ich glaube dennoch, dass der Tag kommen wird, wo wir stolz auf dich sein werden. Und dann soll keiner von Rasmussen sagen, dass er nicht bereit war, dir eine Hand zu reichen. Du bekommst zu essen, nur aus der Heuer wird nichts.«

Carl segelte den ganzen Sommer mit Rasmussen. Er zog an den Tauenden, an denen zu ziehen man ihm befahl. Er enterte ins Rigg und ihm wurde schwindlig. Allerdings bekam er nie den Befehl, hinaus auf die Rah zu klettern. Die anderen behielten ihn immer im Auge. Erst glaubte er, dass sie ihn wegen seiner mangelnden Fähigkeiten verachteten. Dann wurde ihm klar, dass sie auf ihn aufpassten. Sie betrachteten ihn als einen Sonderling, aber auch als Rarität, und eine Rarität musste man vorsichtig behandeln.

Mit einer derartigen Großzügigkeit hatte er nicht gerechnet;

diese Erfahrung gab ihm Hoffnung. Zwischen ihnen wurde ein Band geknüpft, das stärker war, als ihm damals bewusst war. Ein Pakt, dachte er, als er viele Jahre später daran zurückdachte.

Die Welt rief ihn, und er spürte, wie etwas in ihm antwortete. Nicht die Diskussionen über Kunst inspirierten ihn. Auch nicht die Leinwand eines fremden Malers oder ein Lehrer. Es war das Leben selbst: halbwüchsige Schiffsjungen und Matrosen, die sich gegenseitig schubsten, um einen Blick in sein Skizzenbuch zu werfen, unkundig und gleichzeitig doch so erfahren. Das Modell wurde plötzlich lebendig und wandte sich an den Künstler. Er sprach mit der Wirklichkeit.

Ungeduldig war wohl das richtige Wort. Er wurde ungeduldig.

Und in seiner Ungeduld sehnte er sich wieder nach Henrietta. Er schrieb ihr, als ob nichts geschehen wäre, und erzählte von sich.

»Ich male das dänische Volk«, schrieb er. »Ich male das Leben auf See. Ich fühle, dass ich dazugehöre.«

»Mein lieber Seemann«, schrieb sie zurück, »fall mir bloß nicht vom Mast. Du darfst nicht vor mir ertrinken. Lerne zu schwimmen. Dann werde ich ernsthaft stolz auf dich sein.«

Ende August kam eine Nachricht aus Ærøskøbing. Sein Vater wünschte, mit ihm zu sprechen.

Skipper Rasmussen gab ihm zum Abschied die Hand.

»Viel Glück«, sagte er. Nicht mehr, und Carl verstand, dass er nicht zurückkehren sollte.

Der Vater stand in der Haustür und erwartete ihn. In der Hand hielt er einen Brief. Er reichte ihn Carl, der sah, dass der Vater ihn geöffnet hatte.

»Die Akademie hat dir einen Freiplatz angeboten«, sagte er.

Carl erwachte mit einem Ruck, er blieb noch eine Weile liegen und lauschte dem Knarren der Sparren, wenn die *Peru* in der See rollte. Dann verließ er in einem plötzlichen Anfall von Entschlossenheit das Bett und stand taumelnd auf den Kajütendielen. Er musste an Deck und den Wind im Gesicht spüren, um die letzten Reste seines Traumes über die Wellen fortblasen zu lassen. Er brauchte sich nicht anzuziehen. In seiner Kälteempfindlichkeit hatte er in all seinen Kleidern geschlafen. Er war mit seinem Körper eigentlich immer sehr sorgsam umgegangen, sodass er nicht daran zu denken wagte, was sein Mangel an Sorgfalt für seine Hygiene bedeutete. Andererseits gab es nur Männer an Bord. Auf See hatten sie vermutlich ein ähnlich großzügiges Verhältnis zur Reinlichkeit wie er. Carl strich mit einer Hand durchs Haar, das vom Salz ebenso steif war wie sein Bart. Dann kletterte er die Leiter hinauf und trat an die Reling. Nach einigen Schwierigkeiten durch die vielen Lagen seiner Kleidung konnte er sich erleichtern. Mit einem Wink grüßte er den Rudergänger, der zum Schutz gegen den Regen eine gelbe Öljacke trug. Der Rudergast grüßte mit einem Finger an der Mütze zurück.

Carl ging in seine Kajüte und legte sich ins Bett.

Das erste Eisfeld tauchte auf. Drei Tage später kam Grönland in Sicht, einundvierzig Tage nach der Abreise aus Kopenhagen. Die meiste Zeit hatte eine mäßige bis starke Brise geweht, ein paarmal war Sturm aufgekommen, aber es hatte ebenso schnell wieder abgeflaut. Der Himmel zeige ein einheitliches Grau, doch das Licht hinter den Wolken wurde kräftiger. Bald würde es vierundzwanzig Stunden am Tag hell sein.

Die lange ereignislose Reise hatte sich in ihm als Langeweile niedergeschlagen, einer Lethargie, die leicht mit Erschöpfung verwechselt werden konnte. Die erste Landkennung ließ ihn unruhig werden, aber da er nichts fand, woran er diese Unruhe auslassen konnte, schlug sie in Irritation um, die sich in ihn hineinfraß und jene nagende Unzufriedenheit verstärkte, die er in diesen Jahren ohnehin spürte. Längst hatte er die Freude verloren, Wolken zu studieren. Er erinnerte sich von seiner ersten Reise, dass der arktische Himmel große farbengesättigte Panoramen anbot, doch diesmal blieb das Drama aus. Die Wolkendecke hing tief und zeigte ein unverändertes Grau, ohne die geringste Herausforderung an seine Beobachtungsgabe oder seinen Pinsel.

Fast hatte es zum Sturm aufgefrischt, als sie vor Kap Farvel der *Nordlys* begegneten, einem der anderen Schiffe der Königlich Grönländischen Handelsgesellschaft. Von Deck zu Deck wurden Grüße gebrüllt und die Flaggen gedippt, bevor jedes Schiff seinen Kurs fortsetzte.

Carl malte ein Aquarell von der Begegnung der beiden Schiffe, vom Achterdeck der *Peru* aus gesehen. Die *Nordlys* war auf dem Weg in schwere See, und die *Peru* krängte gewaltig. Die Seeleute mussten sich auf dem schrägen Deck zur Seite lehnen, als sie das vorbeisegelnde Schiff mit dem Fernrohr beobachteten und die Signale gaben. Sie trugen Südwester und Ölzeug, mit ihren bärtigen Gesichtern und tief liegenden Augen glichen sie Michael Anchers Skagenfischern, eine Ähnlichkeit, die ihm zunächst nicht aufgefallen war und ihn ärgerlich werden ließ. Unzufrieden legte er das Resultat seiner Arbeit beiseite.

Natürlich hatte die Skizze Rhythmus und Bewegung. Auch die Ähnlichkeit war tadellos. Obwohl er die Gesichtszüge der Seeleute nur grob skizziert hatte, hatten ihn einige Männer gelobt. Unter ihnen musste er sich nicht wie ein Fremder fühlen. Sie akzeptierten ihn wegen seines technischen Könnens, und er hatte zu ihnen im Grunde das gleiche Verhältnis. Er bewunderte sie für ihre Seemannschaft, unternahm aber keinerlei Anstrengungen, um sie näher kennenzulernen.

Carl litt unter Bauchschmerzen. Er hatte immer Bauchschmerzen gehabt; Probleme mit der Leber und eine Gallenschwäche zwangen ihn zu einem höchst eingeschränkten Kostplan. Er vertrug weder Speck noch fettes Rindfleisch, Kaffee oder Schnaps. Nur Milch und frischen Fisch bekam er herunter. Fisch konnte er an Bord der *Peru* schon bekommen, allerdings nur geräuchert oder eingesalzen, da die Seeleute nicht direkt vom Schiff aus angelten.

Carl sah Kapitän Thomsen an, was er dachte, wenn er im Achtersalon, wo die täglichen Mahlzeiten eingenommen wurden, im Essen herumstocherte und über Magenschmerzen klagte.

Der Kapitän hatte anfangs noch mit Branntwein verdünnten Rigabalsam ausgeschenkt. In jovialen Wendungen beschrieb er den hausgemischten Trunk als die beste Medizin gegen jede Art von Schmerzen.

Auch dieses Angebot musste Carl ausschlagen.

»Mein Magen verträgt es nicht«, sagte er höflich.

Er hörte selbst, wie künstlich es klang.

»Versuchen Sie's mit Englischem Salz«, riet der Kapitän. »Anfangs kratzt es ein wenig. Aber ich verspreche Ihnen, es tut gut.«

Carl kehrte mit dem Gefühl nach Kopenhagen zurück, ein Veteran des Lebenskampfs zu sein. Er hatte gelitten und gekämpft und er hatte sein Ziel erreicht. Die Tore der Akademie öffneten sich ihm.

In der Hand hielt er einen Koffer voller frisch genähter Kleider – Geschenke seines Vaters, als Carl von dem Sommertörn mit Skipper Rasmussen nach Hause zurückkehrte. In der Stunde der Niederlage hatte der Vater ihm seine Verachtung gezeigt. Nun wollte er am Glanz teilhaben. Nicht der Gedanke an die Kunstakademie ließ den Blick des Vaters wieder lebhaft werden. Sondern, dass es sich um die Königliche Akademie handelte. Als Carl das Haus seiner Kindheit betrat, erwartete ihn eine neue Garderobe, zwei weiße Hemden, eine gestreifte Hose und eine Jacke mit kurzen Schößen. Alles vom Vater zugeschnitten und genäht. Jedes Kleidungsstück hielt er Carl an, um zu kontrollieren, ob es passte.

»Als würde man das Ziel seines Sohnes nicht kennen«, erklärte er mit einer neuen Herzlichkeit.

Seine Hand glitt am Revers der Jacke herab.

»Schau, die neueste Mode aus London.«

Wieder saßen sie am Tisch und aßen zusammen. Carl hatte seine Magenbeschwerden noch immer nicht überwunden. Ein langer Sommer mit Schiffszwieback und getrocknetem Fisch hatte nicht geholfen, doch diesmal zerfloss der Vater vor Anteilnahme und Sorge.

Carl ließ sich den Bart wieder wachsen. Und siehe da! Er wuchs dichter als zuvor. Carl fühlte sich in jeder Hinsicht erwachsen, Schüler an der Königlich Dänischen Kunstakademie, ein Mensch mit einem Lebensziel. Seine Beharrlichkeit hatte sich gelohnt. Die Zeit der Winkelzüge und des Zweifelns war vorbei.

Zumindest bis sie wieder begann.

Ein Künstler hatte ständig seinen Wert zu beweisen. Carl war der Ansicht, eine Strecke zurückgelegt zu haben, doch es erging ihm wie Achill in Zenons Paradoxon, als der griechische Held mit einer Schildkröte um die Wette läuft, der aufgrund ihrer Langsamkeit ein kleiner Vorsprung zugestanden wird. Jedes Mal, wenn Achill die Distanz zurückgelegt hat, die ihn ursprünglich von der Schildkröte trennte, hat die sich ein paar schleppende Schritte vorwärtsbewegt. Wieder muss er sie einholen, aber erneut ist sie ein Stück vorangekommen, und so setzt es sich fort in der sinnlosen Ewigkeit der Mathematik, bis ihn nur noch ein unendlich kleiner Bruchteil von seinem Ziel trennt, von der elenden Schildkröte, die er niemals erreichen wird. In der Kunst ist die Schildkröte das Vollkommene, die Perfektion. Immer gibt es etwas, das trennt, einen ständig schwindenden Bruchteil, der niemals verschwindet und niemals gleich null wird. Denn die Schönheit der Natur übertrifft man nicht. Sie bewahrt ihren Vorsprung.

In der realen Welt ergab das Beispiel aus der Mathematik keinen Sinn, aber in der Kunst schon. Carl hatte die Akademie erreicht, zur Kunst war er noch immer nicht vorgestoßen. Wie lange musste er noch laufen? Wie viel gab es noch zu lernen?

Er hatte sich einmal mit einem Schiff verglichen, das Kurs zu halten versucht, ohne Wind in den Segeln zu haben. Nun war der Wind gekommen, aber das Schiff lag noch immer vertäut am Kai. Den Hafen hatte er noch gar nicht verlassen. Er begriff es bereits am ersten Tag.

Es war ein schöner Oktobertag. Die Sonne schien auf das noch nachtfeuchte Pflaster des Kongens Nytorv. Carl war früh aufgestanden und hatte sich herausgeputzt, als wäre er zu einem königlichen Ball geladen. Auf der Straße stand Henrietta und erwartete ihn. Sie nahm ihn bei der Hand. Zum ersten Mal hielten sie sich auf der Straße an den Händen, er registrierte es nicht. Sie kamen viel zu früh und gingen eine Weile in den Straßen um den Kongens Nytorv spazieren. Beide sagten kein Wort. Nach einer Weile bemerkte Carl plötzlich, dass ihre Hand in seiner lag, aber er vergaß es sofort wieder.

Aus der Østergade traten sie auf den Kongens Nytorv und schauten hinüber auf Schloss Charlottenborg. Das große rote Gebäude der Akademie mit den beiden Flügeln und dem Tor in der Mitte sah aus, als würde es ihn mit offenen Armen empfangen. Die Bäume des Platzes hatten ihre Blätter noch nicht verloren, doch der Herbst hatte sie bereits mit seinem Atem gestreift und mit einer ersten Röte entflammt.

So viel hatte sich in Carls Leben ereignet, seit diese Blätter zarte Knospen waren.

Henrietta drückte vorsichtig seine Hand zum Abschied.

»Viel Glück«, wünschte sie und wollte ihn umarmen, aber Carl hatte sich bereits umgedreht.

Er ging an der Torwache vorbei, die sich fröstelnd in einen dicken Mantel gewickelt hatte, als hätte der Winter bereits begonnen, und stand in dem gepflasterten Hof. Männer jeden Alters hasteten an ihm vorbei. Einzelne gingen zögernd, wobei sie sich neugierig umsahen. Neue Schüler wie er. Wenn jemand sie direkt ansah, wandten sie den Blick ab und gingen mit einstudierter Lässigkeit weiter, als wären sie hier zu Hause. Die meisten schienen jünger zu sein als er, er fühlte sich sehr erfahren. Sicherlich hatte er mehr durchmachen müssen als sie.

Carl begann in der sogenannten ›gewöhnlichen Vorbereitungsklasse‹, und groß war seine Enttäuschung, als er in einen schummrigen, schmutzigen Raum trat, der lediglich mit Staffeleien und hohen dreibeinigen Schemeln ausgestattet war. Die Schemel hatte man in einem Halbkreis um eine Sammlung von Torsi und Köpfen aus Gips aufgestellt, bei denen sich über Jahre niemand die Mühe gemacht zu haben schien, sie einmal abzustauben. Ein hageres Männchen in einem zerschlissenen Überzieher ging umher und erteilte den Schülern, die auf die hohen Schemel kletterten, Anweisungen.

Carl blickte freimütig in das ungepflegte Gesicht.

»Wir gehen nicht hinaus in die Natur?«, erkundigte er sich.

»Ah, der junge Herr interessiert sich für die Natur?«

Carl nickte.

»Sehen Sie diesen Sockel dort?«

Er wies auf einen Frauentorso, den mehrere Schüler bereits zeichneten.

»Sieht er das Blatt?«

Eine Weinranke schlang sich um den Sockel.

»Welches von ihnen?«, fragte Carl. Er verstand nicht, worauf das Männlein hinauswollte.

»Das oberste von links an dem Zweig.«

Wieder nickte Carl. »Ja, das sehe ich.«

»Nun ja, dann kann er es auch abzeichnen, wenn er sich so an der Natur erfreut.«

Carl kochte. Dieser kleine garstige Mann nahm ihn also nicht ernst. Aber er wollte ihm zeigen, mit wem er es zu tun hatte. Wie die anderen Schüler begann er demonstrativ, den Frauentorso zu zeichnen. Einige Zeit später kehrte der Mann zurück. Stumm stand er eine Weile vor Carls Staffelei. Dann hob er eine schmutzige Klaue und riss mit einem heftigen Ruck die Zeichnung vom Skizzenblock. Ein lautes Geräusch war zu hören, als das Papier zerriss. Er knüllte die Skizze zusammen, warf sie auf den Boden und begann, darauf herumzutrampeln. Carl starrte ihn fassungslos an.

Das Männchen blickte auf. Er stand auf dem plattgetretenen Papier. Um ihn herum erklang Gekicher.

»Ich habe mich gewiss nicht vorgestellt«, sagte er. »Mein Name ist Hertzog. Ich bin Zeichenlehrer, und dies ist die Königlich Dänische Kunstakademie, falls Ihnen das bisher entgangen sein sollte. Wir sind hier nicht auf einem Waldausflug, und dieser Raum ist nicht des Herrgotts eigene Natur.«

Er stand mit geballten Fäusten und hochgezogenen Schultern da, als müsste er sich beherrschen, um Carl nicht dieselbe Behandlung angedeihen zu lassen wie gerade seiner Skizze. Er starrte ihm direkt ins Gesicht. Seine schmutzig braunen Augenbrauen waren buschig.

»Wie heißt er?«

Carl nannte seinen vollen Namen.

Hertzog starrte ihn weiterhin an. Dann sprach er langsam und verbissen: »Jens Erik Carl Rasmussen. Ein guter dänischer Name. Ein gewöhnlicher dänischer Name, möchte ich sagen. Was lässt ihn also glauben, er sei der Herrgott?«

Carls Zorn wich Verwirrung, und er missverstand die Frage.

»Unser Herrgott? Ja, ich glaube an den Herrgott.«

Ein höhnisches Grinsen zerknitterte das runzlige Gesicht des Männchens, das an eine leere Papiertüte erinnerte.

»Hört er schwer? Ich bin nicht daran interessiert, ob er an den lieben Gott glaubt. Ich frage, ob er glaubt, er sei der Herr? Kennt er Brorsons Psalm über die Könige der ganzen Welt, die nicht fähig sind, auch nur das kleinste Blatt einer Brennnessel hervorzubringen?«

Carl nickte stumm. Er verstand nicht, worauf Hertzog hinaus wollte.

»Kann er ein Blatt an einer Brennnessel hervorbringen?«

Carl schüttelte den Kopf.

»Aber er kann wohl so ein kleines unbedeutendes Blatt zeichnen?«

Carl nickte. Jegliche Aufsässigkeit war verschwunden. Er fühlte sich gedemütigt. Die anderen Schüler hatten sich auf Hertzogs Seite geschlagen und lachten schadenfroh bei jeder Frage.

»Lass er mich raten. Er kann es, aber er tut es nicht. Wieso sollte er auch sein großes Talent an ein so hässliches Stück Unkraut verschwenden? Eine Blume kann er malen. Oh, das ist so schön. Einen ganzen Blumenstrauß. Oder den Buchenwald. Oder einen Abhang an der Küste. Mit Wald darüber. Den Himmel, die Wolken, die Wellen. Und wenn er dort mit seiner Leinwand steht, dann fühlt er, dass er besser ist als unser Herrgott. Er versetzt mal den Vordergrund, mal den Hintergrund. Er kann komponieren, das kann der Herrgott nicht. Jens Erik Carl Rasmussen übertrifft unseren Herrgott.«

Das Gelächter war ohrenbetäubend.

Hertzog drehte sich mit einem Ruck um. Er hatte einen feuerroten Kopf.

»Worüber lacht ihr, ihr Banausen?«

Das Gelächter brach abrupt ab. Die Schüler schlugen die Blicke nieder.

»Glaubt ihr, ich rede hier nur über Rasmussen? Nein, meine Lieben, es geht wahrlich um euch alle zusammen. Ist es das Ziel der Kunst, nur gedemütigt die Natur zu kopieren? Nein, so denkt ihr gewiss nicht. Bestimmt habt ihr von all diesem Gerede gehört, den Ausdruck zu verschärfen und das Bedeutungslose wegzulassen. Das Wesentliche soll aus dem Bild hervortreten. Genies seid ihr, der ganze Haufen, klüger als der Herrgott, der dummerweise die Brennnessel erschuf und nicht die ganze Welt in einen lieblichen Rosengarten verwandelte. Aber dies ist eine Lehranstalt und keine Irrenanstalt. Wenn ihr den Herrgott übertreffen wollt, dann gehört ihr in die Irrenanstalt und nicht hierher zu mir!«

Hertzog trat gegen Carls Staffelei, die zu Boden fiel. Dann ging er weiter zum nächsten Schüler, zerriss dessen Skizze und trat gegen die Staffelei. Im gesamten Halbkreis unterzog er jede

Skizze und jede Staffelei der gleichen Behandlung. Der Lärm war ohrenbetäubend, als eine Staffelei nach der anderen umstürzte. Dabei unterbrach Hertzog seinen erregten Redestrom keinen Augenblick.

»Mir ist euer Genie egal!«, brüllte er. »Zum Teufel mit eurem Genie! Versteht ihr? Mich interessiert eine einzige Sache. Das ist euer Blick. Zeichnet, was ihr seht. Gehorcht eurem Blick! Das ist alles, worum ich euch bitte. Demut! Demut! Schluss mit den Torsi! Schluss mit Büsten! Heute zeichnet ihr alle Blätter! Ich schwöre, hätte ich ein Brennnesselblatt hier, ihr dürftet es zeichnen.«

Er stand inmitten der umgefallenen Staffeleien, die wie ein gefällter Wald um ihn herumlagen. Carl dachte, hätte Hertzog einen Hammer zur Hand gehabt, wäre er wohl auch noch auf die Gipsabdrücke hinter ihm losgegangen.

Am nächsten Sonntag war Carl zum Abendessen bei Frisch eingeladen. Er trug die von seinem Vater genähte Jacke mit den kurzen Schößen und das weiße Hemd mit Kragen. Um den Hals hatte er eine Krawatte gebunden. Auch Architekt Holm war geladen und einige weitere Herren, die er nicht kannte. Sie wollten seine Aufnahme in die Akademie feiern. Frisch bemerkte seinen niedergeschlagenen Gesichtsausdruck sofort.

»Ist irgendetwas nicht in Ordnung?«, erkundigte er sich in seiner fürsorglichen Art.

»Ich habe eine Woche gebraucht, um ein Weinblatt zu zeichnen«, erwiderte Carl.

»Das klingt nach Hertzog.«

Ein Herr hatte sich zu Frisch gesellt. Sein ordentlich frisiertes Haar trug er in der Mitte gescheitelt. Ein gestutzter Bart rahmte ein Paar frischer roter Lippen ein. Der modisch gekleidete Frederik Aagaard war Mitte dreißig, sah allerdings jünger aus. Carl kannte seinen Namen. Aagaard war bereits als sehr jungem Mann das Neuhausen-Stipendium für ein Bild mit dem Titel *Wildwachsende Feldblumen* zugesprochen worden, und erst kürzlich hatte er ein Bild an die Königliche Gemäldesammlung verkaufen können. Es handelte sich um ein Sujet aus dem Dyrehaven, gemalt an einem Herbstmorgen nach der ersten Frostnacht, der Raureif hing noch in den Bäumen. Den Natureindruck hatte Aagaard virtuos nachempfunden. Durch die reifbedeckten Zweige wirkte das Ganze wie ein Feenpalast, der mit dem ersten Sonnenstrahl verdampfen würde. Sein handwerkliches Können war unbestritten. Carls Ansicht nach fehlte dem Gemälde dennoch eine Idee. Er hatte den Eindruck, als würden die reifbedeckten Bäume nicht in einem realen Waldboden wachsen, sondern bloß in der Fantasie des Malers.

»Ich hoffe doch, er hat Sie nicht abgeschreckt.«

Aagaard legte väterlich eine Hand auf Carls Schulter. Sein Ton klang spöttisch, und Carl hätte sich gern auf die gleiche Art von der Episode mit Hertzog befreit. Aber es gelang ihm nicht. Das Erlebnis bedrückte ihn, und er erwiderte nichts.

Frisch registrierte Carls Unbehagen an der Situation.

»Ich bin auch der Ansicht, dass er es zu weit treibt. Eine Woche mit einem Weinblatt! Carl ist doch bereits viel weiter.«

»Hertzog darf man nicht ernst nehmen«, fuhr Aagaard unangefochten von Carls Schweigen fort. »Er schmeißt Staffeleien um, reißt Skizzen in Stücke, brüllt und ist überhaupt ziemlich unangenehm. Jedes Jahr die gleiche Vorstellung, alles zu Ehren der Schüler des ersten Jahrgangs. Tja, und offenbar hat er es auch in diesem Jahr nicht ausgelassen? Er ist hoffentlich nicht darauf hereingefallen?«

Carl schüttelte lächelnd den Kopf.

»Ja, lachen Sie nur darüber. Das ist der rechte Geist. Hertzog ist gar nicht so schlimm, wenn's darauf ankommt. Er lebte in den dreißiger Jahren in München. Dort hat er all seine schlechten Manieren gelernt. Ein übler Haufen Bohemiens. Können Sie sich eine schlimmere Kombination als Pariser Leichtsinn und deutsche Verbissenheit vorstellen? Im Übrigen bin ich der Ansicht, dass er ganz recht hat, was das Weinblatt angeht.« Wieder lachte Aagaard.

»Das meinen Sie doch nicht im Ernst?«, rief Frisch aus.

»Doch, doch, durchaus. Was hat der alte Eckersberg gesagt? Lasst uns nicht glauben, dass wir es besser könnten als der Herrgott. Wenn wir es nur ebenso gut können, sollten wir uns freuen. Wenn Sie wüssten, wie viele Weinblätter ich zu meiner Zeit gezeichnet habe. Und ich habe auch keinen Schaden genommen. Im Gegenteil.«

Frisch sah einen Moment aus, als sei ihm das Gespräch unangenehm. Schließlich breitete er die Arme aus und verkündete, dass im Esszimmer serviert sei. Außer dem Gastgeberpaar waren sie zu viert. Holm bekam als Witwer Frederik Aagaards Ehefrau zur Tischdame, eine große vollschlanke Frau; sie hatte ihre roten Haare aufgesteckt und zeigte ihren entblößten weißen Nacken. Aagaard lehnte sich vertraulich hinüber zu Carl.

»Sie haben ja gesehen, dass unserem Freund Frisch meine Bemerkung über Weinblätter gar nicht gefallen hat, ganz zu schweigen von meiner Bemerkung über all die Weinblätter, für die ich persönlich verantwortlich bin.«

Er sprach mit Absicht so laut, dass alle am Tisch ihn anstarrten. Frisch zog ein Taschentuch hervor und putzte sich die Nase, wobei er versuchte, die Röte zu verbergen, die sich über seine eingefallenen Wangen ausbreitete.

»Aber das liegt ja nicht daran, dass du eine besondere Abneigung gegenüber Weinblättern hegst, oder, Frisch? Sie kommen doch von der Pflanze, deren Früchte wir gleich genießen werden.«

Aagaard blickte auf das gefüllte Glas vor sich. Frisch, der das Naseputzen beendet hatte, griff nach seinem Glas und hob es zu einem Trinkspruch.

»Skål, auf Carl!«

Carl senkte den Kopf. Jetzt wurde er rot. Sie prosteten sich mit Weißwein zu. Carl hatte sich noch immer nicht an den Geschmack gewöhnt und kämpfte, um nicht eine Grimasse zu schneiden. Ihm war schon klar, dass Frisch zu diesem Zeitpunkt nur einen Toast auf ihn ausbrachte, um die Aufmerksamkeit von Aagaards Redefluss abzulenken.

Der hielt noch immer sein Glas in der Hand. Er beabsichtigte offensichtlich nicht aufzugeben, hob das Glas und betrachtete die Lichtreflexe.

»*In vino veritas*«, sagte er. »So sagt man ja wohl. Ich habe ein neues Motto. In Weinblatt *veritas.*«

Carl verstand nicht, worauf Aagaard hinaus wollte. Frisch, der wieder einen hektisch roten Kopf bekommen hatte, war sich dessen allerdings sehr wohl bewusst, das sah er.

»Sehen Sie, verehrte Herrschaften, im Weinblatt steckt die Wahrheit über Frederik Aagaard: Ich bin Dekorationsmaler gewesen, und vorher war ich ein gemeiner Malergeselle. Habt ihr einen Begriff davon, wie viele Weinblätter ein Dekorationsmaler in einem langen Leben malen muss, ja selbst in einem kurzen? Die Landwirtschaftliche Hochschule, das Vestibül der Universität, die Studentenvereinigung, Frijsenborg, das bin alles ich gewesen. Weinblätter genug, um damit sämtliche vorzüglichen Weinberge Frankreichs zu füllen. Ja, Frisch, schau nicht so schockiert. Ich war Malergeselle. Dir gefällt es nur nicht, dass ich es verrate. Aber ein Künstler hat auch eine Biografie, und die besteht nicht nur aus den Ausstellungen, an denen er teilgenommen hat, oder aus den Sammlungen, in denen seine Gemälde hängen. Ich wage dies zu sagen, weil ich beim König hänge. Aber ich bin ein Malergeselle aus Odense, ich bin ein Schuhmachersohn aus Odense, und ich schäme mich dessen nicht. Ein Schuhmachersohn – wie Hans Christian Andersen. Und er verkehrt nun bei Königen und Fürsten. So wie ich. ›Aagaard‹, hat der König zu mir gesagt. ›Sie sind ein Prachtkerl als Maler.‹

Habt ihr gehört? Ich bin ein Prachtkerl. Das hat er mir geradeheraus gesagt, und ich bin ebenfalls geradeheraus, die Worte passen zu mir.«

Er wandte sich an Carl.

»Rasmussen, ich weiß ja ein wenig über Sie. Sie sind der Sohn eines Schneiders aus Ærøskøbing. Welche Zukunft erwartet den Sohn eines Schneiders von einer kleinen Ostseeinsel? Irre ich mich, wenn ich vermute, eine Anstellung als Schneider? Oder Manufakturhändler? Daran ist nichts Falsches. Wenn es nicht diese Geschichte mit der Kunst gäbe. Denn sie ist der große Gleichmacher. Sie stellt den Malergesellen mit dem König auf eine Stufe. Sie sichert dem Malergesellen sogar den Beifall des Königs. Den Respekt eines Königs – ist das nicht ein paar Weinblätter wert? Lasst uns darauf anstoßen. Auch du, Frisch.«

Frisch erhob sein Glas mit einem erleichterten Gesichtsausdruck. Er sah aus wie ein Mann, der gerade eine Zahnextraktion hinter sich hatte. Carl verstand ihn gut. Auch er war peinlich berührt. Wieso musste das so breitgetreten werden? Aber vielleicht lag auch etwas Befreiendes in Aagaards Freimütigkeit? Er hatte sich ja selbst ebenfalls bloßgestellt. Im Grunde mutig. Man müsste nur Zeit haben, über seine Worte nachzudenken.

Doch Aagaard war noch nicht fertig mit ihm. »Es werden noch Jahre vor dem toten Gips mit Zeichen- und Malübungen vergehen«, sagte er. »Sie werden ein alter Graubart sein, bevor Sie endlich vor einem lebenden Model stehen.«

Er lachte abwehrend, als er Carls bestürzten Gesichtsausdruck sah.

»Nun, ganz so schlimm geht es nicht zu. Aber Sie werden reichlich Gelegenheit bekommen, sich zu langweilen. Ihre Geduld wird auf die Probe gestellt werden. ›Alles nur wegen eines Weinblatts?‹, werden Sie sich möglicherweise fragen. ›Nein, alles zusammen wegen eines Königs!‹, antworte ich. Halten Sie aus! Halten Sie aus! Denn den Stempel der Akademie brauchen Sie.

Sonst wird es nichts. Auf der Akademie arbeiten Sie mit anderen. Eine Autorität übernimmt die Verantwortung für Ihre Entwicklung. Allein wäre die Last erdrückend. Man braucht ein Fundament, auf dem man stehen kann. Stehen Sie auf den Schultern von Hertzog. Ja, Sie lächeln. Ich höre selbst, wie komisch das klingt; aber stehen Sie auf den Schultern von Hertzog, dann reichen Sie am höchsten.«

Carl schaute zu Boden. Ihm hatte es wieder die Sprache verschlagen.

Sie waren beim Dessert angelangt. Die Stimmung war aufgeräumt.

Carls Verlegenheit hatte einer träumerischen Introvertiertheit Platz gemacht, die eher am Wein als an den Gesprächen lag. Das Resultat blieb allerdings dasselbe. Er trug zur Konversation nichts mehr bei.

Aagaard wurde unterdessen sehr vertraulich.

»Ich traf neulich Vermehren«, verkündete er.

»Oh, er malt doch diese hübschen Bilder über die einfachen Leute. Ich habe kürzlich *Häusliche Verrichtungen in einer Bauernstube* gesehen«, rief Frischs Ehefrau aus.

»Ja, unseren edlen Bauernstand, den Grundstamm unseres Volkscharakters, schildert er vortrefflich«, pflichtete ihr Mann bei.

»Nun ja, wenn man's so sehen will. Ich bin sicher, Vermehren selbst sieht es so.«

Aagaard warf einen spöttischen Blick über den Tisch.

»Tja, ich gehe davon aus, dass alles hier unter uns bleibt?«

Die Gesellschaft bestätigte es ihm neugierig.

»Ich wollte meinen eigenen Ohren kaum trauen. Wisst ihr, wie Vermehren das Model von *Häusliche Verrichtungen* nannte, das edle Mütterchen mit dem gottergebenen Blick? Eine alte Vettel! Alte Vetteln in einer Ecke, alte Vetteln in einer Küche, alte Vetteln überall, das ist seine Meinung über den Bauernstand.

Und die Blume unserer Jugend, die gewöhnlichen Burschen und Mädchen, die Zukunft unserer Nation? Die Mädchen nannte er Schlampen! Und für die Hässlichkeit der Kerle gibt es seiner Ansicht nach überhaupt keine Grenzen. Ihre Gesichter und Figuren sind entsetzlich, sagt er. Und das ist angeblich ein Freund des gewöhnlichen Volkes. Ja, wirklich reizend!«

Aagaards Stimme klang keineswegs entrüstet. Seine hübsche Frau hatte sich zurückgelehnt und betrachtete mit verschränkten Armen und einem kleinen Lächeln im Mundwinkel die Reaktion der Runde. Sie hatte die Anekdote offensichtlich schon einmal gehört und amüsierte sich.

Holm sah aus, als wollte er etwas sagen, aber Aagaard brachte ihn mit einer Handbewegung zum Schweigen.

»Das Beste habt ihr noch gar nicht gehört.«

Sie sahen ihn erwartungsvoll an.

»Ihr kennt doch das Bild *Zwei Bettlerkinder in der Bauernküche*?«

Nur Holm schüttelte den Kopf. Frischs Frau sah einen Moment aus, als wollte sie erneut einen Lobgesang auf Vermehrens Talent anstimmen, doch sie hielt sich zurück.

»Auch dort sind wir in einer Bauernküche, und es sieht ja auch alles richtig nett aus. Vermehren hatte das Bauernhaus schon eine Weile im Auge, doch als er über die Schwelle trat, war alles so dreckig und ekelhaft, dass er sich auf keinen Fall dort aufhalten wollte. Es konnte überhaupt keine Rede davon sein, die Szenerie so zu malen. Mist und Gott weiß was noch, lag schichtweise auf dem Boden. Er veranlasste eine Grundreinigung. Auch das Fenster, das ihr auf dem Gemälde seht, ist nicht das ursprüngliche. Es gab nur ein paar ins Holz gebrannte Gucklöcher, die dem Raum viel zu wenig Licht gaben. Vermehren ließ ganz neue Fenster einsetzen. Der Hof wurde praktisch umgebaut, damit er ein passendes Bild malen konnte.«

Aagaard lachte laut.

»Mir scheint, Sie widersprechen sich selbst«, wandte Holm in einem scharfen Ton ein, der überhaupt nicht zur Heiterkeit der übrigen Runde passte.

»Inwiefern?«

»Zitierten Sie nicht gerade Eckersbergs Rat an die Maler, nicht zu versuchen, mit dem Herrgott zu konkurrieren, um die Motive zu verbessern? Also werden Sie doch unmöglich Vermehrens Vorgehensweise gutheißen können?«

»Doch, das kann ich durchaus. Eckersberg spricht über die Natur. Wir sollten tatsächlich nicht versuchen, sie zu verbessern, denn sie ist das Werk unseres Herrn. Aber so eine schmutzige Bauernküche – ist auch sie ein Werk des Herrgotts? Oder hat es nicht doch eher menschliche Gründe? Und sollte es nicht gestattet sein, Menschenwerk zu verbessern?«

»Also sehen Sie den Künstler als eine Art Erzieher. Es sind nicht die wahren einfachen Leute, die Vermehren schildert, sondern die ideellen. Indem er die Bauern besser darstellt als sie sind, trägt der Künstler also zu ihrer Erbauung bei?«

»Ja, so könnte man es wohl ausdrücken«, sagte Aagaard, noch immer mit einem spöttischen Lächeln. »Persönlich würde ich es allerdings nicht so formulieren. Sehen Sie …«, er blickte Holm direkt an, als ob er in ihm einen Gegner ahnte, »… ich habe so großen Respekt vor dem Geschmack meines Publikums, dass ich es nicht vor den Kopf stoßen möchte. Wer will denn all diese tierischen Schweinereien sehen, die das gemeine Volk umtreibt? Wer will Menschen sehen, die von harter Arbeit und Armut verroht und verkrüppelt sind? Ich nicht. Und das gebildete Publikum auch nicht. Mal, was dein Auge sieht, aber nur, wenn es dein Auge nicht abstößt. Geh deinem Publikum nicht auf die Nerven. Sonst wendet es sich gegen dich, und dann hast du gar nichts davon.«

»Aber dann ist Kunst nichts anderes als eine ständige geistige Sommerfrische. Und der Künstler in seiner Festung hat sich bloß ruhig zu verhalten? Draußen im Leben soll er keinerlei Eroberungsversuch unternehmen?«

»Mein lieber Holm, wovon sprechen Sie? Kunst ist doch kein Krieg oder Kampf. Kunst ist Versöhnung, Friede, Idyll. In ihr finden wir das geistige Gleichgewicht, das uns das Leben bedauerlicherweise so oft vermissen lässt. In der Welt um uns herum gibt es genügend zersetzende Kräfte. Mit ihnen hat sich die Kunst nicht gemein zu machen.«

»Nun, mir scheint es eher so zu sein, Aagaard, dass es weniger ein geistiges Anliegen ist, sondern eher der Verkauf Ihrer Gemälde, um den Sie sich sorgen. Leicht zugänglich zu sein und sich dem gebildeten Geschmack anzupassen – ist das wirklich alles, was den Künstler Ihrer Ansicht nach antreiben sollte? Ich habe Sorge, dass dieses Gerede nur dazu dient, den Jungen hier zu korrumpieren.«

Holm nickte in Carls Richtung. Aagaard sagte nichts. Er spielte mit dem Stiel seines Weinglases und hatte einen abwesenden Gesichtsausdruck. Als würde ihn die ganze Diskussion nichts angehen. Seine Frau zog missbilligend die Augenbrauen zusammen und sah Holm streng an. Der Gastgeber, der gutmütige Frisch, versuchte die Situation zu retten.

»Carl«, sagte er, »du bist doch die Jugend und die Zukunft. Wie sind deine Pläne?«

Am Tisch erhob sich beifälliges Gemurmel und alle Blicke richteten sich auf Carl. Der erwachte wie aus einem Dämmerschlaf. Er hatte die Diskussion verfolgt, ohne dass er in der Lage gewesen wäre, sich eine eigene Meinung zu bilden. Im Grunde sympathisierte er mit beiden Seiten. Aber der Wein hatte seine Wirkung getan, und noch bevor er richtig nachgedacht hatte, öffnete er den Mund, um zu antworten.

»Ich will nach Grönland.«

»Nach Grönland? Zu den Wilden?«

Aagaards Stimme war voller Spott.

»Die Eskimos sind keine Wilden. Sie sind ein edles Naturvolk.«

»Die Eskimos sind edel? Nun ja, jedenfalls ein origineller Beitrag in der Diskussion über das gewöhnliche dänische Volk. Die Eskimos!«

Aagaard setzte sein Glas an den Mund und leerte es.

Rückblick

Die Eisberge, der Schnee, das Meer, alles pulsierte in einem Licht, das seine Palette einfach nicht erfassen konnte. Carl hatte während seines ersten Besuchs auf Grönland die Versuchung verspürt, alles über Bord zu werfen, was er über Schatten-, Zwischen- und Lichttöne gelernt hatte. Der Polarhimmel und die weite gefrorene Landschaft schrien nach reinen unvermischten Farben. Aber er hatte widerstanden. Er hatte die Versuchung überwunden. Er erinnerte sich daran, was er auf der Akademie gelernt hatte. Er brauchte ein Fundament, auf dem er stehen konnte. Wenn er mit der Grundskala der Palette brach, würde es ihm gehen wie dem Kajakfahrer, den er eines Tages an einem Gletscher hatte vorbeifahren sehen – als der gerade kalbte. Wie ein gefrorener Meteor aus dem äußeren Raum stürzte ein halber Berg aus Eis über den Eskimo und riss ihn in die Tiefe.

Doch Carl ging an die Grenze. Nie zuvor hatte er mit so reinen Farben gemalt, und auch später hatte er es nicht wieder gewagt, nicht einmal im kräftigen Licht des Südens. Das Farbspektrum der grönländischen Natur war nicht sonderlich breit, brannte dafür aber umso klarer. Hier lag wohl der tiefere Grund, dass es ihn wieder nach Grönland zog. Hier wartete eine Herausforderung, die er damals nur halb gemeistert hatte.

Letztlich war dies die Lehre seines Lebens: Für einen Künstler gab es keinen Ort, den er als seinen eigenen bezeichnen konnte, weder eine Heimat noch einen Hafen, den er eines Tages erreichte. Ein Künstler hatte nur ewig wechselnde Orte, und irgendwann kehrte er an einen Ort zurück, den er einmal verlassen hatte; nicht, um die Inspiration wiederzufinden, sondern weil bei seinem ersten Besuch eine Herausforderung unbeantwortet geblieben war. Möglicherweise handelte es sich um den gleichen Ort, doch die Namen der Schlachtfelder waren stets neu.

Carl hatte das Leben des Volkes gemalt, wie er es sah: ein Frauenboot auf dem Fjord, einen Skiläufer, Kajakfahrer und Wale, einen Sommerlagerplatz an einem ruhigen Fjord, einen betrunkenen Fänger, der nach Hause getragen wurde. Die Grönländer hatte er als Gemeinschaft dargestellt. So wie er sie erlebt hatte, als Menschen, die mit ihrem ganzen Wesen die Einsamkeit scheuten.

Er verstand sie gut. Es gab nichts in dieser unerbittlichen Natur, was zum Nachdenken in Einsamkeit einlud. Nur gemeinsam mit anderen überlebte ein Eskimo. Einsamkeit bedeutete in der Eiswüste den Tod. Oder Wahnsinn. Und doch hatten die Einheimischen ein Wort für diese seltene Art von Menschen, die sich von der Gemeinschaft abwandten. *Qivitoq* nannten sie jemanden, der menschenscheu und melancholisch in den Fjells verschwand, um allein zu bleiben. Unglückliche Familienverhältnisse oder Schuldgefühle konnten die Ursache für diese einsamen Fjellwanderer sein. Was immer es auch gewesen sein mochte, Qivitoqs wurden als gestörte Wesen angesehen, die man mit Furcht und Verachtung beäugte.

Einem Qivitoq war Carl niemals begegnet, obwohl man ihm einmal weit oben auf einer Felskante eine kaum wahrnehmbare Gestalt gezeigt hatte. Es hieß, dort ginge ein Qivitoq um. Ihn schauderte, als er den schwarzen wandernden Fleck mitten in der Eiswüste entdeckte. Hätte er den Qivitoq auf einem Bild gezeigt, hätte der Betrachter ihn für einen Klecks oder ein Loch in der Leinwand gehalten.

Auf seinen Bildern unterschieden sich die Eskimos nicht. Ihre Gesichter blieben fast eine Art Zubehör für die Körper. Es gelang ihm nicht, individuelle Charakterzüge einzufangen, egal, ob er ausgelassene Grönländerinnen in einem Frauenboot auf dem

Wasser malte, eine Gruppe, die einen Berghang hinuntersprang oder in einer Reihe einem Sängerwettbewerb der Schamanen zuhörte. Es wurde ihm zur reinen Routine, die runde mongolische Kopfform wiederzugeben, die schmalen Schlitze der Augen, die hohen, von einer dicken Fettschicht überzogenen Wangenknochen, das drahtige, immer gleich schwarze Haar, auch dies ohne individuellen Fall oder Farbe. Er malte die Eskimos am liebsten aus einer gewissen Distanz, und auch darin spiegelte sich ein sehr realistisches Verhältnis. Wirklich nah kam er ihnen nie.

Ein paarmal hatte er es versucht, aber jedes Mal musste er auf halbem Weg aufgeben. Nur ein einziges Porträt hielt er für gelungen. Es handelte sich um ein kleines Mädchen, das seine mit Perlen bestickte Nationaltracht mit Pelzkragen und Stoffmütze trug. In Ingemanns Roman über Grönland hatte er gelesen, dass ein Eskimo weiß geboren wird und die dunkle Hautfarbe von einem blauen Fleck auf der unteren Rückenhälfte herrührt, der mit den Lebensjahren größer wird und sich ausbreitet, bis der gesamte Körper eine dunklere Farbe angenommen hat. Eine Wahrheit, die auch für ihre seelische Entwicklung galt. Kinder waren überall auf der Welt gleich. Erst später entwickelten sich die ausgeprägten Züge ihrer Rasse. Die Kultur formte die Seele, und die Menschen wurden sich fremd.

Sein Porträt zeigte ein solches Bild – geschaffen noch vor dem Moment, in dem ein universelles Menschenkind eins mit seiner Kultur und damit zum Eskimo wurde. Zurückhaltung spiegelte sich in dem kleinen Gesicht, in den aufmerksamen Augen möglicherweise auch eine Spur von Furcht beim Anblick des weißen Mannes, der ihr mit sonderbaren Gerätschaften in den Händen gegenübersaß. Und hatte der kleine Mund nicht auch mit diesem Zucken begonnen, das die Tränen ankündigte? Vor allem aber drückte dieses Gesicht Unschuld aus. Ihr Name war Maliáraq gewesen, kleine Marie.

Nach zwanzig Jahren erkannte Carl, dass es sein bestes Kinderporträt war. Er war inzwischen selbst Vater von acht Kindern, und bei jeder Geburt hatte er das Gemälde zur Hand genommen und eine Ähnlichkeit erkannt. Seine eigenen, noch ungeborenen Kinder hatte er in dem Porträt der Maliáraq vorhergesehen. Damals war er ein junger Mann gewesen, der sich in der Märchenwelt der Romantik bewegte. Er hatte die Eskimos zu Prinzen und Prinzessinnen umgedichtet und nicht daran gezweifelt, dass es sich tatsächlich so verhielt – Fabelkinder der Eiswüste im Pakt mit der allmächtigen Natur, die sie umgab.

Aber Maliáraq blieb die einzige Prinzessin, die er fand.

Ihre Seele fand er nicht. Er wusste nicht, ob sie existierte. Er musste daran glauben. Schließlich waren die Eskimos Menschen wie er. Ihre Seelen blieben ihm dennoch verborgen.

Carl kannte nur wenige Wörter ihrer Sprache. Eines war *imara*. Das Wort leitete jeden zweiten Satz ein, egal, ob sie auf die Frage eines Dänen antworteten oder sich untereinander unterhielten. Zunächst dachte er, *imara* bedeute Ja. Dann meinte er, es bedeute Nein. Erst gegen Ende seines Aufenthalts entdeckte er die tatsächliche Bedeutung des Wortes: vielleicht. Das ganze Leben eines Eskimos bestand aus einem großen Vielleicht, seine Zukunft war immer unsicher. Jeder Plan, jedes Wiedersehen, sogar der morgige Tag, alles musste sich in dieser überwältigenden Natur einem Vielleicht unterordnen. Mit dem Wort *imara* fasste ein Eskimo die ganze Ungewissheit seiner Lebensbedingungen zusammen.

Die Dänen brachten den Grönländern das Wort Hoffnung und konnten kaum einen Ort oder eine Siedlung mit einem Namen versehen, ohne das Wort Hoffnung mit einzuflechten: Julianehåb, Godthåb, Christianshåb, Frederikshåb. Die Eskimos verhielten sich nüchterner. Sie fanden sich mit der Vorläufigkeit aller Dinge ab. Sie lebten in der Gegenwart. Darin bestand der Unterschied. Ihre Seele schlug notgedrungen im Augenblick Wurzeln, nicht in der Ewigkeit.

Er überwinterte in Godthåb, und die Winterdunkelheit kam. Er sah, wie das gespensterhaft grüne Nordlicht sein Banner wie einen Theatervorhang über den Himmel schwenkte, der von einem kosmischen Sturm durchgepustet wurde und doch niemals zur Seite glitt, um zu enthüllen, was auf der Bühne gespielt würde. Der Widerschein der Sterne im Schnee, das bleiche Licht des Mondes über den Gletschern – eine Farbskala, mit der er nicht zurechtkam. Die Schneekristalle flimmerten vor seinem Blick, wenn sie aus dem schwarzen Raum schossen, und schienen ihm wie gefrorene Splitter explodierender Sterne.

In den kurzen Tagen stand die Sonne dicht über dem Horizont, und er erkannte die Farben wieder. Grau und Umbra dominierten, Erd- und Winterfarben, die Menschen aus dem Norden so gut kennen, wenn Tauwetter sich mit Frost abwechselt und die Nacht nur notgedrungen weicht. Häufig benutzte er das Zwielicht als Hintergrund für seine Darstellungen aus dem Leben der Eskimos.

Für ein einziges Bild jedoch wählte er eine vollkommen andere Skala. Ein Blau, das tief in einem Eisberg eine Bruchlinie andeutete, die er in hellen und dunklen Nuancen wiedergab, im Schnee, der die Erde bedeckte, in den Schatten der fernen Fjells, in den Eisschollen der nahe liegenden Bucht, im Wasser der Bucht, in dem langschößigen Mantel eines Mannes, der mitten in der Einöde zu einem Gebet niederkniet, in den zerrissenen Wolken, die sich wie Schneefahnen von den Fjellrücken zogen. Es war ein kaltes Blau. Nur an einer einzigen Stelle wurde es warm, in der obersten rechten Ecke des Gemäldes, wo die Wolkenschicht der Aussicht auf ein Stück Himmel weicht.

Bei dem knienden Mann handelte es sich um Hans Egede. Sein eindringlicher Blick richtete sich zum Himmel, und seine kobaltblauen Augen hatten denselben warmen Ton wie das Bruchstück des Himmels, das sich weit entfernt ahnen ließ. Nur war dieser Blick noch leuchtender in seiner entrückten, ekstatischen Konzentration. Hans Egede betete für das Heil der Eskimos und der Insel, die er gerade zum ersten Mal betreten hatte. Er hatte sie Håbets Ø, Insel der Hoffnung, getauft. Hoffnung – da war es wieder, dieses Wort. Es lag eine naive Ausdauer in der Umdichtung dieses Landes. Sie kam aus dem Glauben, und es war der Glaube, den Carl in Egedes Gestalt beschrieb. Hans Egede hatte dem Land seinen Namen gegeben, er hatte die Eskimos getauft, und Grönland war seither nicht mehr derselbe Ort. Die Kraft des Wortes wirkte durch ihn.

»Na ja, der Zinken ist ziemlich gut getroffen. Es heißt ja, dass er eine ziemlich große Nase hatte. Aber diese Glupschaugen – da haben Sie ihm aber ein paar gewaltige Kuhaugen verpasst.«

Sein Gastgeber in Godthåb, der Kolonieverwalter Berendtsen, polterte ins Gästezimmer. Berendtsen, ein ehemaliger Böttcher, glich einer der Tonnen, die er früher einmal angefertigt hatte: grobe Knochen, dicker Bauch und ein gewölbter Brustkorb, den ein kräftiger roter Haarwuchs überzog. Auch aus den Nasenlöchern und Ohren wuchsen ihm Haarbüschel, seine Augen wurden von den Brauen beinahe verdeckt. Berendtsen sah aus, als hätte ihn die Natur von vornherein dazu ausgerüstet, in einem kalten Klima zu überleben. Wenn er sich in die wilden Winterstürme hinausbegab, ergänzte er seine natürliche Haarpracht mit einem weiten langhaarigen Pelz; und wenn der Pelz nicht weiß und sein strubbeliges Haar nicht rot gewesen wäre, hätte sich nur schwer erkennen lassen, wo der Mensch aufhörte und das Tier begann. Den Hut über den Kopf gezogen, glich er im Schneegestöber einem Eisbären, der sich auf den Hinterbeinen aufrichtete; und mehr als einmal hatte er Warnrufe ausstoßen müssen, um nicht von grönländischen Fängern angeschossen zu werden, die glaubten, ein gefährliches Raubtier wäre auf der Suche nach Beute in ihre Siedlung eingedrungen.

Berendtsens Ehefrau hingegen war blass und dürr, mit glanzlosem Haar. Das Klima in Grönland griff sie an. In der hellen Sommerzeit, in der die Sonne selten verschwand, konnte sie nicht schlafen, und in der endlosen Dunkelheit des Winters verließ sie ihr Bett nicht und blieb mit Depressionen liegen. Sie hatten keine Kinder. Sie begrüßte Carl mit einem kleinen Knicks und nannte ihren Namen. »Cornelia Berendtsen, geborene Lind.«

Carl hatte den Eindruck, dass sie ihren Mädchennamen nannte, um sich und den Besucher daran zu erinnern, dass sie einst eine andere gewesen war.

Berendtsen lud Carl hin und wieder in den ersten Stock ein, in sein Raucherzimmer, wie er es nannte. Seine Frau hatte ihm verboten, im Wohnzimmer die lange Pfeife anzuzünden. Die Einrichtung des Zimmers bestand aus zwei Ledersesseln mit eingesunkenen Sitzen und einem abgewetzten Sofa mit weichen Kissen aus einem verblichenen schwarzen Bezug. Berendtsen hatte seinen festen Platz auf dem Sofa, auf dem er die Beine hochlegen konnte. Die mangelnden Fähigkeiten seiner Frau in der Küche gehörten zu seinen Lieblingsthemen.

»Sie hat keine Ahnung, wie man eine braune Soße macht«, sagte er eindringlich, gewiss, bei einem so wichtigen Thema die Sympathie des Gastes zu gewinnen.

»Entweder ist sie zu dick, oder sie wird zu dünn. Und wenn's dann mal einigermaßen gelingt, brennt sie ihr an. Was sagen Sie, was soll ich machen? Verdammt, ich kann doch keinen Eskimo bitten, braune Soße zu kochen.«

Carl nickte. Sein Magen vertrug die fetten eingebrannten Soßen nicht, aber ihm schien es vernünftig, ein wenig Interesse für den offensichtlichen Kern der Lebensphilosophie seines Gastgebers zu zeigen. Denn über eine solche Lebensphilosophie verfügte Berendtsen. Seine Vorstellung vom Dasein kreiste in festen Bahnen um seinen Bauch, so wie die Planeten die Sonne umrundeten.

Carl hatte ihn nach seiner Ansicht über das geheimnisvolle Verschwinden der Nordländer aus Grönland gefragt. Auf seiner Reise entlang der grönländischen Westküste und zurück nach Godthåb hatte man ihm eine Unzahl von Erklärungen präsentiert. Je nach Einstellung und Temperament hatte er wählen können. Die einen meinten, die Nordländer hätten, müde vom ungleichen Kampf gegen das barsche Klima, ihre Schiffe mit Mann und Maus beladen und wären fortgesegelt. Andere waren der Ansicht, Hunger und Krankheiten hätten sie umgebracht. Und einige wenige glaubten, die Nordländer hätten sich mit den Eskimos vermischt. Die Nordländer wären also noch immer hier, ihre Nachkommen hätten bloß jegliches Rassenmerkmal verloren, nachdem sie in dem zahlenmäßig überlegenen mongolischen Volksstamm aufgegangen waren. Carls Bericht von seiner Vision an der Kirchenruine auf Hvalsø jedoch hatte nur Kopfschütteln ausgelöst. Der Gedanke, dass die kleinen Eskimos, deren sanfte Umgänglichkeit und kindliche Einfalt sie tagtäglich erlebten, die physisch überlegenen und kampfgewohnten Nordländer übermannt und ausgerottet haben sollten, widersprach nicht nur jedweder Erfahrung. Es war zu abwegig, so etwas überhaupt nur zu denken. Eine überlegene Zivilisation ließ sich nicht einfach von Wilden überrennen.

Berendtsen lachte aus seiner liegenden Position auf dem Sofa, als Carl das Thema ansprach. Sein stattlicher Bauch geriet in Wallung, er hielt ihn mit beiden Händen fest, als wollte er verhindern, dass sein gewaltiger Körper kenterte. Carl hatte immer den Eindruck, dass der Bauch, der sich unter Berendtsens breitem Brustkasten hervorwölbte, in gewisser Harmonie mit dem Rest des grobschlächtigen Körpers lebte. In seiner Komplexität glich er eher einem angespannten Muskel als dem Resultat eines übertriebenen Wohllebens.

»Ha, ha, ha!«, brüllte Berendtsen, der gar nicht wieder aufhören wollte zu lachen, obwohl Carl durchaus nicht der Ansicht war, dass der Untergang der Nordländer Anlass zu Gelächter bot.

»Die Antwort liegt doch direkt vor Ihnen«, japste Berendtsen, als er endlich wieder Luft bekam. »Ja, sehen Sie mich an, Rasmussen, ich halte sie hier in meinen Händen.«

Seine Hände ruhten noch immer auf seinem Bauch.

»Wir Nordländer können unsere braune Soße und unsere Grütze einfach nicht entbehren, wir brauchen Butter und Käse aufs Brot. Am Sonntag hat es Rinderbraten zu geben und zu Weihnachten Schweinebraten. Ein Bauch ist eine empfindliche Angelegenheit. Er muss versorgt und gepflegt werden. Man muss ihn mit brauner Soße schmieren, sonst funktioniert die Maschinerie nicht. Und zwischendurch braucht man auch mal ein Bier. Aber sehen Sie sich doch mal um. Man kann auf Grönland keine Kühe halten. Es gibt kein Gras, es gibt kein Heu, es ist einfach verdammt noch mal zu kalt. Nein, die Nordländer sind nicht ausgestorben. Ihre Kühe gingen ein, und dann folgten ihnen die Nordländer in die Grube. Ja, ich weiß, das klingt beleidigend in den Ohren eines empfindsamen Künstlers, aber Sie müssen der Realität ins Auge sehen, Rasmussen. Braune Soße ist die Kulmination der nordischen Kultur. Ohne sie wären wir keinen sauren Hering wert. Nicht dass ich was gegen Hering hätte. Ich bin da nicht anders als andere. Ich schätze meinen Hering und meinen Schnaps dazu, wirklich. Aber Fisch, das ist und bleibt nun mal Arme-Leute-Kost. Und Robbenspeck! Haben Sie mal versucht, Robbenspeck zu kauen, Rasmussen?«

Carl schüttelte den Kopf.

»Das sollten Sie sich auch nicht wünschen. Sie würden lieber sterben, als es noch einmal zu tun, wenn Sie erst mal so'n Stück Gummi im Mund hatten. Genauso ging's den Nordländern. Darum sind sie verschwunden. Sie gaben geistig und körperlich auf, als sie nichts Ordentliches mehr zu essen hatten. Verflucht, wir haben schließlich keine Eskimomägen.«

Berendtsen erwies sich nicht als Kunstkenner, und außer seiner Bemerkung über Hans Egedes große Nase hatte er zu Carls Bildern nicht viel zu sagen.

Einen Zuschauer bei seiner Arbeit an der Leinwand hatte Carl dennoch. Ob es sich bei ihm um einen Kunstkenner handelte, wusste Carl nicht, denn im Gegensatz zu dem redseligen Berendtsen blieb er stumm.

Eines Tages klopfte es an Carls Tür. Draußen stand sein Gastgeber.

»Hier ist ein Gast für Sie.«

Jonas, sein Begleiter auf dem Ausflug nach Hvalsø, trat in die Tür. Er nickte und lächelte. Irgendein Anliegen hatte er offensichtlich nicht. Getreu seiner Gewohnheit sagte er kein Wort. Er war offenbar zu der Erkenntnis gelangt, dass Schweigen die beste Sprache war, wenn es um die Dänen ging. Als er einen Blick auf die Leinwand warf, auf der Hans Egede mitten in der eisbedeckten Landschaft kniete, erstarrte er. Es schien, als hätte er nur noch Augen für die ins Gebet versunkene Gestalt. Er setzte sich auf einen Schemel und starrte unverwandt auf die Leinwand. Es glühte in ihm, als würde im nächsten Moment eine Farbe in seiner Iris aufflammen und die schwarzen Augen braun oder vielleicht sogar blau werden lassen.

Carl starrte ihn gebannt an, ihm wurde klar, dass er noch einmal den Augenblick mit den Marstaller Jungen auf dem Lindesbjerg erlebte, damals, als er entdeckt hatte, dass allein die Kunst über jene Kraft verfügte, Seelen zu vereinen.

Er hatte die Seele eines Eskimos gefunden. Aber er wusste sofort, dass er Jonas' Blick niemals mit dem Pinsel einfangen konnte. Nur bei der Betrachtung des Gemäldes flammte Jonas' Seele auf. Die Kunst ließ ihn leben.

Er hatte niemals mit Jonas gesprochen. Nun konnte er es endlich. Sie fanden ihre gemeinsame Grammatik auf der Leinwand.

Das Frühjahr kam, aber die Tage waren noch immer kurz. Wenn das Licht schwächer wurde, legte Carl den Pinsel beiseite und arbeitete stattdessen an einer Reihe von Zeichnungen, die Hans Egedes Leben auf Grönland schilderten. Er wusste, wie nach der Landung 1721 das erste Haus auf Håbets Ø errichtet wurde. Er zeichnete Egede auf dem Godthåbfjord von einem Boot aus predigend, das von Frauenbooten der Eskimos umgeben war. Er zeichnete die ersten Grönländer, die unter seiner Anleitung lernten, die Hände zum Gebet zu falten. Er zeichnete seine uneigennützige Pflege der Pockenkranken, die flehend zu ihm aufblickten, während sie den Segen durch seine ausgestreckten Hände empfingen. Er zeichnete Egedes Reise über das wütende Polarmeer, seine Wanderung durch Eis und Schnee von Hütte zu Hütte, den ganzen übermenschlichen Einsatz, bei dem nur der Glaube den gebrechlichen Körper durch all diese Strapazen trug.

Die ganze Zeit sah Carl vor seinem inneren Auge die Kirchenruine auf Hvalsø und den flatternden Raben, der ihren Verfall mit seinen Steinkohleaugen bewachte.

Nun ließ er die Kirche wieder erstehen.

Jonas erschien jeden Tag. Sobald er über die Schwelle in das kleine Gästezimmer im ersten Stock trat, das Carl als Atelier nutzte, vollzog sich die gleiche Verwandlung. Jonas setzte sich auf einen Schemel, egal, ob Carl an einem Gemälde oder einer Zeichnung arbeitete, und verfolgte von dort aus mit einem gleichermaßen verlorenen wie hingerissenen Blick jeden Pinselstrich, jede Linie des Bleistifts, als gäbe es eine seltsame Verbindung zwischen den Bewegungen der Utensilien und etwas, das sich in seinem Hirn formte. Wenn Carl ihm signalisierte, aufhören zu wollen, erhob er sich, als wäre ein Zauberbann gebrochen, und verwandelte sich wieder in den gewohnten Jonas. Unter Lächeln und Nicken machte er sich zum Aufbruch bereit. An der Tür gab er Carl nach dänischem Brauch die Hand. Dann verschwand er, um am folgenden Tag wieder aufzutauchen. Doch ganz fort war er nie. Er blieb ein unsichtbarer Gast, wann immer Carl den Pinsel auf die Leinwand setzte, um an seinen Motiven weiterzuarbeiten.

Carl sah in Jonas keinen Kenner der grönländischen Natur oder irgendeine Autorität für die Eskimokultur. Bei Jonas handelte es sich um diese fremde Seele, die ihm in vorbehaltloser Offenheit entgegenkam und plötzlich zu einem Vertrauten wurde, weil sie beide an der Macht der Kunst teilhatten.

»Bei denen weiß man nie«, sagte Berendtsen eines Tages, als Carls Gast gerade gegangen war. »Man begreift einfach nicht, was im Kopf von so 'nem Eskimo vorgeht.«

Laut Berendtsen war Jonas ein *angákoq*, ein Schamane, ein Geisterbeschwörer, der alle Arten von primitiven Tricks beherrschte. Seine Eltern waren vor langer Zeit gestorben und weitere Familienangehörige schien er nicht zu haben. Auch gehörte er zu keinem bestimmten Ort unter den vielen großen und kleinen Ansiedlungen entlang der grönländischen Westküste, obwohl er mal in der einen, dann wieder in einer anderen Siedlung auftauchte, unerwartet und ohne dass irgendjemand erklären konnte, wie es ihm gelang, das unwegsame Terrain zu überwinden und die großen Entfernungen allein zurückzulegen.

Carl interpretierte die Bezeichnung Geisterbeschwörer anders als Berendtsen. Er fand darin eine Erklärung für Jonas' tranceartigen Zustand vor seiner Leinwand. Ebenso wie er schien der Eskimo fasziniert vom Geistigen zu sein. Das hatten sie gemeinsam.

Und genau das suchte Carl, als er sich entschied, nach Grönland zurückzukehren. Einen Blick vor einer Leinwand, eine Seele, die sich plötzlich öffnete.

Am Kai des Trangraven in Christianshavn, wo die Schiffe der Königlich Grönländischen Handelsgesellschaft bei ihrer Rückkehr anlegten, empfingen ihn drei schwarzgekleidete Gestalten. Carl stand an Deck und blickte hinüber zum Pier.

Wieso trugen sie Schwarz? Eine merkwürdige Wahl für den großen Tag des Wiedersehens.

Seit nunmehr acht Jahren kannten sich Henrietta und er. Seit drei Jahren waren sie verlobt. Carl hatte warten wollen. Er fühlte sich als Maler noch nicht ausreichend durchgesetzt. Nun kehrte er aus dem eisbedeckten Grönland zurück und wollte um ihre Hand anhalten. Dort oben hatte er seinen ersten großen Sieg errungen. Jede einzelne Leinwand bewies es. Die Bilder waren eine Brücke zu Henrietta, die er eigenhändig gebaut hatte; eine Brücke zu Ehe und Zukunft, zu den Kindern, die sie gemeinsam haben wollten. Jetzt war er erwachsen, als Mensch und als Maler. Die Beweise standen in seiner Kajüte.

Noch auf dem Kai wollte er um Henriettas Hand anhalten. Und nun erschienen sie in Schwarz.

Das Schiff kam näher. Er sah sie jetzt deutlicher, erkannte die korpulente Gestalt der Tante. Carl ließ den Blick schweifen und glaubte, Henrietta gefunden zu haben. Doch es handelte sich um Anna Egidia. In seiner Abwesenheit war sie gewachsen, sie war kein großes Mädchen mehr, sie war nun eine Frau. Aber wo blieb Henrietta? Hatte sie irgendetwas aufgehalten? Sollte sie etwa krank sein?

Er entdeckte Dorothea, die verkrüppelte Schwester mit dem

Buckel. Sie kränkelte und blieb eigentlich immer zu Hause. Wieso hatte sie sich mit ihrer angeschlagenen Gesundheit in den zugigen Hafen gewagt?

Kaum hatte er sich die Frage gestellt, kannte er bereits die Antwort.

Es konnte nur einen einzigen Grund dafür geben, dass Dorothea mit den beiden anderen am Kai stand. Bei der schwarzen verwachsenen Gestalt handelte es sich um einen Boten des Bösen, um einen Todesengel.

Nach seinem langen Aufenthalt unter freiem Himmel und der Heimreise auf See kehrte Carl sonnengebräunt und mit ledriger Haut zurück. Er verspürte ein Selbstbewusstsein, eine neu erworbene Männlichkeit, und träumte davon, sich nach seiner Heimkehr wie ein Dandy mit Schoßrock, bestickter Weste und einem breitkrempigen, weich gefütterten Künstlerhut zu kleiden. Den im Laufe des Winters auf Grönland dicht und wild gewachsenen Bart hatte er ein paar Tage, bevor das Schiff in Kopenhagen einlief, gestutzt, bis nur noch ein spitzer kleiner Kinnbart und ein Knebelbart geblieben waren, dessen Spitzen er sorgfältig wichste.

Alles nur wegen Henrietta. Sie hatte ihn doch als Erste ermuntert, nach Grönland zu reisen. Sie hatte ihn unterstützt, als er an sich zweifelte. Sie hatte tapfer warten wollen, solange er dort oben in der Winterdunkelheit blieb. Sie war sein Spiegel. In ihren Augen sollte sein Triumph Wirklichkeit werden.

Und nun stand er da mit seinem Traum, seiner sorgfältig vorbereiteten Selbstinszenierung, seinem Plan, mitten auf dem Kai um ihre Hand anzuhalten. Es hätte eine stürmische, mitreißende Ankunft werden sollen. Seine Lippen begannen zu zittern. Dann riss er sich zusammen. Er richtete sich auf, und seine Lippen zogen sich zu einem schmalen, entschlossenen Strich zusammen.

Es war der Wendepunkt.

Carl ging an Land wie ein Mann, dessen Schicksal ihm bereits bekannt ist. Sie folgten ihm mit den Augen, als er sich näherte. Dann schlugen sie die Blicke nieder. Niemand sagte ein Wort. Sie sahen ihm an, dass er Bescheid wusste. Anna Egidia legte ihren Kopf an seine Brust, während sie seine Hand suchte. Es geschah so instinktiv, so vertrauensvoll, genau so, als wäre sie in diesem Moment nicht nur die kleine Schwester der Toten, sondern auch seine. Und doch spürte er die Frau in ihr. Sie begann zu weinen. Die Trauer brach aus ihr heraus, er fühlte, wie ihr Körper zitterte. Dorothea stand ein wenig entfernt. Die Tante legte eine tröstende Hand auf seine Schulter.

»Wann ist es passiert?«, wollte er wissen.

Er vermied es, Henriettas Namen auszusprechen. Bei ihrem Tod handelte es sich um ein ›Es‹, um ein Ereignis, nicht um das Ende eines Menschenlebens.

Henrietta war einige Monate zuvor gestorben. Der Winter hatte ihr sehr zugesetzt. Ihre Haut wurde blasser als gewöhnlich, mit einem ungesunden blauen Unterton, als lägen die Blutadern nicht mehr so tief wie bisher. Sie hatte abgenommen. Dazu kam der Husten. Carl hatte ihn vor seiner Abreise gehört, aber stets für eine Erkältung gehalten. Ein kleiner diskreter Husten. Fast klang es, als würde sie sich räuspern. Er hatte eine Verlobte, die sich räusperte. Keine Verlobte, die bald sterben sollte. Sicher, immer häufiger hatten sie ihre langen Küsse unterbrechen müssen. Es war sogar vorgekommen, dass sie ihn mit einer abwehrenden Handbewegung aufhielt, noch bevor sich ihre Lippen trafen. Dann hatte er reagiert, als würde ihm ein Recht verweigert, und war in sauertöpfisches Grübeln verfallen. Sein eigenes Wohlbefinden hatte an erster Stelle gestanden, nicht ihre Gesundheit. Wieder diese Selbstsucht.

Carl hatte keinen Grund gesehen, irgendetwas zu überstürzen. Er hatte ein Ziel, das er erreichen wollte, aber dieses Ziel hatte nicht darin bestanden, um ihre Hand anzuhalten, bevor der Tod es tat. Nun war ihm der Tod zuvorgekommen und hatte das Jawort ihres kränkelnden Körpers bekommen. Er war blind gewesen, beschäftigt mit seinen eigenen Plänen, Henrietta hatte warten müssen. Ein Schuldgefühl begann in ihm zu wachsen, und am Boden der Schuld keimte die Pflicht.

Später erfuhr er, dass die Wohnung am Solitudevej den größten Teil des Winters über kalt geblieben war. Die Familie hatte kein Geld, um zu heizen, und war zu stolz gewesen, jemanden um Hilfe zu bitten. Er war doch ihr Unterstützer. Aber er war fort, und die Erkenntnis seines Versagens bestärkte ihn in dem Entschluss, den er in den ersten Minuten der Trauer gefasst hatte.

Er musste wiedergutmachen, was er angerichtet hatte.

»Warum bin nicht ich anstelle von Henrietta gestorben?«, sagte Anna Egidia unter Tränen.

»Sag so etwas nicht.«

Carl hörte an der Stimme der Tante, dass Anna Egidia sich nicht zum ersten Mal bereit erklärte, sich für ihre Schwester zu opfern. Später verstand er den Grund. Sie galt als ihre Stellvertreterin im Leben. Warum sollte sie es nicht auch im Tod sein? Carl kämpfte, um den verbotenen Gedanken von sich fernzuhalten: Vielleicht wäre es anders tatsächlich besser gewesen. Henrietta lebendig, Anna Egidia tot.

Die beiden Schwestern ähnelten sich nicht. Henrietta war eine lebenspraktische und fröhliche junge Frau gewesen, trotz der Umstände in der engen Wohnung, in der sie mit ihren beiden Schwestern und der Mutter zusammenlebte. Mit ihren Lachgrübchen und der funkelnden kastanienbraunen Mähne, die einen besonders faszinierenden Kontrast zu ihren kobaltblauen Augen bildete, hatte sie einen Lebensmut ausgestrahlt, von dem er sich anstecken ließ. Henrietta hatte die Familie zusammengehalten, und er wusste, dass sie auch ihn zusammengehalten hätte. So oft hatten sie zusammen gelacht, aber vor ihr schämte er sich auch nicht zu weinen.

Henrietta war vierzehn Jahre alt gewesen, als ihr Vater starb. Für sie bedeutete es einen Schlag, aber keinen Schlag, der sie niederstreckte. Sie blieb aufrecht stehen und wurde umso stärker.

Carl brauchte ihre Stärke, aber erst jetzt, als sie nicht mehr da war, erkannte er es. Er hatte die Existenz von Henrietta für eine Selbstverständlichkeit gehalten. Schließlich stammten sie aus einer Familie und kannten sich schon so lange. Nie hatte er ihr Porträt gemalt. Als ob er sich nicht hatte dazu entschließen können, obwohl er sich längst für sie entschieden hatte. In ihren Augen zeigte sich diese naturwidrige kobaltblaue Farbe. Es gab kein menschliches Auge, das so aussah, nicht dieses wilde, ungezähmte Blau. Man hätte ihn kritisiert, wäre er ihrer Augenfarbe treu geblieben. Daher hatte er sie nicht gemalt. Am nächsten war er ihr noch beim Porträt von Hans Egede gekommen, der auf Håbets Ø kniete und vor den Eskimos betete. Er hatte dem Apostel Grönlands ihre Augen gegeben. Seine Sehnsucht, vielleicht aber auch eine Vorahnung, diktierten seinem Pinsel diesen kleinen Aufstand gegen die malerische Konvention. Doch Henrietta selbst hatte warten müssen.

Sie hätten genügend Zeit, hatte er sich gesagt, obschon die Wahrheit offenbar anders aussah.

Fehlte ihm der Mut?

Durch Henriettas Tod hatte er etwas von seiner Persönlichkeit verloren. Etwas von ihm hatte sie mit sich genommen. Nie wieder würde er die Reise antreten können, die in unerforschte Gebiete tief in ihnen beiden führte, in ein unbekanntes Grenzland, in das sie zusammen vordrangen. Er hatte gewusst, dass sie dort mit den Jahren zusammengewachsen wären. Doch mit ihrem Tod war ein Schlagbaum niedergegangen, und er besaß keinen Pass. Von nun an war er abgeschnitten von einem Teil seiner eigenen Seele. Seine geistige Anatomie hatte man einer Amputation unterzogen, und seine Seele litt an den gleichen Phantomschmerzen wie verwundete Soldaten, deren fehlende Glieder weiterhin die Nervenbahnen reizen.

Carl schmerzte es dort, wo er und Henrietta eins gewesen waren.

Seinen künstlerischen Durchbruch musste er in Trauerkleidung feiern.

Mit seinen Hoffnungen auf die Heimkehr hatte Carl recht behalten. Er stellte auf Charlottenborg aus und erntete Anerkennung für seine Bilder, die als Pionierarbeit gelobt wurden.

Den frisch gestutzten Kinnbart ließ er wieder wachsen. Er hörte auf, die Spitzen des Knebelbarts zu wichsen. Seine Wangen fielen ein, seine Augen bekamen einen abwesenden Blick. Die Leute mochten denken, dass ihn der Aufenthalt am Ende der Welt angegriffen hätte. Aber es war die Heimkehr, die ihn gezeichnet hatte.

Er malte ein Porträt von Anna Egidia. Sie saß an einem Tisch, vor sich ein Schreibheft. Die eine Hand lag mit einem Stift auf dem Heft, mit der anderen berührte sie sich sacht an der Wange. Ihr braunes Haar war in der Mitte gescheitelt und stramm nach hinten gekämmt. Den Kopf krönte ein schwerer geflochtener Zopf.

Es lag ein Fragen in ihrem Blick, und später dachte er oft darüber nach, ob er dieses Fragen je beantwortet hatte.

Hätte er es beantworten können? Sollte er es? Müsste es nicht für alle Zeit etwas Ungesagtes zwischen ihnen geben?

Im dunklen Hintergrund des Gemäldes saßen zwei Frauen. Er hatte sie so platziert, dass es aussah, als hätten sie sich wie zwei Unheil verkündende Raben auf Anna Egidias Schultern niedergelassen. Beide waren mit ihrem Nähzeug beschäftigt. Die eine hatte ein schmales, verzogenes Gesicht mit einer unschön gewölbten Stirn; die andere, eine ältere Frau mit einer Haube auf dem Kopf, sah mit einem sanften und doch müden Ausdruck vor sich hin, der davon zeugte, dass das Leben sie schon sehr früh enttäuscht haben musste. Beide waren schwarz gekleidet, als würden sie Trauer tragen. Es handelte sich um Anna Egidias ältere Schwester, die verwachsene Dorothea, und ihre Mutter.

Das Bild stammte aus ihrer Verlobungszeit. Voller Licht und Liebe hätte es sein sollen, eine einzige Huldigung an das Objekt seiner Liebe. Stattdessen war es ein Triptychon mit einer unsicheren, zweifelnden Frau im Mittelpunkt geworden, die von zwei schwarzgekleideten Frauen flankiert wurde. Und diese beiden schienen sich verschworen zu haben, dem Bild einen Ton von Freudlosigkeit zu verleihen.

Weshalb hatte Carl, der doch eigentlich die Ansicht vertrat, dass es die Aufgabe eines Malers sei, das Leben von seinen schönsten und heitersten Seiten zu zeigen, diese düstere, beinahe spöttische Darstellung seiner jungen Liebe gewählt?

Weil er wahrhaftig war? Oder enthielt das Bild einen Hilfeschrei, weil er zu viel gesehen hatte, als er vor seiner Verlobten stand?

Alles an seiner Beziehung zu Anna Egidia kam ja aus zweiter Hand. Das konnte, das durfte nicht gesagt werden.

Aber sie wussten es beide.

Nicht einmal ihr Name gehörte ihr. Anna Egidia war nach einer älteren Schwester benannt worden, die im Alter von zwei Jahren starb. Sie trat mit einer klaren Aufgabe ins Leben. Sie sollte eine andere sein, ein Vakuum ausfüllen, Trost und Ersatz darstellen. Ihr Leben war zur Stellvertreterin bestimmt.

Und doch wollen alle Menschen um ihrer selbst willen geliebt werden. Das hatte sie vermutlich gedacht. Darin muss ihre Hoffnung bestanden haben. Eines Tages wäre sie eine erwachsene Frau und würde einem Mann begegnen, der nicht wusste, dass man sie nach einer gestorbenen Schwester benannt hatte, und die Liebe würde sie endlich von ihrer Rolle als halber Mensch befreien.

Doch auch hier war ihr jemand zuvorgekommen. Die sechs Jahre ältere Schwester Henrietta hatte sich mit Carl verlobt, lange bevor er Anna Egidia beachtete; nur Henriettas Tod hatte seinen Blick in Richtung der kleinen Schwester gelenkt. Immer würde sie mit einer Abwesenden verglichen werden, als wäre sie durchsichtig, als stünde eine andere, deutlichere Figur hinter ihr.

War sie sich darüber im Klaren? Heiratete sie ihn aus Hoffnung oder Resignation?

Acht Jahre kannte Carl Anna Egidia, ebenso lang, wie er Henrietta gekannt hatte. Er hatte sie als kleines Mädchen gesehen, dann als großes; immer ein wenig unbeholfen und zurückhaltend, aber mit diesem verzehrenden Blick, der ihrer Schwester überallhin folgte, als könnte sie nur durch Henrietta leben. Anna Egidia hatte sich als ergebenste Dienerin von Henrietta und ihm erwiesen, als diskrete Mitwisserin ihrer aufkeimenden Liebe, als ein Luftgeist, kaum aus Fleisch und Blut und schon gar nicht aus dem Fleisch und Blut einer Frau. Nie hatte Carl sie so angesehen, wie er eine Frau ansehen würde.

Hatte sie ihn in all diesen Jahren geliebt, erst mit kindlicher Bewunderung, dann mit der Begierde einer erwachsenen Frau? Wollte sie wie ihre Schwester sein? Und hatte sie sich schließlich in Henrietta verwandelt, als sie neben ihm vor dem Altar stand und ihr Ja in einem Ton flüsterte, der eher nach einer Frage als nach einer Antwort klang? Oder erfüllte sich ihr Schicksal in diesem Augenblick endgültig, und sie wurde zu Anna Egidia, der kleinen Helferin, die den Kummer der anderen auf sich nahm – und die unmögliche Erwartung, dass ein Mensch einen anderen ersetzen kann, indem er einfach seinen Namen und seine Rolle übernimmt?

Und Carl? Was hatte er gefühlt? Liebe, Trauer, Mitleid und Selbstmitleid, eine ganze Palette von sich widersprechenden Empfindungen. Und von nun an war sie für ihn da. Er sah eine Herzlichkeit, die er vorher nicht bemerkt hatte, obwohl sie sicher schon immer ein Teil von ihr gewesen war. Ein Teil ihrer Ergebenheit. Er sah diesen verzehrenden Blick, der sich nun auf ihn richtete, als böte er ihr die einzige Möglichkeit zu leben.

Pflicht.

Dieses Wort gestand er sich selbst gegenüber nie ein. Aber es hatte auch etwas mit Pflicht zu tun.

Schließlich waren sie Vetter und Cousine. Also bereits so etwas wie eine Familie.

Als Vetter Carl war er aus Ærøskøbing nach Kopenhagen gekommen. Dort hatten sie zusammengehockt, die vier Frauen: ein Kind, eine Körperbehinderte, eine alte Frau und eine junge Frau in seinem Alter. Er hatte Verantwortung empfunden. Er hatte die Erwartungen in den Augen seiner Tante gesehen. Er sollte sie wieder zu einer Familie machen, und er nahm sich dieser Aufgabe an. Sie wurde zum Maßstab seines Lebens. Er war so gut wie die Bürde, die er schultern konnte.

Anna Egidias Porträt hatte er gemalt, weil er es nicht mehr wagte, irgendetwas für gegeben zu nehmen. Plötzlich gab es nicht mehr genügend Zeit. Das Porträt gehörte zu einem Teil des Gleichgewichts, das er nach Henriettas Tod wieder aufbauen musste. Es markierte den Wendepunkt, an dem die Pflicht in sein Leben einzog. Als er Anna Egidia mit den zwei Raben auf der Schulter malte, hatte sein Pinsel gesehen, was seine Augen nicht sehen wollten.

Carl ging die Landungsbrücke am Trangraven hinunter wie ein Mann, der gerade einen schweren Verlust erlitten hatte. Aber er empfand mehr als das. Er sah sich auch als Erlöser. Er hatte nie daran gezweifelt, dass er alle vier heiraten würde, wenn er Henrietta zur Frau nahm. Nun war Henrietta tot und die drei trauernden Hinterbliebenen sahen ihn noch immer mit den gleichen Blicken an. Er galt weiterhin als der Beschützer der Familie, er, in dessen Innerem ein Sturm aus Selbstquälerei und Selbstbezichtigungen tobte.

Auf dem Porträt blickte Anna Egidia ihn fragend an. Welche Frage hatte sie ihm gestellt? »Liebst du wirklich mich?«

Die nicht zu beantwortende Frage.

Er hatte auch eine Frage an sie. »Warum kann ich nicht sein, wer ich bin? Schwach, voller Zweifel, nicht zuletzt an meinen eigenen Gefühlen? Ein Mensch, der sich unsicher vortastet und Angst hat vor den meisten Anforderungen des Lebens.«

Doch er hatte diese Frage nie wirklich gestellt, denn er kannte die Antwort. Weil das Leben es erforderte. Und er forderte es auch von sich. Wenn nicht er seine Familie beschützte, wer dann?

Noch so viele Jahre später hallten Pastor Fabricius' Worte über die Selbstsucht in ihm nach. Gesagt hatte sie ein Mann, der seinen eigenen Forderungen nicht entsprach. Das machte die Worte aber nicht weniger wahr. Aber hieß das erste Gebot der Kunst an den Künstler nicht gerade Eigenliebe? Das Talent forderte sein Recht. Alles andere hatte sich unterzuordnen.

Zum ersten Mal ahnte Carl, dass der Maler und der Mensch in ihm nicht immer dasselbe wollten. Er hatte auf die Reise nach Grönland gesetzt. Nun hatte er ein Renommee. Er bekam das Stipendium der Akademie. Die große Bildungsreise in den Süden, zu den kräftigeren und helleren Farbpaletten Frankreichs und Italiens, wurde plötzlich möglich. Sollte er aufbrechen? Der Maler in ihm sagte ja. Und der Mensch – ja, was war der Mensch? Das Herz? Nicht das Herz lag in der anderen Waagschale und bat ihn zu bleiben. Sondern die Pflicht, und er wusste nicht, in welchem Organ er die Pflicht zu suchen hatte.

Von einer Phase der Verliebtheit konnte zumindest bei ihm keine Rede sein. Das Band bestand ja bereits, und Herzensgründe hatten es nicht geknüpft. Und Anna Egidia? Sie sah zu ihm auf, als stünde er auf dem welthöchsten Berggipfel. Sie liebte ihn innig, bis zur Selbstaufgabe, mit der Liebe eines vaterlosen Mädchens. Diese Liebe hatte nichts Ebenbürtiges, und daher konnte er nicht ablehnen. Er fühlte sich durch ihre Hilflosigkeit gebunden.

Er könne jetzt nicht in den Süden reisen, sagte Carl und hörte selbst, wie hohl seine Worte klangen. Die Tante und auch Anna Egidia drängten ihn, seine Chance zu ergreifen. Welche Wege sich ihm damit öffnen würden, sagten sie. Er dürfe nicht ablehnen.

Anna Egidia nahm seine Hand, wie sie es an dem folgenschweren Tag am Kai getan hatte, als er am Trangraven an Land ging. Er spürte ihre Wärme. Noch hatten sie sich nicht geküsst. Er schaute in ihren verzehrenden Blick und wusste, dass alles in ihr ihn anflehte, daheim zu bleiben – mit Ausnahme der Worte, die aus ihrem Mund kamen. Sie wollte nur das Beste für ihn. Er spürte, dass sie vollkommen uneigennützig handelte, und es rührte ihn. Ihre künftige Verbindung entstand aus ihrer Uneigennützigkeit und seinem Pflichtgefühl – im Grunde waren es die gleichen Motive.

Und die Kunst?

Wenn er das Stipendium nicht annahm und nicht in den Süden reiste, würde er die Position verlieren, die er sich mit seiner Reise nach Grönland erobert hatte. Als Künstler konnte er sich keinen Stillstand erlauben, wenn er weiterhin für ihren Lebensunterhalt sorgen wollte.

Er erklärte es ihnen und alle drei waren sich einig. Sie hörten ein Versprechen in seinen Worten.

»Henrietta hätte es gebilligt«, sagte die Tante.

Carl verlobte sich vor seiner Abreise mit Anna Egidia. Das Gleichgewicht zwischen Maler und Mensch war wiederhergestellt. Er verließ sie, und er verlobte sich mit ihr. Er küsste sie zum ersten Mal. Ihre Lippen waren nachgiebig und weich, und Carl versuchte, nicht an Henrietta zu denken. Anna Egidias Kuss strahlte Wärme aus, und ein Mann brauchte Wärme.

Zum ersten Mal empfand er eine Art von Dankbarkeit.

In Frankreich und Italien wanderte Carl durch weite Landschaften und uralte Städte und sehnte sich nach Hause zu Anna Egidia. Jedenfalls bildete er sich das ein. Er wusste nicht, ob es ein Gefühl der Sehnsucht oder der Pflicht war. Rückblickend kam es ihm vor, als hätte er sich beinahe zu dieser Sehnsucht gezwungen. Gern wollte er seine Liebe unter Beweis stellen, nicht zuletzt sich selbst gegenüber.

In den Briefen, die er regelmäßig nach Hause schrieb, bagatellisierte er seine Erlebnisse in der Fremde. Anna Egidia sollte ja nicht das Gefühl bekommen, dass sie im Vergleich mit all den neuen Eindrücken verblasste. Lieber wäre er bei ihr, seufzte er. Sein Gemüt hätte sich verdunkelt, behauptete er und ging sogar so weit, dass er den Tag verfluchte, an dem er das Stipendium der Akademie angenommen hatte.

Die Briefe beendete er stets mit einem lieben Gruß von »Deinem melancholischen Carl«, und eifrig nutzte er jede Gelegenheit, um seinen Unmut über die weniger angenehmen Seiten der Reise mitzuteilen, sodass es schließlich aussah, als wäre er nur mit großem Widerwillen unterwegs. Rubens' nackte Frauenfiguren, die er in Holland sah, erschienen ihm fett und ekelhaft. Seinem Eindruck nach bestand Paris aus nichts anderem als Rinnsteinen und Essensdunst, und was Italien anging, so beschäftigten ihn vor allem die Insektenbisse; darüber hinaus beschwerte er sich über die Tierquälerei und die sonderbaren Essgewohnheiten der Italiener. Außerdem nahmen ihm die fremden Sprachen, die er nicht beherrschte, das letzte Vergnügen an der Reise.

Immer wieder beschrieb Carl das Heim, das sie sich eines Tages schaffen wollten. Er nannte es sein Lebensziel: Ruhe, um zu malen, ein gemütliches Zuhause und sie.

Das alles hatte er inzwischen gefunden. Aber war Ruhe nicht gefährlich für einen Künstler? Reichte Gemütlichkeit aus?

Ihren schlafenden Körper neben sich im Bett konnte er nicht mehr entbehren, diesen schwer atmenden Körper, den die Jahre und die acht Geburten kräftig und korpulent hatten werden lassen, diesen handfesten Leib, nach dem er in der Dunkelheit die Hand ausstrecken konnte, wenn er von seltsamen Gedanken heimgesucht wurde. In den ersten Jahren hatte Anna Egidia sich jede Nacht an ihn gedrückt. Wie ein Tier, das Schutz suchte. Dann hatte es sich umgekehrt, und Carl suchte stumm die Wärme ihres Körpers.

Seine erste Grönlandreise hatte er noch unbefangen angetreten. Doch auf der Reise in den Süden passierte es. Carl hielt es für Liebe. Er ging so weit, dass er Anna Egidia bat, ihm nach Rom zu folgen, um dort zu heiraten. Holm, der als sein Vertrauter die praktischen Dinge regeln sollte, beschrieb die Reaktionen seines Bekanntenkreises. »Na dann, gute Nacht, Kunst«, hatte der alte Frisch trocken bemerkt, als er von Carls Plänen hörte. »Er muss verrückt sein«, ergänzte Aagaard. Im Übrigen erwiesen sich die praktischen Probleme als nahezu unüberwindlich. Allein konnte Anna Egidia nicht reisen. Über die Mittel, eine Reisebegleitung zu bezahlen, verfügten sie nicht, daher hätte sie sich auf eine fremde Gesellschaft verlassen müssen. Ein Dr. phil. aus Malmö antwortete auf die Anzeige, die Holm in die Berlingske Tidende gesetzt hatte. Aber wer garantierte die Verlässlichkeit dieses Mannes?

Im Grunde konnte sich Carl die scheue Anna Egidia in der Ewigen Stadt jedoch gar nicht vorstellen, und so endete es schließlich damit, dass die Tante sich diesem undurchführbaren Projekt widersetzte. Zumal ihr und Anna Egidia die Idee auch eigenartig vorgekommen sein musste, da Carl sich ja ununterbrochen über die Italiener beklagte. Sollte das etwa sein Hochzeitsgeschenk sein: eine Reise in das Land der Insektenstiche, der Tierquäler und der sonderbaren Essgewohnheiten?

Carl wusste um den Widerspruch. Denn gleichzeitig faszinierten ihn die Reise und die Größe dessen, was er sah. Nur mochte er es sich nicht eingestehen und glaubte, die Heuchelei wäre der Preis der Liebe. Vielleicht hatte er auch gehofft, Anna Egidias die Augen öffnen zu können, damit ihre einzige Gemeinsamkeit nicht das künftige Heim und eine Sackgasse in tröstlicher Gemütlichkeit blieb.

Carl dachte an Paris. Er hatte auf dem Montmartre gestanden und über die Stadt geblickt, die wie immer halb verborgen in dem Dunst lag, den ihr emsiges Leben hervorbrachte. Wirklich beeindruckt war er nicht. Der Anblick der Eisberge Grönlands steckte noch in ihm, der ungeheuren kalbenden Gletscher, die eine gewaltige Dünung auslösten, wenn sie abbrachen und wie umstürzende Kirchtürme ins Meer fielen. Einen Augenblick hatte er sich dem Schöpfer nahe gefühlt und dessen Perspektive geteilt. Er dachte an die Grönländer, die in ihren zerbrechlichen Kajaks auf den langen Rücken der eisigen Dünung ritten, und er begriff das Kleinliche und Eitle des bürgerlichen Lebenskampfes. In Paris war er ein Eskimo gewesen.

In der Weltstadt hatte er sich nicht irgendeinem Schöpfer nahe gefühlt, und doch gab es auch hier etwas Gewaltiges und Großes, das ihn anzog. Er hatte Paris im Jahr nach der Niederschlagung der Pariser Kommune besucht, und ein großer Teil der Stadt lag noch in Ruinen. Bereits am ersten Tag unternahm er einen Spaziergang um den Louvre und sah sich die erheblichen Schäden an, die der Zorn der Volksmenge dem Gebäude zugefügt hatte.

Ein ganzer Flügel der Tuilerien war zerstört, und vom Rathaus, dem Hôtel de Ville, standen nur noch die rußigen Mauern.

In einem Lokal am Palais Royal hatte er bei Nudelsuppe, Lammbraten und einer guten Flasche Rotwein versucht, den Anblick der Zerstörungen zu verdrängen, aber es war ihm nicht gelungen. Auf eine Weise, die ihn selbst erschreckte, hatten auch die Zerstörungen ihre eigene verlockende Majestät. Das vernarbte und beschädigte Paris schien ein Chaos in ihm auszulösen.

Nach dem Essen hatte er die Stadt verlassen und sich Versailles und Trianon angesehen; aber die goldenen Säle begeisterten ihn keineswegs so, wie er es erwartet hatte. Stattdessen erging er sich in Betrachtungen über die Ungerechtigkeit, die sich hinter der verschwenderischen Pracht verbarg.

In einem großen Saal auf Schloss Trianon stand eine Sammlung vergoldeter Kutschen, und vor allem eine erregte seine Aufmerksamkeit. Man hatte sie gebaut, um Kaiser Napoleons Erstgeborenen zur Taufe zu transportieren, sie war noch üppiger verziert als die übrigen Kaleschen. Mit einem Mal verstand Carl den Zerstörungsdrang der Kommunarden. Er ertappte sich sogar dabei, mit ihnen zu sympathisieren. Angegriffen und von allen Seiten umzingelt hatten sie aus Wut und Verzweiflung die prächtigsten Gebäude von Paris in Brand gesteckt. Wie er hatten sie die Verschwendungssucht der Regenten vor Augen gehabt und beschlossen, sämtliche Spuren einer Vergangenheit auszulöschen, die für sie nur Demütigungen und Elend bedeutete.

Einige Jahre zuvor hatte er Goldschmidts Roman *Die Erben* über das sinnlose Leben reicher Müßiggänger in den europäischen Hauptstädten gelesen. Eine Szene aus Paris hatte Carl besonders beeindruckt. Nun fiel sie ihm wieder ein und stand ihm mit einer Kraft vor Augen, als handele es sich um eine Verunreinigung seiner Hornhaut, die weitere Sinneseindrücke verhinderte. Es ging um die Auseinandersetzung zweier junger Rivalen, die vom Spielteufel besessen waren. Einer von ihnen setzte alles aufs Spiel – und verlor. Noch bevor jemand eingreifen konnte, hatte er eine Pistole gezogen und sich in den Kopf geschossen.

Carl beeindruckte weniger die Handlung, eher der morbide Realismus in der Beschreibung des Resultats. Der junge Mann schießt sich die Hälfte des Kopfes weg. Und als die Polizei erscheint, zeigt ein Offizier auf einen weißlichen Fleck von der Größe eines Taubeneis, der sich auf der Schulter eines der Anwesenden abzeichnet.

»Was ist denn das?«, fragt er und beantwortet die Frage selbst: »Ich denke, es ist ein Stück von Herrn de Potters Hirn.«

Carl wusste, dass Tausende von Kommunarden nach dem Fall der Pariser Kommune an die Mauern gestellt und hingerichtet wurden. Nun konnte er an keinem Gebäude mehr vorbeigehen, ohne sich seine Mauern übersät mit weißlichen Flecken vorzustellen, die auf Abstand Vogelkot glichen, sich aus der Nähe aber als Überreste zerschossener Gehirne herausstellten. Es waren die Spuren von Träumen Verzweifelter, die seine entflammte Fantasie heimsuchten.

Wie er sich inmitten der Eisberge Grönlands dem Schöpfer nahe gefühlt hatte, spürte er nun die Nähe eines anderen Wesens von ähnlich majestätischen Dimensionen, nur wusste er nicht, wie er es bezeichnen sollte. Dunkel und unbezähmbar war es und besaß eine ähnliche Anziehungskraft wie der Schöpfer. Wie dieser war es erhaben über die Kleinlichkeit des bürgerlichen Alltags. Als ihm in der Kirchenruine von Hvalsø schwindlig und schlecht geworden war, hatte er dieses Gefühl zum ersten Mal erlebt. Nun kehrte es zurück, gestärkt von der lockenden Kraft der Versuchung.

Am folgenden Tag ging Carl in den Invalidendom und schaute sich Napoleons braunroten Sarkophag an. Das Grab war umgeben von zwölf Marmorfiguren, und hier fand er endlich die edle Gesinnung und Erhabenheit, die er vermisste, seit er Grönland verlassen hatte. Hier zeigte sich die Aufgabe der Kunst als einer

Macht, die allein imstande war, die Menschenseele zu veredeln. Er verließ den Invalidendom aufrecht und mit sicherem Schritt, befreit von seinen Zweifeln.

In Italien erlitt er einen Rückfall. Nach und nach entwickelte sich in ihm ein regelrechter Zorn über die Unordnung, die überall herrschte. Die Bevölkerung des Landes erwies sich als bodenlos ungebildet. Die meisten waren des Lesens und Schreibens nicht kundig. Viele Bauern konnten auf einer Uhr nicht ablesen, wie spät es war. Von Bologna bis zur Südspitze Siziliens waren die Berge und Wälder unsicher. Über das halbe Land herrschten Räuber und Banditen, und obwohl sechzigtausend Soldaten sie permanent jagten, schien die Ordnungsmacht außerstande zu sein, irgendetwas gegen sie auszurichten. Die wenigen gebildeten Menschen, denen er begegnete, behaupteten, die Ursache des ganzen Unglücks läge in der Pfaffenherrschaft, und diese Meinung teilte er schließlich. Ihn überkam wieder die Pariser Krankheit, diese Schwindel erregende Faszination der Zerstörung, die er beim Anblick der niedergebrannten Gebäude empfunden hatte. In einem seiner Briefe an Anna Egidia schrieb er in unkontrolliertem Zorn, am besten wäre es, sämtliche Priester auf einmal aufzuhängen und überall Zwangsschulen einzuführen. Hinterher fühlte er sich nicht wirklich wohl bei dem Satz, dennoch ließ er die Worte stehen.

Carl hatte immer die Ansicht vertreten, dass man nur ausgeglichen in der Lage wäre, etwas zu schaffen. Daher mochte er Paris nicht und dachte ohne Freude an die Weltstadt zurück. Sie hatte zu viele gegensätzliche Gefühle in ihm hervorgerufen, und er glaubte, die Kunst würde sich in diesem Chaos verirren und ihre Mission verlieren – zu erhöhen und zu veredeln.

In Paris hatte sich ein Schlund geöffnet, und nun, viele Jahre später, wusste er nicht, ob er die richtige Wahl getroffen hatte, als er vor dem Grab Napoleons diesen Abgrund einfach zuschüttete. Die Eisberge Grönlands hatten sich als ganz anderer Impuls erwiesen, so wie das Leben in Marstal, Ærøs Hügel mit dem herbstreifen Korn und dem blühenden Flieder und das Spiel der Lichter am Morgenhimmel.

Es gab so viele Möglichkeiten, dass ein Menschenleben zu kurz war, um sie alle zu erproben. Man hatte zu wählen. Wählte man nicht, wurden die Entscheidungen durch Zufälle getroffen. Er hatte versucht, seine Wahl in Übereinstimmung mit seinen Idealen zu treffen. Konnte die Zeit auch für Ideale ablaufen, die von sich selbst behaupteten, ewig zu gelten? War selbst eine Wahl, die der tiefsten Überzeugung entsprang, nur von begrenzter Gültigkeit? Glich die Zeit einem Schiff auf dem Weg zum Horizont, das zunächst noch deutlich zu sehen ist und dann allmählich immer mehr verschwimmt, bis das Wesentliche kaum noch zu erkennen ist?

Carl hatte sich einen gewissen Ruhm erarbeitet, als er als junger, unerfahrener Künstler von seiner ersten Reise nach Grönland heimkehrte. Aber er hatte so viele Ideen. Er musste sie eine nach der anderen ausprobieren. Er hatte eine Italienreise unternommen. Eigentlich nur, weil es damals so üblich war. Mit Grönland hatte er das Unbekannte gewagt. Nun entschied er sich für eine verbindliche Linie. Er heiratete Anna Egidia und nahm die Mutter und die bucklige Dorothea mit in Kauf, wie das Pflichtgefühl es ihm vorschrieb. Es kamen Kinder. Er stellte regelmäßig aus und sein Ruf als Marinemaler wuchs. Er selbst hatte keine Bezeichnung für sich.

Dänemarks Landkarte wurde künstlerisch entdeckt. Krøyer malte in Hornbæk, Tuxen in Nymindegab, Philipsen auf Saltholm und der hitzige Drachmann war überall und setzte sich zudem in der Literatur durch. Drachmann brach mit Eckersberg und schrieb über eine neue Bewegung in der Marinemalerei. Carl wurde den Neuen zugerechnet und für seinen Fleiß gelobt.

Als Carl die Akademie verließ, hatte er Legate für Studienreisen in Dänemark erhalten. Er reiste nach Bornholm und malte, er zeichnete die Boote auf dem Fjord von Kolding, er hielt sich am Isefjord und in Ribe auf, er reiste bis nach Skagen, und sein erstes Bild von dort wurde in Charlottenborg ausgestellt, *Seestück, Motiv nordwestlich vor Skagen.*

Jede Landschaft rief nach ihrem Maler, jeder Waldrand, jeder lehmige Steilhang, jeder Strand, jede Landspitze, jedes Bauernhaus, jede Brigg, ja, in Dänemark gab es eine Welt von Motiven.

Sein Beitrag bestand aus Klippen auf Bornholm, einer Jolle auf dem Svendborgsund, einer Abendstimmung bei Ribe und der Fregatte *Jylland*. Dann kam Grönland.

Aber seinen Ort hatte er noch immer nicht gefunden.

Es traf ihn sehr, als er hörte, dass Michael Ancher sich in Skagen niedergelassen hatte. Carl war dem stämmigen, ernsten Maler mit dem intensiven Blick und der breiten Stirn einmal begegnet. Er hatte ein paar Worte mit ihm gewechselt und sofort eine geistige Verwandtschaft gespürt, zu weiteren Kontakten war es allerdings nicht gekommen. Ancher erinnerte ihn an einen vergessenen Pakt: In diesem verzweifelten Sommer, in dem er dachte, alles verloren zu haben, hatte er auf der *Anne Cathrine* gesessen, und dort, auf dem Schiffdeck, hatte er seinen Pakt besiegelt. Aber was bedeutete dieser Pakt genau? Diese Frage hatte er sich nie beantwortet. Gab es denn überhaupt einen Ort? Das Meer, Ærø, ein Schiffsdeck oder die Seeleute?

Michael Ancher lieferte ihm die Antwort, die er selbst nicht finden konnte. Jetzt sah er es ein. Bei all seinen bisherigen Bildern hatte es sich lediglich um Vorbereitungen gehandelt. Seine Lehrzeit war noch nicht beendet.

Michael Ancher lebte zusammen mit den Fischern und entdeckte das Drama des Kampfes zwischen Mensch und Natur. Das Leben dort oben war so nackt: Rettungsboote, die sich ihren Weg durch die Brandung kämpften, Ertrunkene, die in triefend nassem Ölzeug an Land getragen wurden, Köpfe, die sich voller Trauer neigten, gefaltete Hände, zerfurchte Gesichter, die auf eine geradezu übermenschliche Weise eine stoische Ruhe ausstrahlten. Mit Gottergebenheit hatte der Mensch dort die wilde Natur besiegt. Aber es war ein innerer Sieg.

Mit der Zeit hatte sich eine ganze Schule gebildet. Krøyer brach aus Hornbæk auf, Tuxen aus Nymindegab, Drachmann, der sich in der Zwischenzeit ganz der Poesie verschrieben hatte, tauchte selbstverständlich auch auf. Neue Maler kamen hinzu, Johansen, Locher. Vom Sommer und dem Licht in Skagen angezogen. Es herrschte eine Heiterkeit und Lebensfreude auf ihren Bildern, die Carl schätzte, aber nicht teilen konnte. Denn auf einmal ging es nicht mehr um die Fischer sondern um die Künstler selbst.

Es war Anchers Ernsthaftigkeit, die das Echo in ihm auslöste.

Noch immer erinnerte sich Carl an den Ekel, den Krøyer in ihm hervorgerufen hatte, als er um 1880 mit dem Bild der Werkstatt eines italienischen Hutmachers nach Hause kam: das Zwielicht, der abgemagerte, von Ruß verdreckte Körper und vor allem der Schweißtropfen, der sich ganz vorn an der Nasenspitze des Hutmachers gesammelt hatte. Das hatte mit gutem Geschmack nichts zu tun, Krøyer belästigte den Betrachter mit seiner Darstellung eines armen Menschen. Doch es ging weniger darum, dass er Carl Rasmussens Schamgefühl verletzt hatte. Nein, weitaus schlimmer: Er hatte das Schamgefühl des italienischen Hutmachers verletzt.

Bei dieser Art von brutalem Realismus blieb nichts als das Äußerliche des Menschen, ein verbrauchter Körper in seiner ganzen tierischen Erniedrigung. Es gab keinen Zugang zu diesem Gemälde. Es würde beim Betrachter höchstens Mitleid wecken. Irgendwelche erhabenen Empfindungen für den geistigen Ort im Menschen, an dem er sich – unabhängig vom Ausmaß seines Unglücks – über seine Umstände erheben konnte, hatte Krøyer nicht. Genau das sollte jedoch die Aufgabe der Malerei sein: zeigen, dass der Mensch edel ist.

»Ich male nichts Hässliches«, hatte er damals als unerfahrener Junge gesagt. Und er hatte recht gehabt. Als er vor Krøyers Gemälde stand, flüsterte er die Worte wie eine Beschwörung, die das Böse auf Abstand halten sollte.

»Ich male nichts Hässliches.«

Es blieb sein künstlerisches Credo. Er hatte es sich nicht ausgesucht. Es hatte sich ihn ausgesucht und war zu seinem Ruf geworden. Mit seiner Malerei wollte er dem Betrachter den Weg ins Innere des Menschen zeigen, zu einem unbefleckten Kern.

Auch Krøyer hatte der Hässlichkeit wieder abgeschworen. Jetzt malte er nur hübsche Menschen und freundliche Situationen. Doch er malte noch immer nur den äußeren Menschen, das oberflächliche Glück, eine nur kurz anhaltende, von der Sonne beschienene Heiterkeit, so flüchtig wie der Sonnenstrahl, der für einen Augenblick durch die Wolkendecke bricht.

Mit Ancher verhielt es sich anders. Seine Fischer waren nicht schön im üblichen Sinn. Sie waren runzlig und wettergegerbt, gezeichnet vom Leben. Doch ihre Seele war schön, und Ancher hatte sie in diesen harten und häufig verschlossenen Gesichtern gefunden.

Die Begegnung mit Michael Anchers Bildern hatte Carl die Augen geöffnet. Hier gab es einen Maler, der an Dänemarks entlegenster Küste in die Herzen eines fernen Volkes von Fischern blickte. Carl begriff, dass er schon lange etwas mit sich herumtrug, das Ancher in Skagen gefunden hatte. War sein Bild *Eine Marstaljagt havariert bei schwerem Wetter,* das er bereits 1870 gemalt hatte, in dieser Hinsicht nicht eine Pionierarbeit, die der Entwicklung vorgegriffen hatte? Der gebrochene Mast, die Reste der vom Sturm in Fetzen gerissenen Segel, ein Seemann, der als dunkle Silhouette vor dem Sturmhimmel die Axt hebt, um das Rigg zu kappen. Hier war der elementare Lebenskampf des Menschen ebenso hart wie bei den Eskimos, aber nachvollziehbarer. Im Grunde war er bereits damals aufgebrochen, um sein Skagen zu finden.

Hatte er sich unterwegs auf Umwege eingelassen? Er hatte sich mit seiner Familie in Kopenhagen niedergelassen und sich einen Namen als Marinemaler gemacht. Er stellte regelmäßig aus und verkaufte so gut, dass er ein Leben im Wohlstand führen konnte. War er bequem geworden?

Carl reiste nach Ærøskøbing, das er so viele Jahre gemieden hatte. Es war die letzte Station.

Nun musste die Wahl getroffen werden. Carl Rasmussen musste seinen Ort finden.

In der Vestergade stieß er mit einem Mann zusammen, der, in einen weiten Mantel gehüllt, plötzlich auf den Bürgersteig trat. Der Mann kam aus einem der kleinsten Häuser Ærøskøbings, einem Fachwerkhaus, das eingeklemmt zwischen zwei weit größeren Gebäuden stand und lediglich über ein Guckloch als Fenster verfügte. Carl kämpfte sich, hinter einem Regenschirm verborgen, die menschenleere Straße hinauf. Ein paar Minuten zuvor war die tief hängende Schicht Stratuswolken aufgerissen, von der die Insel im Herbst stets eingehüllt wurde. Es regnete so heftig, dass der Rinnstein in der Mitte der Straße bereits überfloss. Alles Licht schien beinahe verschwunden, als ob die Dunkelheit sich weit früher als gewöhnlich eingestellt hätte.

Carl klappte den Schirm zusammen, um sich für seine Unaufmerksamkeit zu entschuldigen. Der andere winkte abwehrend mit der Hand und schien rasch weiterkommen zu wollen. Doch unvermittelt blieb er stehen und blickte Carl prüfend an, während er unkontrolliert mit einem Auge zwinkerte. Er holte tief Luft, wie ein Schauspieler, der sich sammelt, bevor er die Bühne betritt, um seinen Monolog zu sprechen.

»Ah ja, ist das nicht Carl Rasmussen?«, sagte er mit einer energischen Stimme. »Dann ist es also gelungen. Meinen Glückwunsch!«

Er griff nach Carls Hand, und einen Augenblick sah es so aus, als wollte er sie kräftig schütteln. Dann ließ er wieder los. Etwas Kraftloses lag in seinem Händedruck.

»Na ja, ich bin vermutlich nicht der Erste, der Ihnen gratuliert.

Ja, wir müssen uns jetzt wohl besser siezen. Sie sind im Rang gestiegen, ein anerkannter Künstler! Ich würde es nicht wagen, du zu sagen. Das habe ich mal gemacht. Nur waren Sie damals bloß ein Junge. Zumindest kann ich mich aber rühmen, dass ich der Erste gewesen bin, der Ihr Talent erkannt hat. Ich bin ein Mann mit vielen Fehlern, das wissen die Götter. Aber in einem Punkt bestehe ich darauf, dass man mich respektiert. Ich war es, der Carl Rasmussen entdeckt hat.«

Carl war das übertriebene Lob unangenehm. Als Maler hatte er sich seiner Ansicht nach noch immer nicht wirklich etabliert. Der Regen fiel mit unverminderter Intensität. Er nickte kurz zum Zeichen, dass er weitermüsse, und spannte den Schirm wieder auf.

Der andere griff ihm vertraulich unter den Arm.

»Artus hat das Schwert aus dem Stein gezogen«, sagte er. »Kommen Sie, ich spendier uns ein Glas im Harmonien.«

Carl wollte sich gerade höflich entschuldigen, doch das rechte Auge des Mannes hörte nicht auf zu zwinkern. Da begriff er endlich, wem er gegenüberstand. Hinrichsen. Der Widerwille vor dem Mann hatte verhindert, dass er ihn sofort wiedererkannte. Carl hatte nicht die geringste Lust, mit der Person zu verkehren, die sein Vertrauen einst so grausam enttäuscht hatte. Aber er musste zugeben, dass eine Portion Wahrheit in der Version seines ehemaligen Wohltäters steckte. Hinrichsen war tatsächlich der Erste gewesen, der ihn ermutigt hatte.

Hinrichsen musste sein Zögern bemerkt haben, denn er zog ihn bereits mit sich. Im Hotel Harmonien rief er mit weltmännischer Miene nach dem Kellner und bestellte eine Flasche Burgunder.

Carl streckte abwehrend die Hände aus. Es war mitten am Tag und er wollte auf keinen Fall eine ganze Flasche Wein leeren. Aber Hinrichsen ließ sich nicht aufhalten.

»Unfug«, sagte er, »Sie müssen gefeiert werden. Selbstverständlich geht das auf meine Rechnung.«

Woher kam das Geld? Vielleicht lebte Hinrichsen noch immer vom Inhalt des Kopfkissens, möglicherweise hatte er ja weit mehr vor seinen Gläubigern verbergen können. Carl fühlte sich nicht wohl in dieser Gesellschaft, nun blieb ihm jedoch nichts anderes übrig, als es durchzustehen.

Hinrichsens ehemals so kraftvolles Gesicht war bleich und eingefallen. Der Haaransatz hatte sich noch höher geschoben. Zurückgeblieben waren lediglich ein paar graue Zotteln, die nach dem Regen in dünnen Strähnen über der Stirn hingen. Der schmutzige Kragen war zu groß für den dünnen Hals, und Carl bemerkte nun auch den Gehrock, abgewetzt glänzend und mit ausgefransten Ärmeln. Der dreijährige Gefängnisaufenthalt hatte Spuren hinterlassen. Hinrichsen machte den Eindruck eines Mannes, der am Boden lag und nicht wieder aufstehen würde.

Als er den Wein probierte, schnalzte Hinrichsen mit den Lippen und schloss die Augen, um den Genuss zu unterstreichen. Das rechte Augenlid klappte jedoch unvermittelt wieder auf, als hätte das Auge darunter seinen eigenen Willen und wollte Carl ausspionieren.

»Sie haben doch nicht etwa daran gedacht, sich hier in der Stadt niederzulassen?«

»Ich bin nur gekommen, um meine Eltern zu besuchen«, erwiderte Carl ausweichend.

Er hatte nicht vor, Hinrichsen in seine Zukunftspläne einzuweihen.

»Ich möchte Ihnen aufs Schärfste ...«, Hinrichsen hob theatralisch seinen Zeigefinger in einer warnenden Geste, »ich möchte Ihnen auf das Schärfste abraten, Ærøskøbing zu wählen.«

»Aber wieso?«

Carl wurde plötzlich neugierig.

»Sehen Sie sich hier doch um!«

Leben kehrte in Hinrichsens eingefallenes Gesicht zurück. Seine Stimme verriet, dass ihn die Verbitterung trieb.

»Gehen Sie hinunter zum Hafen. Es gibt immer weniger Schiffe, und diejenigen, die noch da sind, sind in immer weniger Händen. Aber das sind kraftlose Hände. Schauen Sie sich Schiffsreeder Brandt an, ja, Sie kennen ihn, der vornehmste Mann der Stadt, nicht wahr! Noch immer sitzt er in seinem großen Haus in der Vestergade, und ich, der ihn bei mehr als einer Gelegenheit gerettet hat, ich wohne gegenüber im kleinsten Haus der Stadt. Ich trage tagein, tagaus dieselbe Kleidung. Ich habe nichts anderes. Ich hätte ebenso gut meine Gefängniskluft anbehalten können. So glotzen die Leute mich an. Brandt wurde nicht angeklagt. Er war zu tüchtig, aber die ganze Affäre hat ihm einen gehörigen Schrecken eingejagt. Er ergreift keinerlei Initiative. Er versucht nichts Neues. Brandt und mit ihm diese ganze Stadt sind in einen Tiefschlaf verfallen und glauben, das wäre eine Lösung, ja, die Rettung. Dornröschen ist Ehrenbürgerin von Ærøskøbing, und am Eingang ihres Schlosses steht ›Kein Zugang für Prinzen‹. Tja, erhalten ist die Stadt ja. Man versteht sich darauf, das Alte zu konservieren. Nicht mal einen Dachziegel darf man ohne Genehmigung versetzen. Ein Idyll, das kann diese Stadt bieten. Aber nichts anderes. Straßenbeleuchtung gibt's nicht. Das Pflaster schreit nach Erneuerung. Alle Pläne für eine Werft wurden längst aufgegeben. Das einzige neue Gebäude in der Stadt ist das Rathaus. Aber das ist ja auch die Hochburg dieser Schmarotzer. Kopisten, Kammerassessoren und Steuerbevollmächtigte, alle gleich fett und phlegmatisch – bäh!«

Hinrichsen mähte wie ein Schaf. Dann fuhr er in seinem Redestrom fort.

»Keine Dynamik, keine Antriebskraft, kein Vorwärtskommen. Wohnen kann man hier nicht, wenn man größere Ziele im Leben hat, als es bloß unbeschadet zu überstehen. Es ist ein Ententeich. Wenn Sie Ihre Nahrung hier suchen, werden Sie sich von Entengrütze ernähren müssen. Eins weiß ich …«, wieder hob er den Zeigefinger, »wer sich an das bindet, was er hat, wird es am Ende verlieren. Ich kann über mich sagen, dass ich ein geschäftstüchtiger Mann bin. Ich kann Dinge bewegen. Unter mir hat diese Stadt geblüht.«

Er redete, als wäre er Ærøskøbings Oberhaupt gewesen, der ungekrönte König der Stadt. Carl blickte verlegen auf seine Hände. Saß Hinrichsen wirklich hier und rühmte sich seiner Vergehen?

Hinrichsen füllte erneut sein Glas und leerte es in einem Zug. Seine vornehmen Manieren hatte er vergessen. Er schenkte sich noch einmal ein, ohne Carls Glas zu beachten. Dann lehnte er sich über den Tisch.

»Ich weiß, was Sie jetzt denken! Aber das Geschäftsleben ist Trapezkunst. Man kann das Resultat nicht beurteilen, bevor die Artisten nicht ihren Sprung gewagt haben und wieder sicher an den Stangen hängen. Ich habe mitten in einem Salto mortale abbrechen müssen. Es konnte nur schiefgehen. Ich wurde verraten. Alle wandten sich von mir ab, als es darauf ankam.«

»Das ist so nicht wahr«, erwiderte Carl gedämpft. »Mir kommt es so vor, als hätten Ihnen viel zu viele beigestanden. Das war doch wohl das eigentliche Unglück der Stadt.«

Hinrichsen hörte ihm nicht zu. Er warf einen Blick auf die Weinflasche und drehte sie um. Sie war leer.

»Was sagen Sie? Erlauben Sie, dass ich Ihnen noch eine Flasche spendiere?«

»Ich muss jetzt gehen.«

Hinrichsen fiel regelrecht zusammen. Seine Energie war verbraucht. Er begann, unter dem blankgewetzten Gehrock zu fummeln.

»Oh«, sagte er entschuldigend, »sieht so aus, als hätte ich zu Haus mein Portemonnaie vergessen. Könnten Sie …?«

Carl rief den Kellner. Der Burgunder war teurer, als er erwartet hatte.

Zusammengesunken saß Hinrichsen ihm gegenüber und

machte keinerlei Anstalten, sich zu erheben. Das Freimütige an ihm war verschwunden, sein ganzes Wesen schien jetzt besser zu seinem heruntergekommenen Aussehen zu passen.

»Sie könnten wohl nicht …«, begann er und unterbrach sich. Seine devote Haltung gefiel Carl überhaupt nicht.

»Sie könnten mir wohl nicht eine kleinere Summe vorstrecken?«

Carl gab ihm einen Schein.

»Das ist alles, was ich entbehren kann.«

»Danke ergebenst. Ich bin Ihnen sehr verbunden.«

Er hob die Hand und rief nach dem Kellner. Carl wurde klar, dass Hinrichsen das gerade geliehene Geld vollkommen schamlos in eine weitere Flasche Wein investieren wollte.

Er sah auf und bemerkte Carls Blick.

»Erinnern Sie sich an Heiberg?«, fragte er. »Das Buch, das ich Ihnen geliehen habe? Haben Sie es je gelesen? Ich kann mich nicht entsinnen, dass wir darüber gesprochen haben. *Eine Seele nach dem Tod*?«

Der Kellner hatte den Wein bereits gebracht, Hinrichsen stürzte sich auf das erste Glas.

»Eine Seele nach dem Tod. Ja, das bin jetzt ich.«

Der Wein, der ihm aus den Mundwinkeln tropfte, folgte zwei Furchen, die sich auf jeder Seite des Kinns den Kiefer hinabzogen. Die dunkel gezeichneten Linien unterstrichen die Bitterkeit seines Gesichts.

»Ihr Burschen …«, brachte er heraus.

Sein Zeigefinger schwang unsicher von einer Seite zur anderen, als würde er die halbe Welt meinen.

»Ja, also ihr Burschen, Entschuldigung, ihr Maler, die ihr die Welt so hübsch beschreibt, die Wolken, die Wälder, den Sonnenaufgang und den Sonnenuntergang, rauf-runter, rauf-runter. Das kommt ja aufs Gleiche raus. Ihr wollt doch immer von uns, dass wir alle in dieselbe Richtung gucken, also nach oben, wollte ich sagen. Alles, was ihr malt, verweist sozusagen auf den Herrgott, auf das Schöne, Gute und Wahre, hab ich nicht recht? Es gibt bei allem einen höheren Sinn – ist es nicht das, was ihr sagen wollt? Aber wenn's sich nun genau umgekehrt verhält – was ist, wenn's so wäre, ja, verzeih mir die ungeschickte Formulierung …«

Er blickte auf den Tisch, als hätte er den Schluss seines Satzes vergessen und suchte ihn nun in dem Weinfleck vor sich. Er fuhr mit einem Finger darin herum und zog Striche über den glanzlackierten Tisch.

»Was wäre, wenn es gar keinen höheren Sinn gibt, sondern nur einen niedrigeren? Was wäre, wenn dieser pädagogische Pfeil auf euren Gemälden immer in die falsche Richtung gezeigt hat und die Wahrheit gar nicht in der Höhe, sondern am Boden zu finden ist?«

Seine Finger zuckten zu der bereits halb leeren Flasche vor ihm.

»Dort zum Beispiel.« Er zeigte mit der ganzen Hand auf den Teil seines Körpers, der sich unter dem Tisch befand. »Oder dort!«

Seine geballte Faust schnellte auf und nieder, als wäre sie ein Hammer, mit dem er einen Nagel einschlagen wollte.

»Oder da unten! Ja, ich meine nicht den Fußboden, sondern die schwarze Erde, in der wir früher oder später alle enden werden.«

Carl zog sich zwei Schritte zurück. Niemand von den übrigen Gästen schien den Auftritt zu beachten. Sie hatten sich offensichtlich an Hinrichsen gewöhnt.

»Sie sind ein unglücklicher Mensch«, sagte Carl. »Sie tun mir leid.«

Carl hatte nicht das Gefühl, nach Hause zu kommen, als er an der Dampskibsbro in Marstal an Land ging. Die beiden Städte Marstal und Ærøskøbing waren, obwohl sie nur anderthalb Meilen voneinander entfernt lagen, so verschieden, dass jede auf einem anderen Kontinent hätte liegen können. Aber ein Ankommen war es dennoch, ein geistiges Ankommen. Ein Künstler hatte seine Bestimmung gefunden. Das Versprechen, das ihm das Leben gegeben hatte, als er auf der Spitze des Lindesbjergs stand, war in Erfüllung gegangen. Mit einer Sache hatte Hinrichsen recht behalten: Er hatte das Schwert aus dem Stein gezogen.

Es war der selbstsicherste Moment seines Lebens.

Er kam, um zu bleiben.

Das Haus in Marstals Teglgade wurde nach Plänen errichtet, die Carl selbst gezeichnet hatte. Das Haus hatte seinen eigenen Brunnen, und er hatte eine Wasserleitung in den Keller legen lassen, in dem es einen Waschraum und eine Küche gab. Das Atelier wurde im ersten Stock eingerichtet. Licht strömte durch ein westwärts gerichtetes, großes, schräges Fenster, das den größten Teil des Daches ausfüllte. Ein handbetriebener Fahrstuhl führte hinauf zum Atelier, sodass er seine großen Leinwände mühelos in die erste Etage transportieren konnte. Die übrigen Räume des Hauses waren hoch und mit schmalen Fenstern ausgestattet, die dicht über dem Boden begannen und bis zur Decke hinaufreichten. Er kopierte damit das Chorfenster der Kirche auf Hvalsø.

Er wusste, dass die Leute in Marstal über die merkwürdige Architektur redeten. Die Idee mit den hohen Fenstern verstanden sie nicht. Sie blieb sein Geheimnis.

Ihre Tochter Helga war damals vier, Ellen drei und Jens Christian, der von seinen beiden älteren Schwestern regelrecht tyrannisiert wurde, erst ein Jahr alt. Anna Egidias Mutter hatte ihre Lebensfreude wiedergewonnen, seit sie Großmutter geworden war, nur die verwachsene Dorothea kränkelte weiterhin und hatte für die lärmende Kinderschar lediglich ein blasses Lächeln übrig, bevor sie sich wieder auf ihren ständig schmerzenden Körper konzentrierte. Als die Familie nach Marstal zog, war Anna Egidia erneut schwanger. Die Kinder konnten sich in dem weitläufigen Garten austoben, der sich bis hinunter zum Strand erstreckte. Von hier aus war das Inselmeer und H. C. Christensens große Werft zu sehen. Auf der anderen Seite des Hauses lag ein weitläufiger Hof, eingefasst von gelb gekalkten Mauern. Am Nachmittag fiel die Sonne in den Hof, in dem man stets Schutz vor dem Wind fand.

Und Anna Egidia verstand es, ein Heim einzurichten. Es gab Sofaecken und Chaiselongues, auf denen Carl sich nach den Anstrengungen im Atelier ausruhte oder die Kinder um sich herum versammelte, um ihnen vorzulesen. An den Wänden hingen seine Gemälde in vergoldeten Rahmen. Sonnenschimmer über dem Meer, Wolkenformationen, Schoner auf dem Wasser, im Hintergrund die Küsten des Inselmeers, treibende Eisberge, ein Eskimo, der auf Skiern einen schneebedeckten Berg hinabfährt, das Porträt von Maliáraq – Fenster zu nahen und fernen Orten, aber auch Einblicke in seine eigene Seele, die so eng mit all diesen Landschaften verbunden war.

Die Gemälde waren Anna Egidias Idee gewesen. »Die Liebe ist die Schule der Weiblichkeit.« Das hatte er ihr in einem Brief aus London geschrieben, und seiner Ansicht nach war ihr Heim in Marstal der Beweis dafür. Es gehörte nicht ihm oder ihr. Es gehörte ihnen beiden. Er hatte das Haus entworfen, und sie erfüllte es mit Leben.

In diesen Jahren gab es eine Balance in seinem Leben. Anna Egidia war nicht mehr die kleine Schwester, das elternlose Mädchen mit dem verzehrenden Blick. Carl dachte selten an Henrietta, und wenn, dann geschah es, weil er sich wünschte, sie hätte erleben können, wie gut er zurechtkam, auch ohne sie.

Seine Sehnsucht hatte ihr eigenes Muster. Ging es ihm gut, vermisste er Henrietta nicht. Doch wenn es ihm schlecht ging, erwachte die Sehnsucht schmerzvoll zum Leben und er sah nur Anna Egidias Unzulänglichkeit.

Carl kaufte Anteile an einer Reihe von in der Stadt registrierten Schiffen und wurde Reeder des Dreimastbramsegelschoners *Henrietta*. Den Namen hatte Anna Egidia vorgeschlagen, als einen rührenden Beweis ihrer Selbstlosigkeit hatte er ihn akzeptiert.

Sein Ruf hatte sich inzwischen bis nach England verbreitet. Der dänische Konsul in Newcastle hatte eine Ausstellung seiner Bilder organisiert und einige selbst gekauft. In London arbeiteten zwei Kunsthändler für ihn. Auch an der Weltausstellung 1878 in Paris hatte er teilgenommen, allerdings ohne großen Erfolg. Carl hatte sich die Niederlage dennoch nicht sonderlich zu Herzen genommen. Denn die versammelte dänische Kunst war von der strengen französischen Kritik in Bausch und Bogen verworfen worden; in den Kritiken hieß es, wenn man die dänische Kunst mit einer Farbe charakterisieren sollte, dann müsste es Schwarz sein. Carls Bilder verkauften sich gut. Das allein zählte.

Die Hungerjahre in Kopenhagen hatten ihn geprägt. Nun musste er sich selbst und der Welt beweisen, dass er sein Leben meisterte. Der Künstler sollte sich nicht mit der Gesellschaft überwerfen. Er hatte ein Teil davon zu sein, und Carl verstand sich als

Künstler und Ernährer. Überhaupt vertrat er die Ansicht, dass der Mensch nicht nur für sich allein zu leben hatte. Noch immer klangen die Worte, die er von der Kirchenkanzel in Ærøskøbing gehört hatte, in ihm nach. Die Menschen, die keine andere Liebe als die Eigenliebe kannten, konnte er nur bedauern, sie würden nie verstehen, dass es gut und schön sein konnte, die eigenen Vorlieben hintanzustellen, um anderen Menschen eine Freude zu bereiten. Er hatte eine Frau, eine Schwiegermutter, eine kränkliche Schwägerin und eine größer werdende Schar von Kindern in seinem Haus, und er war stolz, dass er ihnen mithilfe seiner Kunst ein gutes Leben ermöglichen konnte. Im Grunde war die Ankunft in Marstal der stolzeste Augenblick seines Lebens gewesen.

Die Seeleute der Stadt hätten sicher gesagt, er bekäme den Wind immer von achtern in die Segel. Mit anderen Worten: Ihn trieb ein günstiger Wind. Als er in die Stadt kam, wurde er von der Selbstsicherheit getragen, die Anerkennung und erhebliche, stabile Einnahmen geben können. Für ihn waren es zwei Seiten derselben Medaille. Trotz aller Anerkennung hatte er nie wie Frederik Aagaard daran gedacht, sich lediglich dem Publikumsgeschmack anzupassen und seine Bilder zugänglicher zu gestalten. Nein, er sah etwas und gab seine Sicht weiter. Es handelte sich um eine Art Gemeinschaft, die er vor seinen Gemälden schuf. Verkaufte er Bilder, so war es ihr Schicksal, in alle Winde verstreut zu werden. Aber die Mission seiner Bilder beinhaltete das genaue Gegenteil: Sie sollten die Menschen vereinen.

So kam er nach Marstal: Wie in ein unsichtbares Land, das hinter einer Nebelbank verborgen lag; und sein Pinsel löste den Nebel auf und ließ das Land sichtbar werden. Die Malerei erwies sich als der wahre Spiegel des Lebens. Was zeigte die Fotografie? Einen Ausschnitt. Die Malerei zeigte das Ganze.

Dennoch enttäuschte ihn Marstal. Carl konnte nicht einmal mit dem Finger auf eine bestimmte Ursache zeigen. Vielleicht hatte er etwas an sich, das andere abstieß. Jedenfalls handelte es sich bei Marstal nicht um Skagen, und das wurde ihm sehr schnell klar. Hier gab es nur diese freundliche Idylle, die er im Grunde liebte, die aber keine tragfähigen Motive für einen Maler lieferte, der den großen Zusammenstoß zwischen Mensch und Natur beschreiben wollte. Hier gab es keinen Strand mit einer gewaltigen Brandung, die ihre Herausforderer nur ungern an Land entkommen ließ. Hier gab es keine dramatischen Strandungen, keinen Kampf auf dem Meer, der vom Land aus beobachtet werden konnte, keine Ertrunkenen, die in einer Prozession durch die Straßen der Stadt getragen wurden, keinen Toten, der mit nassen Kleidern auf dem großen Wohnzimmertisch aufgebahrt wurde, keine Trauernden, die einen Kreis um einen Menschen bildeten, der noch vor wenigen Stunden unter den Lebenden geweilt hatte.

In Gedanken ging er Michael Anchers Motivkreis durch. Keines dieser monumentalen Bilder hätte in Marstal geschaffen werden können. Sicher, auch Marstals Seeleute ertranken. Aber sie blieben draußen auf See, Hunderte, zum Teil Tausende von Seemeilen entfernt. Auf dem Meer, das sich vor der schützenden Natursteinmole des Hafens ausbreitete, spielten sich keine Dramen ab. Hin und wieder lief ein Schiff bei Niedrigwasser auf Grund, wurde aber sofort wieder freigeschleppt. Markante und urwüchsige Gesichter gab es genug, auch solche, in denen die Trauer ihre tiefen Furchen hinterlassen hatte, aber es ereignete sich nichts Dramatisches, keine Zusammenstöße zwischen Leben und Tod – nichts von dem gewalttätigen Überlebenskampf, der die Menschen stählte und veredelte und an dem Skagen so reich war.

Also musste er nehmen, was er bekam. Er stellte das Leben des Volkes dar. Er malte die Hochzeitsprozession eines Schiffsreeders in den Straßen der Stadt, aber im Grunde richtete er die Energie seines Pinsels vor allem auf das Licht im weißen Kleid der

Braut und auf das Schattenspiel an den gelb gekalkten Mauern und auf dem Kopfsteinpflaster. Die Sonne schien hübsch durch eine Dannebrogsflagge, die an einer Mauer hing. Der alte Lehrer Isager kam mit seiner Schwiegertochter am Arm auf den Betrachter zu. Einst hatte er den Jungen der Stadt das Leben zur Hölle gemacht. Nun war er Teil des Lichtspiels in den Straßen, sanft schien die Sonne auf das zwischen dem weißen Backenbart erhobene Gesicht.

Carl malte eine Bootsfahrt zum Friedhof einer der Nachbarinseln, Drejø. Aber auch dieses Motiv lieferte eher einen Ausschnitt aus dem Leben des Volkes als etwas wirklich Elementares vom Daseinskampf oder ein Grundgefühl wie Trauer oder Sehnsucht. Die runden Hüte der Männer, die steifen Kragen und der Sonntagsstaat standen zudem in einem komischen Kontrast zu den schlaffen Segeln und zum Eintauchen der Ruder in das spiegelblanke Meer. An dem Porträt des Ausrufers Kjellerup, der an der Ecke Teglgade und Filosofgangen mit seiner Trommel bekannt gab, dass die Steuern fällig waren, interessierten ihn am meisten die roten Ziegel der steilen Dachrücken und die blühenden Fliederbüsche. Lag seine Stärke als Maler vielleicht hier, in seinem Interesse am Spiel des Lichts?

Einige Jahre war Carl überzeugt, dass niemand vor ihm wiedergegeben hatte, was er malte. Erst allmählich wurde ihm klar, dass ihm etwas Entscheidendes fehlte. Er war kein Maler von Menschen. In seiner Jugend hatte er eine Reihe ordentlicher Porträts geschaffen. Am besten waren ihm vermutlich die Selbstporträts gelungen. Bei ihnen hatte er etwas erfasst: diese merkwürdige Mischung aus Verletzlichem und Herausforderndem, die so charakteristisch ist für die Jugend. Aber sonst hatten seine Porträts etwas Steifes und Starres. Versagte hier sein Blick? Führte die Beschränkung des eigenen Geistes zu einer Begrenzung auf der Leinwand?

Carl hatte geglaubt, die Seeleute in Marstal besäßen wie die Fischer auf Anchers Bildern eine Einsicht in das Dasein, eine Form von menschlichem Adel und eine Einfachheit, die seinem eigenen komplizierten und nervösen Seelenleben so fernlag. Er sprach mit ihnen, doch er hörte lediglich praktische und nützliche Überlegungen zu ihrem Beruf. Sie erwiesen sich als Experten für den Weltmarkt und die Frachtraten zu den fernsten und exotischsten Zielen. Er erinnerte sich an Onkel Ras' herablassendes, aber genaues Urteil über die Einwohner von Ærøskøbing, dass es ihnen an Unternehmensgeist fehlte. Ja, die Marstaller erwiesen sich durchaus als umtriebig und robust. Und sie waren hart und rücksichtslos, nicht zuletzt sich selbst gegenüber. Aber hatten sie mehr zu bieten?

Hin und wieder begegnete er auf der Straße einem der Jungen aus dem Sommer vor langer Zeit. Jetzt kamen ihm vierschrötige Männer entgegen, die ihn mit einem festen Händedruck begrüßten und mit ihm redeten, als ob nichts zwischen ihnen geschehen wäre. Als hätte er ihnen nie etwas Einzigartiges geschenkt und sie ihn nie zum Dank gedemütigt und verprügelt.

Die Geschichte mit den Eskimos wiederholte sich. Er konnte die Seele der Marstaller nicht finden.

Häufig ging Carl zum Friedhof, dessen Gräber mit Stöcken anstelle von Kreuzen geschmückt waren, und er hatte den Eindruck, als fände er hier eine gewisse Erklärung. So viele starben, ohne wirklich begraben zu werden.

»Was ist die Sprache des Todes?«, dachte er.

Ist es nicht der Tote selbst, das Leichentuch, in das er gewickelt wird? Der Leichenzug, der in Marstal von vier weißgekleideten kleinen Mädchen angeführt wurde, die mit schwarzem Flor umwickelte Körbe trugen, aus denen sie Grünes auf die Straße streuten? Die Rede des Pastors, der Grabstein, die Blumen auf dem Grab, die Besuche auf dem Friedhof?

Aber was ist der Tod ohne den Toten?

Der Friedhof in Marstal war ein Friedhof der leeren Särge. Die Toten blieben draußen auf See, und wenn sie begraben werden sollten, dann in leeren Särgen und mit einem Grabstein, in den statt eines Sterbedatums eine Positionsbestimmung eingemeißelt war, westliche oder östliche Länge, nördliche oder südliche Breite.

Sollte seine Aufgabe darin bestehen, die leeren Särge zu füllen?

Nicht das Meer, das die Marstaller von ihren Giebelfenstern aus sehen konnten, nahm ihnen ihre Liebsten. In diesem freundlichen Binnenmeer zwischen üppig grünen Inseln ertranken nur wenige. Hier peitschte kein Sturm die Wellen zu gefährlichen Höhen auf. Hier schwappte die Brandung an den Strand. Nicht wie in Skagen, wo die Fischer ihre Boote durch eine kochende Gischt ziehen mussten, das Meer unbarmherzig nahm und gab. Es nahm Menschen, es gab Fische und brachte die Ertrunkenen stets wieder an das Ufer zurück, von dem sie aufgebrochen waren. Die See spülte sie an wie eine Quittung für das Leben, das sie genommen hatte. In Skagen waren die Fischer fromm und urteilten hart, aber sie sangen auch, sie beichteten und redeten in Zungen. Sie wollten das Meer übertönen.

Das Meer der Marstaller stellte keine Quittungen aus. Die Marstaller ertranken nicht zwischen den grünen Inseln, wo der Sandboden mit einem gelben Leuchten antwortete, wenn die Sonne schien. Sie verschwanden einfach und kamen niemals zurück. Sie sanken vor der Felsküste Neufundlands, sie schwammen mit dem Kopf nach unten in das Delta des Rio Plata, sie wurden an einen Strand der Südsee gespült. Sie fuhren zur See und blieben jahrelang fort. Jeder Abschied bedeutete eine Generalprobe für das Sterben, jeder Brief eine Auferstehung und die sprachlose Zeit zwischen den Briefen eine Geduldsprobe. Irgendwann kam der letzte Brief, und dann folgte ein Schweigen, das sich wie die Ewigkeit dehnte. Sie starben einen Tod, der einfach Abwesenheit hieß, und hinterließen ein Vakuum ohne Nachrichten. Sie starben einen Tod ohne Sprache, ohne Leiche, ohne Blumen streuende Mädchen, ohne Begräbnis, ohne ein Grab, auf das sich Blumen pflanzen ließen. Sie starben einen Tod, bei dem auch die Hinterbliebenen verstummten und die Kirche halb leer blieb. Die Seelen der Hinterbliebenen knieten am Strand und den Blick hielten sie aufs Meer gerichtet, nicht auf den Altar, als würde Gott ihnen eine Antwort auf ihre Fragen verweigern.

Aber eine Gestalt, die vor dem Meer kniete, hatte Carl nie gemalt.

Lag es daran, dass er nicht wusste, was sie suchten, wenn sie über das Meer blickten?

Von ihren Reisen übers Meer brachten die Seeleute aus Marstal merkwürdige Dinge mit.

Präkolumbianische Tonkrüge, die *huachos* genannt wurden. Buddha-Figuren aus Bangkok, chinesische Porzellanpuppen und Essstäbchen, eine Halskette aus Antilopenhaut aus Nubien, Krummsäbel aus Westafrika, Harpunen aus Feuerland, Bumerangs aus Australien, Kalabassen vom Rio Hash, indische Amulette, ausgestopfte Alligatoren, eine Reitpeitsche aus Brasilien, ein ledernes Tamtam mit Trommelstöcken vom Calabar River, Opiumpfeifen, türkische Wasserpfeifen, einen Lendenschurz vom Pazifischen Ozean, ein Gürteltier vom La-Plata-Fluss, Jagdgeräte eines Pygmäenstammes, Flusspferdzähne, giftige Pfeile des Sakau-Stammes in Zentralmalakka, Bambusstöcke mit verborgenen Stahlklingen, aus der Rückengräte eines Haifischs geschnitzte Spazierstöcke, den Zahn eines Sägerochens, ausgeblasene Seeigel, getrocknete Seesterne, Delfinschädel, Haifischkiefer, Hummerscheren aus der Barentsee und versteinerte Korallen.

Überall waren sie gewesen. Und ihre merkwürdigen Reiseerinnerungen stellten sie in die Fensterbänke, auf Kommoden, Tische und Regale; sie legten sie ihm in die Hände, wenn er sie besuchte, und sie blickten ihn an, als hätten sie etwas von sich selbst preisgegeben.

Er war nach Marstal gekommen, weil er der Kunst ein Stück von Dänemark öffnen wollte. Er wollte das dänische Volk schildern. Aber wie sollte er so etwas darstellen?

Es handelte sich bei all den seltsamen Gegenständen, die die Marstaller mit nach Hause brachten, um Götzenbilder. Er fand kein anderes Wort dafür.

Er wollte die Menschen malen. Aber sie baten ihn, ihre Abgötter zu malen. Sie wollten zusammen mit ihren ausgestopften Alligatoren, ihren Masken und Giftpfeilen, ihren Haigräten, aus denen sie Spazierstöcke gefertigt hatten, ihren Kalabassen, Bumerangs und Opiumpfeifen dargestellt werden.

Handelte es sich um Trophäen, gewonnen in einem Kampf, den er nicht verstand?

Er musste es ablehnen. Nicht, weil es hässlich, sondern weil es so absonderlich war, dass es ebenso gut hätte hässlich sein können. Es hatte etwas Wahnsinniges. Genauso wie ihnen der Wahnsinn in den Augen stand, wenn sie in mitgebrachten Krankheiten fieberten, deren Namen kein Arzt kannte und für die sich keinerlei Heilmittel fand. Mit merkwürdigen Kräuterextrakten, die sie zusammen mit der Krankheit aus irgendeinem fernen Dschungel mitgebracht hatten, versuchten sie, sich selbst zu kurieren.

Die Maler in Skagen konnten Fischer malen, die auf dem Sofa ihren Mittagsschlaf hielten, den breiten Rücken der Stube zugekehrt. Es wirkte so einverständig, so geborgen. Es war das Leben. Er konnte keine Männer malen, die sich, von Götzenbildern umgeben, mit verzerrten Gesichtern und wahnsinnig leuchtenden, fiebergelben Augen in ihrem durchgeschwitzten Bettzeug wälzten.

An welchem Ort war er gestrandet? Marstal war voller Geheimnisse und Türen, die zu öffnen er keine Lust verspürte. Die Seeleute der Stadt lebten in vielen Welten auf einmal, nicht nur in der Welt, die er kannte und die ihm vertraut war. In ihnen steckte nicht nur ein Mensch, sondern viele, so schillernd bunt und grotesk wie ein Karnevalsumzug im Süden.

Albert Madsen hielt er für den Schlimmsten von allen.

Carl hatte ihn viele Jahre nicht gesehen. Seit dem Sommer, als er die Jungen aus Marstal getroffen hatte und sie ihm den Dachboden zeigten, auf dem Laurids' Seestiefel bei Gewitter allein umhermarschierten, hatte er nicht mehr mit Albert gesprochen. Albert segelte auf großer Fahrt und besaß ein eigenes Schiff, die Brigg *Princess*, das einen englischen Namen trug, obwohl Marstal der Heimathafen war. Später sollte er an Land gehen, um sich als Reeder und Makler niederzulassen und das große Haus in der Prinsegade zu bauen. Damals wohnte er noch in einem der kleinen Häuser in der Sølvgade.

Albert war einige Jahre jünger als Carl, aber Carl verspürte den gleichen Respekt vor ihm, den ein Jüngerer normalerweise einem Älteren gegenüber empfindet. Albert verfügte über eine imponierende Statur und strahlte eine gelassene, aber unerschütterliche Autorität aus, die von einem gepflegten Vollbart und kurz geschnittenem Haar unterstrichen wurde, deren schwarze Farbe sein Gesicht noch kraftvoller erscheinen ließ. Als wäre seine ganze Erscheinung mit Kohle nachgezogen worden, der Bart, die Haare, die Augenbrauen. Carl wollte Farben verwenden und ein Porträt schaffen, das ausdrückte, was Drachmann einmal als Inkarnation der dänischen Seefahrernatur bezeichnet hatte: offen, gesund, kräftig und wahrhaftig.

Albert gab ihm die Hand und hielt sie einen Moment fest.

»Ja, ich habe nie daran gezweifelt, Carl, dass du es weit bringen wirst. Ich habe mir eher Sorgen darum gemacht, ob du die Reise überstehst. Es fällt uns ja nichts in den Schoß in diesem Leben, auch nicht, wenn man Künstler werden will.«

In den Worten schwang Anerkennung mit. Carl spürte, dass er als Gleicher unter Gleichen angesprochen wurde, eine Erfahrung, die er in Marstal bisher selten gemacht hatte; meist hatte er den Eindruck, zur gleichen Zeit sowohl über als auch unter den Menschen zu stehen, mit denen er verkehrte. Die Marstaller waren skeptisch, gleichzeitig bewunderten sie ihn. Beides führte dazu, dass Carl sich ausgegrenzt fühlte, allerdings nicht in Alberts Gesellschaft. Sie hatten in ihrem Leben beide für und gegen etwas kämpfen müssen, und sie waren weitergekommen. Das zumindest meinte er aus Alberts Bemerkung herauszuhören.

Carl trat in Alberts Wohnzimmer und sah sofort, dass es hier keine weibliche Hand gab. Die Fensterbänke leer, es gab weder Pelargonien noch Geranien; einfache Möbel, kein Teppich auf dem mit Firnis überzogenen Fußboden. Ein rot lackierter Bücherschrank aus China stand voller Bücher. Carl hatte das Gefühl, eher eine Unterkunft als ein Heim zu betreten, denn es kam vor, dass Albert jahrelang nicht nach Hause zurückkehrte.

Wie all die anderen Wohnungen, in denen Carl zu Besuch gewesen war, stand auch diese voller Dinge, die er im Stillen als Götzenbilder verurteilte. Albert zeigte ihm seine Mitbringsel und beschrieb mit naiver Aufrichtigkeit ihre Herkunftsorte. Der Strahlenglanz des Abenteuers haftete noch immer an ihnen, wenn er sie in seine Hände nahm und erzählte. Er besaß eine griechische Amphore aus Kefalos aus der Zeit um Christi Geburt, einen Marmorsplitter von der Akropolis und Mosaiksteinchen aus Pompeji und dem Apollotempel aus Delos – ein kleines antikes Museum. Außerdem standen Modelle von Auslegerbooten aus Madagaskar, den Philippinen und Ceylon in der Wohnung. Albert wies sachkundig auf die Unterschiede und Ähnlichkeiten der Bootskonstruktionen hin, die er für unerhört ausgeklügelt hielt.

»Sie sind Seeleute wie wir«, sagte er.

Ein Speer von der Goldküste, ein geschnitztes Tablett aus Kaschmir, eine Maske von den Tongainseln, ein Trinkhorn vom Rio Grande, eine Flasche mit farblosem Saragossa-Tang, außerdem noch ein Haifischkiefer und Spazierstöcke, ausgeblasene Seeigel und Delfinschädel – Dinge, die Carl schon oft gesehen hatte und die in den Marstaller Haushalten so obligatorisch zu sein schienen wie die Kaffeekanne und der Kachelofen.

Unschuldige Reiseerinnerungen? Nein, Götzenbilder. Sie hatten etwas Treuloses.

Er wusste nicht genau, wem gegenüber, doch allein der bloße Anblick schürte Angst in ihm.

Den größten Schreck bekam er jedoch, als Albert eine der Schubladen am Boden des rot lackierten Bücherschranks öffnete und einen in schmutzig gelben, zerschlissenen Stoff gewickelten Gegenstand auf den Esstisch legte.

»Es gibt nicht viele, denen ich ihn gezeigt habe«, sagte er, »aber du bist ja Maler und ein Mensch mit einem offenen Geist. Du wirst das schon ertragen. Denn ein behaglicher Anblick ist der alte Jim wahrlich nicht.«

Albert wickelte den Gegenstand vorsichtig aus und nahm ihn behutsam in die Hand, bevor er ihn den Blicken aussetzte.

Carl sprang zurück. Er hielt sich die Hand vor die Augen und stampfte auf den Boden.

»Nein, nein, nein!«, hörte er sich selbst rufen.

In Alberts Händen lag ein Menschenkopf, verzerrt und ungeheuerlich in seinem Ausdruck, und doch keine Erfindung eines kranken Geistes, keineswegs geschnitzt, geformt oder sonst irgendwie von einem Künstler bearbeitet. Es war unverkennbar und eindeutig ein Kopf, der irgendwann einmal auf den Schultern eines lebenden, atmenden und denkenden Menschen gesessen hatte. Ein Albtraum, die Botschaft eines dunklen Ortes abseits jeglicher Zivilisation. Für einen Moment beherrschte Carl ein ebenso klarsichtiger wie wahnsinniger Gedanke: Hier offenbarte sich ihm der König jener Unterwelt, in der die Marstaller lebten, wenn sie zur See fuhren.

Er hörte Albert lachen. Dann spürte er dessen Hände auf seinen Schultern, ließ sich widerstandslos zu einem Stuhl führen und auf den Sitz drücken. Um ihn herum war es vollkommen dunkel. Einen Augenblick glaubte er, erblindet zu sein, schnell wurde ihm klar, dass er mit geschlossenen Augen dasaß.

»Ich wollte dich wirklich nicht erschrecken. So, setz dich, ich gieße uns einen Port ein. Das wird deine Nerven beruhigen.«

Carl hörte die Nachsicht in Alberts Stimme. Albert redete mit ihm, als hätte er ein Kind vor sich. Er bekam ein Glas in die Hand und leerte es dankbar in einem Zug. Noch immer hielt er die Augen geschlossen.

»Na ja, du musst entschuldigen …«, begann er.

»Nein, ich bin es, der sich zu entschuldigen hat«, sagte Albert. »Jim ist schon ziemlicher starker Tobak.«

»Ich wäre dir sehr verbunden, wenn du das da umgehend wieder einpacken könntest, diesen …«

Er fand nicht das richtige Wort. Noch immer verspürte er heftigen Ekel. In seinem Zustand konnte er nicht entscheiden, ob sich dieses Gefühl auf den Menschenkopf oder auf Albert bezog.

»Du möchtest, dass ich ihn wegpacke?«

Carl nickte stumm. Er hörte das Geräusch einer Schublade, die geschlossen wurde, und eines Schlüssels, der sich im Schloss drehte. Erst jetzt öffnete er die Augen.

»Ich dachte, es würde dich interessieren. Als Maler meine ich. Bist du nie in Anatomievorlesungen gewesen? Du hast doch bestimmt schon mal einen Toten gesehen? Köpfe, deren Haut abgezogen wurde, damit man die Muskeln und Sehnen darunter studieren kann?«

Carl schüttelte den Kopf. Er hatte in einem Alter Aktmodelle gezeichnet, in dem er so unerfahren war, dass das entblößte Fleisch nicht nur eine malerische Herausforderung bedeutete. Aber er hatte nie eine Anatomievorlesung besucht. Wieso sollte er einem Menschen unter die Haut sehen wollen? Die Seele, nach der er suchte, saß dort gewiss nicht. Dieses Dänemark, das er schildern wollte, fand sich nicht im Inneren eines Körpers, in freiliegenden Muskeln oder in verschlungenen, blutigen Eingeweiden. Das war ein Gebiet für Ärzte und Wissenschaftler, nicht für Künstler.

Er wusste, dass der französische Maler Théodore Géricault Leichenhäuser besuchte und zu Anatomievorlesungen ging, um den menschlichen Körper in allen Stadien seiner Auflösung kennenzulernen. Carl hatte sein Gemälde *Das Floß der Medusa* in Paris gesehen und ihn für seine monumentale Schilderung des Leides, der Aufgabe und der Hoffnung bewundert. Gleichzeitig hatte er aber gespürt, dass dieser Maler sich in einem gefährlichen Grenzland bewegte, wo er selbst nichts zu suchen hatte. Und mit diesem fürchterlichen Kopf wollte er nichts zu tun haben.

»Es ist ein Schrumpfkopf«, erklärte Albert. »Völlig normal im Gebiet des Stillen Ozeans. Eine Siegestrophäe. Ich hab ihn von einem Weißen geerbt.«

Er begann mit einer Geschichte, die klang, als wäre sie im Inneren dieses fürchterlichen Kopfes entstanden, voller Hass, Finsternis und Gewalt. Albert endete mit der Behauptung, dass es sich bei dem Kopf um die irdischen Überreste des englischen Entdeckungsreisenden James Cook handelte, ein Umstand, der in Carls Ohren der ohnehin schon unwahrscheinlichen Geschichte jedwede Glaubwürdigkeit nahm. Der Mann erdichtete ja einen ganzen Roman und dazu noch einen derart wüsten und geschmacklosen Roman, als hätte er keinerlei Respekt vor der Urteilskraft seines Gastes.

Albert nannte den Schrumpfkopf Jim.

»Hin und wieder nehme ich Jim heraus und schaue ihn mir an«, sagte er. »James Cook hat große Teile des Stillen Ozeans kartografiert und der Hälfte der Inseln einen Namen gegeben. Sein Name wird immer lebendig bleiben, auch auf den Seekarten. Und wie sieht er jetzt aus? Er hilft mir, mich daran zu erinnern, dass wir nur kurze Zeit hier auf Erden sind.«

»Aber die Seele lebt ewig.«

Carl versuchte, das Thema zu wechseln. Er war entsetzt, nicht nur über die offensichtlichen Lügen in der Geschichte, die er gerade gehört hatte, sondern auch über die Ruhe, mit der Albert sie erzählte. Man erzählte eine Geschichte, um mit anderen etwas zu teilen, aber wie es aussah, gab es in dieser Geschichte nichts, was Albert und er hätten teilen können. Hatten sie überhaupt etwas gemeinsam?

Und dann sagte er den Satz über die Ewigkeit der Seele. Es war der letzte Rest an Gemeinschaft, der ihm einfiel, der Glaube. Es handelte sich um eine einfache, ja beinahe treuherzige Aussage. Aber gerade das Einfache und Treuherzige suchte er doch in den Menschen.

Carl fühlte sich beschmutzt. Und er bat Albert mit seinen Worten über die ewige Seele, ihm zu helfen, sich von dem Schmutz zu befreien. Sag, dass auch du glaubst. Lass uns doch wenigstens diese Gemeinsamkeit teilen.

Er verteidigte sich und sein Werk.

»Davon verstehe ich nichts«, erwiderte Albert sachlich. »Ich sehe, wie Menschen im Meer verschwinden oder in die Erde gelegt werden. Ich kann nicht bis auf den Grund des Meeres oder ins Erdinnere sehen. Ich weiß nicht, was sie dort machen. Die Augen sind der Spiegel der Seele, heißt es. Ich sehe James Cooks zusammengenähte Augenlider und weiß, dass nichts mehr dahinter ist. Als würde man durch die Fenster eines unbewohnten Hauses schauen. Die Stechpalme im Garten hinter meinem Haus ist älter als ich, und wenn ich sie nicht fälle, wird sie noch dort stehen, wenn ich sterbe. Mein chinesischer Schrank da drüben ist älter als ich, und eines Tages, wenn ich tot bin, wird er sicher in der Wohnstube eines anderen stehen. Das ist alles, was ich weiß.«

Carl hatte wieder dieses Gefühl, einem weit älteren und erfahreneren Mann gegenüber zu sitzen, obwohl doch er der Ältere von ihnen beiden war. Albert sprach mit einer Autorität, die Carl nie besessen hatte. Sicher, im Gegensatz zu Albert hatte er seinen Glauben. Aber auch er zweifelte. Gehörten die beiden Dinge zusammen?

Carl erinnerte sich an den eigentlichen Anlass seines Besuchs und war dumm genug, ihn anzusprechen. Eigentlich wollte er nur diese Unterhaltung beenden, die er aus ihm nicht erklärlichen Gründen als immer quälender empfand. »Eigentlich bin ich ja gekommen, um dich zu fragen, ob ich ein Porträt von dir malen darf.«

Albert saß eine Weile da und sah aus, als würde er über den Vorschlag nachdenken.

»Unter einer Bedingung«, sagte er schließlich.

»Sag es. Wenn ich sie irgendwie erfüllen kann.«

»Ich will mit Jim gemalt werden.«

»Mit Jim?«

Carl war wie gelähmt. Diese Wende hatte er nicht erwartet.

»Mit Jim«, wiederholte Albert ruhig. »Meinem *Memento mori.* So kannst du übrigens auch das Bild nennen. Er bedeutet mir etwas.«

Er blickte Carl an und bemerkte den Abscheu in dessen Gesicht.

»Ich sage das nicht, um dich ärgern«, sagte Albert. »Ich hab schon verstanden, dass du ihn nicht magst. Aber ich glaube, es wäre lehrreich für dich.«

Carl krümmte sich plötzlich zusammen und bekam einen gequälten Gesichtsausdruck.

»Irgendetwas nicht in Ordnung?«

»Es ist mein Magen. Hin und wieder geht es mir so. Uhh!«

Er stöhnte lauf auf.

»Komm her.« Albert half ihm aus dem Stuhl und brachte ihn zu einer Bank. »Leg dich hin. So, ja.«

Carl legte sich vorsichtig auf die harte Bank. Mit dem Gesicht zur Wand. Er spürte nichts als einen stechenden Schmerz in seinem ruinierten Magen.

Er malte niemals ein Porträt von Albert.

Zwei Jahre nach seiner Ankunft in Marstal hatte ihn der Pastor, Thorvald Throlle, gefragt, ob er ein neues Altarbild für die Kirche malen wollte. Die Stadt hätte jetzt schließlich ihren eigenen Maler. Das sollte auch in der Kirche zu sehen sein. Carl empfand es als Auszeichnung und begann sofort mit einer Skizze.

Während er arbeitete, geschah etwas Merkwürdiges: Ein Wiedergänger schien in seinen Gemälden aufzutauchen. Carl wusste sofort, um wen es sich handelte. Es war die Gestalt am Rande des Meeres, mit dem auf den Horizont gerichteten Blick, die er nie hatte malen können. Nun stand sie dort, wo Jesus hätte stehen sollen.

Die alte Altartafel zeigte Jesus während der letzten durchwachten Nacht im Garten Gethsemane. Die Tafel hatte zwei Flügel vom selben, längst vergessenen Maler. Die Flügel zeigten Johannes und den treulosen Petrus, beide grau und leblos, als hätte man sie nach Skulpturen gemalt. Und tatsächlich verhielt es sich auch so – ihre Vorbilder waren Thorvaldsens Apostel aus der Vor Frue Kirke in Kopenhagen. Throlle hatte beschlossen, sie hängen zu lassen.

Das Motiv für das Altarbild hatte Carl selbst vorgeschlagen: Jesus beruhigt den Sturm auf dem See Genezareth. Er hatte ja Erfahrung in der Darstellung des Meeres, und Marstal war eine Stadt der Seeleute. Nun sollte sich die Besonderheit des Orts im Kirchenschiff widerspiegeln. Carl wollte die grundsätzliche Problematik im Leben der Einwohner schildern: das aufgewühlte Meer. Wenn Marstals Bürger zum Gottesdienst kämen, sollten sie sich selbst begegnen, ihrer eigenen Furcht, dem jederzeit drohenden Tod in den aufgewühlten Wogen. Jesus war nicht nur ein Erlöser, sondern ihr Retter.

Ihre eigenen verklärten Gesichter sollten sie grüßen, wenn sie eintraten und das Kirchenschiff durchquerten. Das mächtigste Element, das sie kannten, das Meer, besiegt von einer noch gewaltigeren Kraft. Nicht die Stärke einer wilderen und brutaleren Naturkraft als die der Wellen, sondern von einer Kraft, die aus ihrem Innern kam. Der Glaube konnte die Kräfte der Natur nicht brechen, doch der Glaube konnte jene Angst besiegen, die die Marstaller in ihrem Geist nährten.

Einen Augenblick stellte er sich vor, sein Gemälde wäre auch ein Geräusch. Würde man das gewaltige Brausen des Meeres hören, wenn man davor stand? Nein, Stille sollte von seinem Altarbild ausgehen, ein seelischer Meeresblick, der sich nur einstellte, wo der Glaube herrschte.

Noch gab es diesen künstlerischen Antrieb, den Traum, das Innerste des Menschen zu finden. Carl gestand es sich nie ein, aber genau das wollte er mit seiner Altartafel erreichen. Die Seele der Marstaller hatte er bisher nicht finden können. Jetzt wollte er sie hervorlocken.

Und nun kam dieser Wiedergänger und stahl sein Altarbild.

Er malte Jesus im Profil, und das war sein Fehler. Damit lud er den Wiedergänger ins Bild ein. Das Boot schwamm beigedreht auf dem Wasser, halb seitlich zum Betrachter, der Steven zeigte in die entgegengesetzte Richtung. Jesus stand als dunkle Seitenansicht im Bug und streckte beschwörend die Hände aus. Der Glorienschein um seinen Kopf wurde vom Sonnenaufgang hinter ihm verstärkt. Die Strahlen der Sonne brachen fächerförmig durch eine Schicht von Stratus-, Kumulus- und Nimbuswolken, die sich übereinander türmten und schließlich in Zirruswolken ausliefen. Er hatte die verheißungsvolle Paradiesmauer gemalt.

In allen Richtungen erhoben sich Wellen als schäumende Berge, sodass der Horizont vollkommen unkenntlich blieb. Das schwer beladene Boot, dessen Reling sich beunruhigend nah am Wasser befand, war voller verzweifelter Menschen, die Jesus flehentlich die Hände entgegenstreckten oder sich mit einem entsetzten, Hilfe suchenden Gesichtsausdruck dem Betrachter zuwandten – als wäre ihre Not viel zu groß, um sie in einem Bild beschreiben zu können.

Jesus drehte ihnen den Rücken zu. Er schien weniger den Sturm zu beruhigen als in ein Gespräch mit den Wellen vertieft zu sein – als wäre er Teil einer neuen Dreifaltigkeit des Glaubens, bei dem das Meer den Vater ersetzte. Es sah aus, als würde Jesus das Meer um Rat fragen, anstatt es zu beherrschen.

Throlle machte ihn darauf aufmerksam, als er sich auf Carls Einladung den ersten Entwurf ansah.

»Sie dürfen mich nicht missverstehen«, sagte der Pastor, nachdem er lange vor der Leinwand auf und ab gewandert war. Er blieb mit den Händen auf dem Rücken vor Carl stehen, wobei er zu Boden blickte, als wäre es ihm unangenehm, die Schlussfolgerung, zu der er gekommen war, zu äußern.

»Ich bin sehr glücklich über Ihre Idee. Es ist ja gewissermaßen eine Auftragsarbeit, aber dennoch bin ich sehr dafür, dass Sie bei der Umsetzung des Motivs freie Hand haben. Die künstlerische Qualität dessen, was Sie hier geschaffen haben, will ich überhaupt nicht anfechten.«

Er zögerte, und Carl wusste, dass nun das Urteil gesprochen wurde.

»Ich spreche also nicht als Kunstkritiker zu Ihnen. Das würde ich nie wagen. Sondern als Seelsorger. Ich weiß ja, dass Sie selbst gläubig sind.«

Carl nickte.

»Verzeihen Sie mir, Rasmussen, aber in Ihrem Bild kann ich

den Glauben nicht finden. Ich sehe Angst und Panik. Ich sehe Zweifel. Aber die Abgeklärtheit des Glaubens sehe ich nicht.«

Für Carl bedeutete das Urteil beinahe eine Erleichterung. Als würde Throlle ihn mit seinen Worten erlösen. Er wusste es doch selbst genau. Er hatte es nur hören wollen. Es gab einen Wiedergänger in seinem Bild, der vertrieben werden musste, und die Worte des Pastors halfen ihm dabei. Ohne zu zögern, entschloss er sich, die Skizze zu vernichten und mit einer neuen Idee zu beginnen.

»Ich frage nur aus Neugierde«, sagte Throlle, »aber haben Sie lebende Modelle eingesetzt?«

»Nein, ich schuf einige Menschentypen, von denen ich meinte, sie wären der Situation angemessen.«

Er sah die Schwachstellen. Jesus – kaum mehr als eine dunkle Silhouette. Auch die aufgeregten Apostel befanden sich im Schatten. Er war so sehr mit der Suche nach der Seele beschäftigt gewesen, dass er den äußeren Eindruck vergessen hatte.

Der Pastor war zu höflich, um mehr zu sagen. Beide standen sie schweigend vor der Leinwand, als Carl plötzlich eine Idee kam.

»Ich glaube, ich werde lebende Modelle hier aus der Stadt nehmen«, erklärte er mit neuem Optimismus in der Stimme.

»Auch für Jesus?«, fragte der Pastor.

»Auch für Jesus.«

Er hatte keine Zeit gehabt, um diese neue Idee zu durchdenken. Nun wollte er konsequent sein.

»Ist das ratsam? Immerhin ist Jesus Gottes Sohn.«

»Aber er wurde von einer Frau geboren. Er ist auch ein Mensch.«

»Sie haben recht. Und wie gesagt: Sie haben freie Hand.«

»Das menschliche Äußere«, dachte er später. »Jetzt male ich nur das menschliche Äußere. Der Rest muss sich allein einstellen. Und der Wiedergänger wird nicht wieder eingeladen.«

Ein paar Seeleute hatte er bereits ausgesucht. Bisher hatte ihn irgendetwas zurückgehalten, doch nun hatte er eine gute Entschuldigung, um sie zu bitten, ihm Modell zu sitzen. Mit Jesus verhielt es sich allerdings schwieriger. Die Seeleute zeichnete eine Robustheit aus, die zu Jesus nicht passte. Carl ging durch die Straßen und musterte die Gesichter. Er sah sich während des Gottesdienstes in der Kirche um. An Ende der Messe stellte er sich neben Throlle an die Tür. Wie immer defilierten überwiegend Frauen an ihnen vorbei.

Carl begann, in die Wirtshäuser zu gehen, um nach Jesus zu suchen. Der Gedanke hatte ihm zunächst widerstrebt. Aber dann dachte er sich, dass Jesus mit Zöllnern und Sündern verkehrte. Wollte er besser sein als der Erlöser?

Er fand ihn in einem Wirtshaus in der Kongegade, direkt gegenüber der Kirche. Der Bart des Wirts fesselte seinen Blick, ein geteilter Bart, der ihm in zwei Zungen über die Brust fiel. Das schmale Gesicht des Wirts wurde von einer geraden Nase und klaren Augen veredelt. Die kurzen Haarstoppeln standen aufrecht in der Luft. Eine derartige Frisur konnte Jesus natürlich nicht tragen, hier musste er etwas ändern. Schon bald fand Carl heraus, dass Jesus Wesen nicht seinem Äußeren entsprach.

Als Carl sich vorstellte, erwiderte der Wirt nichts. Verblüffung beherrschte seinen Blick. Solche Gäste war er in dem engen, niedrigen Lokal voller Tabakqualm nicht gewohnt, in dem L'hombre spielende Männer lärmten, die ihre Karten auf den Tisch knallten und sich lautstark über den Einsatz stritten.

»Wünschen der Herr etwas zu trinken?«, erkundigte sich der Wirt schließlich höflich.

Carl schüttelte den Kopf. Dann brachte er sein Anliegen vor. Der Wirt, der auf den Namen Johan Lorentzen Reimer hörte, schien völlig unbeeindruckt, als wäre es eine geradezu alltägliche Angelegenheit, dass er von jemandem gebeten wurde, als Jesus Modell zu sitzen.

»Das kostet fünfundzwanzig Øre die Stunde«, sagte er.

Carl stutzte. Er hatte Verlegenheit oder stumme Überraschung erwartet, vielleicht sogar Demut oder ein frommes Nein, aber nicht diesen trockenen, geschäftsmäßigen Ton. Selbstverständlich konnte er den verlangten Betrag bezahlen, obwohl er für das Altarbild kein Honorar vereinbart hatte. Er malte die Tafel als Geschenk an die Stadt und war der Ansicht, dass es hier ums Prinzip ging. Carl erläuterte dem Wirt, der ihm wortlos zuhörte, seine Haltung. Als Carl seinen Vortrag beendet hatte, schaute er den Wirt abwartend an.

»Es kostet fünfundzwanzig Øre die Stunde«, sagte Reimer.

Carl breitete resignierend die Arme aus.

»Nun denn, dann soll es wohl so sein, wenn Sie wirklich kein größeres Verständnis für diese Angelegenheit aufbringen.«

Reimer schien die Bemerkung zu überhören und ging hinter den Tresen, wo er ein Rechnungsbuch hervorholte. Er notierte sich den Tarif.

»Sie dürfen sich mit der Bezahlung ruhig Zeit lassen«, sagte er und schloss das Buch wieder.

Und noch bevor Carl protestieren konnte, hatte der Wirt nach einer Flasche bayerischem Bier gegriffen und sie geöffnet. Er schenkte zwei Gläser ein.

»Stoßen wir an, auf die Altartafel.«

Carl wollte nicht unhöflich sein und hob das Glas mit einem widerstrebenden Gruß.

»Tja, eigentlich bin ich nicht sonderlich fromm«, sagte Reimer. »Wie Sie sehen, betreibe ich ein Wirtshaus. Ich mach auch Musik. Also keine Kirchenmusik, obwohl es schon vorgekommen ist, dass der Organist mich gebeten hat, ihm zur Hand zu gehen. Eigentlich eher auf Festen. Ich spiele alles ein bisschen, aber am besten gefällt mir der Bass. Die Leute nennen mich Brummbass. Gelernt habe ich Schreiner, aber man muss ja leben. Zeichnen kann ich übrigens auch.«

Er stand auf und verschwand durch die Hintertür in eine Schreinerwerkstatt. Kurz darauf kam er mit einer Papierrolle unter dem Arm zurück. Er faltete einen der Bögen auseinander und legte ihn auf den Tisch, wo das Papier sofort von einer Bierpfütze durchweicht wurde. Er ließ sich nicht davon stören. Carl starrte auf die Zeichnung. Es handelte sich um ein Selbstporträt, und die Ähnlichkeit war nicht nur verblüffend. Reimer hatte Jesus in seinem eigenen Gesicht gefunden. Diesen Jesus sah Carl vor sich, wenn er sich vor seinem inneren Auge die Altartafel vorstellte.

Vermutlich hatte Reimer vor einem Spiegel gesessen, aber er hatte nicht das gezeichnet, was er sah. Er hatte sein Innerstes gezeichnet. Carl starrte den Wirt an. Er begriff, dass das Gesicht, das er ihm bisher gezeigt hatte, nur eine Farce war, und dass sich hinter dem leichtfertigen Gerede und der unverschämten Honorarforderung ein ernsthafter und suchender Mensch verbarg.

Das Porträt hatte ein ungebildeter Mensch gezeichnet, der nie den langen, beschwerlichen Weg mit Zeichenlehrern und Akademie gegangen war, um sein Können zu erwerben, und doch war er Carl ebenbürtig.

»Wieso starren Sie mich so an?«

»Nun ja, es ist verblüffend. Ihr Talent ist ganz außergewöhnlich.«

»Was? Ach so, Sie meinen die Zeichnung. Ha, ha, ha, ja, ich kann halt alles ein bisschen. Ich bin so 'ne Art Tausendsassa. Ich kann auch Kartentricks. Wollen Sie mal sehen?«

»Sie glauben doch an Gott?«, stammelte Carl. »Glauben Sie an die Unsterblichkeit der Seele?«

»Der Seele? Was ist denn das für ein Kerl?«

Reimer hatte ein Kartenspiel geholt und legte es auf den Tisch.

»Ziehen Sie eine Karte«, sagte er, »egal welche. Sie werden schon sehen.«

Nach einigen Wochen hatte Carl auch die übrigen Modelle gefunden, die er für sein Bild brauchte. Er hatte beschlossen, nur vier der Apostel zu zeigen. Bei allen handelte es sich um Skipper mit kräftigem, gewelltem Haar und dichten Vollbärten. Äußerlich entsprachen sie einigermaßen den Vorstellungen über die Bewohner Palästinas zur Zeit Jesu. Natürlich hatten die Skipper keine so dunkle Hautfarbe und sahen auch nicht sonderlich semitisch aus, aber einige von ihnen hatten zumindest schwarze Haare und braune Augen. Besonders dänisch sahen sie jedenfalls nicht aus. Carl ließ Gewänder für sie nähen und drapierte wollene Decken über ihren Schultern. Sie zierten sich. Man sah, dass ihnen die Umstände unangenehm waren.

»Wieso suchen Sie sich nicht ein paar Weiber?«, wurde Carl von Skipper Eschen gefragt, seinem Nachbarn in der Teglgade.

Carl plauderte mit ihnen, damit sie seinen Blick vergaßen, der auf der Jagd nach brauchbaren Details ruhelos über sie hinwegglitt. Wenn er sich auf die Gesichter konzentrierte oder sie aufforderte, sich umzugruppieren, damit der Lichteinfall sich veränderte, erstarrten sie und sahen aus wie Patienten, die auf der Bahre liegen und auf das Messer des Arztes warten. Er bat sie, ihre Hände zu falten und mit einem flehenden Gesichtsausdruck nach oben zu blicken. Pflichtschuldig grimassierten sie, und Carl bemerkte, dass sie die peinliche Situation zu überspielen versuchten, indem sie ihr Mienenspiel übertrieben und herumalberten.

»Ja, tut mir leid, Rasmussen«, sagte Fritjof Pedersen eines Tages, als er Carls Unzufriedenheit bemerkte. »Aber ich bin schließlich keiner von diesen Bauernfängern. Wie heißen die noch? Schauspieler?«

»Versuchen Sie, einfach nur geradeaus zu sehen. Und halten Sie Ihre Hände gefaltet vor sich.«

Fritjof Pedersen tat, was man ihm sagte. Sein Gesicht erstarrte vor Feierlichkeit. Sein Porträt machte Fortschritte, doch Carl wurde klar, dass es eher wie eine russische Ikone aussah, nicht wie die realistische Beschreibung eines Menschen in Not.

»Ich glaub nich', dass ich in den Himmel komm«, sagte Johannes Hay aus der Færgestræde. Carl hatte ihm gerade auf der Skizze gezeigt, an welcher Stelle er in dem so schwer in der See liegenden Boot platziert würde.

Hay war nicht nur der Hübscheste der Männer, sondern auch derjenige mit der reichsten Mimik. Carl glaubte, einen Ausdruck von echter Frömmigkeit in dem aufwärts gerichteten Gesicht eingefangen zu haben, das inmitten des Unwetters den stehenden Christus anflehte. Daher hatte er Hay auch im Steven des Bootes untergebracht, direkt neben Christus. Die anderen bildeten den Hintergrund. Hay hatte im Namen der Besatzung um Erlösung zu flehen. Durch ihn sollte die Gemeinde in der Kirche dem Erlöser zugeführt werden.

»Wie kommen Sie denn auf diesen fürchterlichen Gedanken?«, fragte Carl.

»Na ja, ich hab nun mal den Eindruck, dass nur Feiglinge in den Himmel kommen.«

»Feiglinge?«

»Sie müssen nich' glauben, dass ich nich' Angst haben könnte, das kann ich sehr wohl. Aber vor dem büschen Meer, das Sie da aufs Bild gemalt haben, würde ich mich nich' bange machen lassen. Und den Sturm da hätt' ich auch selbst abgeritten. Dabei hätt' Jesus mir nich' helfen brauchen.«

»Haben Sie Christus' Hilfe noch nie nötig gehabt?«

»Ja, vielleicht schon. Aber zum Teufel, nich' wenn ich auf Deck steh. Ich hab mir nie was aus Seeleuten gemacht, die zu fromm waren. Tja, Rasmussen, vergeben Sie mir, aber ich hab den Verdacht, dass Sie Ihr'n Kram nich' ordentlich können.«

Reimer erwies sich als der Schwierigste von seinen Modellen. Wenn er kam, hatte er sich das kurz geschnittene Haar mit Wasser gebürstet, dass es senkrecht in der Luft stand. Der gewaltige Bart war sorgfältig gekämmt und bedeckte die ganze schmächtige Brust. Ständig verließ er seine Position und kam zu Carl, um sich den Fortschritt der Arbeit anzusehen. Es war Carl unangenehm, ihn neben sich stehen zu haben; und sich selbst gegenüber musste er eingestehen, dass er Reimers Urteil fürchtete. Vielleicht dachte sich Reimer, dass er selbst es besser könnte? Oder noch schlimmer: Wusste er es möglicherweise sogar instinktiv?

Der Wirt hatte das Geschick eines geborenen Malers. Eventuell hatte er sogar dessen kritischen Blick, wenn es um die Werke anderer ging. Immerhin stand ihm aber nicht der Wortschatz eines Künstlers zur Verfügung. Meist kam nur Unfug aus seinem Mund.

»Ah ja, meine Frisur darf ich also nicht behalten«, stellte er beispielsweise fest. »Stattdessen kriege ich lange Weiberhaare. Wenn unsere Mutter sich ihr Nachthemd anzieht und den Haarknoten löst, dann sieht's genauso aus.

Hm, dann passt der Bart ja wohl auch nicht. Der ist vermutlich zu lang. Soll ich ihn abschneiden lassen?«

Carl schüttelte den Kopf. »Das klären wir mit dem Pinsel.«

»Ja, Sie hätten Friseur werden sollen«, erwiderte der Wirt, und Carl wusste nicht, ob Hohn in der Stimme mitschwang.

Manchmal brachte Reimer seine Spielkarten mit und wollte ihm Kunststücke zeigen.

»Recken Sie den rechten Arm in die Luft«, bat Carl ihn irritiert.

Jesus sollte im Steven des Bootes stehen und den Arm in einer beschwörenden Geste heben.

»Und spreizen Sie Zeigefinger und Daumen. Ich bezahle Ihnen fünfundzwanzig Øre in der Stunde. Dafür müssen Sie tun, was ich Ihnen sage.«

Reimer ließ mit einer raschen Bewegung die Karten im Ärmel

seines Gewands verschwinden. Demonstrativ hob er den Arm, als wollte er eine Pistole abfeuern.

»Nicht so hoch«, sagte Carl.

Reimer stammte nicht von der Insel. Man konnte es seinem Dialekt anhören, und als Carl sich erkundigte, erzählte er bereitwillig seine Geschichte. Er kam von der Insel Als und war gebürtiger Däne. Die Widrigkeiten der Zeit hatten ihn Deutscher werden lassen, als die Deutschen Als nach der dänischen Niederlage von 1864 besetzt hielten. Jetzt war er wieder Däne.

»Und schuld daran ist der Kaffee«, sagte er und in seine Augen trat dieses Glitzern, das einen seiner Scherze ankündigte.

»Wie das denn?«, wollte Carl wissen.

Reimer hatte mit seiner spitzbübischen Art die Neugier des Gegenübers geweckt.

»Es lag an meiner Mutter«, sagte Reimer. »Eines Tages kam sie gerannt, als wär der Teufel hinter ihr her. ›Jetzt zieh'n die Deutschen gegen die Franzosen in den Krieg!‹, schrie sie. Das hatte sie in der Zeitung gelesen. ›Johan, du musst abhauen, sonst kommen sie und holen dich zu den Soldaten, und dann bekomme ich keine Enkelkinder.‹ Also musste ich weg. Sie packte mir etwas zu essen ein, und ich lief den ganzen Weg von Neder Tandslet bis Mommark. Dort lag eine Jagt im Hafen. Ich wusste nicht so genau, was ich machen sollte, als ich eine Stimme sagen hörte: ›So, der Kaffee ist fertig.‹«

Reimer ahmte den Marstaller Dialekt nach.

»Da wusste ich, wohin sie wollten, ich ging an Bord und meldete mich. ›Was willst du spilleriger Kerl?‹, hat mich der Skipper gefragt. ›Ich bin ein entflohener deutscher Soldat‹, habe ich geantwortet. Sie befühlten meine Muskeln, grinsten und erklärten, dass ich wohl eher ein ausgemusterter deutscher Soldat wäre. ›Willst du'n Schluck Kaffee?‹, wurde ich gefragt. ›Nein danke‹, erwiderte ich. ›Ich hätte lieber'n Bier.‹ So wurde ich wieder Däne.«

Eines Tages brachte der Wirtshausbesitzer eine Klarinette mit.

»Es ist auf Dauer so langweilig«, erklärte er. »Wir brauchen ein bisschen Musik.«

Er setzte die Klarinette an den Mund.

»Nun lach schon, Malermann«, sagte er und stampfte den Takt mit dem Fuß.

Carl konnte nicht anders, er musste lachen. Er erkannte die Melodie und sang die erste Strophe.

»Eva lässt sich überreden,
Äpfel klau'n im Garten Eden.«

Er schlug mit dem Pinsel den Takt der Musik. Dann ließ er ihn sinken und schaute auf die unfertige Leinwand vor sich.

»Halt«, sagte er.

Nach einer Stunde war es Zeit für eine Pause.

»Darf ich Sie bitten, mir einen Gefallen zu tun?«, fragte Reimer. »Könnten Sie nicht dort vor Ihrer Leinwand stehen bleiben. Dann zeichne ich eine Skizze von Ihnen, wenn Sie mir ein Blatt Papier und einen Bleistift leihen würden.«

»Das kostet fünfundzwanzig Øre die Stunde«, antwortete Carl.

Sie lachten beide.

Carl arbeitete eine Weile an Jesu Gewand, dem er eine intensive rote Farbe gab. Der togaähnliche Überwurf, der von der linken Schulter drapiert herabhing, wurde blau, der Rest des Bildes düster und dunkel. Die beiden Farben leuchteten unter dem blassen Gesicht von Jesus geradezu in der Farbenpracht Raphaels. Ein bisschen hatte er doch von der Reise nach Italien profitieren können. Er wollte einen Kontrast zu den leblosen Porträts von Petrus und Johannes auf den Altarflügeln schaffen. Sie waren ja nichts anderes als blasse Huldigungen an Thorvaldsens Genie.

Aber ging es nicht jedem Künstler darum, seine eigene Auslegung des Erlösers zu finden, seinen eigenen Christus zu schaffen? Daher wagte er es, nach einem lebenden Modell zu malen. Und doch sah er vor seinem inneren Blick ständig Thorvaldsens Christus, dieses erhabene und eindringliche Gesicht voller Trauer und Trost zugleich. Er spürte es jedes Mal wie ein Zittern in der Hand, wenn er sich mit dem Pinsel Jesus Gesicht näherte. Thorvaldsen erdrückte ihn mit einer vererbten Last.

Jeder Pinselstrich bedeutete eine Wahl zwischen Thorvaldsens und Reimers Gesicht, bei dessen Anblick Carl ohnehin nicht sicher war, ob er es verstand oder hindurchsehen konnte.

Bisweilen wurde er von dem Drang gepackt, den Wirt um sein von Bierflecken besudeltes Selbstporträt zu bitten, nur um es zu kopieren. Aber das hätte Betrug bedeutet. Selbstbetrug. Außerdem würde es ihm vermutlich nicht gelingen. Er musste seine eigene Version des Jesus schaffen, und er spürte, wie sich das Zittern der Hand in seiner Seele fortsetzte, wo es zu lähmendem Zweifel wurde.

Carl wurde in diesen Gedanken von Reimer unterbrochen, der von seinem Skizzenblock aufsah.

»So, ich bin fertig«, sagte er und legte den Zeichenblock auf den Boden.

Carl hob den Block auf, Reimer stand bereits mit der Klarinette unter dem Arm an der Tür.

»Die Arbeit wartet«, sagte der Wirt in dem beiläufigen Ton, in dem er stets sprach; als ob er eine Melodie pfiff, während er mit den Gedanken ganz woanders war.

»Ich danke für die Stunde.«

Er ging, ohne Carls Reaktion auf die Zeichnung abzuwarten. Carl sah sie sich an. Reimer hatte etwas erfasst. Er hatte viel zu viel erfasst. Carl sah das Zittern seiner Seele in dem Porträt. In seinem Gesicht entdeckte er Konzentration, aber auch große Unsicherheit. Reimer hatte sein Suchen gesehen. Reimers Porträt erinnerte Carl an das Selbstporträt, das er als junger Mann von sich gezeichnet hatte; die Erinnerung löste in ihm keine Freude oder Sehnsucht aus, eher Irritation. Dieses ewige Suchen. Sollte er denn nie festen Grund unter die Füße bekommen?

In einem plötzlichen Anfall zerknüllte er die Zeichnung und warf sie auf den Boden. Gereizt ging er auf und ab, dann bückte er sich, beschämt über sich selbst, und hob das zerknitterte Blatt auf. Er glättete es sorgfältig und hängte es zu seinen eigenen Entwürfen und Skizzen an die Wand.

Kurz darauf erschien Anna Egidia im Atelier, um ihm mitzuteilen, dass das Abendessen fertig sei. Sie blieb eine Weile vor seiner Leinwand stehen, ohne etwas zu sagen.

»Kommst du voran?«, fragte sie schließlich.

Es war nicht die Frage, die er hören wollte.

»Ein schwieriger Bursche«, erwiderte er kurz angebunden.

Sie drehte sich um und wollte gerade das Atelier verlassen, als ihr Blick auf Reimers Porträt fiel.

»Na so etwas«, sagte sie und schlug die Hände zusammen. »Da hast du dich aber gut getroffen. Du siehst genauso aus, wie ich dich aus der Zeit, als ich ein kleines Mädchen war, in Erinnerung habe.«

Sie kam zurück und strich ihm liebevoll über die Wange.

»Denk jetzt nicht, dass ich dich für alt und traurig halte. Aber welche Glut diese Zeichnung hat!«

In ihrer Stimme lag ein Schwärmen, das er lange nicht mehr gehört hatte.

»Ich weiß, wie sehr du kämpfst. Ich bin so stolz auf dich.«

Sie trat dicht an ihn heran und griff nach seinen Händen. Er wandte den Blick ab. Vorsichtig drückte sie seine Hände, aber Carl reagierte nicht. Dann ließ sie los und ging zur Tür.

»Das Essen wird kalt«, erklärte sie.

Es war nicht so, dass Carl Interesse an Leonora Charlotte Camradt, der neunzehnjährigen Tochter des Apothekers von Ærøskøbing, zeigte, obwohl sie es behauptete. Verliebt hatte er sich in Fräulein Camradts Hände; und er verliebte sich in diese Hände, wie ein Maler sich eben in sein Motiv verliebt, egal, ob es sich um ein Stillleben, eine Landschaft oder den Lichteinfall durch ein Fenster handelte.

In der Apotheke hatte Carl sich eine Medizin für seinen maladen Magen besorgt. Das Pulver bestand in gleichen Teilen aus Kalomel und Rhabarberwurzel, und Fräulein Camradt hatte ihn bedient. Als sie mit der kleinen Tüte in der Hand vor ihm stand, waren ihm Zweifel gekommen, ob das Pulver die richtige Mischung enthielt.

»Entschuldigen Sie«, bat er, »darf ich mal das Etikett sehen?«

Er beugte sich hinunter zu der Tüte, die die Apothekertochter in den Fingern hielt. Statt die Aufschrift des Etiketts begann er, sich ihre Hand näher anzusehen. Sie hatte wunderbar lange schlanke Finger und einen sehr fein geformten Handteller. Sanft fasste er nach ihrem Handgelenk und drehte die Hand mit der Tüte. Er sah die blassrosa schimmernden perlmuttfarbenen Nägel, die Glieder, die sich in der Mitte ihrer eleganten Finger nicht verdickten, die Knochen, die so diskret von der zarten Haut gepolstert wurden, dass sie in keiner Weise hervorstachen, die feine Rundung der Handoberfläche, eine unwiderstehliche weibliche Anmut, zart und doch aufreizend – während seiner intensiven Betrachtung übermannte ihn eine Inspiration.

»Herr Rasmussen«, sagte Fräulein Camradt.

Er wachte regelrecht auf.

»Ich war ein wenig abgelenkt«, entschuldigte er sich.

Eigentlich hatte Reimer Schuld. Auch seine Hände waren schlank und hübsch für einen Mann. Sie passten zu seinem schmächtigen und doch sehnigen Körper. Aber er hatte nicht Fräulein Camradts Hände. Er hatte die Hände eines Arbeiters, harte Handflächen, flache, dicke Fingerkuppen. Jesus war Zimmermann, Reimer Schreiner. Aber Carl malte keinen Zimmergesellen; es ging ihm um die Seele, um Erlösung und Hoffnung. Hoffnung und Erlösung hatten eben Hände wie Fräulein Camradt.

Diese Inspiration überkam ihn, als er sich über die Tüte mit dem abführenden Pulver beugte.

Er hatte Jesus Hände gefunden.

Gerade in den letzten Tagen hatte Carl mit dem Wirtshausbesitzer immer wieder exerzieren müssen.

»Die Hand hoch!«, kommandierte er, und Reimer hob die Hand und krümmte den Zeigefinger um den unsichtbaren Abzug einer Pistole.

»Nein, nicht so!«

Und dann erklärte er ihm zum hundertsten Mal, dass er Zeigefinger und Daumen spreizen und die übrigen Finger an die Handfläche legen sollte.

Nun konnte er sich überhaupt nicht mehr auf den Schreiner konzentrieren. Stattdessen sah er Fräulein Camradt vor sich. Als Carl das nächste Mal nach Ærøskøbing kam, ging er in die Apotheke und fragte, ob sie ihm Modell sitzen wollte. Sie sah ihn überrascht an und errötete. Sie musste ihren Vater fragen. Theodor Camradt kam ins Ladenlokal und lud Carl ins Hinterzimmer ein, das voller Waagen, Gewichte, Kolben, Dreifüße und Mörser stand.

»Es ist doch wohl nichts Unanständiges?«, erkundigte sich der Vater.

Carl erklärte, es wäre für das Altarbild.

Der Apotheker runzelte die Brauen. »Waren denn während des Sturms auf dem See Genezareth Frauen an Bord?«

»Christus' Hände«, sagte Carl.

Ihm war klar, dass Theodor Camradt nichts verstand. Aber

er saß hier mit der Billigung des Pastors, und das genügte dem Apotheker. Schließlich waren sie alle gebildete Menschen. Sie gehörten demselben Stand an. Im Grunde handelte es sich doch um ein schmeichelhaftes Angebot.

Fräulein Camradt saß Carl einmal in der Woche Modell, eine fröhliche und offene junge Frau. Sie erzählte, dass ihr Vater sie noch immer wie ein Kind behandelte. Der Apotheker nannte sie Himmelskind oder Engelsauge.

»Können Sie sich das vorstellen!«, entfuhr es ihr; sie sah Carl bittend an, als hätte sie Angst, dass er diese Angewohnheit übernehmen könnte. »Sie müssen mir versprechen, dass Sie mich Leonora nennen. Darf ich Sie dafür Carl nennen? Sie haben so viele Vornamen, aber ich denke, diesen Namen hören Sie bestimmt am liebsten.«

Er nickte, und seine Wangen glühten bei dieser unerwarteten Intimität. Mühsam beherrschte er den Drang, sie Engelsauge zu nennen. Er würde etwas anderes damit meinen als ihr Vater.

»Tischler Reimer bekommt meine Hände?«, fragte sie.

»Nein, Jesus bekommt Ihre Hände.«

Sie errötete und knickte kichernd ein, sie musste ihr Gesicht hinter den Händen der Erlösung und der Hoffnung verbergen. Gern hätte er Fräulein Camradt so gemalt. Mit entblößtem Nacken und aufgestecktem Haar, das sich in winzigen feuchten Locken um die graziöse Rundung ihres weißen Nackens ringelte. Gern hätte er gemalt, wie ihr Blick auf einer Blume verweilte, mit Licht, das schräg auf die Hände fiel, die in ihrem Schoß ruhten, oder am Strand, mit der hellvioletten Sonne eines Sommerabends, die langsam hinter dem Horizont untergeht. In unzähligen Posituren hätte er Fräulein Camradt gern gemalt.

Aber er musste sich mit ihren Händen begnügen.

»Ich komme nicht mehr«, sagte Reimer zwei Tage nach Fräulein Camradts zweitem Besuch.

»Meine Hände müssen mit aufs Bild. Entweder erscheine ich als Ganzes oder gar nicht.«

Johannes Hay erklärte dasselbe.

»Ich will nich' dasitzen und die Hände eines anderen falten. Das kann nich' recht sein.«

Sie hatten miteinander gesprochen. Die Geschichte mit den Händen machte die Runde in der Stadt.

Schlimm war, dass eine Ærøskøbingerin für ein Altarbild Modell saß, das in der Kirche von Marstal hängen sollte. Noch schlimmer allerdings war, dass es sich um die Tochter des Apothekers handelte. Theodor Camradt galt als Feind der Stadt. Seit Jahren hatten die Marstaller eine Genehmigung für eine eigene Apotheke beantragt, und jedes Mal hatte Camradt sich mit dem Gesundheitskollegium verbündet und dafür gesorgt, dass der Antrag abschlägig beschieden wurde. In Marstal wohnten dreimal so viele Menschen wie in Ærøskøbing. Es waren sechsmal so viele Schiffe registriert, und alle benötigten einen gewissen Vorrat an Medizin, falls die Besatzung verunglückte oder krank wurde. Camradt würde Pleite gehen, wenn er all diese Kunden verlor. Daher mussten die Marstaller jedes Mal, wenn sie die Gicht plagte, sie an Verstopfung litten oder Kopfschmerzen hatten, die knapp zwei Meilen bis Ærøskøbing gehen, reiten oder segeln. Und daran hatte Theodor Camradt Schuld. An ihn würden sie denken, wenn sie vor dem Altarbild in der Marstaller Kirche säßen und ihr Blick auf Christus' Hände fiel. Statt sich zu öffnen und die Erlösung anzunehmen, würden sich ihre Herzen mit Bitterkeit füllen.

Jesus hielt seine linke Hand ausgestreckt in einer waagerechten Position, als wollte er das aufgewühlte Meer besänftigen. Carl malte die Hand stark und maskulin. Es war die Hand des Schreiners in einer kräftigeren Version. Er lud Reimer zu Verhandlungen in sein Atelier.

»Sieh hin«, sagte er, »das ist deine Hand.«

»Das ist nur die Linke«, erwiderte Reimer. »Das ist nicht genug. Ich will auch die Rechte. Ich will, was mir gehört.«

Anna Egidia gab dem Schreiner recht, möglicherweise allerdings aus anderen Gründen.

»Ich bin der Künstler«, sagte Carl, »ich habe das Recht zu tun, was ich will.«

»Wir wollen auch künftig hier wohnen«, gab Anna Egidia zu bedenken. »Es nützt nichts, wenn wir die ganze Stadt gegen uns haben.«

Er trat einen Bußgang zu Fräulein Camradt an.

»Sie werden nicht mehr Modell sitzen«, erklärte er. »Es tut mir leid.«

Sie sah zu Boden, und er wusste nicht, ob es aus Erleichterung oder Bedauern geschah.

»Warum?«, fragte sie.

»Die Apostel haben sich aufgelehnt. Sie fürchten, dass ich ihnen allen ihre Hände nehme.«

Die Modelle kehrten zurück. Sie nahmen ihre Positionen wieder ein, Reimer mit erhobener Hand, Hay mit gefalteten Händen auf Knien, Pedersen mit dem Gesicht im Schatten. Ihr Selbstbewusstsein war größer denn je. Sie spürten, dass sie das Besitzrecht an der Tafel erworben hatten. Und wirklich unrecht hatten sie nicht. Das Bild sollte ja trotz allem über dem Altar ihrer Kirche hängen.

Carl malte an der fatalen rechten Hand. Er hatte sich etwas in den Kopf gesetzt. Er tat so, als würde er mit einem Auge Maß an Reimers Hand nehmen. Der Wirt krümmte nun nicht mehr den Finger am Abzug. Ganz von allein nahm er die korrekte Position ein. Er brachte auch keine Karten oder störenden

Musikinstrumente mehr mit. Er war zum idealen Modell geworden.

Doch Carl malte nicht seine Hand. Es war die Hand Fräulein Camradts, diese weiche, einladende Rundung der Ballen in der Handfläche, diese schlanken Finger, diese kleinen blassrosafarbenen Perlmuttnägel. Er konnte sie nicht vergessen.

Er hatte Fräulein Camradts Seele in ihrer Hand gefunden, und er gab sie weiter an Jesus. Genau hier ließen sich die Erlösung und die Hoffnung auf der Altartafel von Marstals Kirche finden.

Reimer trat an die Leinwand und musterte das Resultat. Er kratzte sich an der Wange. Er war offensichtlich unsicher. Aber er sagte nichts.

Carl verlor den Kampf um Jesus Gesicht. Er konnte Reimers Seele nicht malen, und so malte er stattdessen Thorvaldsens Christus, wie er ihn aus der Vor Frue Kirke kannte. Er malte Jesus so, wie die Maler ihn zu allen Zeiten dargestellt hatten.

Pastor Throlle äußerte sich anerkennend. »Jetzt passt er auch gut zu Johannes und Petrus auf den Flügeln«, sagte er.

Carl nickte.

Aber die Schmeichelei traf ihn wie Säure ins Gesicht. Denn der Pastor sagte die Wahrheit. Alle drei Figuren auf dem Altarbild, Jesus, Johannes und der treulose Petrus, hatte der gleiche Künstler geschaffen, und zwar nicht er, sondern Thorvaldsen.

Die Apostel im Boot glichen äußerlich den Skippern, die für sie Modell gesessen hatten, und doch erschien ihr Ausdruck seltsam leblos, als trüge das Fischerboot auf dem See Genezareth eine schwere Last: keine Menschen, sondern Marmorskulpturen.

Durch die Altartafel wurde Carl populär. Die Stadt nahm ihn als ihren Maler an. Auf der Straße wurde er von jedermann gegrüßt. Wie immer ging er jeden Sonntag in die Kirche, aber nur selten blickte er während des Gottesdienstes auf sein Werk, und wenn, dann suchte sein Blick stets die Hand Jesu. Das war seine Signatur, sein kleiner Sieg inmitten der Niederlage.

In der Nacht vor der Weihe der Altartafel hatte er einen Traum. Er stand vor seinem noch unfertigen Bild. Er trat einen Schritt zurück, um das Gemälde zu betrachten, aber es war so groß, dass er nur einen kleinen Ausschnitt sehen konnte. Jetzt bemerkte er, dass man die Glasdecke und die Wände seines Ateliers entfernt hatte, um Platz zu schaffen. So groß war es. Aber egal, wie weit er auch zurücktrat, er konnte das ganze Bild nicht übersehen. Jesus türmte sich über ihm auf. Das Boot wurde zum Vollschiff. Eine gewaltige Dünung erhob sich in alle Richtungen. Er musste bis zum Strand gehen, um es zu überblicken. Das Gemälde war viel größer als das Haus in der Teglgade. Die Leinwand schien ein künstlicher Himmel zu sein, der sich über dem Gebäude erhob.

Erst jetzt sah er, was er geschaffen hatte. Das wütende Meer zeigte sich in einem kräftig leuchtenden Kobaltblau. Er konnte direkt hindurchsehen, hinunter in ein wimmelndes Leben von Robben, schwimmenden Eisbären und Narwalen, alles Tiere, an die er sich aus seiner Zeit auf Grönland erinnerte; Sägerochen und Haie, aber auch Seeungeheuer aus der Welt der Fantasie, die ihre warzigen Fangarme dem Schiff entgegenstreckten, als wollten sie es in die Tiefe zerren. Überall schwammen tote, ertrunkene Seeleute umher oder paddelten in leeren Särgen. Er sah eine Reihe von sauber abgebalgten Skeletten, andere hatten noch Fleischfetzen an ihren halb aufgefressenen Körpern; aber alle bewegten sich so seltsam, als hätte sie das Leben noch nicht ganz verlassen. Sie krallten sich an Tauenden fest und versuchten, das Schiff zu entern. Es war nicht zu entscheiden, ob das Bild Karneval oder den Tag der Auferstehung zeigte. An Deck tanzten die Toten mit den Lebenden, Männer und Frauen durcheinander, halb bekleidet oder nackt, ein kunterbuntes Chaos von unanständigem, naturwidrigem Leben.

Und mittendrin stand Christus mit erhobener rechter Hand. Strahlenglanz leuchtete um seine Stirn. Er hatte Fräulein Camradts Gesicht, und die Brüste über dem blauen Gewand waren entblößt. Carl bot sich ein Götzenbild, lüstern und blasphemisch, bedrohlich und lockend.

Ein unmögliches Gemälde. Carl wusste es, noch während er träumte. Niemand konnte ein derartiges Werk schaffen, und wenn jemand es tat, würde es niemals gezeigt werden können.

Aber er hatte es geschaffen. Er hatte es so groß gemalt, dass es nicht versteckt werden konnte, sondern für die Welt sichtbar war.

Carl erwachte und hörte sein eigenes Herz vor Angst klopfen – als würde jemand an die Tür pochen und eintreten wollen.

Carl hielt sich für treu.

Treu gegenüber seinem Ruf und seiner Kunst, treu gegenüber den Menschen, die ihn liebten und von ihm abhängig waren, treu gegenüber Anna Egidia und den Kindern.

Und doch krähte der Hahn für ihn. Und er krähte jeden Morgen zum dritten Mal.

»Ich bin ein Petrus«, dachte er, wenn er in seiner Koje lag, den Geräuschen des Schiffes zuhörte und nicht schlafen konnte. »Ich tue alles, was ich muss. Ich stehe jeden Morgen auf. Ich umarme meine Kinder, ich küsse meine Frau, ich schreibe ›Liebe‹ und ›Dein ergebener‹ in meine Briefe, ich male meine Bilder. Aber es geschieht ohne Überzeugung. Ich weiß nicht, woher die Überzeugung kommt, wenn sie sich einstellt, und ich weiß nicht, warum sie ausbleibt. Ich weiß nur, dass in meinem Mund alles zur Lüge wird, wenn ich die Überzeugung nicht spüre. Dann kenne ich meine Lieben nicht. Dann kenne ich die Gnade nicht, und nichts hat mehr einen Sinn.«

Auch die Farben nicht.

Er hatte Angst vor der grellen, kräftigen Reinheit der Farben.

Welche Farbe hatte der Schatten einer Zitrone? Er hatte nie eine Zitrone gemalt, wusste es aber dennoch. Violett. Ein Violett, das wie ein Messer ins Auge stach.

So hatte er Schatten nicht zu malen gelernt, weder bei Frisch noch auf der Akademie. Diese Farben hatten auf einer Palette zu sein: Neapelgelb, Ocker, gebranntes Siena, Zinnoberrot, Pariserblau, Weiß und Schwarz zum Abtönen. So baute man ein Gemälde auf. Aus Mischtönen, Lichttönen, Zwischentönen, Schattentönen. Man sollte auf der Leinwand nicht die Natur finden. Sondern die Kunst. Und Kunst bestand aus Abtönungen. Die hellen Partien fett aufgetragen, die Schatten leicht und transparent mit verdünnter Lasurfarbe. Kein Gelb, kein Violett, kein Rot, kein Grün, sondern Abtönungen.

Carl hatte ein Glaubensbekenntnis in der Kirche. Und er hatte ein weiteres für sein übriges Leben. Die Abtönungen.

Violett war wie ein Messer im Auge.

Wenn man überfallen wurde, musste man sich wehren.

Man durfte nicht stumm bleiben, wenn der eigene Glaube und die Lebensgrundlage in Frage gestellt wurden.

Doch genau das hatte er getan. Er war stumm geblieben. Und der Hahn hatte gekräht.

So wie er nun an jedem Morgen krähte, wenn der segnende Schlaf ihn aus seinem Griff entließ und er die Augen aufschlug.

Carl war diesem französischen Maler vor sieben, acht Jahren in Kopenhagen begegnet.

Das Thermometer zeigte zehn Grad unter null. Am Abend zuvor hatte es angefangen zu schneien, und noch immer fielen Schneeflocken, als er Viggo Johansen eine Visite abstattete. Marie, die Frau des Malers, empfing ihn an der Tür und erklärte ihm leise, es wäre bereits ein Gast im Haus, der unangemeldet erschienen sei. Im Übrigen ein nicht sonderlich willkommener Gast.

»Er ist ein armer Teufel«, erklärte Marie Johansen flüsternd. »Meinem Mann tut er beinahe leid.«

Der Franzose kam gerade mit Johansen aus dem Atelier, als Carl ins Wohnzimmer gebeten wurde. Carl verstand sofort, was Marie ihm hatte sagen wollen. Der Mann hatte ein typisch gallisches Aussehen, mit einem schmalen Gesicht und einer hervorstechenden Nase. Die Augen lagen tief, und seine hohlen Wangen wurden von einem hängenden Schnauzbart betont, den mehrere Tage alte Bartstoppeln umgaben. Insgesamt machte er einen ungepflegten und heruntergekommenen Eindruck, und sein Auftreten ließ ebenfalls eher an einen Repräsentanten der unteren Klasse denken.

Der Franzose war mit Johansen in eine Diskussion über dessen Bild *Fröhliche Weihnachten* verwickelt und ignorierte Carls Anwesenheit vollkommen, obwohl Marie mehrfach versuchte, sie einander vorzustellen. Er hatte sich hingesetzt und zeichnete mit einem blauen Pastellstift Skizzen auf ein Blatt Papier, während er gleichzeitig Johansens Bild kritisierte.

Es war nicht leicht zu verstehen, was er wollte, abgesehen davon, dass seiner Ansicht nach alles sehr viel einfacher sein musste. Er wiederholte das Wort mehrfach. »Einfachheit, Einfachheit.« Er sprach nur gebrochen Dänisch und wedelte dabei mit dem Blatt Papier.

Johansen hörte wohlwollend zu, doch sein entgegenkommendes Lächeln konnte das Nachsichtige in seinem Blick nicht verbergen.

Der Franzose war mit einer Dänin verheiratet und hatte fünf Kinder, die zusammen mit der Mutter bei den Schwiegereltern in Frederiksberg untergebracht waren. Sie mussten allein zurechtkommen. Er war nur auf eine Stippvisite nach Kopenhagen gekommen und wohnte eigentlich in Paris.

Carl bemerkte graue Haare in der ungekämmten schwarzen Mähne.

Offenbar hatte der Franzose eine Vergangenheit als erfolgreicher Börsenmakler und war erst spät zur Malerei gekommen. Jetzt war er bankrott und hatte seine Familie mit in den Abgrund gerissen. Er sprach ganz offen über seine Situation und schien vollkommen desinteressiert, ob man ihn bedauerte oder an seiner Geschichte Anstoß nahm. Hin und wieder schaute er verstohlen hinüber zu Marie, als erwartete er eine Reaktion von ihr; aber es war unmöglich, aus dem erloschenen Blick des Franzosen etwas herauszulesen.

Schließlich bemerkte er Carl. Er reichte ihm die Hand, ohne sich aus dem Stuhl zu erheben.

»Ich bin nur ein ungehobelter Matrose, der ziemlich gut kleine Schiffe malen kann, mit vollen Segeln und allem, was dazugehört.«

Carl vermutete einen Moment, dass der Fremde seine Seestücke kannte und ihn verspotten wollte. Aber nichts in seinem Gesicht deutete auf üble Absichten hin, sodass Carl sich entschied, ihm in freundlichem Ton zu antworten.

»Ja, ich bin auch Marinemaler«, sagte er, »aber als Matrose war ich unmöglich.«

Die Gesellschaft lachte, und die Stimmung schien sich zu entspannen.

»Ich gedenke, nach Tahiti zu gehen«, sagte der Maler plötzlich.

»Das ist weit weg.«

Marie kommentierte die Mitteilung in einem Ton, als wäre er ein Kind, das von einer Entdeckungsreise in Afrika fantasierte.

»Oh, da gibt es sicherlich auch Frauen.«

Der Franzose betrachtete Marie aus den Augenwinkeln, sie schlug den Blick nieder und errötete. Viggo Johansen räusperte sich.

Der Franzose erhob sich unvermittelt. »Ich muss gehen«, erklärte er.

Er wandte sich an Carl. »Vielleicht haben Sie Lust, mir Gesellschaft zu leisten? Ich würde Ihnen gern meine Bilder zeigen.«

Carl wollte eigentlich noch nicht aufbrechen, doch seine Höflichkeit siegte. Außerdem wollte er dem Gastgeberpaar gern behilflich sein und dafür sorgen, dass der ungebetene Gast tatsächlich aufbrach. Also begleitete er den Franzosen in den Korridor und zog sich seinen Mantel an. Der andere ging ohne Mantel hinaus in die Kälte.

Der Kongens Nytorv war voller Schlitten, die mit klingelnden Glöckchen rasch über den frisch gefallenen Schnee glitten. Sie gingen den zugefrorenen Frederiksholm-Kanal entlang. Beim Anblick des Freskos an der Fassade des Thorvaldsen-Museums begann der Franzose mit einer Tirade gegen den gefeierten dänischen Bildhauer. Sein berühmter Löwe gliche einer ausgestopften Bulldogge und seine Venus-Figuren wären nichts anderes als züchtige, in feuchte Laken gewickelte dänische Mädchen.

»Kennen Sie Goyas *Karneval in Spanien*?«, fragte er.

Carl schüttelte den Kopf.

»Nun ja, ich habe meine eigene Version gemalt«, fuhr der Franzose fort. »Aber statt der Karnevalskostüme habe ich ihnen allen einen Anzug angezogen und einen Zylinder aufgesetzt.«

Er wies auf einige Passanten. »Schauen Sie sie an«, forderte er Carl auf. »Lauter ordentliche Menschen. Eine Maskerade das Ganze. Es gab mal eine bekannte Kopenhagener Dame, die ihr Portemonnaie in einem Laden vergaß. Und was glauben Sie, was man darin fand? Ein Präservativ!«

Carl hatte die ganze Zeit kein Wort gesagt, aber der Fremde schien es nicht zu bemerken. Schließlich erreichten sie Frederiksberg. Seine Angriffe auf die Dänen wurden immer heftiger, und Carl war überzeugt, dass der Franzose ihn nur deshalb eingeladen hatte. Er brauchte jemanden, den er beleidigen konnte.

Carl erhob jedoch keinen Einspruch. Nicht der Stolz verbot ihm, auf das Spiel des verbitterten Malers einzugehen. Er fühlte sich wie gelähmt und konnte sich nicht erklären, warum. Vielleicht lag es lediglich am Unbehagen, mit einem Menschen zusammen zu sein, der so durchgängig vulgär war und sich nahezu bewusst jeglicher Manieren enthielt.

»Ha!«, sagte der Franzose und schnaubte durch die große gallische Nase über dem hängenden Schnurrbart, dass der frostige Atemdunst ihm wie Strahlen vor seinen Nasenlöchern stand. »In Dänemark ist es sehr leicht und gleichzeitig sehr schwer, ein guter Maler zu sein. Sehr leicht, weil das, was man sieht, so grauenvoll ist, von so schlechtem Geschmack, dass auch noch die geringste künstlerische Anstrengung vor diesem Hintergrund glänzen muss. Auf der anderen Seite ist es verdammt schwer, weil der schlechte Geschmack so tief im Nationalcharakter verankert ist, dass es als unhöflich betrachtet wird, wenn man etwas anderes tut.«

»Wir sind ja nur ein kleines Land«, erwiderte Carl vermittelnd.

»Ja, das höre ich die ganze Zeit«, knurrte der Franzose. »Wir sind so klein. Wir sind nichts Besonderes. Das sagt ihr Dänen ständig, und es klingt so bescheiden. Aber ihr sagt das nur, damit man euch widerspricht. Ich antworte in der Regel ehrlich. Ja, großes Talent habt ihr nicht, behaupte ich. Und was habe ich von meiner Ehrlichkeit? Überall nur sauertöpfische Mienen. Haben Sie die Weltausstellung in Paris gesehen?«

Carl nickte.

»Ja. Bei dieser Gelegenheit haben wir uns nicht sonderlich hervorgetan. Ein Kritiker schrieb, wenn es einen Ort auf Erden gäbe, an dem man noch nicht verstanden hätte zu malen, dann wäre es Kopenhagen.«

Er wollte seinen Gesprächspartner mit seiner Zuvorkommenheit besänftigen, obwohl er sich tief in seinem Inneren über dessen Grobheiten ärgerte.

Der andere lachte unbarmherzig. »Ja, exakt das ist es. Aber ich will doch zum Lob der Dänen darauf hinweisen, dass die dänischen Maler im Gegensatz zu den Schweden und Norwegern von der Kritik gelernt haben. Es werden Fortschritte gemacht. Der Anblick einiger Gemälde ist durchaus erträglich. Aber die meisten tauchen den Pinsel noch immer in die gleiche traurige braune Soße, die sich auch auf euren Tellern findet.«

»Nun ja, die Tönung«, wandte Carl verärgert ein, »ist schließlich das Entscheidende.«

»Die Tönung! Bah! Wenn Sie ein Porträt malen, bringen Sie

wahrscheinlich auf der Nasenspitze auch einen Tropfen von diesem Firnis an, den man für Stühle benutzt.«

Sie waren angekommen. Als sie die Wohnung betraten, unterbrach der Franzose seinen lautstarken Redefluss nicht.

Eine Doppeltür, die ins Wohnzimmer führte, öffnete sich und eine große stattliche Frau mit recht maskulinen Gesichtszügen trat in den Flur. Sie legte einen Finger auf die Lippen und bedeutete ihnen, leise zu sein.

»Meine Französischschüler sind hier.«

Sie begnügte sich damit, ihrem Ehemann zuzunicken, und gab Carl die Hand, wobei sie ihn mit einem Blick musterte, als wäre er bloß einer der Verschworenen ihres hoffnungslosen Mannes auf seinem traurigen Ritt in den Abgrund. Carl nannte seinen Namen, der überhaupt keinen Eindruck machte. Sie nickte noch einmal kühl und verschwand wieder hinter der Doppeltür, die sie sorgfältig schloss, als hätte sie Angst, dass ihre Schüler etwas von diesem kompromittierenden Besuch mitbekommen könnten.

»Dänische Frauen! Honigsüß, wenn sie auf der Straße sind, und essigsauer zu Hause. Kommen Sie! Wir gehen wieder!«

Carl, entsetzt über diesen unhöflichen Empfang, sah den Franzosen verwirrt an.

»Ich meine, wir gehen nach oben. Ich habe mein Atelier auf dem Dachboden. Die Wohnung hat eine Unmenge von großen, hellen Räumen, die zum Malen überaus geeignet wären. Aber sie sind dem Französischunterricht vorbehalten. Und ich, ja, ich gehöre mit all dem anderen ausrangierten Plunder in die Polterkammer.«

Sie gingen die Treppe hinauf und kamen in einen dunklen Korridor, dessen Wände aus zusammengenagelten Brettern bestanden. In einer der beiden Wände befand sich eine Tür, die mit einem Vorhängeschloss gesichert war. Der Maler begann, in seinen Taschen nach dem Schlüssel zu suchen, konnte ihn aber nicht finden. Er gab Carl ein Zeichen zu warten und lief den Korridor zurück. Carl hörte aufgeregtes Schreien aus der Wohnung und konnte sich den peinlichen Auftritt durchaus vorstellen, als der Maler wegen eines Schlüssels den Unterricht störte. Er hörte ihn durch die Etagendecke brüllen.

»Na, hat sie euch beigebracht, ordentlich französisch zu reden? *Va te faire enculer!* Seht ihr, das ist Französisch! Nicht dieses Gouvernanten-Französisch, das euch meine kleine wohlerzogene Frau beibringt!«

Carl wäre am liebsten gegangen, doch eine Tür wurde zugeworfen, und er wusste, dass es zu spät war. Er hörte den Maler die Treppe hinaufstapfen. Wieder stand er vor Carl, diesmal mit dem Schlüssel in der Hand.

»Ich habe den Schlüssel in meiner Tasche gefunden, als ich im Zimmer stand. Das war das Beste überhaupt! Du hättest das Gesicht meiner Frau sehen sollen.«

Er öffnete das Vorhängeschloss und bat Carl mit einer Armbewegung hinein.

»Mein Parnass«, sagte er sarkastisch.

In dem Raum war es halbdunkel und eiskalt. Ein kleines Dachfenster bildete die einzige Lichtquelle. Es ließ sich nicht vermeiden, dass Carl dieses Atelier mit seinem eigenen großen Dachatelier in Marstal verglich, bei dem das halbe Dach aus Glas bestand, sodass der Raum in Licht gebadet wurde. Er empfand eine Spur Mitleid mit dem Franzosen, der unter solch erbärmlichen Bedingungen malen musste. Aber dessen Rücksichtslosigkeit gegenüber seiner Familie stieß ihn ab. So führte sich ein verantwortungsbewusster Familienvater nicht auf. Die Kunst forderte Opfer, aber der Künstler musste bezahlen, nicht seine unschuldige Familie. Und was sollte er von einer Kunst halten, auf deren Altar das Glück anderer und der eigene Anstand geopfert wurde? Was war das für ein Maler? Ein Börsenmakler, der freiwillig den Konkurs gesucht hatte, weil er alle Werte verachtete, mit Ausnahme der Werte, die er in der Kunst gefunden zu haben glaubte? Sonderbare Ideen hatte er genügend, aber es reichte schließlich nicht, nur den Mund voll zu nehmen. Hatte er auch Talent?

Carl sah sich in dem Dachzimmer um. An der Wand lehnten einige Leinwände und kehrten ihnen die Rückseite zu. Der Franzose unternahm keine Anstalten, sie umzudrehen und Carl seine Arbeiten zu zeigen. Stattdessen wies er auf eine Staffelei, an der ein unvollendetes Bild hing.

»Ja«, sagte er nur.

Carl trat näher. Offenbar handelte es sich um ein Selbstporträt. Das Gesicht sprang ihn von der Leinwand geradezu gewalttätig an. Als ob der Mann den Betrachter angreifen und ihm die Kehle aufschlitzen wollte. Grob aufgetragene Striche zeigten die Konturen eines Gesichts, dessen Flächen in einer großen Disharmonie unvermischter Farben zusammenstießen. Eine gewisse Ähnlichkeit mit dem Maler existierte wohl, aber darum war es ihm offensichtlich nicht in erster Linie gegangen. Dieses Gesicht entsprach seinen bizarren Äußerungen, noch keiner richtigen Idee, eher einem schrillen Aufschrei.

Carl trat zurück. Selbst hier, in dem halbdunklen Dachzimmer, sah er das Licht, das aus den kräftigen Farben leuchtete. Die Schatten des Gesichts waren kobaltblau. Hier gab es keine Tönungen, keine Nuancen. Alles lag im Krieg, miteinander und mit dem unvorbereiteten Betrachter.

Carl kniff die Augen zusammen, als würde ihn das kräftige Licht der Mittagssonne plötzlich blenden. Viele Jahre hatte er darauf gewartet. Aber er hatte ihn nie so stark, so rein, so hasserfüllt erwartet – diesen Bruch, nicht nur mit allem, was er als Maler gelernt hatte, sondern auch mit allem, was er an der Kunst schätzte.

Er musste an den Rinnstein vor Jørgensens Färberei in Ærøskøbing denken. Damals war es ihm vorgekommen, als hätte das alltägliche Leben eine Bresche geschlagen, aus der die Farben ungehindert hervorquollen. Jetzt verstand er, dass der Franzose in dieser Bresche lebte und malte. Er hatte den ungehindert strömenden Lauf der Farben zu seiner Lebensform erkoren.

Das hatte nichts mit Malerei zu tun. Es war ein Überfall. Ein Messer, das ihm durchs Auge schnitt, den Augapfel durchbohrt und nässend hinterließ.

Und durch das Auge traf das Messer seinen Lebensnerv.

Hinter ihm fing der Maler an zu reden.

»Ich will alles«, sagte er mit einer heiseren, raspelnden Stimme, die vor Leidenschaft bebte. »Ich bekomme es nicht, aber ich werde es mir erobern. Lasst mich zu Atem kommen und mit etwas Neuem beginnen, und ich werde rufen: Schenkt ein, schenkt ein, noch einmal!«

Carl erwiderte kein Wort. Er hatte nur einen einzigen Gedanken. Er musste hier raus, fort aus diesem unheimlichen Dachzimmer, weg von diesem Verrückten.

»Die Tugend, das Gute, das Böse, das sind doch nur Worte«, fuhr der Maler fort, noch immer mit dieser Stimme, deren Leidenschaft beschwörend klang. »Sein Leben in die Hände des Schöpfers zu legen, heißt, sich selbst auszulöschen und zu sterben. Das ist gefährlich, das ist unwürdig! Das Leben eines Menschen ist kurz, aber es bleibt dennoch die Zeit, Großes zu tun.«

Carl lief aus der Tür. Er rannte durch den dunklen Korridor, die Treppen hinunter. Hinter sich hörte er den Maler brüllen.

»Die Erde dreht sich ewig. Alle Menschen scheißen! Es spielt keine Rolle!«

Carl trieb die Furcht. Aber auch die Scham. Wieso hatte er sich nicht verteidigt, seine Malerei, seine Familie, seinen Glauben, sein Leben? Wieso hatte er mit hängendem Kopf zugehört, gefangen in seiner eigenen geheuchelten Höflichkeit? Sicher, der Maler hatte ja recht. Anzug und Zylinder, das war die Uniform normaler, wohlerzogener Menschen, das wahre Karnevalskostüm. Aber wieso hatte er sich nicht einfach verabschiedet? Ein jämmerlicher Bankrotteur, ein Schuft von einem Familienvater, ein Maul voller Anzüglichkeiten, die nur das Fiasko seines eigenen Lebens übertünchen sollten, ein Dilettant als Maler, der als Entschuldigung für seine eigene Talentlosigkeit auf verrückte Ideen schwor – weshalb sollte er vor ihm Angst haben?

Aber Carl flüchtete nicht vor dem Franzosen und seinen Bildern.

Er ertrug sein eigenes Schweigen nicht.

Er lag in seiner Koje, auf der Seite und mit angezogenen Beinen. Schützend umarmte er sich mit den Fellärmeln.

Er fühlte sich eingesperrt in dieser aufgestauten Schwermut, die er in den ersten Wochen seiner Reise noch hatte zurückhalten können. Nun war er wieder aufgebrochen. Alles, wofür er hart gearbeitet hatte, verblasste allmählich. Zurück blieb nur die Routine. Grundieren, spachteln, decken, malen, lasieren. So war das Rezept. Er hatte sein Talent, sein Studium, sein Geschick. Er konnte viele große Bilder in kurzer Zeit produzieren. Sie unterschieden sich nicht sonderlich voneinander, aber gerade das sicherte den Erfolg. Dummheiten beging er selten, weil er nie höher hinauswollte. Er wusste genau, wie weit er gehen konnte, er presste sein Talent aus. Und doch hatte es ihn viel Mühe gekostet, so weit zu kommen. Sollte denn alles vergeblich gewesen sein?

Hin und wieder war in seinem Leben eine Gewissheit aufgetaucht, die bisher allerdings von den Tatsachen widerlegt wurde. Zumindest, wenn man die Anerkennung und die Einnahmen mit einrechnete. Nun hatte diese Gewissheit jedoch begonnen, ihn völlig zu vereinnahmen, und er hatte sie unermüdlich Anna Egidia gepredigt, die immer wieder dieselbe tröstende Antwort gab.

»So schlimm ist es doch auch wieder nicht.«

Sie spürte offenbar, dass es gefährlich sein könnte, ihn in seinen düsteren Prophezeiungen über ihren baldigen Untergang zu bestärken. Damit hatte sie sicherlich recht, und doch regte er sich auf, wenn sie es nicht tat.

»Ja, du bist wahrlich keine große Hilfe«, sagte er.

Dann lachte sie ihn aus. Und doch hörte er den Nachdruck in ihrer Stimme, wenn sie ihn zurechtwies.

»Willst du wirklich, dass ich dich auch noch unterstütze, wenn du dich in deinem Pessimismus begräbst? Wo soll denn das hinführen mit uns?«

Ständig fror er. Stets trug er zwei Lagen Wäsche – zwei Paar Socken, zwei lange Unterhosen, zwei Wollhemden – und die Katzenfellweste unter dem Hundefellmantel.

Zu Hause machten sich die Kinder über seine Kälteanfälligkeit lustig, vor allem die kleinen Mädchen Karla, Augusta und Anna Marie.

»Papa ist dick«, sagte die kleine Karla mit kindlichem Freimut, wenn er am Frühstückstisch in seinen zwei Schichten auftauchte.

Die achtjährige Anna erfand das Bärenspiel. »Der Bär kommt!«, schrie sie jedes Mal, wenn er den Mantel anzog, um ins Freie zu gehen; dann rannten die drei Mädchen davon, wobei sie in freudigem Schrecken um die Wette heulten.

Er blieb stumm und schwer stehen und sah ihnen nach.

»Aber Carl«, sagte Anna Egidia, »die Sonne scheint doch.«

Sie wollte ihm aus dem Mantel helfen.

Er wehrte sie mit einer irritierten Schulterbewegung ab. »Lass mich, ich friere.«

Anna Egidia versuchte es noch einmal, geduldig, als wäre er lediglich ein weiteres Mitglied ihrer großen Kinderschar.

»Hörst du nicht? Ich friere.«

Sie ließ die Arme fallen und ging zurück ins Wohnzimmer. Er wusste, dass er sie wieder einmal verletzt hatte. Er konnte es ihr nicht einmal verdenken, dass sie es merkwürdig fand, wenn er sich anzog, als wäre es Winter, obwohl draußen Sommer herrschte. Aber er fror. Die Kälte steckte in ihm. Er zitterte innerlich. Und seine eigenen Kinder lachten ihn aus.

Nicht einmal die Stunden vor der Leinwand konnten dieses ständige innere Zittern beenden. Darin bestand das Problem. Die Malerei verschaffte ihm nicht länger eine innere Hitze. Wo Inspiration hätte sein sollen, gab es nur Asche. Er brauchte Licht und Wärme, weil er die Kälte in seinem Körper nicht mehr von der Kälte in seiner Seele unterscheiden konnte. Nun lag er vor Grönlands Küste. Er versuchte es ein letztes Mal mit dem stolzen Glauben des Künstlers, dass der Pinsel seine Fackel war. Es musste aus dem Inneren kommen. Die Asche war noch warm. Daran musste er glauben, er musste die Glut darin zum Lodern bringen. Er reiste der Sonne nach, die sich hoch im Norden über Monate an einem kalten Himmel hielt. Die Beständigkeit des Lichts, eine Sonne, die den Horizont überwand und die Rotation der Erdkugel ignorierte, die Sonne der Polarkappe, die Sonne des Inlandeises, die ihr Licht über die Gletscher ausgoss, ohne sie zu schmelzen. Sie war seine Verbündete.

Und dann war da noch Jonas' Blick.

Carl hatte sich für das Schwierigste entschieden, er war zweiundfünfzig Jahre alt, und alles wurde immer schwieriger.

Wieder dachte er an Anna Egidia und spürte einen Anflug von schlechtem Gewissen. Sie tat ihr Bestes. Wieso fiel es ihm so schwer, das anzuerkennen? Weshalb musste er sie erst verlassen, um einzusehen, wie viel er ihr zu verdanken hatte?

Harry Ryberg, der Steuermann der *Peru,* hatte seine Liebste verloren. Er hatte nie wieder geheiratet, daher brauchte er den Herrn. Carl hatte Anna Egidia gefunden, als er Henrietta verlor. Nun lief er herum und fror. Egal, auf welchem Breitengrad er sich befand, er hüllte sich ein, und in seinen dunkelsten Stunden hatte er abschätzig von ihr gedacht, dass es sich bei ihr auch nur um so eine Art Mantel handelte, der ihn vor der Kälte des Lebens schützte. Aber vielleicht hatte er etwas übersehen. Vielleicht war Anna Egidias Liebe seine schöpferische

Quelle. Vielleicht war es ihr Verdienst, dass er den Herrn als einen liebenden, schöpferischen Gott hatte sehen können und nicht nur als einen kalten, unbarmherzigen Herrscher, der seinen Untertanen Unterwerfung und Selbstentäußerung diktierte, wie in Rybergs Fall.

»Ich schaff's nicht allein«, erklärte der Steuermann. »Ich komme recht gut allein zurecht«, erwiderte Carl, und vielleicht hatte Anna Egidia ihm die Kraft gegeben, diese Worte zu sagen.

Und nun hatte er sie verlassen.

Kurz vor der Abreise hatte Carl Helena Nybloms jüngste Novellensammlung gelesen und lobende Worte gefunden, weniger über die Novellen als über die Autorin, die Anna Egidia und er in Kopenhagen getroffen hatten. Er hatte damals lange mit ihr gesprochen und sie für erstaunlich kunstverständig gehalten.

»Wenn man etwas von seinem Herzen gibt – und das ist so in der Kunst –, dann ist es verletzend, wenn die Menschen es wie ein Butterbrot verspeisen«, hatte die Schriftstellerin gesagt.

Helena Nyblom hielt er noch immer für eine attraktive Frau, obwohl sie auch nicht mehr die Jüngste war. Eine schlanke Figur, groß und aufrecht, das blonde Haar hochgesteckt. Sie war Halbschwedin und sprach Schwedisch und Dänisch fließend; dennoch fühlte sie sich eher den Dänen verbunden, die sie als ihre Landsleute bezeichnete.

Als Autorin glaubte sie sich jedoch weder verstanden noch gewürdigt.

»Häufig habe ich das Gefühl, als würde ich in einem leeren Zimmer singen«, sagte sie, wobei sie ihre Hände mit einem melancholischen Blick ihrer blauen Augen betrachtete.

Helena Nyblom hatte Hände wie Fräulein Camradt.

Als eine Reise in die Einsamkeit bezeichnete sie das Künstler-Dasein. Es schwang keinerlei Bitterkeit in ihrer Stimme mit, als sie Carl einen Blick zuwarf.

»Ja, das kennen Sie sicherlich auch.«

Vermutlich spielte sie auf seine erste Grönlandreise an. Sie hatten sich damals auf Schloss Charlottenborg kennengelernt, als seine Bilder ausgestellt wurden.

Aber Carl spürte, dass eine tiefere Bedeutung in ihren Worten lag. Sie sprach nicht nur über die Einsamkeit auf einer Reise in einen entfernten Winkel dieser Welt. Es ging um die Einsamkeit, die einen Künstler immer begleitete, egal, wo er sich befand. Diese Einsamkeit kannte sie, also kannte sie auch ihn. Mit einem Mal fühlte er sich verstanden.

Anna Egidia hatte still danebengesessen. Erst als Helena Nyblom höflich nach den Kindern fragte, lebte sie auf.

»Sie hat für alles Verständnis und versteht es, ihre Empfindungen so hübsch auszudrücken«, hatte er hinterher gesagt. »Vermutlich ist sie eine vorzügliche Ehefrau und Mutter ...«

Er hatte gezögert. Und dann hinzugefügt: »... und eine treue Freundin.«

Anna Egidia war bei diesen Worten zusammengesunken. Eine Zeit lang hatte sie vor sich hin gestarrt. Schließlich hatte sie beinahe lautlos erwidert: »Also ganz und gar nicht wie ich.«

So viel hätte er in dieser Situation tun können. Er hätte sie zärtlich umarmen können. Er hätte sagen können: »Du Dummkopf. Genauso bist du.«

Stattdessen hatte er gereizt reagiert. »Du musst aber auch alles falsch verstehen. Darf man sich denn in deiner Gegenwart nicht einmal mehr lobend über andere äußern?«

Anna Egidia hatte ihm nicht widersprochen, sondern nur mit gesenktem Kopf dagesessen, und er hatte begriffen, dass sie ihm keine Vorwürfe machte, sondern verletzt war. Augenblicklich überkam ihn ein Schuldgefühl. Zumal sie die böse Absicht hinter seinem Lob über Helena Nyblom richtig gedeutet hatte.

Er hätte sich entschuldigen sollen, aber er ließ es, und sein unbewältigtes Schuldgefühl wurde zu einem Schweigen, das noch im Augenblick des Abschieds zwischen ihnen stand.

Sein voller Name lautete Jens Erik Carl Rasmussen.

Mit diesem Namen unterschrieb er in späteren Jahren auch seine Briefe an Anna Egidia. Nicht mit Jens Erik oder Carl.

J.E.C. Rasmussen.

Dein ergebener.

Während seines ersten Besuchs auf Grönland war Carl versucht, mit der Palette und allem, was er über den Aufbau von Bildern gelernt hatte, zu brechen und mit etwas vollkommen Neuem zu beginnen. Aber er hatte sich zu zügeln gewusst und sich an das gehalten, was er gelernt hatte. Ein Fundament war notwendig.

Reiste er nun nach Grönland, um sich erneut in Versuchung führen zu lassen? Segelte er nach Grönland, um das zu tun, was er vor zwanzig Jahren nicht gewagt hatte? Die Palette in Stücke zu schlagen?

Die Skagenmaler waren berühmt für das Licht auf ihren Leinwänden. In seiner Unkenntnis glaubte das Publikum, das Licht hätte etwas mit der Lage der Stadt am äußersten Ende einer Landzunge zu tun, an allen Seiten von Meer umgeben, das die Sonne reflektierte. Aber er wusste es besser. Das Licht kam weder vom Himmel noch aus dem Meer. Es entstand auf der Leinwand, durch die Wahl der Technik. Mit Ausnahme von Archer hatten die Skagenmaler die Lehre der Akademie über die Zwischentöne aufgegeben. Die ständigen Reisen nach Paris hatten sie letztlich verdorben. Sogar der anständige Philipsen hatte in Kopenhagen lange Gespräche mit diesem sonderbaren Franzosen geführt, für den Carl nichts als Abscheu empfand. Auch Philipsen ließ sich beschwatzen, obwohl er sich noch immer hinter seinen Kühen auf Saltholm versteckte. Nur dass die Kühe auf seinen Bildern keine Kühe mehr waren, sondern ein Bruch mit dem Grundgesetz der Malerei.

Und ihn quälte weiterhin eine einzige Frage: Reiste er in Wahrheit nach Grönland, um sich der neuen Malerei zu ergeben? Erlag er freiwillig der Versuchung? Wollte er verwandelt zurückkehren? Suchte er dort oben ein menschliches Drama, war es das Licht – oder wollte er sich auch unter die Gesetzesbrecher mischen?

Die Eskimos hatte er damals nicht verstanden. Wie würde er sie diesmal sehen? Würde er ihre Seele finden oder würden sich ihm Geheimnisse offenbaren, vor denen er bisher die Augen fest verschlossen hatte?

Würde er diesmal wagen hinzusehen?

Welche Folgen hätte dieses Hinsehen? Würde er den letzten Rest seines Glaubens verlieren? Schloss ihn die Mitternachtssonne, diese heidnische Gottheit, in ihre Arme?

Carl hatte Hans Egede gemalt, und er fühlte, dass er damals einen Pakt mit Jonas schloss, dem stummen Zuschauer, dessen Seele sich ihm geöffnet hatte. Aber wohin führte dieser Pakt?

Damals, auf der Schwelle zwischen Kindheit und Mannesalter, als er mit den Jungen aus Marstal auf dem Lindesbjerg saß, hatte er das Gleiche empfunden. Er war nach Marstal zurückgekehrt, aber das Versprechen hatte sich als uneinlösbar erwiesen. Seine Kunst hatte keine Brücken über die Schluchten geschlagen. Einsam stand er auf der einen Seite und schrie in die Leere. »Wie in einem leeren Zimmer zu singen«, hatte Helena Nyblom gesagt. So war es.

Carl lag in seiner Koje und grübelte. Je nördlicher er kam, desto größer wurden seine Zweifel. Er sehnte sich zurück nach Dänemark. Eigentlich wollte er nichts anderes als Frühlingsblumen malen, grüne Bäume, Stimmungen vom Inselmeer und Ærøs sanften Hügeln; unbekümmerte Bilder, die sich nicht für etwas anderes ausgaben als das, was sie waren, und in denen er sich seinen Studien über die Wirkung des Lichts hingeben konnte, wenn die Sonne nach einem Schauer die Wolken durchbrach.

Trotzdem lag er hier und quälte sich selbst auf einem Schiff, das nordwärts stampfte, in Richtung Eisberge und einer Kälte, bei der die Farben in den Tuben gefroren.

»Ach, wäre ich doch ein unbedeutenderer Künstler«, dachte er bitter, »ein ganz kleiner Künstler, von dem niemand etwas erwartet, am wenigsten er selbst.«

Er hatte das Gefühl, ein Sonnenstrahl würde ihn durchfahren. Dann kehrte das innere Regenwetter zurück.

»Aber vielleicht bin ich ja bloß so ein kleiner Künstler«, überlegte er, von neuem Missmut gepackt, »ein kleiner Künstler, der unter dem Unglück leidet, viel zu viel zu verlangen.«

Er stand auf und setzte sich an den festgebolzten Tisch der Kajüte, wo er fieberhaft begann, seine Gedanken Anna Egidia mitzuteilen. Er klagte über den Druck in der Brust, und wie so oft dachte er über seinen Tod nach, der seiner Ansicht nach unmittelbar bevorstand. Er legte ihr seine Pläne dar, sich nach der Rückkehr in Kopenhagen niederzulassen. Sie könnte sich ihm anschließen, wenn das Haus in Marstal verkauft wäre. Nach Marstal wollte er unter keinen Umständen zurück. Auch müssten sie ein ernstes Gespräch über ihre Angelegenheiten führen. Den letzten Satz formulierte er bewusst vage. Sie mochte hineininterpretieren, was sie wollte.

Er fuhr fort, von seinen Plänen zu berichten, die immer weitschweifiger wurden, wenn er nicht wieder in düstere Ankündigungen seines bevorstehenden Hinscheidens verfiel. Er wollte eine Reise nach Berlin, Dresden und München unternehmen, er war nie dort gewesen. In diesen Städten blühte die Kunst. Auch dänische Künstler waren hoch angesehen und konnten sogar ihre Werke verkaufen. Jetzt musste der Kampf gewonnen werden. Dort würde er neue Inspirationen bekommen und seine Fähigkeiten entwickeln, anstatt in Marstal zugrunde zu gehen.

Oder Paris. Warum nicht Paris? Die Stadt, aus der dieser furchtbare Franzose kam, der Ort, an dem Künstler alles aufs

Spiel setzten, um ihre radikalen Ideen über die reinen Farben zu verfolgen, wo sie unter Einsatz ihres Lebens und eines möglichen Todes als Unbekannte, Verachtete oder Übersehene malten. Bei dem letzten Gedanken musste er lächeln. So weit würde er nie gehen. Dann hätte er ebenso gut beschließen können, Selbstmord zu begehen.

»Wie Du siehst, erwache ich zu neuem Leben. Nun liegt es an Dir, mich zu verstehen und mir zu helfen, so gut, wie Du es vermagst.«

Er beendete den Brief mit dieser in ihrem Appell unmissverständlichen Ermahnung, wie er hoffte, und unterschrieb wie immer mit seinem vollen Namen. J. E. C. Rasmussen.

Vorbei die Zeit, als er bloß Carl geschrieben und immer hinzugefügt hatte: »Gute Nacht, meine liebe kleine Frau« oder »Hundert zärtliche Gedanken«. Jetzt, da er am Boden lag und sich elend fühlte, hatte er keine Kraft für derartige Dinge.

Einen Anflug von schlechtem Gewissen verspürte er allerdings schon, als er seinen vollen Namen am Schluss eines Briefes sah, der voller ausgesprochener und unausgesprochener Vorwürfe steckte. Aber war er nicht am strengsten sich selbst gegenüber? Ständig fürchtete er, Anna Egidia nicht genügend zu lieben. Wenn sie ihm dabei doch nur besser helfen könnte. Wenn er sich von seiner Selbstsucht befreien sollte, musste sie auch die ihre aufgeben. Sie opferten sich beide für die Kinder, aber er erbrachte das größere Opfer, denn er hatte die Kunst in der anderen Waagschale.

Es war lange her, dass er auf der Leinwand sein Bestes gegeben hatte. Die Pläne für eine Reise nach Ägypten hatte er vor einigen Jahren aufgeben müssen, weil er Anna Egidias Angst spürte, mit den Kindern allein zurückzubleiben. Sein Wunsch, eine Reihe von Bildern mit biblischen Motiven zu malen, hatte sich nie erfüllt, da er zumindest ein einziges Mal hätte vor Augen haben müssen, was er später auf die Leinwand bringen wollte. In London hatte er sich Fotografien aus Ägypten und Palästina gekauft. Sie waren teuer gewesen, konnten die Wirklichkeit dennoch nicht ersetzen; die Inspiration blieb aus, obwohl er unzählige Skizzen vom Einzug Jesu in Jerusalem angefertigt hatte.

Vier Kinder hatte er damals gehabt, als er von einer Reise nach Ägypten träumte. Nun waren es acht. Helga, die Älteste, war achtzehn, Karla, die Jüngste, wurde im Dezember vier Jahre alt. Es fiel genügend Arbeit an, obwohl sie sich ein Dienstmädchen leisten konnten, und an den Wasch- und Bügeltagen stand das Haus auf dem Kopf. Immer gab es jemanden, der gerade zahnte, und ständig musste eines der Kinder zu den Hausaufgaben angehalten werden, weil sich die Schule beschwert hatte. Am liebsten mochte er Karla. So war es immer gewesen. Das Jüngste war immer sein Liebling, und so hatte er jedes Kind der Reihe nach am liebsten gehabt. Ihn zog ihre Unschuld an. Bei einem Kind handelte es sich um einen Menschen in all seiner rührenden Nacktheit, dessen Seele sich noch unmittelbar öffnete.

»Hoppe, hoppe Reiter,
wenn er fällt, dann schreit er …«

Karla saß auf seinem Knie und schaukelte, wobei er sie mit beiden Händen festhielt. Er hielt ihrem Blick stand, bis sie in lauter Ausgelassenheit den Kopf zurückwarf vor Lachen. In solchen Momenten vergaß er sich. Er lachte ebenso laut wie sie. Seine letzten, noch nicht endgültig ausgetrockneten Quellen füllten sich. Das Kind konnte er erreichen, und das Kind erreichte ihn. Aber nur Karla konnte diese Quelle sprudeln lassen. Vor der Leinwand passierte nichts dergleichen mehr.

»Fällt sie in den Sumpf,
Macht die Karla plumps!«

Und dann ritten sie gemeinsam auf den Wegen der Kindheit. Karla war die Letzte. Anna Egidias letzte Schwangerschaft lag vier Jahre zurück, nun würde sie kein Kind mehr empfangen. Für sie bedeutete es sicher eine Erleichterung, ihn betrübte es. Ihm erging es mit Karla wie den Eskimos mit dem Novembertag, an dem die Sonne zum letzten Mal hinter dem Horizont verschwindet und die Winternacht beginnt. Nun sollte die Kindheit nicht mehr auf ihn leuchten. Nun wurde er zum Einsiedler in der fensterlosen Zelle des Alters.

Noch zehn, fünfzehn Jahre würde er in der Teglgade Kinder um sich haben. Aber wenn die Kinder das Schulalter erreichten, interessierten sie ihn nicht mehr. Wenn die erste Unschuld sich verloren hatte, schien er sie nicht mehr als echte Kinder zu betrachten, und seine Freude über ihre kleinen Dummheiten wurde von mürrischen Forderungen und Erwartungen abgelöst. Carl schlug seine Kinder nie. Aber er rief sie ständig zur Ordnung. Er wünschte sich artige Kinder und wartete ungeduldig darauf, dass sie erwachsen wurden und einen Sinn für die Kunst entwickelten, damit er seine Malerei mit ihnen diskutieren konnte.

Einmal hatte er zu Henrietta gesagt: »Deine Seele sitzt dir mitten im Gesicht. Bei dir gibt es keinen Unterschied zwischen dem Inneren und dem Äußeren.« Nur dieses eine Mal in seinem Leben hatte er dies bei einer Begegnung mit einem Menschen empfunden. Aber er musste erst alt werden, um es zu begreifen. Je mehr Jahre vergingen, desto größer wurde der Verlust, den er erlitten hatte, als Henrietta starb. Alles, was er seither hatte finden können, waren Reste und Ähnlichkeiten, nie eine ganze Henrietta. Er erkannte dies zu einem Zeitpunkt, an dem er sie aus lauter Selbstzufriedenheit beinahe schon vergessen hatte.

Sechs Monate wollte er jetzt unterwegs sein. Blieb er aus Selbstsucht so lange fort? Er hatte sich mit dieser Frage gequält, auch in seinen Gesprächen mit Anna Egidia. Schließlich hatte sie ihn ausgelacht.

»Manchmal denke ich, dass du mich auch fragen wirst, ob es selbstsüchtig von dir wäre zu sterben, wenn du auf dem Sterbebett liegst.«

Carl hatte die Bemerkung nicht komisch gefunden.

»Wünschst du dir meinen Tod?«, hatte er gefragt.

Anna Egidia hatte den Blick niedergeschlagen, und wie so oft war ihre Unterhaltung ins Stocken geraten.

Sie hielt sich ja tapfer. Acht Kinder. Ihr Schicksal unterschied sich nicht sonderlich von dem der Seemannsfrauen in der Stadt. Doch sie war keine Seemannsfrau. Sie hatte das Recht auf ein bequemeres Leben. Er wusste, was er ihr schuldete. Aber er wusste es am besten aus der Entfernung. Aus der Nähe sah er meist nur seine Leinwände und deren Forderungen an ihn.

Als ein kleiner Künstler hätte er mit seiner Familie harmonisch leben können. Als großer Künstler hätte er rücksichtslos seine eigenen Ziele verfolgt, denn die Kunst erforderte Rücksichtslosigkeit. Aber er war nicht rücksichtslos. Stattdessen überschüttete er Anna Egidia mit Vorwürfen, die im Grunde eher verdeckte Selbstvorwürfe waren.

Carl wusste es, wenn er in der Koje lag und von seinen Gedanken gequält wurde. Aber er vergaß es sofort, wenn er den Stift in der Hand hielt und ihr schrieb.

Er erinnerte sich an seinen Sommer an Bord der *Anne Cathrine*. Welch ein Unterschied bestand zwischen damals und heute. Er hatte einen Ruf gehört. Er hatte einen Pakt geschlossen. Er war seither klüger geworden, aber ein Mensch wird nicht besser, nur weil er klüger wird. Was er an Erfahrung gewonnen hatte, hatte er an Unschuld verloren, und für ihn waren Unschuld und Talent dasselbe.

Es ließ sich an seinen Bildern erkennen.

Ankunft

Am fünfzehnten Juni lagen sie vor Godhavn, und die Lotsenflagge wurde gehisst. Wenigstens in dieser Nacht hatte Carl durchgeschlafen, sein Appetit war zurückgekehrt. Die Sonne schien, und er ging an Deck. Die frische Seeluft tat ihm gut, zufrieden atmete er tief ein, um nach dem langen Aufenthalt in der Koje die Luft in die Lungen strömen zu lassen. Er aquarellierte einen vorbeischwimmenden Eisberg. Ermuntert über das ansehnliche Resultat begann er mit einer Skizze von Kapitän Thomsen, der gutmütig eingewilligt hatte, ihm auf dem Lukenrand Modell zu sitzen. Wie gewöhnlich hielt er seine Stricknadeln in den Händen. Carl bat ihn, sie beiseite zu legen.

»Wir sind ja nicht auf Fanø. Hier achtet niemand darauf, ob Sie etwas zu tun haben.«

»Doch, ich schon. Ich habe mir selbst eine Quote verordnet. Zwei Paar die Woche. Ich bin im Rückstand.«

Das runde Gesicht des Kapitäns erstrahlte in einem Lächeln.

»Machen Sie eine Pause«, sagte Carl.

Thomsen legte das Strickzeug auf die Luke. Carl musste jedoch schon bald aufhören. Seine Finger wurden ihm zu kalt. Er zuckte bedauernd die Achseln und pustete auf die steifgefrorenen Fingerglieder.

Gegen Abend flaute der Wind ab, das Schiff kam nicht voran, und er wurde wieder von seinen düsteren Gedanken übermannt. Bevor er einschlief, war er sicher, dass die Zukunft nichts Gutes bringen würde. War es Selbstsucht, sich tot zu wünschen? Wen ließ er denn eigentlich im Stich, wenn er starb?

Er hatte einen leichten Schlaf und erwachte von Stimmen an Deck. Der Lotse kam an Bord. Carl gab es auf, noch einmal einschlafen zu wollen, und ging an Deck, um eine Tasse Tee zu trinken. Sechs angeworbene Grönländer hatten den Lotsen den weiten Weg von Godhavn herausgerudert, nun saßen und lagen sie rund um die Luke, jeder mit einem dampfenden heißen Kaffee in der Hand. Die *Peru* hatte ihre Schaluppe im Schlepptau. Bei den Grönländern handelte es sich um junge Männer, und doch ertappte er sich dabei, wie er einem nach dem anderen ins Gesicht starrte.

Er suchte nach Jonas.

Die Luft war klar und ruhig. Die Segel hingen schlaff herab. Die *Peru* trieb mit dem Strom. Als die Ruderer ihren Kaffee getrunken hatten, wurde ihre Schaluppe längsseits gezogen. Sie verschwanden über die Bootsleiter und nahmen mit raschen Schlägen Kurs auf die vierzehn, fünfzehn Seemeilen entfernte Küste.

Gegen Mittag frischte es zu einer unbeständigen Brise aus Nordost auf, und die *Peru* kreuzte auf Godhavn zu, am Spätnachmittag flaute der Wind jedoch erneut ab, und gegen neun Uhr herrschte wieder vollkommene Windstille. Kurz darauf tauchten drei Schaluppen mit je sechs Ruderern auf. Leinen wurden ausgeworfen und die Schaluppen begannen, das Schiff an die Küste zu ziehen, die sich hier fast zwei Kilometer senkrecht aus dem Meer erhob. Im Unterschied zu Südgrönlands gezackten Granit- und Gneisformationen schimmerten die Felsen hier rostrot. Sie wiesen eine deutliche Schichtung auf und glichen Treppenstufen, die den Neuankömmling trügerisch in die große Eiswüste hinter den Bergspitzen einluden.

Carl stellte seine Staffelei auf und befestigte eine Leinwand. Das Licht hatte sich trotz des späten Zeitpunkts am Abend nicht verändert. Nach einiger Zeit sah er ein, dass Malen zu anstrengend war. Wegen der Kälte ließen sich die Farben nur mühsam aus den Tuben drücken.

Godhavn entsprach seinem Namen. Carl verbrachte einige gute Tage im ›Guten Hafen‹. Er besuchte den Leiter der Handelsniederlassung, Zacharias Engdahl, und wurde eingeladen, sich bei dessen Familie einzuquartieren, die sich als gebildet und liebenswürdig herausstellte. Engdahls Gattin war in Anna Egidias Alter, hielt sich aber sehr gerade, obwohl sie genau wie Anna Egidia acht Kinder zur Welt gebracht hatte. Er unterließ es nicht, dies in einem seiner Briefe nach Hause zu erwähnen. Zum Abschied schenkte sie ihm ein Glas eingewecktes Schneehuhn.

Carl fragte Engdahl, ob er etwas über Jonas wisse. Lebte sein Begleiter des ersten Besuches möglicherweise noch?

Engdahl stutzte, als Carl diese Frage stellte. Wieso sollte Jonas nicht mehr unter den Lebenden sein?

»Er war kein junger Mann mehr, als ich mich vor über zwanzig Jahren hier aufhielt. Also muss er jetzt schon recht alt sein.«

»Alt?«

Engdahl schüttelte zweifelnd den Kopf.

»So sieht er nicht aus. Er hat noch immer sein schwarzes Haar. Aber sie sind ja schwer einzuschätzen. Sie altern anders als wir. In der Regel schneller. Hier haben wir möglicherweise ein Beispiel für das Gegenteil.«

Darüber hinaus erfuhr Carl, dass Jonas ebenso rätselhaft und rastlos war wie früher. Er tauchte mal hier und mal da auf.

»Wenn ich es nicht besser wüsste, würde ich meinen, dass er uns auf die gleiche Art und Weise beobachtet, wie unsere Entdeckungsreisenden in fernen Gefilden die Gebräuche der Wilden studieren.«

Engdahl hatte nie mit Jonas gesprochen, was Carl nicht überraschte. Vermutlich hatte dies kein Däne bisher getan. Es lag schon eine Weile zurück, seit Jonas das letzte Mal in Godhavn aufgetaucht war, und Engdahl hatte keine Ahnung, wo er sich im Augenblick aufhielt.

Godhavn lag im Windschatten des Nordwinds, hin und wieder wurde es so warm wie an einem Sommertag in Dänemark. Carl arbeitete jeden Tag und konnte sogar seinen Bedarf an Konversation befriedigen. Im Haus der Engdahls lernte er einen Arzt aus Jakobshavn kennen, Johan Mørk, der bis nach Upernavik auf der *Peru* mitreisen sollte. Bei Mørk handelte es sich um einen Junggesellen, der sich auf der Reise als gute Gesellschaft erwies, voller Anekdoten über die Grönländer, von deren Lebensweise und Gebräuchen er fasziniert war. Carl fiel es schwer, sich an die sonnenhellen Nächte zu gewöhnen, er schlief zu wenig. Dafür hatte er in der Handelsniederlassung zum ersten Mal auf der Reise ein eigenes Zimmer und ein gutes Bett.

In seiner Koje auf der *Peru* rollte er herum, fror und wurde von all dem Lärm an Bord eines Schiffs gestört. In Engdahls Haus fand er endlich Ruhe.

Carl dachte oft an Jonas. Die Chance, dass sie sich begegneten, war sicher nicht sehr groß. Ob ihr alter Pakt noch galt? Hatte ihre Begegnung für Jonas eine ebenso große Bedeutung gehabt wie für ihn? Würde der Eskimo ihn überhaupt wiedererkennen? Carls abgespanntem und zerfurchtem Gesicht sah man an, dass das Alter wahrlich nicht spurlos an ihm vorübergegangen war. Hatte sein Blick überhaupt noch irgendwelchen Glanz? Vielleicht fiel es dem Eskimo schwer, zwischen den einzelnen dänischen Gesichtern zu unterscheiden? Vielleicht sahen sie für ihn alle gleich aus? So ging es ja den meisten Dänen mit den Eskimos, warum sollte es umgekehrt nicht genauso sein?

Immer wieder hatte Carl das Gefühl, beobachtet zu werden, wenn er durch den Ort ging. Er drehte sich dann jedes Mal sofort um, sah aber niemanden. Nur ein einziges Mal bemerkte er den Schatten einer Gestalt, die um eine Hausecke verschwand. Er beschleunigte sein Tempo und folgte ihr. Er konnte sich nicht entschließen, den Mann anzurufen – er war ja nicht einmal sicher, dass es sich wirklich um Jonas handelte. Der andere ging eilig davon. Als wollte er in die Fjells, und Carl hörte schon bald auf, ihm zu folgen. Er blieb eine Weile stehen und sah der Gestalt nach, bis sie zu einem kleinen Punkt in der großen Landschaft schrumpfte.

Vermutlich hatte es sich lediglich um einen Fremden gehandelt.

Doch ganz sicher war er sich nicht.

Am ersten Tag wurde von sechs Uhr in der Früh an Stückgut gelöscht. Der folgende Tag war ein Sonntag, den man heiligte. Erst am späten Montagnachmittag waren die Löscharbeiten beendet, und mit dem Beladen des Schiffes konnte begonnen werden. Die Ladung bestand aus Tranfässern.

Sie hielten sich fünf Tage in Godhavn auf, die ganze Zeit über herrschten trübes Wetter und Windstille.

Bei dem ruhigen Wetter schoss Johan Mørk eine Robbe. Sie wurde mit zerschmettertem Kopf an Bord gezogen, doch das Herz schlug noch, als der Arzt sich durch eine Speckschicht schnitt, die so dick wie bei einem Schwein war. Mit großem Vergnügen teilten sie sich die wohlschmeckende Zunge des Tieres als Abendessen; allerdings überkam Carl ein Anflug von Melancholie, als er während der Mahlzeit plötzlich die Robbe vor sich sah, wie sie ohne das geringste Anzeichen von Furcht auf das Schiff zugeschwommen kam. Voller Lebensfreude war sie gewesen, bereit, sie zutraulich auch mit den Menschen zu teilen, die jedoch nichts als mörderische Absichten hegten.

Mørk unterbrach seine schwermütigen Betrachtungen.

»Sie sind doch Freilichtmaler, Rasmussen. Ich habe einige Ihrer Bilder bei meinen Besuchen daheim in Dänemark gesehen – und außerdem die zahlreichen Stiche in der Illustreret Tidende. Sie sind ein Kenner der Grönländer und verfügen über große Kenntnisse bei der Wiedergabe ihres Alltags. Man spürt einen gewissen Respekt, der sich leider nur selten bei einem Dänen findet.«

Carl senkte bescheiden den Kopf. Er war das Lob fremder Bewunderer gewohnt und hatte inzwischen gelernt, es nicht sonderlich ernst zu nehmen. Nicht weil er daran zweifelte, dass es von Herzen kam, nur verwechselte er es niemals mit einem seriösen und fundierten Urteil. Nur selten trat jemand an einen bekannten Maler heran, um ihm Unerfreuliches zu sagen. Wer sein Werk nicht schätzte, hielt auf Abstand und begnügte sich mit einem zurückhaltenden ›interessant‹ oder ›spannend‹. Und obwohl Carl in der Öffentlichkeit nur mittelmäßig bekannt war – für populärer hielt er sich nicht –, bekam man von allzu leicht erworbenem Lob doch ein leicht verzerrtes Bild der eigenen Person. Carl hatte sich daher dieses kleine bescheidene Senken des Kopfes angewöhnt, als höfliche Bestätigung des Kompliments und gleichzeitig als Zeichen, dass die Unterhaltung sich eher anderen Themen zuwenden sollte.

Aber Mørk hatte offenbar ein bestimmtes Anliegen, denn er fuhr unangefochten fort.

»Eines vermisse ich allerdings bei Ihrer Darstellung der Grönländer. Sie haben sich für die Beschreibung der hellen Seiten ihres Lebens entschieden, für die Tagesseite – oder, wenn Sie so wollen, die Sommerseite.«

Carl wandte ein, dass er während seines ersten Besuchs auf Grönland überwintert und in mehreren Gemälden die düstere, endlose grönländische Nacht dargestellt hätte, in der man die Landschaft in der Dunkelheit kaum erkannte. Sein Bild eines ertrunkenen Fängers, der in seine Hütte getragen wird, beschrieb eine derartige Winterstimmung. Hier hatte er versucht, die unbarmherzige Natur und die unerträglichen Bedingungen einzufangen, unter denen die Grönländer überleben mussten.

»Ja, sicher«, erwiderte Mørk ungeduldig, »ich kenne diese Bilder und finde sie wie Ihr übriges Werk meisterhaft.«

Carl wollte ihn unterbrechen, er brauchte kein Lob. Aber Mørk hielt ihn mit einer Handbewegung zurück.

»Sehen Sie, was ich meine, ist eigentlich: Sind Sie auf Grönland jemals in solchen vier Wänden gewesen?«

Carl blickte ihn verwundert an: »Was meinen Sie?«

»Na, in so einer Hütte, in der die Bewohner monatelang zusammengedrängt in der Dunkelheit gelegen und auf die Rückkehr der Sonne gewartet haben?«

Carl schüttelte den Kopf. Mørks Antwort ließ seine Verwunderung nicht geringer werden. Nein, er hatte in dem inzwischen so fernen Winter vor zwanzig Jahren bei Berendtsen gewohnt, dem Leiter der Handelsstation in Godthåb. In dessen großem, ordentlich gezimmertem Holzhaus, das im Übrigen bis zur Verwechslung an das Haus erinnerte, das er in Godhavn gerade so ungern verlassen hatte. Aber was hatte das mit der Sache zu tun?

»Dann versuchen Sie mal, in so eine Torfhütte zu kriechen, in der sich rund zwanzig Menschen einen ganzen Winter hindurch auf wenigen Quadratmetern aufhalten. Ja, das ist eine Atmosphäre, die den Anforderungen unserer europäischen Konstitution nicht entspricht. Sie werden sehr schnell wieder herauskommen, doch selbst ein Aufenthalt von wenigen Minuten wird Ihnen zu einer ganz neuen Sicht auf die Grönländer verhelfen. Die Luft ist erstickend, ein paar Tranlampen sind die einzige Lichtquelle, an den Wänden hängen herausgerissene Seiten der grönländischen Illustreret Tidende, wenn es überhaupt irgendeinen Wandschmuck gibt. Sie haben die Hütten von außen gesehen, Sie kennen also ihre Größe. Aber sind Sie sich darüber im Klaren, wie viele Menschen ein halbes Jahr lang darin zusammengepfercht sind? Die Grönländer sind ja berühmt für ihr geselliges Talent, aber ich bevorzuge für das, was sie in der Winterdunkelheit treiben, die Bezeichnung Unzucht. Ich habe erlebt, wie ein dankbarer Ehemann mir eine Nacht mit seiner Frau als

Belohnung für den Arztbesuch anbot. Und die Sauferei haben Sie selbst kennengelernt. Auf Ihrem Bild *Der Tanz der Fänger* sitzen ja ein paar mit dem Branntweinkrug im Hintergrund. Aber Sie haben nicht wirklich alles gesehen, bevor Sie nicht in einer dieser Hütten gewesen sind. Alle möglichen Krankheiten werden bei dieser Ansammlung von Menschen ausgebrütet. Die Hygiene ist miserabel, sie kriechen in ihrem eigenen Dreck herum. Wir befinden uns hier nicht in einer unserer sogenannten Kulturstädte, in denen die Arbeiter gezwungen werden, in schäbigen Wohnungen übereinander zu wohnen. Wir sind mitten in Gottes freier Natur, bei einem Naturvolk, das die Schwärmer unter uns als einen edleren Menschenschlag ansehen, als wir es sind. Aber ich versichere Ihnen, wenn es um Unsauberkeit geht, kann so eine Torfhütte bequem mit dem übelsten Slum mithalten.«

Carl wandte den Blick ab. Ihm gefiel die Wendung nicht, die das Gespräch genommen hatte.

»Sie meinen also, dass die Sorglosigkeit der Grönländer bloß ein Mythos ist?«, fragte er in skeptischem Tonfall. »In Wahrheit ist dieses Naturvolk also verdorbener als der übelste Schuft der Großstadt?«

Mørk schüttelte den Kopf.

»Sie missverstehen mich. So wie Sie in Ihren Gemälden bin ich der Ansicht, dass die Grönländer von lichtem und heiterem Gemüt sind. Aber sie haben auch eine andere Seite. Wissen Sie etwas über ihre Religion, Rasmussen?«

Carl verneinte.

»Ich wusste nicht, dass sie noch eine andere Religion haben, außer der, die unsere Pastoren sie gelehrt haben. Ihre sogenannte Geisterbeschwörerei ist ja wohl von eher zweifelhaftem Charakter.«

»Doch, sie haben durchaus eine Religion. Für einen Außenstehenden mag es vielleicht nur wie eine endlose Reihe von Befehlen und Verboten aussehen, die ebenso gut einem kranken Hirn entsprungen sein könnten. Aber es gibt durchaus Regeln für diesen Wahnsinn. Die Grönländer sind überzeugt, dass das Böse die stärkste Kraft des Daseins ist. Daher besteht ihre Religion überwiegend aus Beschwörungen, um das Böse im Zaum zu halten. Sie verhandeln und feilschen mit ihm. Sie opfern dem Bösen in der Hoffnung, es so neutralisieren zu können.«

»Eigentlich ist das gar nicht so merkwürdig, wenn man an die überwältigende arktische Natur denkt. Hier kann der Mensch ja unmöglich siegen.«

»Damit haben Sie wohl recht. Aber sind Sie sich darüber im Klaren, dass der Grönländer in aller Regel der Ansicht ist, der Ursprung des Bösen läge in anderen Menschen und nicht in der Natur? Wird ein Mensch krank – und Krankheiten sind ja mein Gebiet –, glauben die Eskimos, die Ursache der Krankheit bestünde darin, dass ein feindlich gesonnener Mensch die Seele des betroffenen Organs geraubt hat.«

»Aber das ist der reinste Aberglaube.«

»Ja, so nennen wir das. Doch es passiert auch bei uns, dass ein Mensch nur aufgrund der Feindseligkeit seiner Umgebung dahinsiecht und aufgibt. Vor allem kleine Gemeinschaften können oft sehr hart zu ihren Mitgliedern sein.«

Carl fragte Mørk nach Jonas.

»Oh, der Unverwundbare«, sagte Mørk mit einem ironischen Lächeln. »Tja, den kenne ich. Er kennt Sie übrigens auch. Er hat einen Namen für Sie, und der lautet nicht Rasmussen. Er nennt Sie *angerlartoq.«*

»Er spricht also?«

»Ja, seine eigene Sprache. Ich verstehe es ein wenig.«

Mørk lächelte entschuldigend, als wollte er seine Sprachkenntnisse bagatellisieren.

»*Angerlartoq* bedeutet ›Derjenige, der heimkehrt‹.«

»Nun ja, eigentlich bin ich derjenige, der von zu Hause aufgebrochen ist.«

»Jonas sieht das sicher anders. Er genießt unter den Eskimos den Ruf, so etwas wie ein Schamane zu sein. Er hat mir nichts davon erzählt, aber ich habe unzählige Geschichten über ihn gehört. Die Eskimos sind der Meinung, dass Jonas von allen Tieren des Landes und des Meeres geboren werden kann, genau so, wie er es möchte. Sie sagen, er macht es, um uns Menschen zu erzählen, was er erlebt hat. Er hat ausprobiert, als Hund, als Rentier, ja sogar als Wolf zu leben, aber am besten gefällt es ihm offenbar im Meer.«

»Ein ziemlich farbenprächtiger Mythos«, entgegnete Carl. »Daran erkennen Sie die reiche und unverdorbene Fantasie des Naturvolks.«

»Für die Eskimos ist das bestimmt nicht erfunden, sondern die reine Wahrheit.«

»Und wie komme ich ins Bild?«

»Dazu komme ich noch. In einer der Geschichten, die ich gehört habe, wurde Jonas eines Tages, als er als Robbe im Meer schwamm, harpuniert und getötet. Der Fänger nahm ihn mit nach Hause und häutete ihn, und da die Frau des Fängers dabei zufällig neben ihrem Mann stand, ging Jonas in sie über, um als Mensch wiedergeboren zu werden. Er soll recht detailliert geschildert haben, wie sich der Aufenthalt im Mutterschoß aus der Sicht eines Embryos ausnimmt. Offenbar ist der Nabel ein sehr bequem angebrachtes Fenster, und die Geschlechtsteile der Frau stehen natürlich für die Tür.«

Carl senkte den Blick.

»Die Eskimos haben einige sehr komplizierte Beschwörungen, die sicherstellen, dass ein Fänger, der während der Jagd umkommt, in Form eines Neugeborenen ins Leben zurückkehren kann. Daher stammt die Bezeichnung *angerlartoq*. Der, der nach Hause zurückkehrt.«

»Die Eskimos haben also eine Vorstellung von einer Seele, die vom Körper getrennt ist?«

»Nicht von einer Seele, sondern von einem ganzen Bienenschwarm an Seelen, die ihnen im Körper herumschwirren.«

»Aber es sind doch Christen.«

»Ja, derzeit haben sie eine ihrer Seelen der Kirche als Pfand überlassen. Aber wie Sie sehen, unterscheidet sich ihr Verständnis der Unsterblichkeit von unserem. Sie haben keinen Bedarf für eine Ewigkeit, in der man dort oben hinter den Wolken versteckt wird. Stattdessen genießen sie das Leben in all seinen Formen.«

»Sie haben mir noch immer nicht erklärt, warum ich ein *angerlartoq* sein soll?«

»Sie sind doch Künstler. Nicht dass Jonas eine besondere Vorstellung über Kunst hätte. Aber er spürt eine Verbindung zwischen dem, was Sie tun, und seinen eigenen – wie sollen wir es nennen? – etwas rätselhafteren Aktivitäten. Er glaubt sicherlich, dass Sie, genau wie er, als alle möglichen Wesen wiedergeboren werden können, um von ihren Leben zu erzählen. Ich glaube, er begreift Kunst so: Einen Künstler kennzeichnet die Fähigkeit, verschiedenste Gestalten anzunehmen. Ich habe ihm erzählt, dass Sie in Dänemark vor allem als Marinemaler berühmt sind, und er schrak regelrecht zusammen. Sie wissen ja, das Meer spielt eine große Rolle in der Vorstellungswelt der Eskimos. Das ist nicht überraschend. Schließlich liefert das Meer den Fängern den größten Teil ihrer Nahrung. Einen Messias gibt es bei den Eskimos nicht, aber ich habe immer gedacht, wenn es ihn gäbe, würde er ihnen kein ewiges Leben im Himmel, sondern im Meer versprechen.«

Carl war enttäuscht und verärgert. Er fühlte sich verraten. Das war derselbe Jonas, in dessen Blick er einmal geschaut hatte. Er hatte geglaubt, er hätte endlich eine Brücke über eine Kluft geschlagen, die er für unüberbrückbar hielt. Und nun erwies sich alles als reiner Aberglaube, ein Schamane hatte lediglich den anderen verständnislos angestarrt.

»Ich verstehe es nicht«, sagte er, »ich hatte den Eindruck, dass ihn mein Bild von Hans Egede beschäftigte. Er war der aufmerksamste Zuschauer, den ich je bei meiner Arbeit hatte. Ich hatte wirklich das Gefühl, ich hätte bei dieser Gelegenheit die Seele der Naturmenschen erfasst.«

»Über Hans Egede hat er keine sonderlich hohe Meinung, seine Aufmerksamkeit hatte vermutlich andere Gründe. Er glaubt sicher, dass Sie sich über Ihre wahren Fähigkeiten nicht ganz klar sind.«

Gegen seinen Willen musste Carl lachen.

»Da kann man mal sehen«, sagte er. »Der Eskimo in einer überraschenden, neuen Rolle als Kunstkritiker.«

Nach ein paar Tagen wurde es wieder richtig kalt. Eis überzog das Rigg, das kaum sichtbar in einem Nebel verschwand, der mit der Kälte gekommen war. Carl bekam Kopfschmerzen, wie immer, wenn ihn das Wetter im Stich ließ.

Sie brachen von Godhavn auf und näherten sich Vajgattet, wo sich die Felsen ebenfalls fast zweitausend Meter aus dem Meer erhoben. Normalerweise wurde Segelschiffen empfohlen, den Sund, der die größte Ansammlung von Eisbergen an der Westküste Grönlands aufwies, weiträumig zu umfahren.

Der Nebel hob sich, und sie sahen voraus die Eisberge, die den gesamten Horizont wie eine undurchdringliche Mauer ausfüllten, die jede Durchfahrt versperrte. Wie Beiboote um Ozeandampfer schwammen Eisschollen um die treibenden Eisberge, aus denen ohne Vorwarnung Stücke herausbrachen. Einige Eisberge kamen nicht weiß, sondern blau daher, als hätte das Meer sich in die Luft erhoben. Ihre Kanten wirkten hart wie die Klippen der Küste und gleichzeitig wie aus dem schärfsten und feinsten Glas.

Kapitän Thomsen zeigte auf die blauen Eisberge.

»Das ist gefrorenes Süßwasser«, sagte er. »Die Blauen sind die Gefährlichsten. Nachts hat man den Eindruck, als würden sie sich in der Dunkelheit tarnen. Und bei trübem Wetter werden sie eins mit dem Meer. Einen weißen Eisberg kann man fast immer sehen, selbst im Nebel. Von deren Spitze geht sozusagen ein Licht aus. Aber die Blauen verraten sich nicht.«

Er leckte an seinem Finger und hielt ihn in die Luft.

»Ein frischer Südost«, sagte er mehr zu sich selbst. Dann nahm sein Gesicht einen tollkühnen Ausdruck an. »Ich glaube, wir wagen's.«

»Wagen was?«, wollte Carl wissen.

»Ihnen zu Ehren, Herr Kunstmaler. Sagen Sie jetzt nicht, dass Sie hinuntergehen und sich in Ihrer Kajüte verstecken wollen ...«

»Ich verstehe nicht ...«

»Die größte Autorität auf diesem Gebiet, der hochverehrte Oberleutnant Garde, warnt vor dem Vorhaben, auf das wir uns nun einlassen werden, nämlich direkten Kurs auf dieses Gatt zu halten. Nun ja, ich gehe nicht davon aus, dass Sie seine Bekanntschaft gemacht haben. Garde ist Autor eines Handbuchs über die Besegelbarkeit der Kolonien Westgrönlands. Ein nützliches Buch, hat man mir erzählt, ich hab's in meiner Kajüte, es liegt unter dem Kopfkissen, wenn ich schlafe. Es wurde mir von der Königlich Grönländischen Handelsgesellschaft aufgenötigt, die nach den zwanzig Jahren, die ich diese Küste befahre, nicht sehr viel Vertrauen in meine Erfahrung hat.«

Thomsen reckte noch einen Finger in die Luft.

»Oberleutnant Garde räumt jedoch ein, dass der Versuch unter ganz besonderen Umständen unternommen werden kann. Klares Wetter und ein frischer Südost. So wie jetzt.«

Er drehte sich um und rief den Steuermann.

»Ryberg«, sagte er, als der Steuermann mit einem aufmerksamen Gesichtsausdruck vor ihm stand. »Tu, was du am besten kannst. Geh auf die Knie und bete zu deinem Gott, wie du es noch nie zuvor getan hast. Wir segeln jetzt nämlich durch Vajgattet. Jetzt landen wir, der Teufel soll mich holen, direkt im Eis.«

»Und wenn der Nebel zurückkehrt?«, fragte Carl unruhig.

»Dann würde ich Ihnen empfehlen, Ryberg Gesellschaft zu leisten. Runter auf Deck, auf die Knie und den Herrgott angerufen, denn dann haben wir's verdammt noch mal nötig.«

Kapitän Thomsen fing an, Befehle zu brüllen. Der gezackte Rand der treibenden Eisberge kam näher. Aus der Nähe sah Carl, dass sich hier und da ein Weg öffnete, nicht nur eine schmale Gasse zwischen zwei Eisbergen auf Kollisionskurs, sondern offenes Wasser mit viel Platz zu beiden Seiten.

Thomsen blickte ihn noch immer mit diesem gefährlichen Glitzern in seinen kleinen, stechenden Augen an. Er hatte Raureif im Bart.

»Holen Sie Ihre Staffelei, Rasmussen, den Malkasten, das Skizzenbuch, die Palette, den ganzen Kram! Jetzt werden Sie was zu sehen bekommen!«

Eine Stunde später segelten sie inmitten der Eisberge.

Plötzlich knallte es vom Außenklüver, dann von der Fock, darauf vom vordersten Topsegel. Ein unsichtbares Wesen schien sich im Rigg befreit zu haben und boxte nun mit geballten Fäusten auf das Segeltuch ein. Es handelte sich um Fallwinde und Böen, die durch die Nähe der Eisberge verursacht wurden.

Es mussten Hunderte sein, abwechselnd weiß und blau und doppelt so hoch wie die Mastspitzen der *Peru*. Einige waren mitten im Sund auf Bänke aufgelaufen. Jahrelang konnten sie so stehen bleiben, während sie allmählich von Regen, Nebel und der Verdampfung, die die Sommerhitze verursachte, abgetragen wurden. Im Gegensatz zu den großen, ungebrochenen, blanken Formen der anderen Berge, in denen sich ein blendendes Gleißen spiegelte, sobald ein Sonnenstrahl auf sie fiel, schienen die auf Grund gestoßenen Eisberge uralt zu sein. Graugelb und schorfig, wurden sie durch Schlammströme ausgewaschen, und in der Mitte bildeten sich große Löcher, als würden sie allmählich verfaulen. Während sie den unausweichlichen Kollaps erwarteten, nahmen sie in ihrem sterbenden Zustand gespenstische, Unheil verkündende Formen an.

Carl schüttelte sich, als ginge von dieser Flotte Leviathane, die stumm die *Peru* umringten, eine Kraft aus, die ihn unvermeidlich mit in ihr Totenreich ziehen würde.

Ein Eisberg. Worin bestand sein Inhalt? Aus einem toten, auf der Meeresoberfläche schaukelnden Tier, um das sich Eis kristallisiert hatte? Oder aus einem Menschen, der mit dem Gesicht nach unten trieb? Enthielt jeder Eisberg einen Ertrunkenen? War das Meer rund um Grönland ein Friedhof voller schwimmender Mausoleen? Segelten sie inmitten einer Flottille von Toten, die ihre gefrorenen Münder in einem letzten Schrei um Hilfe aufrissen?

Er wusste, dass diese Visionen Unfug waren. So entstand kein Eisberg. Aber bei seinem ersten Besuch hatte er ähnliche Visionen gehabt, als er vom Meer aus eine Küste betrachtete, die er für das Tor in ein Totenreich hielt. Nun kehrten diese Bilder zurück.

Sie segelten an einem aufgelaufenen Eisberg vorbei, dessen Oberfläche sich in tiefe Risse und Spalten auflöste, als die Luft sich plötzlich mit einem gewaltigen, brausenden Geräusch füllte – als befänden sie sich in der Nähe eines Wasserfalls. Carl kannte das Geräusch, es warnte vor einem kalbenden Gletscher. Würde einer der Berge auseinanderbrechen? Er starrte den aufgelaufenen Eisberg an, der schaukelte, als wäre er im Begriff, zur Seite zu kippen. Doch der Berg wurde von einer Reihe innerer Explosionen erschüttert, wodurch eine riesige Menge gefrorenes Wasser in einen unsichtbaren Hohlraum stürzte. Einen Moment türmte sich der Eisberg zum blauen Himmel auf und im nächsten Augenblick breitete er sich in einer rasch wachsenden Flutwelle aus Eisklumpen auf dem Wasser aus.

Carl hörte Kapitän Thomsen hinter sich fluchen. Als eine eisige Sturzsee mittschiffs über das Schanzkleid spülte, neigte sich die *Peru* auf die Seite. Das Schiff richtete sich sofort wieder auf und das Wasser floss durch die Speigatten ab. Über ihnen knallten die Segel, als der Wind sie erfasste. Eisklumpen fegten über das Deck, und die Männer, die sich nicht bereits in die Takelage gerettet hatten, sprangen um ihr Leben, um den schweren, glatten Brocken zu entgehen.

»An die Pumpen!«, brüllte Thomsen.

Carl stand zusammen mit dem Kapitän auf der Back. Keiner von ihnen hatte sich verletzt. Allerdings hatte Carl nicht mit der Kraft der Welle gerechnet und war gestürzt; er war ein Stück übers Deck gerutscht, bevor sich das Schiff wieder aufrichtete. Der Kapitän kam auf ihn zu und half ihm auf die Beine.

»Na, Rasmussen«, sagte er in einem ganz alltäglichen Tonfall, als hätte sich nichts Ungewöhnliches ereignet, »sagen Sie nicht, dass wir hier auf der *Peru* nicht alles für die Kunst tun.«

Carl bemerkte, dass Thomsen noch immer seine Stricknadeln in der Hand hielt.

»Teufel auch!«, fluchte der Kapitän. »Jetzt hab ich eine Masche verloren!«

Als sie sich Upernavik näherten, hatte der Wind gedreht und kam jetzt aus Nordwest. Sie kreuzten zwischen den kleinen Inseln, die ohne Vorwarnung und glänzend wie Seehundrücken aus dem dichten Nebel auftauchten, bis der Hafen an der Luvseite lag. Mit einem einfachen Vorsegel ließen sie sich zum Ankerplatz treiben, wo sie von den beiden Walfängerschaluppen, die den Lotsen an Bord gebracht hatten, an ihren Liegeplatz gezogen wurden. Upernavik war die nördlichste Kolonie. Auch im Sommer ein ungastlicher Ort, heimgesucht von Nordwinden, die nichts anderes brachten als eiskalten Nebel und die jegliche Vegetation erstickten. Eisschollen und kleine Eisberge trieben in den Hafen, in dem noch ein amerikanischer Walfänger vor Anker lag.

In Upernavik ging Mørk von Bord.

»*Angerlartoq*«, sagte er zum Abschied. »Denken Sie daran, Rasmussen, Grönland ist Ihre Wiedergeburt. Aber zuerst müssen Sie eine Reise ins Meer unternehmen. Und es muss tief hinuntergehen. Ganz nach unten, wo die Sonne klein ist und nicht blendet.«

In seinem Hinterkopf lauerten Johan Mørks Bemerkungen über die Grönländer. Sollte er sich in eine der Torfhütten wagen? Nur standen sie jetzt leer. Die Sonne hielt sich vierundzwanzig Stunden am Himmel, und die Grönländer waren entweder in den Bergen oder auf dem Wasser. So hatte er sie kennengelernt, auf der Schneehuhnjagd oder in ihren zerbrechlichen Kajaks auf den Wellen schaukelnd, während sie mit der Harpune in der Hand darauf warteten, dass eine Robbe zwischen den Eisbergen auftauchte. Die grönländische Natur hatte etwas Erhabenes und Reines, und seiner Ansicht nach spiegelten sich die Grönländer in dieser Natur wider, in der sie mit so großem Geschick zu überleben gelernt hatten. Die Eskimos schienen ihm unverdorben wie die Natur, erhaben über den kleinlichen Kampf der Zivilisation ums Dasein. Nein, der Eskimo stand nicht wie der sogenannte zivilisierte Mensch mit dem Leben auf Kriegsfuß. Stattdessen hatte er einen Pakt mit der Schöpfung geschlossen. Er war ebenso vertrauensvoll ein Teil der Schöpfung wie das Schneehuhn, wenn es auf seinen schwachen Flügeln über dem Berg aufstieg, oder die Robbe, wenn sie ihren kleinen runden Kopf mit den ausdrucksvollen Augen aus dem Wasser steckte, um in der scharfen frischen Luft Atem zu holen.

Und genau darin lag die poetische Wahrheit dieser merkwürdigen Geschichte über Jonas: Die Zusammengehörigkeit der Eskimos mit der Natur brachte sie natürlich auf die Idee, dass ein Mensch alle Tiergestalten annehmen konnte. Es bestand ja von vornherein eine Bruderschaft zwischen ihnen.

Dennoch spürte Carl, dass seine Urteilskraft ihn diesmal im Stich gelassen hatte. Er hatte sich in Jonas geirrt. Er hatte geglaubt, in seinem Blick etwas lesen zu können, das nicht darin lag. Nun fühlte er sich allein in Grönland. Niemals würde er finden, weshalb er gekommen war.

Mørks Worte über die Nachtseite der Eskimos hatten ihn abgestoßen: Nicht so sehr wegen des Abscheu erregenden Bildes, das der Arzt ihm mit dem Zynismus gemalt hatte, der häufig den Repräsentanten seines Standes zu eigen ist. Nein, eher hielt er die Bereitschaft des Arztes für anstößig, die Schattenseiten des Lebens so zu betonen. Als wollte er die Grönländer mit aller Macht kleiner machen und trivialisieren, als gäbe es keinen Unterschied zwischen Großstadtmensch und Naturmensch. Welchen Sinn hätte es denn sonst gehabt, hierher zu kommen?

Sollte er die Herausforderung annehmen und den Winter über bleiben? Sollte er die Torfhütten, ihr verborgenes und erniedrigendes Leben, aufsuchen? Wurde die Kunst wirklich erst groß, wenn sie auch die Nachtseite des Menschen darstellte, oder war es eher ein fataler Ehrgeiz, der sie ersticken würde?

Carl erinnerte sich an ein weiteres Bruchstück seiner Gespräche mit Mørk. Der Arzt hatte berichtet, wie er in einer der Eskimohütten einen abgeschlagenen Eisbärenkopf fand. Auf den Kopf des Eisbären hatten die Eskimos Sohlenleder, Messer, Glasperlen und Sägespäne gelegt. Um sich mit der Seele des getöteten Tieres zu versöhnen, wie Mørk erklärt hatte. Ein Eisbär wanderte viel herum, daher konnte er die Sohlen für seine abgenutzten Pfoten brauchen. Er sagte dies mit einem Lächeln, doch dann hatte sein Gesichtsausdruck sich abrupt verändert, als er sich vorbeugte, um eine Frage zu stellen.

»Wäre das nicht ein Motiv?«, hatte er gefragt und Carl prüfend angesehen, als ob die Antwort in irgendeiner Weise entscheidend wäre.

»Für einen Entdeckungsreisenden schon«, hatte Carl erwidert,

»für jemanden, der die Gebräuche der Eingeborenen erforscht. Aber ich bin Künstler.«

Ja, er war Künstler und kein Forscher. Aber wo verlief die Grenze? Wenn er allein war, hatte er den Eindruck, auch die einfachsten Fragen nicht mehr beantworten zu können.

Die innere Diskussion hatte sich von vornherein erübrigt. Er fühlte sich nicht mehr in der gesundheitlichen Verfassung, um einen Winter zu überstehen. Er musste im Herbst mit der *Peru* wieder nach Hause. Doch Mørks Worte hatten eine weitere Quelle des Zweifels in ihm geöffnet, und zusammen mit all den anderen wurde sie zu einem stetig wachsenden Strom.

Sie blieben vierzehn Tage in Upernavik. Die Temperatur lag um den Gefrierpunkt, mal ein wenig darüber, mal ein bisschen darunter. In der Regel blies ein steifer Nordost in die kleine Bucht, in der der Hafen lag. Oft brachte er Regen, dann schlug das Wetter urplötzlich wieder um, und der Regen wurde abgelöst von großen feuchten Schneeflocken, die nicht liegen blieben, die feucht glänzenden Basaltfelsen aber noch schwärzer aussehen ließen. Flaute der Wind endlich ab, senkte sich sofort ein undurchdringlicher Nebel über die Bucht. Nur einen einzigen Tag hatten sie ruhiges und klares Wetter.

Obwohl Upernavik ein Außenposten war, herrschte reges Treiben im Hafen. Ein anderes Schiff der Königlich Grönländischen Handelsgesellschaft, die *Thorvaldsen,* war klar zur Abreise, als die *Peru* an den Kai bugsiert wurde. Es blieb gerade noch Zeit, Briefe und Grüße an Bord zu bringen, bevor das Schiff westlich der kleinen Inseln Nøglen und Hvalfisken, die vor der Passage nach Upernavik lagen, auslief.

Ein amerikanischer Walfänger aus New Bedford lag bereits auf Reede. An der wuchtigen, mit Zedernholz verstärkten Längsseite schwamm ein Pottwal festgezurrt an der Wasseroberfläche. Carl glaubte sehen zu können, wie das gewaltige Tier noch schwach mit dem Schwanz schlug, aber dabei musste es sich um eine Sinnestäuschung gehandelt haben. Der Wal konnte nicht mehr am Leben sein. Auf Bootsmannsstühlen stehend wurde die Mannschaft die Reling abgefiert. Als sie anfingen, mit langschaftigen Messern die dicke Speckschicht zu zerstückeln, schien gleichsam ein Zittern durch die enorme Fleischmasse zu gehen, das Wasser rund um den Walfänger färbte sich rot vom frischen Blut.

Von der *Peru* wurden Tonnen, Fässer und größere Mengen Holz gelöscht, das in der kleinen Kolonie zum Bau neuer Häuser dienen sollte. Außerdem wurden Kohle und Eisen von Bord transportiert. Das Stückgut, das sie in Godhavn geladen hatten, musste vom Hauptladeraum in den Laderaum nach achtern umgestaut werden, um für die Fracht Platz zu schaffen, die in den Lagerhäusern entlang des Piers wartete. Tonnen mit Pelzen und Ballen mit dreitausend Robbenfellen wurden vom Spill ins Schiff gehievt, bis der große Laderaum voller Beweise für das umfassende Robbenschlachten war, das sich entlang der Küste abspielte.

Carl dachte an die Robbe, die Mørk vor Godhavn geschossen hatte. Hier wiederholte sich das Gemetzel tausendfach. Er blickte hinüber zu dem Walfänger, dessen Besatzung den riesigen Körper zerteilte. An Deck hatten sie die Trankessel angefeuert, und ein beißender Geruch nach Tod breitete sich über dem Hafen aus und setzte sich in den Nasenlöchern fest.

Es gab nur wenige Dänen in Upernavik. Außer den Männern, die am Hafen des Handelsplatzes arbeiteten, lebte hier nur ein Pastor, der sich der gut hundert eingeborenen Seelen annahm, die in der Gegend überwinterten. Carl war das triste, trübe Wetter leid, und er entschied sich, dem Pastor, der auf den Namen Palladius hörte, zur Abwechslung einen Besuch abzustatten.

Er wurde im Studierzimmer empfangen, in dem eine abgegriffene Bibel das einzige Buch war, das er sehen konnte. Pastor Palladius hatte einen flammend roten, aufgedunsenen Kopf mit hervorquellenden Augen, deren geplatzte Blutäderchen ihr Delta auf einem gelblichen Hintergrund ausbreiteten, als würde er unter einer permanenten Leberentzündung leiden. Carl wurde seiner Gesellschaft schnell überdrüssig, als er begriff, dass der Pastor eher einen Saufkumpan als einen gebildeten Gesprächspartner suchte.

Auf den leeren Bücherregalen stand eine Flaschenparade mit flüssigen Inhalten in unterschiedlich blassen Nuancen. Es handelte sich um Branntwein. Um den Geschmack zu variieren, setzte Palladius den Schnaps mit unterschiedlichen Pflanzen auf, die er bei seinen Wanderungen in den Fjells fand. Er bezeichnete sein selbst gemachtes Gebräu als Kräuterschnaps und erläuterte mit feierlichem Gesichtsausdruck seine botanisch inspirierten Experimente. Er wies auf eine Flasche nach der anderen. Blaubeere, Heidekraut, Krähenbeere. Ja, ja, der Kunstmaler müsse unbedingt alles probieren. Palladius nötigte ihn und duldete keinen Widerspruch. Er behauptete, man würde die gesamte grönländische Natur darin schmecken können.

Mit zitternden Händen schenkte er zwei Schnapsgläser ein.

Carl fragte ihn, ob sich in Upernavik ein Grönländer namens Jonas aufhielt. Er wollte gerade mit einer näheren Beschreibung beginnen, als Palladius abwehrend die Hand hob. Dabei schlürfte er aus seinem Schnapsglas. Den größten Teil goss er sich auf die Weste, die ohnehin ein reiches Panorama an Flecken aufwies. Dann schenkte er sich erneut ein, bevor er Carls Frage beantwortete.

Nein, von einem Jonas hatte er noch nie gehört.

Carl sah ihn verblüfft an. Zum ersten Mal begegnete er jemandem, der Jonas nicht kannte.

»Sind Sie sicher?«

Palladius schlug auf den Tisch und setzte eine beleidigte Miene auf, als hätte Carl seine gesamte Amtsführung als Pastor in Frage gestellt.

»Sicher? Ja, natürlich bin ich sicher. Upernavik ist seit dreißig Jahren mein Sprengel. Und es gibt hier wohl kaum eine Seele, die ich nicht über das Taufbecken gehalten habe. Ich müsste es wissen!«

Er goss sich einen weiteren Schnaps ein und prüfte ihn mit Kennermiene vorsichtig mit der Zunge. Zu Carls Erleichterung vergaß er vollkommen, auf das Glas seines Gastes zu achten, das noch immer halb voll dastand.

»Wir haben hier einen Barabbas, einen Judas, einen Herodes, Kain, Nebukadnezar, Goliath – oh ja, der sieht übrigens sehr komisch aus. Stellen Sie sich so einen kleinen krummbeinigen Eskimo vor, so einen Dreikäsehoch, und dann heißt er Goliath.«

Er lachte laut über seinen eigenen Witz. Dann setzte er seine Aufzählung fort.

»Wir haben sogar einen Pontius Pilatus. Aber keinen Jonas, obwohl es hier ja genügend Wale gäbe, in denen so ein armer Schlucker eine mittelfristige Unterkunft finden könnte.«

Carl fühlte sich von der Sauferei des Pastors abgestoßen und entschuldigte sich mit einer dringenden Angelegenheit.

»Ich bin Ihnen wohl nicht gut genug?«

Palladius hatte die eigentliche Ursache für die plötzliche Eile seines Gastes erraten und blickte mit glasigen Augen auf. Mit einem wütenden Ausdruck in seinem aufgequollenen Gesicht wies er auf die Tür.

»Gehen Sie bloß. Sie langweilen mich ohnehin. Sie verstehen's ja nicht mal, einen ordentlichen Kräuterschnaps zu würdigen. Und Sie nennen sich Künstler! Sie müssten doch der Erste sein, der die Freuden des Lebens zu schätzen weiß. Ha! Ja, entschuldigen Sie, dass ich lache. So eine Memme!«

Er lehnte sich vornüber und griff nach Carls halb gefülltem Glas.

»Ich höre, Sie waren zu Besuch bei Pastor Krähenbeere?«

Kapitän Thomsen sah ihn über den gedeckten Tisch im Salon hinweg an. Ryberg saß wie gewöhnlich mit konzentriertem Ausdruck in seinem zerschnittenen Gesicht am Tisch und verschlang Labskaus von seinem bereits halb leeren Teller.

»Palladius«, sagte Carl, »er heißt Palladius.«

»Na, von mir aus.« Thomsens Ton klang munter. »Ich nenne

ihn also Krähenbeere. Mit dem guten Pastor ist es so wie mit seinen Krähenbeeren. Den Winter über liegt er in Spiritus.«

Er warf einen Blick auf den noch immer kauenden Ryberg. Dann legte er Messer und Gabel beiseite und beugte sich über den Tisch.

»Sie haben vermutlich die seltsamen Namen bemerkt, mit denen die armen Grönländer hier in Upernavik herumlaufen?«

»Ja, es scheint, als wären sie alle nach den Schurken der Bibel benannt.«

»Ja, ist das nicht komisch? Die Erklärung ist ganz simpel. Krähenbeere ist immer besoffen, wenn er am Taufbecken steht. Sie sollten die Kisten von Messwein sehen, die wir jedes Jahr hier hoch transportieren. Genug für sämtliche Kirchen Kopenhagens. Ich sehe, Sie stutzen, Rasmussen. Sie sind doch nicht etwa entrüstet, weil Sie hören, dass ein Pastor bei der Ausübung des Gottesdienstes besoffen ist?«

Carl zuckte die Achseln. Er war empört, aber er wusste, dass seine Empörung bei Thomsen nur Heiterkeit hervorrufen würde.

»Die schwarzen Schafe der Pastorenfamilien enden in Grönland. Das ist Ihnen vermutlich bekannt? Sie sind bereits dem Suff verfallen, bevor sie hierher kommen. Mit ihrem Examen als Pastor lässt sich weiß Gott nicht prahlen, und zu Hause reißt man sich auch nicht gerade um sie, also schickt man sie hier hoch. Auf Grönland kann selbst der Dümmste und Unfähigste noch ein Amt bekommen, und in der Regel ist es auch so. Der Schnaps ist der blinde Passagier in ihrem Gepäck. Was Krähenbeere angeht, weiß ich wirklich nicht, ob es ausschließlich am Suff liegt, dass er den armen Grönländern diese merkwürdigen Namen gibt, oder ob er damit eine tiefere Absicht verfolgt. Vielleicht ist das eine Art von Ironie.«

Er lachte vor sich hin.

»Ja, das Christentum – das ist schon eine gottverdammte Religion.«

»Sie sollen den Herrn, unseren Gott, nicht verspotten«, meldete sich Ryberg.

Er reckte den Arm über den Tisch und zog die Schüssel mit Labskaus heran.

»Der Steuermann hat recht«, sagte Carl und gab sich Mühe, seine Stimme fest klingen zu lassen. Er sah Kapitän Thomsen an. »Ich weiß genau, dass Sie Gott leugnen und ein Atheist sind, oder wie auch immer Sie sich selbst nennen, aber das gibt Ihnen kein Recht, den Glauben anderer zu beleidigen, nur weil Sie ihn nicht teilen.«

Thomsen erwiderte Carls Blick mit triumphierender Miene, als hätte er gerade auf diese Worte gehofft, als wäre es ihm auf eine undurchschaubare Weise gelungen, Carl in eine Falle zu locken.

»Im Prinzip gebe ich Ihnen recht«, erwiderte er. »Aber wenn Sie Ryberg meinen – dann nicht.«

Er nickte dem Steuermann zu.

»Ist das korrekt, was ich sage, Ryberg?«

Der Steuermann duckte sich über seinem Teller, den er noch einmal mit Labskaus gefüllt hatte. Er sah aus, als hätte er es längst bereut, sich in das Gespräch eingemischt zu haben. Der Kapitän versetzte ihm mit der Faust einen leichten Stoß an der Schulter.

»Ich habe dich doch zum Glauben gebracht, nicht wahr, Ryberg? Nicht du hast den Glauben gefunden, und der Glaube hat auch nicht dich gefunden. Ich habe dich am Schlafittchen gepackt und ein Stelldichein zwischen dir und dem Herrn arrangiert. Verhält es sich nicht so, Ryberg?«

Der Steuermann erstarrte und schaute auf seinen Teller. Dann nickte er und sein zerschnittenes Gesicht wurde flammend rot.

Thomsen wandte sich an Carl.

»Da sehen Sie es«, sagte er. »Ich bin ein weltoffener Mann. Ich selbst brauche den Glauben nicht. Aber natürlich erkenne ich, wenn andere den Glauben nötig haben, und dann stehe ich ihnen bestimmt nicht im Weg. Allerdings kann es auch schon mal vorkommen, dass ich diese Leute bei der Hand nehme.«

Der Steuermann stand auf und polterte in Richtung Tür.

»Mahlzeit«, murmelte er mit steifem Nicken.

Thomsen blickte ihm hinterher und lachte nachsichtig.

»Er hat Ihnen doch bestimmt seine Leidensgeschichte erzählt, er übertreibt nicht. Sie sind ja tagtäglich gezwungen, seine Visage zu sehen, nicht wahr? Der Steuermann war kurz davor, ein für alle Mal die Seestiefel in die Ecke zu stellen, als er damals Frau und Kind verlor. Ich traf ihn in Hamburg, ich kannte ihn von früher. Damals brach dort die Cholera aus. Ja, das ist noch gar nicht so lange her. Zehntausend Tote in einem Monat. Ich packte Ryberg am Kragen und schleppte ihn auf den Friedhof, wo hundert Mann Tag und Nacht arbeiteten, um die Toten unter die Erde zu bringen. Dort standen Leiterwagen, auf denen die Särge übereinanderlagen. An der Straße lagen sie wie Brennholzstapel. Unlackierte rohe Bretter, bloß ein Zettel dran, mit dem Namen des Toten. ›Willst du das etwa?‹, habe ich ihn gefragt. ›Dann atme tief ein und zieh dir den Leichengestank ordentlich in die Lungen, dann liegst du auch bald so da und streckst die Nase in die Luft.‹ Er wollte sterben und doch wieder nicht. Schließlich will niemand von uns wirklich den Löffel abgeben, wenn es soweit ist. Er begann mit der Leier: ›Ich schaff's nicht allein.‹ Sie haben es sicher auch schon zu hören bekommen? Ist ja mehr oder weniger sein Wahlspruch. ›Na gut‹, habe ich gesagt, ›dann musst du zu Hammershøj.‹ Ja, das war der Seemannspastor in Hamburg. Ein Teufelskerl, mit Fäusten wie ein Paar Schlägel. Er prügelte Ryberg den Lebenswillen wieder ein.«

»Sie meinen, er war ein guter Prediger.«

»Nein, ich meine es so, wie ich's sage. Hammershøj ist ein gewaltiger Raufbold. Er räumt ein Wirtshaus in ein paar Minuten. Und hinterher redet er zuckersüß über Jesus. Es sind seine Fäuste, vor denen die Seeleute Respekt haben. Eins aufs Maul und du hörst die Englein singen. Jedenfalls war das genau das Richtige für Ryberg. So fand er schließlich zu Jesus.«

Thomsen verzog das Gesicht.

»›Ich schaff's nicht allein!‹ Unfug, sage ich. Aber dieser Unfug hält ihn aufrecht, also ist es mir recht. Ja, wir haben ein gewisses Zusammengehörigkeitsgefühl, Ryberg und ich.«

»Ich verstehe, Sie sind alte Bekannte?«

»Tja, das kann man wohl sagen. Wir haben mal unser Blut vermischt.«

»Also Freunde seit der Kindheit?«

»Nein, nein, ich rede nicht von Dummejungenstreichen. Haben Sie schon mal von Kannibalismus gehört? Das wird tatsächlich auch bei Christenmenschen praktiziert. Sie werden überrascht sein, wozu Hunger und Durst schiffbrüchige Seeleute treiben können.«

Carl warf dem Kapitän einen skeptischen Blick zu. Er erinnerte sich an sein Gespräch mit Albert Madsen in Marstal. Jetzt fehlte nur noch, dass Thomsen ihm einen Schrumpfkopf zeigte.

»Sie und der Steuermann haben einmal eine gemeinsame Mahlzeit aus Menschenfleisch geteilt?«

Thomsen lächelte.

»Nicht ganz«, entgegnete er. »Lassen Sie es mich so ausdrücken: Wir haben zusammen die einleitenden Schritte unternommen. Es geschah während eines Orkans im Südatlantik. Eine falsche See zerschlug unser Schiff. Wir retteten uns auf ein Holzfloß. Acht Mann. Der Durst war das Schlimmste. Wir hatten einen Angelhaken und fingen hin und wieder einen Fisch. Aber es gab nichts zu trinken. Das war noch vor Rybergs Bekehrung. Denn Sie kennen seinen Herrgott ja gut genug, um zu wissen, dass er uns in dem Moment, in dem Ryberg die Hände gefaltet hätte, mit einer vollen Wassertonne zu Hilfe gekommen wäre. Am vierten Tag öffnete sich Ryberg mit einem Messer die Pulsader und bot mir an, von seinem Arm zu trinken. Ich spürte, dass ich dasselbe für ihn machen musste. Die anderen folgten unserem Beispiel, aber auf Dauer funktionierte das nicht. Wir losten, und einer von uns musste für die anderen sein Leben lassen. Wir tranken sein Blut. Ob wir schließlich auch sein Fleisch gegessen hätten, weiß ich nicht. Die Haie wurden schier wahnsinnig, als das Blut durch die Ritzen des Floßes sickerte. Sie waren so aufgeregt, dass sie am Ende gegenseitig aufeinander losgingen. Unser Floß wäre beinahe gekentert, wir mussten ihnen die Reste des armen Teufels überlassen.«

Thomsen betrachtete aufmerksam Carls Gesicht.

»Ich sehe Ekel in Ihrem Gesicht. Aber Sie sollten wissen, dass niemand sich selbst kennt, bevor er dem Tod nicht unmittelbar gegenübersteht und sich plötzlich ein Ausweg bietet, egal, wie fürchterlich er auch sein mag.«

»Ich verurteile Sie nicht«, sagte Carl kleinlaut.

»Ich kann Sie beruhigen, wir haben nicht noch einmal gelost. Die Übrigen starben von allein. Einer wurde wahnsinnig und sprang ins Meer, wo ihn sofort die Haie holten. Auf dem Floß gab es zwei Schweden. Sie glaubten, sie wären in einer Kneipe in Stockholm und schrien ständig nach Schnaps. Zum Schluss sah ihre Haut aus wie Pergament. Ihre Gesichter waren derart eingefallen, dass sie die Größe von Kindergesichtern hatten. Die Augen klein wie die von Vögeln. Sie grinsten uns so unheimlich an, als wir sie eines Morgens tot fanden. Nur Ryberg und ich überlebten. Am achten Tag fing es an zu regnen, das rettete unser Leben. Am zehnten Tag fand uns ein Schiff.«

Thomsen schob den Teller von sich.

»Ich sehe, Sie sind blass geworden. Wollen wir auf den Kaffee verzichten und an Deck ein bisschen frische Luft schnappen?«

Carl wäre am liebsten allein gewesen, aber er spürte, dass er das Angebot des Kapitäns nicht ausschlagen konnte.

Die Mannschaft verlud im Laderaum Tranfässer. Der Steuermann stand an der Luke und schrie ihnen seine Befehle zu.

Auf der anderen Seite des Hafens hatten sie den toten Wal zerteilt, die gewaltigen Speckmassen lagen in großen unförmigen Haufen an Deck des Walfängers, auf dem unter den Kesseln der Trankocher das Feuer loderte. Das Wasser im Hafen überzog eine dünne Schicht dunkelroten Bluts. Der Gestank war atemberaubend. Carl hielt sich eine Hand vor die Nase.

»Ich glaube, der Wal lebte noch, als sie anfingen, ihn zu zerteilen«, sagte er.

»Gut möglich. Aber ein großer Unterschied ist es nicht. Wale fühlen ohnehin nichts.«

»Meinen Sie, Wale haben kein Nervensystem?«

Der Kapitän sah einen Moment unsicher aus.

»Das will ich doch nicht hoffen«, sagte er. »Der Gedanke wäre ja nicht zu ertragen.«

Carl segelte mit der *Peru* die Westküste Grönlands hinauf und zog – Hafen um Hafen, Etappe um Etappe – eine Bilanz seines Lebens.

»Du hast doch so viel erreicht«, hatte Anna Egidia oft zu ihm gesagt.

Der Ausdruck in ihren Augen erschien ihm jedoch als ein einziges großes Dementi ihrer eigenen Worte. Hatte er ihr zu viele Bürden auferlegt? Zu viel verlangt? Hatte er sie aufrichtig geliebt? Oder hatte sie lediglich als Stellvertreterin für Henrietta herhalten müssen? Und was war schließlich dabei herausgekommen? Diese Flucht nach Grönland und Zweifel, nichts als Zweifel.

So viel schuldete er Anna Egidia, und gleichzeitig arbeitete unablässig ein wahrer Berg von Vorwürfen in ihm. Und so ungerechtfertigt sie auch waren, konnte er doch nicht verhindern, dass er sie pausenlos vorbrachte. Hatte sie ihn in der richtigen Weise unterstützt? Hatte sie ihn verstanden?

Er hatte der Familie das Haus in der Teglgade gebaut. Dieses Haus hatte nichts von den Skipperhäusern und ihrer engen Romantik. Es signalisierte Wohlstand und war ein angemessener Rahmen für eine große Familie und einen Künstler, dessen populäre Werke sich gut verkauften.

Aber war es auch ein angemessener Rahmen für einen Künstler, der seine Freiheit brauchte? Und entpuppte sich Anna Egidia nicht als ein Teil der Zwangsjacke, die ihn so fest einschnürte? Sie brauchte das Familienleben, keine hochtrabenden Künstlerträume. Sie hatte viel für ihn geopfert. Aber hatte er nicht auch das Wichtigste für sie geopfert: seine Freiheit, ein Risiko einzugehen und seine Kunst in neue, unsichere Bahnen zu lenken?

Mit den Jahren hatte dieses negative Band sie verbunden. Keiner von ihnen hatte losgelassen. Stattdessen verzichteten sie beide. Er erhielt seine Freiheit nur zum Teil. Ebenso wie sie ihre Sicherheit.

Carl reiste die Westküste Grönlands entlang und fühlte sich klein. Aber nicht aufgrund der überwältigenden Natur. Sondern wegen seiner Unentschlossenheit. Möglicherweise lag in dieser Unentschlossenheit die eigentliche Ursache, dass er noch einmal nach Grönland aufgebrochen war. Er wollte Zeit gewinnen, um einen Entschluss zu fassen. Und doch nagte die Willensschwäche an ihm. Man kann sich für neue Wege entscheiden. Aber man kann nicht entscheiden, sich inspirieren zu lassen.

Er malte sich von Hafen zu Hafen, von Landspitze zu Landspitze, von Eisberg zu Eisberg, von Siedlung zu Siedlung, von Kajak zu Kajak. Er malte die *Peru,* wenn das Schiff mit schlaffen Segeln im grönländischen Sommer auf dem windstillen Meer trieb. Er malte das Schiff mit einer rostroten Felswand im Hintergrund, wenn es vor Anker lag. Die Sonne stand noch immer vierundzwanzig Stunden am Himmel. Die Inspiration blieb aus. Er hatte seine Technik.

Überall, wo er sich mit seiner Staffelei oder seinem Skizzenblock niederließ – entweder an Deck der *Peru* oder im Fjell – tauchten Zuschauer auf. Eins hatten sie alle gemeinsam: Sie wussten nichts über die Kunst. Sie hielten ihn für einzigartig. Nein, so etwas, sagten sie und staunten. Sie waren so leicht zu beeindrucken, dass er sich für ihr Lob schämte. Er fühlte sich wie ein Betrüger. Seine Palette und seine Leinwand schienen Requisiten in einem Zirkus zu sein. Ein Maler für Wilde und Seeleute! Aber war er denn wirklich etwas anderes?

Carl vermisste Jonas aus tiefstem Herzen, den Jonas, der einst vor dem Porträt von Hans Egede auf Håbets Ø gesessen hatte, nicht den Jonas, den Johan Mørk ihm beschrieben hatte. Hin und wieder blickte er hastig auf, wenn eine Gruppe Neugieriger sich um ihn scharte. Er spürte den Blick auf sich und glaubte einen hoffnungsvollen Augenblick, dass Jonas sich in der Gruppe verbarg. Jedes Mal wurde seine Erwartung enttäuscht und er fühlte sich leer und einsam.

Carl war hierher gekommen, um einen Entschluss zu fassen. Oder besser, um die Inspiration einen Beschluss fassen zu lassen, um, wie in seiner Jugend, noch einmal diesen Flügelschlag zu spüren. Er wollte wieder mit dem Pinsel in der Hand fliegen. Kunst bedeutete Rücksichtslosigkeit, und Rücksichtslosigkeit brauchte er. Doch nun schienen alle Wege versperrt, und er sank kraftlos zusammen. Die *Peru* segelte stur nordwärts, wendete irgendwann und trat die Rückreise an. Er selbst kam nirgendwo hin.

Angerlartoq. Er dachte an Jonas' Bezeichnung für ihn. Johan Mørks Abschiedsworte hatten den Namen so klingen lassen, als befände er sich auf einer Bildungsreise. Aber diese Reise durch das kalte Totenreich des Meeres, von dem die Eskimos sich vorstellten, dass es zu einer Wiedergeburt führen könnte, hatte nur wenig von einer Bildungsreise. In seinem Fall blieb die Wiedergeburt aus. Die Inspiration wollte sich nicht einstellen.

Carl hatte das Gefühl, als stünde er auf dem Inlandeis, dieser großen unbenutzten Leinwand, auf der Gottes Schöpferkraft nicht ausgereicht hatte und seine eigene ausblieb. Wenn alle Farben der Welt zusammenliefen, wäre das Resultat weiß. Die Farben würden sich gegenseitig aufheben. Sie kehrten zurück in das blanke Nichts, das vor Beginn von allem existierte. Die Leinwand wurde wieder weiß, als hätte es nie einen schöpferischen Drang gegeben – und genau an diesem Punkt befand er sich jetzt.

Auf eine sonderbare Weise, die er sich nicht erklären konnte, verschmolzen für ihn das Ausbleiben der Inspiration und Jonas' Verschwinden. Wenn der Eskimo endlich auftauchte, würde die Inspiration auf dem Fuße folgen. Jonas würde ihn bei der Hand nehmen und ihm einen Weg über das Inlandseis zeigen. Carl ging der blasphemische Gedanke durch den Kopf, dass es genau dort Platz für ihn gab, wo Gott aufgegeben hatte. Er konnte diese Leinwand füllen, auf der Gottes Hand versagt hatte. Auf der unbenutzten Fläche erwartete ihn die Freiheit, nicht die Leere. Hier konnte er von vorn beginnen.

»Wenn die Sonne zum ersten Mal unter den Horizont taucht und die Winterdunkelheit ihre Rückkehr ankündigt, ist mein Schicksalsdatum gekommen. Wenn Jonas bis dahin nicht erschienen ist, dann ist meine Reise vergeblich gewesen«, sagte er sich.

Ein törichter Gedanke. Aber er spürte deutlich, wie viel Wahrheit darin steckte.

Dann kam der Abend, an dem die Sonne einen Augenblick hinter dem Horizont verschwand, wie eine kleine rote Glut, die gelöscht wird, um einen Moment später wieder in voller Größe zu erstrahlen. Das Licht am Himmel blieb unverändert.

Mit jedem Abend verschwand die Sonne nun länger. Oben im Zenit begann die Dunkelheit zu wachsen. Der Winter rückte heran wie eine schwarze Wolke aus dem Kosmos, die sich langsam der Erde näherte.

»Mein Winter«, dachte er. »Meine Dunkelheit.«

Oder entsprach das Ausbleiben der Inspiration dem Gefühl von eiskaltem Wasser, nicht von Dunkelheit, war es eher wie ein totes Licht auf der unterseeischen Reise eines Eskimos, wenn die Sonne noch immer zu sehen, aber zu weit entfernt ist, um zu blenden und zu wärmen?

Hin und wieder vermisste Carl die Unterhaltung mit dem Arzt aus Upernavik. Am meisten vermisste er jedoch die Daheimgebliebenen, und er wusste, dass diese Sehnsucht, der er sich nun hemmungslos hingab, ein Zeichen dafür war, dass er aufgegeben hatte. Er hatte den Glauben an sich verloren. Der Wille seiner Jugend war verschwunden. Er würde die Knoten seiner Ehe nicht lösen, nicht aus Marstal fortziehen, nicht die neuen Orte der Kunst besuchen, die in Europa entstanden.

Er betrachtete die Eskimos, die in seiner Malerei eine so große Rolle gespielt hatten, und Ekel huschte über seine Züge. Nein, er würde nicht zur Winterzeit in ihre Hütten gehen. Er würde nicht anfangen, die Nachtseite ihres Wesens oder ihren schwarzen Glauben an das Böse zu erforschen, das nicht nur in der Natur herrschte, sondern auch sämtliche menschlichen Handlungen steuerte. In ihrem Glauben gab es weder Erlösung noch Gnade oder Vergebung, sondern lediglich Schamanismus und endlose Geisterbeschwörungen. Er wollte nicht alle möglichen seltsamen Gestalten annehmen, um den Menschen danach zu erzählen, wie es gewesen war. Er wollte nicht dem Beinamen entsprechen, den Jonas ihm gegeben hatte, ›Derjenige, der heimkehrt‹.

Und doch würde er heimkehren, heim nach Marstal, aber auch der Weg nach Hause erschien ihm jetzt als Fluchtroute. Wie alles andere.

Mechanisch reproduzierte er weiterhin den Motivkreis, den er bereits auf seiner ersten Grönlandreise für sich gewählt hatte.

Er wusste, was er tat. Er kopierte seine erste Reise, nichts weiter.

Er vermisste einen Blick, diesen Blick, der seinem Pinselstrich hätte Leben einhauchen sollen.

Er wusste, dass er Jonas nie wiedersehen würde.

Sein Aufenthalt auf Grönland endete mit einem Skandal.

Ihn traf keine Schuld, aber er war der Anlass. Er hatte etwas getan, über dessen Konsequenzen er sich nicht im Klaren war; niemand hatte es vorhersehen können, und doch fühlte er sich schuldig. Er hatte getan, was er immer tat. Er malte, und plötzlich verstand er, dass das Verbrechen in der Kunst selbst bestand.

Der Vorfall ereignete sich in Godthåb, dem letzten Hafen, den das Schiff vor der Heimreise nach Kopenhagen anlief.

Dreiundzwanzig Jahre zuvor hatte Carl hier überwintert, und zu seiner Überraschung herrschte so viele Jahre später noch immer derselbe Verwalter über die Gegend. Berendtsen hatte sich so gut wie nicht verändert. In all den Jahren war er lediglich einmal in Dänemark gewesen. Nach dem Tod seiner damaligen Ehefrau Cornelia Berendtsen, geborene Lind, an die sich Carl vor allem wegen ihrer Freudlosigkeit erinnerte, hatte Berendtsen sich auf eine Reise nach Kopenhagen begeben, um eine neue Frau zu finden. Obwohl er in den Augen der meisten Frauen nicht mehr zu bieten hatte als Eis und Kälte, hatte seine Brautfahrt doch ein glückliches Ende gefunden: Berendtsen war mit einer Lebensgefährtin zurückgekehrt, die über eine deutlich robustere Gesundheit verfügte als seine erste Frau. Cornelia Berendtsen lag in der schönsten Einfriedung des Friedhofs der Kolonie, im Winter unter mehreren Metern Schnee, im Sommer unter einem blühenden Flor aus Erika, weißen Sternblumen und gelbem Löwenzahn. Gertrud Berendtsen hingegen war ebenso groß und schwer wie ihr Gemahl und schien wie er ein behagliches Leben zu schätzen, wenn man einmal vom Klima absah.

Berendtsen erkannte Carl sofort wieder. Viele dänische Gäste kamen nicht in die Handelsniederlassung, und seit Carls Überwinterung vor mehr als zwei Jahrzehnten hatte an Malern lediglich Carl Locher Godthåb besucht.

»Na, ein bisschen haben wir uns schon verändert«, begrüßte ihn Berendtsen und schüttelte Carls Hand mit einer mechanischen Beharrlichkeit, als erwartete er, dass aus irgendeiner verborgenen Öffnung Carls Wasser fließen würde. Der Verwalter trug einen Anorak und Hosen aus Robbenleder.

»Die Haare durften wir ja Gott sei Dank beide behalten. Tja, die Natur ist weise. Sie sorgt dafür, dass unsere Ohren warm bleiben.«

Er lächelte Carl an und schlug ihm jovial auf die Schulter.

»Und der Bart. Ihrer ist dichter geworden. Meiner auch. Wir Menschen sind ja nichts anderes als Tiere, und genau wie Tiere verstehen wir es, uns den Verhältnissen anzupassen; darum lassen wir uns hier hoch oben im Norden eine Art Winterpelz wachsen.«

Dann trat er einen Schritt zurück und breitete die Arme aus.

»Willkommen. Während Ihres Aufenthalt in Godthåb sind Sie selbstverständlich unser Gast.«

Die Mahlzeiten bei Berendtsens waren reichlich. Es gab Lammbraten, Schneehuhn, Rentierfleisch und Fisch. Abgesehen vom Fisch wurde zu allen Gerichten eine kräftige braune Soße serviert, und angesichts der überfließenden Teller musste Carl an seinen letzten Besuch bei Berendtsen zurückdenken.

»Ich habe jetzt übrigens einen ausgezeichneten grönländischen Koch«, bemerkte Berendtsen, als hätte er Carls Gedanken gelesen. »Nur Soße kann er nicht. Aber das kann man von so einem halbwilden Burschen auch nicht verlangen. Soße ist nur etwas für zivilisierte Menschen. Er heißt Moses. Ich sage ihm immer, dass er seinem Namen entspricht. Denn Moses konnte das Wasser teilen, und mein Moses kann das Gleiche, wenn's um die Soße geht.«

Der Leiter der Handelsniederlassung lachte dröhnend über seinen eigenen Witz und bedachte dann seine Frau mit einem anerkennenden Blick.

»Aber Gertrud, sie versteht ihr Handwerk«, sagte er zufrieden und schnalzte mit seinen fleischigen Lippen.

Berendtsen hatte endlich das Glück gefunden. Eine Frau, die braune Soße kochen konnte.

Carl entschuldigte sich mit Hinweis auf seinen empfindlichen Magen.

»Nee, so etwas habe ich ja noch nie erlebt! All das gute Essen!«

Frau Berendtsen schlug entrüstet die Hände zusammen. Sie war jemand, der nötigte und jede Ablehnung als persönliche Kränkung empfand, auch nach der dritten Portion.

»Es geschieht auf ärztlichen Rat.«

»Na ja, der medizinischen Wissenschaft müssen wir uns wohl beugen.«

Berendtsen warf seiner Frau einen Blick zu.

Nach dem Abendessen unternahmen sie einen Spaziergang. Berendtsen schlug noch immer dieselbe fünfzehnminütige Route ein wie vor dreiundzwanzig Jahren. Er nannte es seine Gesundheitspromenade, mit einem Eifer in der Stimme, als wäre ihm eben dieses Wort eingefallen. Hinterher wurde Carl zum Rauchen in dasselbe Zimmer im ersten Stock eingeladen, wo sie auch damals ihre rituellen Plauderstündchen abgehalten hatten.

Carl ging hinauf zu der weiß gestrichenen Holzkirche, deren Kuppel Godthåbs Wahrzeichen war. An einer der Wände hing sein Porträt von Hans Egede auf Håbets Ø. Es war lange her, seit er es zuletzt gesehen hatte, und beim Wiedersehen hatte er nur

Augen für ein Detail: Diese naturwidrige Farbe, die er den Augen des Missionars gegeben hatte; der einzige rebellische Moment seines Lebens, als er sich dem verbotenen Kobaltblau ergeben hatte, das er zum ersten Mal so kräftig vor Färber Jørgensens Haus in Ærøskøbing hatte leuchten sehen und dann im Blick seiner Liebsten wiederfand. Zu seinem Schreck war er damit noch einmal konfrontiert worden: auf dem Selbstbildnis des besessenen Franzosen im Dachatelier. Dieses ketzerische Kobaltblau, die heimliche Farbe seines Lebens, seine ganze Lebensgeschichte ließe sich um seinen Widerstand gegen diese Farbe erzählen. Hier hatte er sie zugelassen, den winzigen Spalt zu einer anderen Welt, eine Art Gotteslästerung mitten im Gesicht eines Heiligen.

Er hatte sich immer vor dieser Farbe geschützt. Er musste es tun. Es war die Farbe seiner Geliebten, und sie war tot. Man kann eine Tote nicht lieben. Man muss das Leben jenen Menschen zugewandt leben, die da sind, und das hatte er getan. War das sein Fehler? Aber wenn ja – wem gegenüber hatte er sich dann schuldig gemacht, den Lebenden oder den Toten?

Oder bestand sein Fehler darin, dass er beides wollte? Wollte er sich weder die Lebenden entgehen lassen noch die Toten aufgeben? Hatte er sein Leben daher nur zur Hälfte gelebt, unentschlossen, mit abgetönten Farben des Daseins, so wie er die Farben seiner Leinwände abtönte?

Es kam ihm alles so ausweglos vor.

Am folgenden Tag ging Carl mit dem Skizzenblock auf Motivjagd. Auf dem Fjord brachten zwei Frauenboote und vier Kajaks Familien von der landeinwärts liegenden Sommersiedlung nach Hause. Weiter draußen an der Mündung des Fjords sah er zwischen den kleinen Inseln ein paar glänzende Walrücken auftauchen. Er setzte sich auf den mitgebrachten Schemel und begann mit einer Skizze. Obwohl er zunächst allein war, dauerte es nicht lange, bis eine Schar Neugieriger sich um ihn versammelt hatte.

Wie Möwen, wenn ein Schiff Abfälle ins Meer kippt. Kein Vogel scheint am Himmel zu sein, und im nächsten Moment kämpft eine schreiende Möwenschar um die unappetitlichen Reste. Hier gab es so wenig Interessantes, dass die Striche eines Malers auf einem Blatt Papier sehr schnell als eine wahre Sensation angesehen wurden.

Seine täglichen Exkursionen wurden zur Routine, aber nur für ihn, nicht für die Müßiggänger der Kolonie, die unter den Einwohnern in der Mehrzahl zu sein schienen. Ihre Schar wuchs täglich und versammelte sich zu einem regelrechten Volksmarsch, wenn er als Anführer über die Felsen den Fjord entlangging.

In den nächsten Tagen nahm er Staffelei, Leinwand und Malkasten mit und versuchte, sich so ungezwungen wie möglich zu verhalten. In den vorausgegangenen Monaten hatte er sich an Neugierige gewöhnt, aber bei Godthåb handelte es sich um die größte Siedlung, und nie zuvor hatte er so viele Zuschauer gehabt. Sie schubsten und kämpften, um in den inneren Kreis zu kommen, und wiesen auf Details hin, die sie eifrig diskutierten.

Es war lästig. Hätte er tatsächlich seine Inspiration gefunden, hätte er es als unerträglich empfunden. Nun fand er sich mit dem Lärm ab. Er kannte die Motive und die Palette mehr oder weniger auswendig, und die Arbeit ging rasch von der Hand.

Nie hatte er das Gefühl, dass von der Menge irgendetwas Bedrohliches ausging.

Am fünften Tag glitt auf dem Fjord ein blauer Eisberg aus gefrorenem Süßwasser vorbei. Er hatte eine eigenartige Form und glich beinahe einem Schloss mit emporragenden Türmen und Mauern, eine schwimmende Fata Morgana, die ihren Betrachter erschlagen konnte, sollte er sich zu nah heranwagen. Carl spürte eine eigenartige Erregung bei diesem Anblick. Er griff zu einer Tube und presste Farbe auf die Palette. Dann übertrug er sie mit hektischen Strichen direkt auf die Leinwand, ohne sie abzutönen.

Erst da wurde ihm klar, dass er Kobaltblau benutzte.

In diesem Augenblick bemerkte er, dass die Schar um ihn herum unruhig wurde. Die Zuschauer wandten ihm den Rücken zu und schauten über den Fjord, an dem sich der hohe Berg, der Hjortetakken genannt wurde, mit seinen zwei Gipfeln erhob. Aufgeregt redeten die Eskimos aufeinander ein und zeigten auf irgendetwas; ihm ging der verrückte Gedanke durch den Kopf, dass draußen im Fjord ein konkurrierender Maler aufgetaucht wäre, der ihm die Aufmerksamkeit stahl. Er stand von seinem Schemel auf und schloss sich der aufgeregten Gruppe an.

Carl hatte das Gefühl, als wäre Jonas unter ihnen. Er drehte sich nach rechts und links, aber Jonas war nirgendwo zu sehen. Wie üblich. Seine Sehnsucht verwirrte ihm die Sinne.

Doch das Gefühl, von jemand beobachtet zu werden, blieb.

Zunächst begriff er nicht, wohin die Menge starrte. Das Panorama vor ihm bot nichts anderes als den gewöhnlichen, durchaus imponierenden Anblick vorbeitreibender Eisberge und steiler Fjellhänge, die sich hinter dem flacheren, mit Heidekraut bedeckten Vorland erhoben. Endlich entdeckte er, was ihre Aufmerksamkeit erregte. Eine kleine schwarze Gestalt, die sich mit verblüffender Geschwindigkeit in der Landschaft bewegte. Wieder hörte er das Wort *Qivitoq* und erinnerte sich von seinem ersten Aufenthalt, dass es sich bei einem Qivitoq um einen Fjellgänger handelte, der sich außerhalb der Gemeinschaft gestellt hatte und einsam und verachtet in der wilden Natur lebte.

Mehr ereignete sich nicht, und er setzte sich wieder, um an seinem Bild weiterzuarbeiten. Die Gruppe um ihn herum war mit einem Mal verschwunden. Ungewohnt, allein zu sein, schaute er sich um und sah sie ein Stück entfernt auf einer Landzunge stehen, wo es eine bessere Aussicht auf den Fjord gab. Im ersten Moment war er erleichtert über die unerwartete Arbeitsruhe. Dann starrte er wie gelähmt auf die Leinwand, von der ihm die kobaltblauen Pinselstriche ins Auge sprangen. Als hätte ein

Fremder die unvermischte Farbe aufgetragen. Unruhig blickte er sich um. Dem Lärm nach zu urteilen, schienen die Eskimos erregter als je zuvor. Sein Blick fiel auf einen Menschen, der sich mit einem seltsam springenden Lauf näherte, beinahe wie ein Hirsch auf der Flucht. Konnte es derselbe sein, den er eben so weit entfernt beobachtet hatte, also der Qivitoq, der mit schier unbegreiflichem Tempo weit mehr als die Hälfte der gewaltigen Distanz zurückgelegt hatte?

Jetzt wurde auch Carl neugierig, und statt sich wieder seiner Malerei zuzuwenden, behielt er die laufende Gestalt im Auge, die immer näher kam. Die Gruppe auf der Landzunge setzte sich plötzlich in Bewegung und rannte hastig zu ihm zurück. Ihm ging durch den Kopf, dass sie einen Qivitoq nicht nur verachteten, sondern auch fürchteten. Suchten sie Schutz bei ihm? Oder war es umgekehrt? Kamen sie, um ihn zu beschützen?

Einen Augenblick später hatte die Gruppe Carl erreicht. Sie blickten ihn ernst an und verhielten sich leise. Sie standen um ihn herum, er starrte in die gleiche Richtung wie sie. Es gab keinen Zweifel. Der Qivitoq hielt direkt auf sie zu. Er wusste nicht genug über Eskimos, um einschätzen zu können, ob sie unter normalen Umständen in Panik geflüchtet wären. Jedenfalls blieben sie stehen.

Der Qivitoq kam zu ihnen. Carl konnte das Geschlecht nicht erkennen, ging aber davon aus, dass es sich um einen Mann handeln musste, obwohl ihm das Haar in langen verfilzten Zotteln über Rücken und Schultern hing, die mit Lumpen aus Fuchs- und Hasenfell bedeckt waren. Ein aufgedunsenes und beinahe schwarzes Gesicht mit schmalen Schlitzen als Augen, die Zähne hingegen waren blendend weiß, als die Lippen sich öffneten und das Wesen einen Wortschwall von sich gab. Jedes Mal, wenn der Qivitoq seinen Mund aufmachte, zuckte die Menge erschrocken zusammen. Seine Rede erinnerte eher an eine Abfolge von Schreien als an Sätze, die eine logische Verbindung miteinander hatten.

Carl versuchte gar nicht erst, die Worte zu verstehen, so fremdartig erschien der ganze Auftritt. Seine Neugierde verwandelte sich in Ekel. Er hörte jemanden in der Menge das Wort Maliáraq murmeln und sah einen anderen zur Bestätigung nicken. Als hätte ihn ein Stoß getroffen, sprang der Qivitoq nach vorn und wies auf Carl.

»Maliáraq«, wiederholte der Mund.

Dann folgte ein neues Wort, das er trotz der verzerrten Aussprache sofort wiedererkannte. Es war sein eigener Name.

»Rasmussen!«

Der Qivitoq sprang hin und her, wobei sein schwarzes Gesicht sich zu fürchterlichen Grimassen verzog.

Carl blieb wie versteinert stehen. Allmählich wurde ihm der Zusammenhang klar. Ihm wurde eine Anklage entgegengeschleudert. Er brauchte keine Übersetzung.

Die Aufmerksamkeit der Eskimos richtete sich nicht mehr auf das schreiende Wesen, stattdessen begannen sie, ihn böse anzustarren. Carl streckte abwehrend die Hände aus, als würde er einen Angriff erwarten.

»Nein, nein«, beschwor er sie. Er hörte die Angst in seiner Stimme.

Dieselbe Angst, die ihn ergriffen hatte, sprang auf die Menschenmenge um ihn herum über. Auch sie zogen sich zurück, aber nicht vor dem Qivitoq, den sie vergessen zu haben schienen, obwohl er seine Schreierei mit unverminderter Lautstärke fortsetzte, sondern von ihm. Er sah die Furcht in ihren Augen, sie fassten sich an den Armen und Händen, als ob sie Schutz vor einer Bedrohung suchten, die – und daran zweifelte er nicht länger – von ihm auszugehen schien. Sie hatten ebenso viel Angst vor ihm wie er vor ihnen, und das Ganze hätte komisch sein können, wenn es nicht so fürchterlich gewesen wäre.

Carl drehte sich um und lief zurück zu Berendtsens Haus.

Hinter sich hörte er einen Schlag. Er sah sich um. Die aufgebrachte Schar hatte seine Staffelei umgeworfen und zertrampelte die Reste, wobei sie den Inhalt seines Malkastens über den Boden verstreuten; dann nahmen sie sich der Tuben mit der Ölfarbe an. Die Farben spritzten über den Boden. Es glich einem Lavastrom aus dem Erdinneren, Funken eines geologischen Wutausbruchs aus unvermischten Farben.

In diesem Augenblick entdeckte er ihn. Er sah ihn ganz deutlich und hatte keinerlei Zweifel.

Es war Jonas. Regungslos stand er da und betrachtete die Verwüstung, als hätte er keinen Anteil daran.

Carl lief, bis er das Haus erreichte. Er blieb atemlos am Fuß der Treppe stehen und griff sich an die Brust, in der sein hämmerndes Herz ihn vor weiteren Anstrengungen warnte.

Berendtsen hielt sich zu diesem Zeitpunkt im Proviantlager auf. Seine Frau Gertrud öffnete die Tür und half ihm herein. Noch bevor er protestieren konnte, hatte sie ihm ein Glas Branntwein eingeflößt. Er bekam einen üblen Hustenanfall und einen roten Kopf, aber der starke Trunk hatte dennoch die beabsichtigte Wirkung. Sie führte ihn zu einem Stuhl, auf den er erschöpft sank, wobei er nach seiner überstürzten Flucht noch immer um Atem rang.

»Um Himmels willen, was ist denn geschehen? Normalerweise tauchen um diese Jahreszeit keine Eisbären auf. Und schon gar nicht so nah an einer Siedlung.«

»Es war kein Eisbär«, stöhnte er.

Carl wusste genau, was die Eskimos veranlasst hatte, sich gegen ihn zu wenden. Er verstand ihre Motive nicht, die sicher im tiefsten Winkel ihres abergläubischen Gemüts zu suchen waren. Aber er glaubte, eine Erklärung für die Ursache ihrer plötzlichen Feindseligkeit gefunden zu haben. Er war nicht so vertraut mit dem Geisterglauben der Eskimos wie Mørk, aber er wusste doch genug über die Gedankengänge eines primitiven Geistes, um zwei und zwei zusammenzuzählen. Und das Resultat erschütterte ihn. Ihm eröffnete sich plötzlich ein Abgrund angesichts dessen, wie die Eskimos seine Fähigkeiten als Maler einschätzten. In seinem Hirn herrschte Chaos. Und Angst, als würde er sich nicht mehr von der primitiven Welt unterscheiden, sondern wäre von ihr eingeholt worden, als hielte er sich in einem fremden Land auf, das von unbekannten Gesetzen gelenkt wurde, die er jeden Moment zu übertreten riskierte – mit den furchtbarsten Konsequenzen.

»Lieber Freund, Sie sind ja vollkommen durcheinander.«

»Es sind nur die Nerven.«

Er wurde von Selbstmitleid überwältigt. Er wusste, dass er sich mit dieser Bemerkung der robusten Gertrud auslieferte, die kaum vor etwas so Unbestimmtem wie Nerven Respekt zeigte. Aber er war bereit, was auch immer zu sagen, wenn er nur allein gelassen würde.

»Ich glaube, ich gehe nach oben und lege mich hin.«

Sie musterte ihn, als ob sie fürchtete, einen Wahnsinnigen in ihrem Haus zu beherbergen. Dann siegte ihre mütterliche Natur.

»Ja, tun Sie das. Brauchen Sie noch etwas?«

Carl schüttelte den Kopf.

Er hatte wohl einige Stunden auf seinem Bett gelegen, als es an der Tür klopfte. Berendtsen kam herein, ohne eine Antwort abzuwarten.

»Was ist denn los, Rasmussen? Ich hab einen Auflauf am Fjord gesehen und wollte der Sache nachgehen. Sehen Sie mal, was ich gefunden habe.«

Er hielt Carls Malkasten in der Hand.

»Ihre Staffelei ist Kleinholz. Keiner wollte mir etwas sagen. Irgendwie müssen Sie sich doch mit den Grönländern angelegt haben. Die Nerven, sagt meine Frau. Aber ich sage, es muss doch wohl mit dem Teufel zugehen, wenn man so an der Ausübung seiner Arbeit gehindert wird.«

Berendtsen setzte sich aufs Bett, das unter seinem Gewicht nachgab. Er legte eine Hand freundschaftlich auf Carls Schulter.

»Na, was ist passiert? Raus mit der Sprache. Wir müssen das im Griff behalten.«

Carl starrte auf die Wand.

»Egal, was auch immer zwischen Ihnen und den Grönländern passiert sein mag, ich bin ganz auf Ihrer Seite. Das ist doch selbstverständlich. Aber das hier ist eine delikate Geschichte, delikater als jemand vermuten könnte. Um ehrlich zu sein, habe ich so was noch nie erlebt, und ich bin jetzt seit fünfundzwanzig Jahren Leiter der Handelsmission. Glauben Sie mir, ich habe schon einiges gesehen. Aber so etwas noch nie.«

Carl sagte noch immer kein Wort.

»Ich warte«, sagte Berendtsen, »nur kann ich nicht allzu lange warten. Die Situation ist schwierig, und nur Sie können sie lösen, Rasmussen. Sie haben irgendetwas losgetreten, und wie ich sehe, leiden Sie selbst darunter. Aber letzten Endes hat die ganze Kolonie darunter zu leiden, wenn wir diesen Knoten nicht lösen.«

Er erhob sich und gab Carl einen freundschaftlichen Klaps auf die Schulter.

»Sie haben sich erschrocken. Schlafen Sie jetzt ein wenig. Wir reden später darüber.«

Berendtsen schloss die Tür hinter sich. Carl blieb liegen. Er fühlte sich wie ein unartiges Kind und gleichzeitig spürte er das beunruhigende kindliche Gefühl einer Katastrophe, wenn die Eltern sich plötzlich gegen einen wenden. Er erkannte eine Verbindung. Er verstand nicht das volle Ausmaß seiner Tat, wusste aber, dass er etwas getan hatte und zur Ursache unerwarteter und fürchterlicher Ereignisse geworden war, deren Konsequenzen niemand vorhersagen konnte. Sein Verstand sagte ihm, dass es einen Unterschied gab, die Ursache von etwas zu sein oder Schuld an etwas zu haben. Oft genug griff der Zufall ein und verzerrte selbst die besten Absichten. Aber sein Wissen half ihm nicht, er fühlte sich schuldig.

Zusammengekrümmt blieb Carl auf dem Bett liegen. Er führte sich genauso auf wie die Kinder daheim. Wenn die kleine Karla etwas ausgefressen hatte, versteckte sie sich an einem geheimen Ort, in dem kleinen Verschlag unter der Bodentreppe. Dort saß sie dann mäuschenstill und war unsichtbar. Solange sie nicht gefunden wurde, gab es sie nicht, und somit hatte sie auch nichts angestellt. Jetzt lag er in Karlas Verschlag und war unsichtbar.

Am nächsten Morgen brachte Frau Berendtsen ihm etwas zu essen.

»Ja, Rasmussen, Sie müssen mit dem vorliebnehmen, was da ist.«

Sie schaute ihn an, und er war sich nicht im Klaren, ob in ihrem Blick Mitleid oder Verurteilung lag. Das Ganze war doch wahnsinnig! Einen Moment flammte Protest in ihm auf, erstarb aber wieder. Das Schuldgefühl lähmte ihn. Er erwiderte nichts, sondern beugte sich über den Teller. Das Brot stammte vom Vortag.

Im Windfang polterte es. Berendtsen kam aus dem Proviantlager zurück.

»Guten Morgen.«

Er setzte sich schwerfällig an den Tisch, seine Frau schenkte ihm sofort einen Kaffee ein. Berendtsen pustete und schlürfte die schwarze Flüssigkeit, worauf er seinem Wohlbefinden mit einem lang gezogenen »Aahh« Ausdruck verlieh. Dann schob er seinen Stuhl zurück und sah Carl mit einem bekümmerten Gesichtsausdruck an.

»So geht das nicht, Rasmussen. Zum Teufel, die gesamte Kolonie ist *on strike.*«

Carl wusste, dass es sich um Englisch handelte, aber er kannte die Bedeutung der Worte nicht.

»*On strike?*«, fragte er.

»*On strike!* Ja, Sie wissen nicht, was das ist? Wie heißt das doch gleich auf Dänisch?«

Berendtsen schnipste ungeduldig mit den Fingern.

»Diese englischen sozialistischen Agitatoren predigen es die ganze Zeit. Man sollte meinen, Godthåb wäre voll von ihnen. Streik! Ja, so heißt es. Die ganze verdammte Kolonie streikt. Mein Koch Moses. Mein Helfer im Proviantlager. Und die Kunden bleiben aus. *On strike!* Alle zusammen.«

»Sag es ihm«, forderte Frau Berendtsen ihn auf.

Berendtsen lehnte sich über den Tisch und sah Carl an.

»Rasmussen, wir müssen uns jetzt mal ernsthaft unterhalten.«

Hinter sich hörte Carl Frau Berendtsen die Tür schließen und in der Küche verschwinden.

»Maliáraq«, sagte er nur.

Berendtsen sah ihn verblüfft an.

»Dann wussten Sie es also. Was sollte dann gestern diese Komödie?«

»Ich wusste, dass es eine Verbindung gibt. Ich wusste nur nicht welche.«

»Tja, jetzt ist der Fall jedenfalls klar. Ich bin heute Morgen bei Moses gewesen, um ihn zu fragen, worum es geht. Der beste und zuverlässigste Koch, den ich während meiner fünfundzwanzig Jahre hier in Godthåb hatte, und dann kommt er einfach nicht zur Arbeit, ohne Nachricht oder irgendwas. Er schlief noch, aber ich habe ihn schnell auf die Beine gebracht. Ja, ich musste es ihm nicht mal aus der Nase ziehen. Er hat es mir ganz bereitwillig erzählt. Er glaubte wohl, ich befände mich auch in Gefahr und müsste rechtzeitig gewarnt werden, bevor der Schaden nicht wiedergutzumachen ist.«

Berendtsen lachte, als hätte er gerade einen Witz erzählt. Dann wurde er wieder ernst.

»Rasmussen, ich kann Sie nicht länger hier wohnen lassen. Als Leiter der Handelsniederlassung muss ich Sie bitten, Godthåb zu verlassen. Sie haben ja eine Koje an Bord. Solange das Schiff hier liegt, haben Sie sich auf der *Peru* aufzuhalten.«

Berendtsen schlug den Blick nieder und pulte an einem losen Faden seines Strickpullovers. Man sah, dass es ihm peinlich war.

Carl sagte nichts. Er atmete kaum. Von der grönländischen Erde verwiesen! Das war das Ende der Reise, die zu seiner Wiedergeburt als Maler werden sollte. Ausgewiesen!

Berendtsen seufzte tief und fuhr sich durch die grau melierte Mähne.

»Es geht doch nicht um Sie, Rasmussen. Sie haben nichts getan. Es sind die ...«

Seine Stimme wurde laut vor Erregung, er hämmerte seine Faust auf den Tisch. Carl zuckte zusammen.

»... diese verdammten Schwanzneger! *Strike!* Arbeitsniederlegung! Das kann ich mir nicht erlauben. Das muss aufhören!«

Er sank gleichsam zusammen.

»Ich stecke in der Klemme, Rasmussen. Wenn sie einfach nur die Arbeit niederlegen würden, weil sie mehr Geld wollten, wie diese verdammten Arbeiter zu Hause, dann würde ich ihnen schon Beine machen, und wenn ich sie persönlich aus ihren Erdhütten prügeln müsste. Aber es ist dieser verfluchte Aberglaube. Der macht sie so verdammt beharrlich. Der Glaube kann Berge versetzen, sagt man, aber ich kann Ihnen versichern, dass auch das Gegenteil möglich ist. Der Aberglaube kann alles zum Stillstand bringen. Und genau das passiert hier im Augenblick. Solange Sie da sind, Rasmussen, gibt es niemanden, der auch nur einen Finger rührt.«

»Was habe ich denn bloß getan?«

»Ein bisschen haben Sie schon selbst erraten. Bei Ihrem ersten Besuch vor vielen Jahren haben Sie hier das Porträt eines kleinen Mädchens gemalt. Maliáraq, die kleine Marie. Ist das richtig?«

Carl nickte, erwiderte aber nichts.

»Na ja, also der Qivitoq gestern, das war die kleine Marie. Sie ist seltsam geworden, nachdem sie von Ihnen gemalt wurde. So ist die Geschichte, und schließlich wurde sie zu einem Fjellgänger, zu einem Qivitoq. Tja, ich glaube nicht an all dieses Gerede und Gertrud schon gar nicht. Aber die Grönländer tun es, also können wir nicht viel machen. Es ist Jahre her, seit jemand sie zuletzt gesehen hat, man nahm an, sie wäre tot. Aber dann ist sie gestern zurückgekommen, und sie kam mit einer Anklage. Ihre Augen, Rasmussen, hätten ihrer Seele geschadet, und allen, die sie malen, würde es ebenso ergehen.«

Berendtsen breitete die Arme aus.

»Das also ist die Geschichte. Natürlich dummes Zeug. Normalerweise haben die Grönländer nichts dagegen, fotografiert zu werden, daher begreif ich's nicht. Aber ich habe einen Aufstand am Hals, wenn ich das nicht ernst nehme. Ich fürchte, Sie werden Ihre Sachen packen müssen. Ich werde Sie zum Schiff rudern.«

Carl erhob sich ohne ein Wort.

»Na, na, so war das nun auch wieder nicht gemeint. Frühstücken Sie erst mal. Ich will Sie nicht hungrig fortschicken.«

»Das brauchen Sie auch nicht. Mir ist der Appetit vergangen.«

Carl ging nach oben und begann zu packen, mechanisch. Es dauerte nicht lange. Seine Malgerätschaften lagen zerbrochen auf dem Fjell. Eine zusätzliche Staffelei hatte er an Bord, Farben und Pinsel gab es immer im Überfluss. Die Kleidung war rasch in den beiden Koffern verstaut, die er von der *Peru* mitgebracht hatte. Er fühlte sich wie ein Strafgefangener, der sich auf seine Deportation vorbereitet. Er wurde aus dem Land der Hoffnung verwiesen. Hier hätte er als Maler wiedergeboren werden sollen. Gemalt hatte er, mit dem gleichen Fleiß und der gleichen Routine wie immer. Er hatte seine Pflicht erfüllt. Er hatte getan, was man von ihm erwartete. Aber es war nicht zu einem neuen Aufbruch gekommen. Was hatte er sich eigentlich erhofft? Was für ein Neuland wollte er hier erobern, wo sich überwiegend altbekannte Motive anboten? Die Seele der Eskimos? Eine neue und wagemutigere Palette? Er fand darauf keine rechte Antwort. Ihm fehlte die Richtschnur. Stärker als je zuvor bewegte ihn dieses Gefühl.

Und jetzt das. Nein, Schuld hatte er nicht. Und doch fraß sich diese Begebenheit so widerwärtig in ihn hinein. Die kleine Marie, die seit so vielen Jahren in seinem Wohnzimmer hing. Sein bestes Kinderporträt verwandelt in dieses grässliche Wesen. Damals hatte er einen kleinen Vorbehalt in ihrem Gesicht gesehen, einen kleinen bebenden kindlichen Schrecken, und mit seinem Pinsel hatte er ihn sensibel registriert. Doch das allmähliche Entstehen des Porträts hatte bei dem Kind etwas anderes zum Ausdruck gebracht, eine seelische Krankheit, die sie innerlich zerfraß und von jedweder menschlichen Gesellschaft vertrieb. Und er war der Grund dafür. Sein Gesicht musste über ihrer verdunkelten Seele hängen wie ein Mond, in dessen bleichen Schein nichts Gesundes wachsen konnte. Sein prüfender, forschender Blick, der Blick des Malers, hatte sie nie wieder losgelassen, und in dieser ständigen Nähe verkrüppelte ihre Seele in Unfreiheit und Angst. Wenn der Teufel in ihrer kleinen zermarterten Welt ein Gesicht und einen Namen hatte, dann seinen: Jens Erik Carl Rasmussen.

Sein durchdringender Blick und das Bild, das unter seinem Pinsel entstand, hatten sie weit mehr geformt als ihre Eltern und die Umgebung. Die gewaltige Natur, die kalbenden Gletscher, der glühende Sommerhimmel und die tiefe Winternacht, nichts von all dem war nach der Begegnung mit seinem Pinsel noch zu ihr gedrungen.

Wieder sah er Jonas vor sich. War er gekommen, um sein Verderben zu bezeugen? Oder hatte er sogar selbst dazu beigetragen? Was wollte er?

Wieder wurde er von diesem Gefühl der Niederlage übermannt. Hatte er je etwas Gutes getan? Hatte er Freude um sich verbreitet? Würde er etwas hinterlassen, das erinnernswert war?

Berendtsen kam persönlich herauf, um die Koffer zu holen. Er sagte nichts, aber es gab auch nichts zu sagen. Carl war erleichtert, dass er den Scherzen des Kolonialverwalters entging, in denen stets eine gewisse Brutalität lauerte. Seine Frau erschien nicht, um sich zu verabschieden. Vermutlich war sie froh, dass er verschwand und sie ihre Küchenhilfe wiederbekam. Bei ihm handelte es sich um ein störendes Element im Leben der Kolonie. Das blieb die Ironie der ganzen Geschichte. Verstoßen als Unruhestifter. Obwohl er in seinem Leben ausschließlich Beweise dafür geliefert hatte, dass er das Dasein als Idyll betrachtete. Er, der harmlose Schönmaler, der nichts anderes wollte, als mit allen auf gutem Fuße zu stehen.

Er empfand für sich nur triefenden Hohn.

Berendtsen zog an den Riemen, und das Boot glitt schwer auf die *Peru* zu. Sie gaben sich zum Abschied die Hand. Berendtsen entschuldigte sich ein weiteres Mal.

»Ich bedauere, dass es so enden musste.«

Carl erwiderte nichts. Er hatte dem Leiter der Handelsniederlassung bereits den Rücken zugekehrt, um die Leiter aufzuentern. Kapitän Thomsen empfing ihn an Deck, überrascht.

»Nanu, bereits zurück, Rasmussen? Die Arbeit beendet? Hat Sie, wie nennt ihr Künstler das – die Inspiration verlassen?«

»Nicht ganz, Kapitän.«

»Was soll das heißen?«

»Fragen Sie Berendtsen.«

»Berendtsen?«

»Ja, er sitzt unten im Boot.«

Der Kapitän trat an die Reling. Carl hörte, wie er dem Kolonieverwalter etwas zurief. Dann schloss er sich in seiner Kajüte ein. Einen Augenblick später klopfte ein Matrose, der seine Koffer brachte. Carl begann auszupacken, hielt aber plötzlich inne. Er saß einfach da, gepackt von einer Sinnlosigkeit, als wäre sein

Leben vorbei. Er wusste nicht, wie lange er so dagesessen hatte, als es an der Tür klopfte.

»Herein«, sagte er mechanisch.

Der Kapitän trat ein.

»Störe ich?«

Die Frage war lediglich rhetorisch gemeint, denn er hatte bereits auf einem Stuhl Carl gegenüber Platz genommen. Dann schlug Thomsen mit der Faust auf den Tisch und fing an, dröhnend zu lachen.

»Das ist ja wohl das Beste, was ich seit Langem gehört habe! Tja, auf jeden Fall müssen wir uns jetzt keine Sorgen mehr machen, dass sie hier an Bord herumrennen. Diese verrückten Eskimos. Aber ich muss Sie warnen, Rasmussen. Bei der Mannschaft sind Sie bald ebenso unbeliebt wie bei den Grönländern.«

»Was meinen Sie?« Carl sah den Mann, der ihm gegenübersaß, unwillig an.

»Na ja, diese Verrückten werden die *Peru* jetzt meiden. Aber die Männer müssen wieder allein schlafen.«

»Ich verstehe nicht.«

Thomsen musterte Carl.

»Sind Sie je in der Südsee gewesen, Rasmussen? Nein, vermutlich nicht. Aber sehen Sie, wenn ein Schiff eine Insel in der Südsee anläuft, dann kommen die eingeborenen Frauen in ihren Kanus angesegelt, ja, manchmal schwimmen sie sogar heran – und bieten sich an. Genauso ist es hier in Grönland, na ja, sie schwimmen nicht gerade, aber das Resultat ist das Gleiche. Das bringt einen Höllenlärm an Bord. Aber dank Ihnen werden wir endlich wieder zu unserer Nachtruhe kommen.«

»Sie meinen, Sie lassen an Bord unzüchtige Handlungen zu?«

»Zulassen, zulassen. Ich kann da nichts machen, wenn ich keine Meuterei am Hals haben will. Zwei Dinge gibt es im Leben, mit denen wir lernen müssen zu leben, Rasmussen. Das eine ist der Aberglaube, darin hat Berendtsen offenbar gerade eine Lektion erhalten. Das andere sind die natürlichen Bedürfnisse von Männern. Was glauben Sie denn, wie wir sonst Männer überreden könnten, für eine elende Heuer hier oben in der Eiswüste herumzusegeln? Die Eskimos finden nichts Falsches daran. Und die Männer auch nicht. Mich kostet es meinen Nachtschlaf, dafür habe ich aber nie Probleme mit der Mannschaft. Es gibt nichts Besseres als eine weibliche Umarmung, um einem Mann den Drang zur Rebellion auszutreiben.«

Carl erwiderte nichts. Johan Mørk hatte ihm von dem liederlichen Leben erzählt, das sich im Winter in den Torfhütten abspielte. Jetzt waren die Torfhütten zu ihm gekommen. Alle wussten es, alle außer ihm. Er wollte das Schöne und Gute malen. Er wollte den Geist erheben und erbauen. Aber war Blindheit eine Methode? Taubheit?

Wenn sie im Hafen lagen, hatte er nachts häufig ein animalisches Stöhnen und Seufzen gehört. In seiner Naivität hatte er geglaubt, es handelte sich um Robben, die an der Wasseroberfläche prusteten, doch stattdessen waren es Seeleute, die sich in ihren Kojen mit den Töchtern der Eskimos paarten. Er fühlte sich von allen Seiten belagert. Am liebsten hätte er Zuflucht in seiner Kajüte gesucht und wäre dort geblieben, bis die *Peru* Kopenhagen anlief.

Noch während die *Peru* außerhalb Godthåbs vor Anker lag, hatte Carl einen Albtraum: Er wurde von einem Mahr geritten, der ihn zu einem Tier erniedrigte und ihn zu dem gleichen unappetitlichen Paarungsakt zwang, den er unfreiwillig auf der Reise entlang der grönländischen Westküste hatte mit anhören müssen.

Es war einer dieser halb bewussten Träume, in denen die Linie zwischen Traum und Wirklichkeit so dünn wie Papier ist und man ständig versucht, sie zu durchbrechen, ja, verzweifelt darum bittet, in den Wachzustand zurückkehren zu dürfen. Doch jede neue Öffnung erweist sich als Falltür. Man stürzt hinunter und wird nur noch tiefer begraben. Der Ausgang aus dem einen Traum ist lediglich der Eingang zu einem weiteren.

Und im Gegensatz zu allen anderen Träumen, die Carl je gehabt hatte, gab es keinerlei Erscheinungen, keine verzerrenden oder wirklichkeitsgetreuen Bilder. Es gab nur eine bodenlose Dunkelheit.

Er erwachte. Aber es war nur der Beginn des Traums, ein infamer Betrug, den der Geist an dem Schlafenden begeht, wenn er auf den dunklen Wegen der Nacht geht – vorzugeben, dass man erwacht und zu sich selbst zurückkehrt. All dies geschieht ausschließlich, um sicherzugehen, dass der Betrug umso stärker wirkt, umso erschreckender ist für den letzten Rest der Vernunft.

Er konnte in der Dunkelheit der Kajüte nichts sehen. Er hatte es bereits früher bemerkt. Die Kajüte hatte kein *Skylight,* und wenn er die Tür schloss, gab es nirgendwo auch nur den kleinsten Spalt, der dem Licht Zugang verschaffte. Stets hatte er die schwarze Nacht, die selbst gegen Mittag in der Kajüte herrschen konnte, als ein Zeugnis des handwerklichen Könnens der Schiffszimmerleute angesehen. Jetzt schuf dieses Können die Kulisse für seinen Traum: eine undurchdringliche Dunkelheit.

Er hörte einen Laut. Es klang, als würde jemand atmen.

»Jonas?«, fragte er zögernd.

Er wusste nicht, wieso er fragte. In Träumen gibt es niemals ein Wieso.

Dann spürte er den Geruch, überwältigend und streng. Vermischt mit Salz und See, als wäre jemand gerade dem Meer entstiegen, aber auch mit dem herben Anflug von uraltem Schweiß, den selbst das Meer nicht hatte abwaschen können. Es stank nach Tran, Raubtier und Moschus, und es gab noch einen Duft, den er erst später identifizieren konnte, nach fleischlicher Erregung, nach brünstigem weiblichem Geschlecht.

Er dachte, ein Fabelwesen wäre in seine Kajüte eingedrungen,

Meeres- und Landtier zugleich. Vielleicht fand sich auch eine Spur Mensch darin.

Dann legte sich das Wesen in seiner Koje über ihn. Carl spürte den nassen Pelz im Gesicht. Kräftige Hände packten und drückten ihn auf den Kojenboden. Er kämpfte dagegen an, aber das Wesen war unglaublich stark, und bald lag er still unter dessen eisernem Griff. Es packte ihn mit einer Hand in den Schritt, und trotz des Widerwillens und Ekels, der ihn erfüllte, reagierte er.

»Jetzt wache ich auf«, dachte er.

Aber er wachte nicht auf.

Das Wesen setzte sich rittlings auf ihn, und ihm wurde klar, dass es auch eine Frau sein musste. Es handelte sich um eine Schimäre, halb Frau, halb etwas anderes, um einen Mahr, der ihn ritt und ihn mit seinem wilden Ritt auf ein stöhnendes Tier reduzierte.

»Jetzt wache ich auf«, dachte er wieder.

Doch er wachte nicht auf.

Er lag ganz still, als fürchtete er, dass schon die geringste Bewegung ihn verraten würde, obwohl er und das Wesen längst miteinander verschmolzen.

Ihn hielt eine Passivität im Griff, die den Träumenden überkommen kann, wenn das Entsetzen ihn völlig umschließt.

Vielleicht fühlt es sich so an, wenn man ertrinkt, dachte er. Die Wirklichkeit verschwindet wie die Sonne, die auf der anderen Seite des Wasserspiegels blasser und blasser wird, bis sie am Ende erlischt. Der Traum nimmt uns vollständig gefangen. Es gibt keinen Weg zurück. Jede Hoffnung, irgendwann die bekannte Welt wiederzusehen, stirbt. Man ist für immer ein anderer.

Dann gab es keinen Gedanken mehr. Die allgegenwärtige Dunkelheit packte ihn, und er verschwand.

In den nächsten Tagen war Carl überempfindlich und reizbar. Er blieb in seiner Kajüte und zeigte sich nicht an Deck. Auch als die *Peru* den Anker lichtete und auf südlichen Kurs ging, kam er nicht heraus, um einen letzten Blick auf die grönländische Küste zu werfen.

Wenn der Smutje aus der Tür seiner Kombüse trat, um zu verkünden, dass serviert sei, teilte er in abweisendem Ton mit, er wäre krank und wünsche nicht zu speisen.

Seine Isolation wurde unterbrochen, als Kapitän Thomsen eines Morgens fest an seine Tür klopfte und seinen Namen nannte.

»Ich möchte nicht gestört werden«, antwortete Carl mit einer Stimme, die heiser klang, da er sie so wenig benutzte.

»Ich muss Sie sprechen.«

Die Stimme des Kapitäns klang formell. Es war ein Ton, den er normalerweise nur seiner Mannschaft gegenüber gebrauchte.

»Ziehen Sie sich etwas an. Ich komme gleich wieder.«

Carl verließ seine Koje. Er hatte komplett bekleidet darin gelegen. Kurz darauf trat der Kapitän durch die Tür. Carl blinzelte ins Licht.

»Sitzen Sie hier im Dunklen? Sagen Sie mal, Sie sind doch nicht etwa krank? Na ja, ich will Ihnen meine Gesellschaft nicht aufzwingen, aber leider gibt es keine andere Möglichkeit.«

Thomsen warf einen musternden Blick auf Carl, dann sah er sich in der Kajüte um, als würde er nach etwas suchen.

»Ich muss Sie leider bitten, Ihre Kajüte zu verlassen. Es dauert nur einen Augenblick. Wenn Ihnen nicht gut ist, können Sie in meine Kajüte gehen und sich dort aufs Sofa legen.«

Carl sah ihn fragend an.

»Worum geht es denn?«

Thomsen zuckte die Achseln.

»Tja, ich bedauere. Der Koch behauptet, dass Proviant verschwindet. Wir glauben, dass sich ein blinder Passagier an Bord befindet. Wir sind dabei, den Mannschaftsraum und alle Kajüten zu durchsuchen. Es gibt mehr Verstecke auf so 'nem Kahn, als man meinen sollte.«

»Sie glauben doch nicht im Ernst, dass ich …?«

»Ich glaube gar nichts, Rasmussen. Aber ich kann keine Ausnahmen zulassen. Das würde auf die Mannschaft keinen guten Eindruck machen.«

Thomsen ging auf Carls Koje zu und begann sie zu durchwühlen.

»Das ist ja empörend!«

Der Kapitän hielt inne und drehte sich zu ihm um.

»Ich bitte Sie, die Kajüte zu verlassen.«

»Verdächtigen Sie mich, einen blinden Passagier zu verstecken?«

»Ich verdächtige niemanden, Rasmussen. Aber in der letzten Nacht in Godthåb hatten Sie doch offensichtlich einen Gast. Mir wurde von einem gewaltigen Lärm aus Ihrer Kajüte berichtet.«

»Ich hatte einen Albtraum. Das ist wohl meine Privatsache.«

Carl war entrüstet. Er fühlte sich bloßgestellt.

Der Kapitän hatte ihm den Rücken zugewandt und setzte seine Untersuchungen fort. Seine Stimme klang sarkastisch, als er antwortete.

»Tja, Sie nennen es Albtraum. Nun ja, wir haben alle unsere Freuden. Aber Sie haben vollkommen recht. So etwas ist Privatsache. Solange unsere Privatsachen nicht die Ursache dafür sind, dass Proviant verschwindet.«

Carl rannte aus der Kajüte, die Leiter hinauf. An Deck standen die Männer herum, während der Steuermann die Mannschaftsunterkunft auf den Kopf stellte. Carl blinzelte ins Licht. Die Tage waren noch immer lang, aber die Sonne wärmte nicht mehr. Das Schiff schaukelte sanft. Das Meer rollte mit großer, langsamer Dünung. Er trat an die Reling und vermied es, die anderen anzusehen. Er fühlte sich unglaublich gedemütigt. Plötzlich wurde er auf jemanden von der Mannschaft reduziert, auf einen liederlichen Kerl, der unzüchtiger Handlungen verdächtigt wurde. Würde der Kapitän ihn vielleicht sogar zur ärztlichen Untersuchung schicken, wenn sie Kopenhagen anliefen?

Der blinde Passagier wurde nicht gefunden.

Carl nahm seine tägliche Routine an Bord des Schiffs wieder auf. Er zeigte sich sogar bei den Mahlzeiten und stocherte im Essen. Es hätte einen schlechten Eindruck gemacht, wenn er sich ferngehalten hätte. Er hatte keine Lust, an seinen Skizzen zu arbeiten. All dies hatte er längst hinter sich. In Gedanken beschäftigte er sich mit der Heimkehr. Er dachte an seine Kinder und ihm wurde seltsam zu Mute. Nicht nur Sehnsucht erfüllte ihn, er empfand Trauer. Am meisten dachte er an Karla, die noch keine vier Jahre alt war. Würde er jemals sehen, wie sie größer wurde?

Mit einem Mal erschrak er über diesen Gedanken. Es war normal, dass Eltern sich um die Zukunft ihrer Kinder Sorgen machten. Aber ihm schien eine böse Vorahnung in der Furcht zu liegen, die ihn ergriff. Konnte ihr in diesem Moment etwas zugestoßen sein, zu Hause, tausende Seemeilen weit entfernt? War sie krank oder verunglückt?

Die meisten Menschen kannten das Gefühl, ein Kind zu verlieren, ihm und Anna Egidia war diese große Trauer bisher jedoch erspart geblieben. War die Reihe nun plötzlich an ihm?

Der Gedanke beschäftigte ihn dermaßen, dass er aus seiner Koje aufstand, um an Deck auf und ab zu gehen.

»Irgendetwas nicht in Ordnung, Rasmussen?«, erkundigte sich der Kapitän.

Carl schüttelte den Kopf und setzte seinen rastlosen Gang fort. Das ganze Schiff kam ihm wie ein segelndes Gefängnis vor. Dann ging ihm ein anderer Gedanke durch den Kopf. Ebenso gut könnte ihn ein Unglück ereilen. Die Vorstellung seines eigenen Todes beruhigte ihn eine Weile. Im Grunde war ihm diese Idee vertraut, die natürliche Verlängerung der Unruhe, die ihn bereits die gesamte Reise quälte. Ging es ihm denn nicht bereits wie einem lebenden Toten?

Ihn packte der Zorn über sich selbst. Ständig diese Selbstsucht! Jetzt ging es um die kleine Karla. Würde es ihr guttun, ohne ihren Vater aufzuwachsen? Wie konnte er auch nur einen Augenblick den Gedanken wagen, den leichtesten Ausweg suchen zu wollen? Das Leben war niemals leicht, aber man durfte sich nie seinen Pflichten entziehen. Bestand nicht genau darin der Fluch der Künstlerseele, dass sie so schlecht mit den elementaren Forderungen des Daseins zurechtkam?

Um sich selbst zu beruhigen, setzte sich Carl in die Kajüte und schrieb einen Brief an seine Tochter. Obwohl sie im Dezember erst vier Jahre alt wurde und weder lesen noch schreiben konnte, gab er sich Mühe mit seiner Schrift.

»Meine liebe kleine Karla!«, begann er und musste innehalten, weil seine Hand zu zittern begann.

Nach einer Weile setzte er den Stift wieder aufs Papier: »In Gedanken sehe ich Dich umhergehen und mit Deinen Puppen spielen, die Du so gern hast; wenn Du jedoch groß bist, wirst Du auf eine andere Weise spielen. Du wirst mit Gleichaltrigen spielen, und ich hoffe, dass sie Dich mögen werden und Du ein guter und lieber Mensch wirst, der vor den Augen Gottes und der Menschen Gnade findet.«

Wieder unterbrach er sich. Welchen Sinn hatte dieser Brief? Er würde ihn doch selbst überbringen, es sei denn, er änderte erneut seine Meinung und blieb in Kopenhagen. Was sollte ein dreijähriges Mädchen mit einem Brief von ihrem Vater, wenn der quicklebendig vor ihr stand?

Schrieb er ihn für sich, als eine Beschwörung des Bösen, das ihm Karla wegnehmen könnte?

»Jetzt bin ich schon wie ein Eskimo«, dachte er, »ich beschwöre die Geister.«

Carl schob den Brief zur Seite und starrte eine Weile vor sich hin. Dann ging er erneut an Deck. Doch ihm kam es vor, als würde der Anblick der vorbeigleitenden Wellen und die langsame Fahrt des Schiffes seine Unruhe nur aufs Neue anfachen. Eine Woge der Angst trieb ihn zurück in die Kajüte. Er blickte auf die Zeilen und setzte sich erneut an den Brief für Karla. Noch immer beschäftigten ihn die Ermahnungen hinsichtlich ihrer Zukunft.

»Du wirst in Deinem Tun fleißig und eifrig sein, vor allem, wenn Du an Gott festhältst und nicht vergisst, Dein tägliches Morgen- und Abendgebet zu sprechen und an Ihn zu denken, der alle Menschen und die ganze Erde geschaffen hat. Ja, denk oft an Ihn, so wirst Du niemandem zornig sein, sondern alle gern haben, vor allem Deine Mutter, Deine Großmutter und all deine lieben Geschwister. Sie lieben Dich alle so sehr wie ich.«

Er sah Karla vor sich. Jetzt schlief sie bestimmt, mit dem Kopf auf dem großen Kopfkissen, das kurze Pagenhaar vom Schlaf verschwitzt. Sie hatte pummelige Glieder und dicke Wangen. Ihre langen dunklen und dichten Wimpern ruhten im Schlaf wie zwei weiche Schmetterlingsflügel auf ihren Wangen.

»Wenn ich Dich wecken könnte«, fuhr Carl in seinem Brief fort, »würdest Du spüren, wie ich Dich in den Arm nehme, Dich küsse und streichele und meine Hand segnend auf Deinen Kopf lege. Ich würde mir Dir spielen, Dir all meine Bilder zeigen und Dir so viel Gutes über unseren Herrgott und die ganzen Dinge, Menschen, Tiere und Pflanzen erzählen, die es auf dieser großen

Erde gibt. Sie alle sind durch die Liebe erschaffen, denn die Liebe ist es, die uns alle aufrechterhält und stärkt.«

Als er die letzten Sätze geschrieben hatte, konnte er die Tränen nicht mehr zurückhalten. Der Gefühlsausbruch war so ungewohnt, dass sein Erschrecken darüber das Weinen nur noch verstärkte. Er hatte vollkommen das Gleichgewicht verloren. Was ging bloß mit ihm vor?

Er riss sich zusammen, als er Schritte auf der Leiter zur Kajüte hörte. Vermutlich war es Thomsen, der eine Seekarte holen wollte.

Carl konzentrierte sich auf den Brief und tat so, als wäre er zu tief in Gedanken versunken, um den Kapitän zu bemerken. Doch die Schritte hielten inne. Er hatte das seltsame Gefühl, dass dort draußen jemand stand und ihn beobachtete. Er wollte fragen, wagte es aber nicht aus Angst, dass seine Stimme ihn verriet und er wieder von seinen Gefühlen überwältigt wurde, die er nur mit Mühe beherrschen konnte.

Vor der Kajütentür blieb es still. Wer auch immer die Leiter hinuntergekommen sein mochte, stand nun regungslos da. Nicht einmal ein Atemzug verriet die Anwesenheit eines anderen. Dann hörte Carl, wie die Schritte die Leiter wieder hinaufstiegen. Der ewig polternde Kapitän konnte es nicht sein. Eher klang es wie ein großes Tier, das auf weichen Pfoten seine Beute anschleicht.

Ein tiefer Seufzer entfuhr Carl. Er fürchtete, dass er wieder anfangen würde zu weinen. Er riss sich zusammen. Mit leerem Blick starrte er auf die Tischplatte. Nach einer Weile geriet der Brief in sein Blickfeld. Warum weinte er nur? War es die Sehnsucht, diese verwundbarste Seite seines Wesens, der er sich jetzt hemmungslos überließ? Oder lag es an diesen übernatürlichen Vorahnungen? Hatte er sich vollkommen in die Gewalt des Aberglaubens begeben, um seiner allmählichen Auslöschung entgegenzugehen?

Er las, was er gerade geschrieben hatte, und ahnte den Grund seiner Tränen. Er beweinte sich selbst. Oh ja, er hatte an ein Kind geschrieben. Der Brief an Karla hatte diesen Ton der einfältigen Innerlichkeit, den man braucht, wenn man zum Herzen eines Kindes sprechen will. Doch aus seinem eigenen Herzen kam es nicht. Nicht mehr. Sicher, er glaubte noch immer an das Werk des Schöpfers, aber dass die Welt durch Liebe erschaffen wurde, daran mochte er nicht mehr glauben. Andere Kräfte waren im Spiel, ein andauernder Kampf, nur, er kannte die Kämpfenden nicht. Aber ein Kind hatte an diese Worte über die Liebe zu glauben, wenn es ein wahrer Mensch werden sollte. Er selbst konnte es nicht mehr. Er war ein Vater, der heucheln musste, wenn er zu seinen Kindern sprach. Er fühlte sich schmutzig und gleichzeitig furchtbar einsam. Auch zwischen ihm und seinen Kindern öffnete sich nun eine unüberwindbare Kluft.

Carl schloss mit einem Gruß, dessen Überschwang ihn selbst überraschte: »Am Schluss wünsche ich Dir all das Gute, das Deiner Seele und Deinem Körper wahren Nutzen bringen soll. Meine liebsten Grüße. Dein Vater.«

Er unterschrieb mit seinem vollen Namen J. E. C. Rasmussen, und plötzlich fiel ihm auf, dass die Unterschrift unter Karlas Brief der Signatur seiner Gemälde ähnelte. Vielleicht handelte es sich ja bei dem Brief an die Tochter lediglich um ein weiteres Bild in dem idyllischen Stil, für den er inzwischen berühmt war; um einen letzten Tribut an den Kunstsinn, den er in seiner Jugend gefunden und seither gepflegt hatte.

Was hatte er geschrieben? Einen Abschiedsbrief? Aber wenn ja, an wen?

Carl steckte den Brief in einen Umschlag und ging an Deck. Er zog sein Skizzenbuch heraus und begann die schlaff herunterhängenden Segel zu zeichnen.

Das Leben musste einfach weitergehen.

Plötzlich rutschte ihm der Bleistift aus. Als hätte er einen Stoß bekommen, als hätte ihn eine unsichtbare Kraft geschubst. Ein langer, hässlicher Strich zog sich quer über die Zeichnung. Das Skizzenbuch fiel ihm aus dem Schoß und landete mit aufgeklappten Blättern auf dem feuchten Deck.

Das Gefühl, von jemand beobachtet zu werden, wurde unerträglich. Er hob den Kopf. Abgesehen vom Rudergänger, der seinen Blick ins Rigg gerichtet hielt, war niemand an Deck. Aber Carl spürte eine fremde unsichtbare Anwesenheit, als wäre dem Meer ein Auge erwachsen, das auch die geringste Bewegung noch teilnahmslos verfolgte.

Eine Weile unternahm er gar nichts. Dann hob er das Skizzenbuch auf und ging unter Deck.

Es passierte vierzehn Tage später. Die *Peru* lag auf einer Position vor den Orkney-Inseln. Carl hielt sich zusammen mit dem Rudergänger allein im Heck des Schiffs auf. Den ganzen Tag über hatte eine gleichmäßige Brise mit Regenschauern geweht, am späten Nachmittag klarte es auf. Die Wellen rollten dickflüssig und ruhig wie Öl dahin.

Carl trat einen Schritt zurück, um den Entwurf zu betrachten, an dem er seit einigen Tagen arbeitete. Er hatte den Tadel ernst genommen, den er sich selbst nach Beendigung des Briefes an Karla erteilt hatte, und jeden Tag fleißig gemalt. Die Arbeit verschaffte ihm keine Befriedigung, hielt aber die Leere auf Distanz. Selbstdisziplin war das Einzige, was ihm blieb.

Das Bild war aus der Decksperspektive gemalt, mit Aussicht auf den Steven. Nur ein wenig Meer und Himmel waren sichtbar, der Rest verbarg sich hinter dem hohen Schanzkleid und dem Großsegel. Das Rigg verdeckte zusätzlich die Aussicht. Im Steven stand eine schmächtige Figur mit dem Rücken zum Betrachter und suchte den Horizont ab. Die Gestalt sah nicht aus wie ein Seemann an Bord eines Schiffes, eher wie ein Gefangener in einem schwimmenden Gefängnis. Das Bild hatte etwas Eingeschlossenes, geradezu Klaustrophobisches. Kein Effekt, den er beabsichtigt hatte. Er hatte sich ganz von allein eingestellt.

Es gab eine weitere Figur auf dem Gemälde. Ursprünglich hatte Carl daran gedacht, ein Gegengewicht zu der einsamen, Ausschau haltenden Gestalt im Steven des Schiffs zu schaffen. Zunächst hatte er den Koch skizziert, wie er etwas in eine Pütz schüttete. Unschlüssig hatte er ihn jedoch wieder ausgewischt. Eigentlich wollte er gerade nicht die Arbeitsabläufe an Bord darstellen, aber wie gewöhnlich fiel er zurück in seine alte Routine und begann mit Studien des Volkslebens.

Carl sah ein, wie wenig er über sein Bild nachgedacht hatte. Er war schlecht gelaunt und daher nachlässig. Und trotzdem schien es, als hätte sich ein schaffender Wille durchgesetzt. Er hatte sich selbst und seine eigene Einsamkeit geschildert. Diese verhärmte, Ausschau haltende Gestalt im Steven war er. Wie immer wurde er vom Leben bedrängt, diesem chaotischen, erschreckenden Leben, das so zudringlich war, so voller unbekannter Kräfte und Ziele. Dennoch gehörte er dazu, egal, wie wenig es seinen Erwartungen entsprach und sich weigerte, seinen ästhetischen Anforderungen Genüge zu leisten.

Von dem Koch war lediglich ein blasser grauer Fleck geblieben. Es konnte alles Mögliche sein. Ein großes Tier, das aus der Kombüsentür kam, ein mit einem Pelz bekleideter Eskimo. Es zeigte nichts Konkretes, ein unfertiger Fleck auf der Leinwand und gleichzeitig ihr Zentrum, gleichwertig mit dem Selbstporträt im Steven des Schiffs. Dieser graue Fleck konnte alles bedeuten. Doch Carl wusste, was der Fleck in all seiner Unbestimmtheit repräsentierte. Er stand für den blinden Passagier, den man nie gefunden hatte. Es waren die wie auf weichen Pfoten schleichenden Schritte auf der Leiter vor seiner Kajüte. Es war der Stoß, den er bekommen hatte, als er in sein Skizzenbuch zeichnete. Es war das Auge, mit dem das Meer ihn beobachtete. Es war all das Fremde, das sich einen Weg in sein Leben zu bahnen versuchte. Es waren die Spuren der puren, unvermischten Farben, die er als Junge durch den Rinnstein vor Färber Jørgensens Haus hatte fließen sehen und die auf den Leinwänden des französischen Malers zu einem kraftvoll strömenden und – das begriff er jetzt – unwiderstehlichen Fluss anschwollen. Es war der kobaltblaue Eisberg, den er mit ein paar Pinselstrichen anzudeuten gewagt hatte. All das repräsentierte der Fleck auf der Leinwand – das eigentliche, unerkannte Kraftfeld seines Lebens.

Carl stand mit erhobenem Pinsel vor der Leinwand und zögerte.

Er trat einen Schritt zurück, möglicherweise, um sein Bild besser betrachten zu können, möglicherweise, um für einen Moment innezuhalten und einen Entschluss zu fassen.

Er trat noch einen Schritt zurück.

Der Rudergänger blickte zerstreut über das Meer. Gegen Mittag hatten sie die Bramsegel gesetzt, das Schiff segelte mit gleichmäßiger Geschwindigkeit.

Die Uhr zeigte zehn Minuten nach fünf, die Position war 59°4' nördliche Breite und 0°1' östliche Länge.

Irgendetwas peitschte das Wasser. Gab es so weit südlich noch Wale? Ein Brausen ertönte, als würde das Meer sich plötzlich zu allen Seiten des Schiffs erheben und es hinter eine Mauer aus Wasser sperren. Das Geräusch wurde ohrenbetäubend.

Carl wäre nicht imstande gewesen zu sagen, woher die Gestalt kam. Ob es sich um den grauen unfertigen Fleck auf seinem Bild handelte, der plötzlich Form annahm, oder ob sie tatsächlich aus der Kombüsentür trat, wo er sie auf seiner Leinwand untergebracht hatte. Aber etwas stand außer Zweifel. Es war Jonas, der mit leichten, elastisch federnden Schritten über das Deck auf ihn zukam und seine Arme in dem grauen Robbenfellanorak ausbreitete. Sein wettergegerbtes, zerfurchtes Gesicht schaute mit einem breiten Lächeln unter der pelzgefütterten Krempe des Hutes hervor; Carl erinnerte sich an das Lächeln, das er vor der Kirchenruine auf Hvalsø gesehen hatte. Jonas war endlich gekommen. Gekommen, um ihn auf die letzte Reise mitzunehmen.

Es war der Moment der Kapitulation.

Dann schlug das Wasser über ihm zusammen.

Carl dachte nicht. Sein Herz dachte für ihn. Er spürte nur noch sein wildes Hämmern. Seine Arme begannen mit Schwimmbewegungen, die Beine traten nach unten, als wäre der Grund des Ozeans nah, als könnte er sich dort abstoßen, um wieder an die Oberfläche zu gelangen. Blasen wirbelten um ihn herum auf, sein Vorrat an Luft, die ihn nun verließ. Der Auftrieb der Lungen reichte nicht aus. Die schwere Kleidung zog ihn hinab. Noch immer vollführten die Arme Schwimmbewegungen, suchten die Füße vergebens nach festem Grund. Das bodenlose Meer zerrte an ihm.

Sein Herz schlug Alarm. Wie Wellenschläge pochte sein Blut an das Ohrinnere, aber tief in ihm herrschte Stille, eine Widerstandslosigkeit, die Einverständnis gleichkam. Jonas schwamm an seiner Seite. Langsam bewegte er die Arme, als würden sie nach und nach zu Flossen, die sich dem Wasser anpassten. Carl erkannte undeutlich sein Lächeln.

Wie an einem gewaltigen Berghang glitt er den Schiffsrumpf entlang. Er sah den überwucherten Kiel von unten. Er sank und sank. Tauchte hoch über ihm eine blasse Sonne auf oder war es die letzte Luft, die seine Lungen verließ und zu der immer ferneren Meeresoberfläche aufstieg?

Jonas streckte eine Hand nach ihm aus. Er nahm sie und hielt sie fest.

Carl verspürte keine Neugier oder Erwartung, aber auch keine Trauer bei dem Gedanken an den Abschied vom Leben. Den ganzen langen Sommer hatte er in Abschied und Trauer verbracht. Seine Liebsten meldeten sich nicht in diesen letzten Augenblicken, keine Stimmen, nichts. Er sah einen Mann, dem man die Ohren abgeschnitten hatte, ein paar leere Stiefel, ein Hinrichtungskommando vor einer Wand, Reste von weißer Gehirnmasse, verspritzt über eine Mauer, eine Kirche in Ruinen. Er sah Gottes Hände vor der unendlichen Fläche des Inlandeises niedersinken. Er sah verschlungene Körper im Licht einer Tranlampe, einen Eisbärenschädel, Schimären, die gleichzeitig Mensch und Tier waren, ein wieherndes Pferd, das in die leere Luft trat. Er sah Jesus als Frau mit entblößten Brüsten, und das Meer um ihn füllte sich mit Walen, Eisbären, Robben und ertrunkenen Männern und Frauen, einige aufgedunsen, andere säuberlich von allem Fleisch befreit, wieder andere nackt und gleichsam gereinigt durch den Aufenthalt im Wasser. Er sah ein Paar leuchtender Augen, die ihn kobaltblau anstrahlten, und er verstand, dass ihn in seinen letzten Momenten all die unbemalten Leinwände seines Lebens umgaben.

Es gab keine Reue. Auch die Reue hatte ihre Zeit gehabt.

Nur sein Herz widersprach ihm. Sein Herz hatte Angst. Sein Körper wollte nicht. Das Wasser, das immer kälter wurde, je tiefer er sank, floss eisig durch die Haut in ihn hinein. Das Licht war jetzt sehr fern. Hoch über ihm erlosch die bleiche, unerreichbare Sonne allmählich.

Er öffnete den Mund, er wollte Jonas etwas sagen. Stattdessen füllten sich seine Lungen mit Wasser, als wäre das Meer ein neues Element, in dem er lernen sollte, sich zu bewegen. Es wurde schwarz um ihn, eine so intensive Dunkelheit, wie er sie nie zu malen gewagt hätte.

Alles ist vorläufig

Alles ist vorläufig, die Höhe eines Berges, die Kurve einer Küste, die Tiefe des Meeres. Eine Insel entsteht, wird zu einem Werder und wieder zu einer Insel. Das Land hebt und senkt sich. Die Kontinente fließen. Ein Menschenleben ist kurz. Dann verändert es sich wie eine Wolkenformation, von Stratus zu Stratokumulus, von Stratokumulus zu Zirrus, und als die Nachricht von Carls Tod Anna Egidia am Tag nach der Ankunft der *Peru* in Kopenhagen erreichte, hatte er sich bereits verändert.

Nicht nur die vielen Lagen seiner Kleider hatten sich aufgelöst. Er selbst hatte verschiedene Stadien durchlaufen. Immer aufgedunsener und unkenntlicher hatte er sich durch kalte und warme Meeresströme tragen lassen. Neue Formen hatte er angenommen, als Robben und Fische, ja, sogar Meeresvögel an ihm nagten, als sein halb aufgelöster Körper im Laufe des Verwesungsprozesses eine Weile an der Oberfläche auftauchte. Niemals war er allein. Die Säugetiere, Fische und Vögel begleiteten ihn. Die Schöpfungen aus der Tiefe des Meeres, von denen er daheim in Marstal die Überreste gesehen hatte – den Sägezahn eines Sägerochens, ein aufgerissenes Haifischmaul, Krabbenscheren, die einem Kind den Arm abkneifen konnten, einen getrockneten Seestern –, lernte er nun auf andere Weise kennen. Er geriet in einen Schwarm blinkender Makrelen, die sich auf ihn stürzten, bevor sie von einem Hai auseinandergejagt wurden, der ihr Werk fortsetzte. Das Skelett trat zutage. Dem Auftrieb seines verwesenden Fleisches beraubt, wurde er wieder schwerer, und sein einstiger Körper, der sich nun in etwas anderes verwandelt hatte, bereitete sich darauf vor, auf den Grund zu sinken, wo die Strömung seine säuberlich abgenagten Knochen weitläufig verteilen würde.

Anna Egidia ging in den Garten und blieb mit dem Telegramm in der Hand stehen. Sie wollte einen Moment allein sein und ihre Gedanken ordnen. Als Erstes ging ihr durch den Kopf: »Jetzt kenne ich mein Schicksal.«

Anderthalb Monate zuvor war sie sechsundvierzig Jahre alt geworden. Der heutige Tag hatte sie verändert, nun war sie nicht mehr Hausfrau, sondern Witwe. Aber sie war noch immer Mutter. Sie hatte acht Kinder. Sie würde den Rest ihres Lebens für sie da sein. So dachte sie.

Es war ein Herbsttag, die Sonne stand hoch. Die Blätter des Maulbeerbaums lagen wie ein strahlender Teppich unter ihren Füßen. Sie glättete ihren Rock und atmete tief durch. Dann trat sie ins große Wohnzimmer und rief die Kinder zusammen. Die Kleinen würden weinen, die Großen auch, vor allem Helga und Ellen. Jens Christian würde es eher verschlossen hinnehmen. Er hatte das nervöse Temperament seines Vaters geerbt und wollte wie er Kunstmaler werden.

Sie wollte mit ihnen weinen. Das würde sie sich gestatten, aber sie würde sich nicht gestatten, sich den Tränen zu ergeben, wie sie sich überhaupt niemals erlaubte, sich irgendeiner inneren Unruhe hinzugeben. Für seelische Tumulte gab es in ihrem Dasein einfach keinen Raum. Ihr Lebensinhalt bestand aus Carl und den acht Kindern, sie brauchte den Raum, um über sie traurig, wütend oder glücklich zu sein. Sie nahm Anteil an allem, was sie betraf. Nun wollte sie mit ihnen weinen, aber nicht so, dass sie meinten, von nun an gäbe es kein Zentrum mehr auf der Welt. Es gab dieses Zentrum nach wie vor. Sie war die Mitte der Welt. Sie war es immer gewesen, und wie alles, was unerschütterlich schien, handelte es sich um einen ständigen Balanceakt. Wäre ihr jemand nahe gekommen, hätte er ihr Zittern bemerkt, aber so nahe kam ihr niemand. Sie kam ihren Kindern nahe, die Kinder nicht ihr. Sie spürten nur die Kraft, die von ihr ausging, ihre allumfassende Ruhe. Anna Egidia hatte Träume, die sie niemandem erzählte. Morgens schüttelte sie diese Träume ab. Nachts konnte sie lautlos in ihr Kissen weinen, doch der Kissenbezug war trocken, bevor der Tag anbrach. Nie hatte sie rote Augen.

In Marstals engen Gassen hatte sie die Kunst des Weinens gelernt. Hier war der Tod ein häufiger Gast, wenn ein Mann, ein Bruder oder ein Sohn auf See blieb. Und unter dem Maulbeerbaum dachte sie einen Augenblick, dass Carl nun etwas mit den Marstallern vereinte, zu denen er in seinen letzten Jahren einen wachsenden Abstand verspürt hatte. Er hatte ihren Tod erlitten, den Tod durch Ertrinken.

Verlust war ein Vakuum, das sich nicht füllen lassen wollte. Von Trauer gebeugt, hieß es, aber wie viel wog dieses Vakuum? Ohne einen Schwerpunkt im Leben konnte Trauer sogar gefährlich leicht sein. Dem Trauernden erschien dann alles unüberwindlich. Weil er kein Ziel mehr hatte. In Anna Egidias Leben allerdings gab es nichts anderes als Ziele. Es ging schlicht um Notwendigkeit, um die Notwendigkeit der Liebe; und bei der Liebe handelte es sich weder um etwas Leichtes oder Schweres, weder um etwas Umfassendes noch um das Gegenteil. Die Liebe existierte jenseits all dieser Maßeinheiten.

Ängste und Sorgen schlugen auf Anna Egidia ein wie Wellen, die selbst die höchste Klippe aushöhlen konnten, wenn sie sich nur lange genug daran brachen. Bei der Liebe ging es indes nicht um eine Klippe. Sondern um eine wortlose Unendlichkeit. Alles – ja, alles – könnte man ihr nehmen, doch ihre Liebe gäbe es noch immer. Sie konnte ein junges Kätzchen finden, ein verwildertes Küken, sogar eine halb verwelkte Topfpflanze auf einem Fensterbrett, und sie empfand das Gefühl, von Liebe durchströmt zu werden.

All dies wusste sie in dieser sonnenhellen Stunde unter dem Maulbeerbaum. Carl konnte im Atelier mit den Kindern toben, er konnte deklamieren, vorlesen, Theater spielen. Aber er konnte auch das genaue Gegenteil sein: verschlossen und auf eine ungesunde Weise grüblerisch. Sie erinnerte sich an die vielen Male, an denen er stundenlang am Strand gestanden und aufs Meer gestarrt hatte, als wären ihm das Wetter und seine Gesundheit egal. Schließlich hatte sie ihn zurück ins Haus bringen müssen, steifgefroren und hustend, wobei er zwischen den Hustenanfällen bat, in Ruhe gelassen zu werden. Hinterher lag er fieberheiß im Bett und klapperte mit den Zähnen. Dann war ihre Ruhe gefragt, diese Ruhe, aufgrund der er ihr später vorwarf, ihr würde das Verständnis für seine Natur fehlen, sie würde seine Begeisterung und Fantasie nicht teilen. Und wenn er in einem Anfall von Reue um Vergebung bat und sich mitten in seiner Entschuldigung erneut aufregte, war ihre Ruhe wieder vonnöten.

Hatte sie nie ein Gefühl der Verletzung empfunden? Doch, bisweilen, und es kam vor, dass sie es nicht verbergen konnte. War sie immer nachsichtig gewesen? Ja, stets. Vielleicht mehr, als es ihr gut getan hatte, aber es lag wohl daran, dass ihr Wesen eigentlich anderer Natur war und nicht von Carls Sicht auf sie abhing. Seiner Liebe konnte sie sich im Grunde nicht sicher sein. Sondern nur, dass sie alles, was sich um sie herum regte, überschwänglich in die Arme schloss.

Sie wusste genau, was Carl über sie gedacht hatte. Er hatte sie beschützen wollen, und dieser Beschützerdrang eines selbst so wehrlosen Manns hatte sie angerührt. Er hatte sie als jemanden gesehen, der immer nur die Nummer zwei im Leben gewesen war – benannt nach einer toten Schwester und Ersatz für eine andere, als er sie nach Henriettas Tod heiratete. Sie selbst sah sich anders. Seit sie ihn als kleines Mädchen in seiner Kammer aufgesucht hatte, als er hungerte und sich stolz von Henrietta lossagte, wusste sie, dass sie ihn liebte. Sie wollte ihn in Henriettas Namen besuchen, obwohl niemand sie darum gebeten hatte. Als sie ihn sah, wusste sie mit einer für ein Kind ungewöhnlichen Kraft, dass er, dieses mürrische, abweisende Wesen, das sie in jugendlicher Überheblichkeit ignorierte, ihr Schicksal werden würde. Sie dachte nicht: Eines Tages wird er mich lieben. Sie dachte nur: Ich liebe ihn.

Ihre Liebe hatte etwas von kindlicher Hingabe, aber es gab noch etwas anderes, Uneigennütziges, und das ließ sie stark werden. Sie war keine Nummer zwei. Diese Idee entsprang Carls selbstsüchtigem, mit Schuldgefühlen beladenem Kopf.

Sie bat nicht um Liebe. Sie gab sie.

Sie war die Stärkere. Damals wusste sie es nicht. Aber sie ahnte es, und seither sollte das Leben es ihr zeigen.

Carl war vor einem halben Jahr nach Grönland aufgebrochen. Jedes Mal stellte sich der Tod auf See so ein. Es gab eine Inkubationszeit, ein langes Ausbleiben, das den Übergang weniger jäh erscheinen ließ. Nun wurde Carls Abwesenheit endgültig. Doch zuerst kamen die Kinder. So würde es den Rest ihres Lebens bleiben. Erst die Kinder. Später würden die Enkel folgen.

Anna Egidia ging zurück ins Haus, während Carl im Golfstrom die norwegische Küste entlangglitt. Bald begann er eine Reise in die entgegengesetzte Richtung, zum kanarischen Strom, und von dort würde er sich in alle Richtungen verteilen, in einem beständigen Kreislauf, erst zwischen Afrika und Südamerika, dann mit dem Zirkumpolar-Strom durch den Indischen Ozean bis zum Pazifik, als hätte er nicht eine einzige Seele, sondern tausende, die eine nach der anderen in die Wesen übergingen, denen sein sich zersetzender Körper Nahrung lieferte.

Viele Jahre später, als Carls Überreste sich längst in die Schlammschicht gebettet hatten, die tief unten den Grund des Ozeans bedeckt, sollte Anna Egidia oft an diesen Tag zurückdenken, den ersten Tag in ihrem Leben als Witwe; einer Rolle, zu der sie auf eine merkwürdig beunruhigende Weise geeignet zu sein schien. Sie sah sich selbst mit dem Telegramm in der Hand unter dem blattlosen Maulbeerbaum und sie sah nichts anderes als ein Schulmädchen. Eine Mutter von acht Kindern, soeben Witwe geworden, und doch nichts anderes als ein Schulmädchen. Sie ging in die Schule des Todes.

Doch was wollte der Tod ihr beibringen, was sie nicht bereits wusste?

Sie dachte oft darüber nach, dass die Sprache keinerlei Bezeichnung für das hat, was schließlich aus ihr wurde. Eine Frau, deren Mann stirbt, wird Witwe genannt. Ein Witwer hat seine Frau verloren, ein Vaterloser seinen Vater, vermutlich als Kind oder in jungen Jahren, eine Mutterlose ihre Mutter. Kinderlose hatten nie Kinder, ihr Verlust war daher von anderer Art. In ihrem Fall hat nicht der Tod jemanden entrissen, sondern das Leben, das ihnen nicht die Hand reichte.

Aber wie heißt eine Mutter, die ihre Kinder verliert?

Ist der Gedanke so grauenvoll, dass selbst die Sprache sich verweigert?

Zwei Jahre, nachdem Carl nach vielen unterschiedlichen Aufenthaltsorten im Magen einer gesprenkelten Robbe durch einen schwojenden Wald aus Riesentangblättern schwamm, erlag Hans Otto, erst vierzehn Jahre alt und gerade konfirmiert, dem Gelenkrheumatismus. Drei Jahre später, als ein Rest von Carl gerade über dem Kontinentalsockel in der Zwielichtzone des Meeres verschwand, starb Jens Christian in einem deutschen Tuberkulose-Sanatorium. Er wurde achtzehn Jahre alt und war ein vielversprechender Kunstmaler, doch das Leben brach seine Versprechungen. Zwei Jahre später folgte ihm Anne Marie ins Grab. Alle sagten, sie wäre so anmutig und intelligent, aber ihr blieben nur fünfzehn Jahre, um ihre Anmut mit anderen zu teilen. Carl bettete sich in der meterdicken Schlammschicht der Tiefsee-Ebene in tausend Meter Tiefe, wo er zwischen Schlacke ruhte, die vorbeifahrende Dampfer so hoch über ihm über Bord geworfen hatten, dass die Schiffe aussahen, als führen sie am Himmel; die treibenden Wolken schienen nichts anderes als Wellen zu sein, die von ihren Steven zerteilt wurden.

Anna Egidia hatte zehn Jahre Ruhe.

Ihr blieben noch fünf Kinder. Sie war Ende fünfzig. Und gewiss, dass die Letzten diesem Schicksal entgehen würden.

Dann traf es Helga. Die sanfte Ellen starb an Typhus. Karl Johan, der als Einziger zur See fuhr, wurde an Bord eines Marstalschoners in den letzten Kriegsmonaten von den Deutschen erschossen. Als das brennende Schiff unter seinem bereits leblosen Körper sank, begann er die gleiche Reise wie Carl. Blieben noch zwei.

Doch der Tod ließ Anna Egidia niemals in Ruhe. Er lief hinter ihr her und tippte ihr auf die Schulter, wenn sie es am wenigsten erwartete.

»Schau, was ich kann«, sagte er und nahm sich ein weiteres Kind.

Schließlich wurde sie so alt, dass sie glaubte, das letzte Schultertippen müsse ihr gelten. Da holte der Tod Karla. Sie war die Jüngste gewesen, Anna Egidia hatte sie am längsten behalten dürfen. Karla wurde vierzig Jahre alt. Die Mutter, die sie geboren hatte, war doppelt so alt, als sie sich im Krankenhaus von Ærøskøbing voneinander verabschiedeten.

Es gab Zeiten, in denen Anna Egidia dachte, die Welt wäre ein ewig sinkendes Schiff und die Zeit ein schwarzes Meer, das stetig anstieg.

Aber jedes Mal dachte sie nie sehr lange so.

Als Ellen starb, fing sie an, die Todesfälle als eine Art Schule anzusehen. Mit jedem Kind, das starb, kam sie eine Klasse weiter. Bei Helgas Tod wurde sie in die vierte Klasse versetzt. Bei Ellen in die fünfte, bei Karl Johan in die siebte. Andere Mütter hatten Erstgeborene, sie hatte Erstgeborene und Erstgestorbene. Nach der achten Klasse würde ein Examen folgen.

»Aber was soll ich denn nur lernen?«, fragte sie sich.

Sie war sicher, dass sie all ihre Kinder überleben würde.

In den beiden letzten Jahren blieb Anna Egidia nur Augusta Kathinka, Tante Gusta, wie sie genannt wurde. Eigentlich war sie schwächlich und litt an einem lebenslangen Herzschmerz, seit ihr Verlobter sie sitzen gelassen hatte. Und doch lebte sie, wenngleich auch unverheiratet und kinderlos. Während des Weltkrieges hatte sie sich in Amerika aufgehalten und kehrte trotz Minenfeldern und uneingeschränktem U-Boot-Krieg zurück. Sie wohnte bei ihrer Mutter in dem großen Haus am Strand.

»Sie hält nicht durch«, dachte Anna Egidia jeden Tag und drückte ihre Hand, ihre Befürchtungen ließ sie sich dennoch nicht anmerken.

Doch Augusta Kathinka hielt durch, und Anna Egidia schied triumphierend aus dem Leben. »Vielleicht hat es so sein sollen«, dachte sie, » ... dass ich lediglich mit einem den Hafen erreiche.«

Als Anna Egidia der Erde und ihrem Kreislauf übergeben wurde, existierte Carl in keiner erkennbaren Form mehr. Aber er existierte. In Millionen Bestandteilen, einige im Schlamm versunken, andere unterwegs von Pol zu Pol auf den langen Routen der ausdauernden Zugvögel. Er war zu Phytoplankton und Zooplankton geworden, er war ein Tiefseeaal in der Zwielichtzone, ein Schlangenstern im Kontinentalgraben, ein Mineral in einer aufsteigenden Meeresströmung, die blinkende Schuppe eines Fliegenden Fisches, der aus dem Schaum einer sich brechenden Woge sprang, er war der Schrei eines Basstölpels in der Luft.

Von ihren vielen toten Kindern waren die ersten drei zu jung gewesen, um selbst Kinder zu haben. Die anderen lebten lange genug, um Nachkommen zu zeugen, die schon bald den Tod eines Elternteils erleben mussten. Als Anna Egidia starb, hatte sie vierzehn Enkelkinder. Jedes einzelne hatte sie an der Hand gehalten, wenn eine Mutter oder ein Vater gestorben war. In vielen Häusern wurde sie zum zweiten Gast. Erst kam der Tod, dann sie. Ihr schwarzes Seidenkleid war allmählich zerschlissen. Denn sie kümmerte sich nicht nur um ihre eigene Familie. Sie wurde zur Stütze des gesamten Viertels um die Teglgade. Starb jemand, holte man sie. Sie trat in die Tür, setzte sich ins Wohnzimmer, schickte die Erwachsenen fort und nahm dann die Kinder bei der Hand. Wurde eine Mutter krank und musste ins Krankenhaus, während der Mann auf See war, holte sie die Kinder zu sich nach Haus. Immer wieder wurde sie gebeten, Taufpatin eines Kindes zu werden.

Sie hatte die Aufgabe übernommen, am Eingang und am Ausgang des Lebens Wache zu stehen.

Wenn sie nicht dachte, dass es sich bei der Welt um ein sinkendes Schiff handelte, dann hatte sie den entgegengesetzten Gedanken: Das Leben war ein Schiff, das nicht untergehen konnte.

Der Tod schlich sich bei ihr ein und tippte ihr auf die Schulter. Er holte sie immer wieder ein, und sie konnte ihm nicht davonlaufen. Doch dem Leben gelang es. Das Leben war dem Tod stets einen Schritt voraus.

Jedes Mal, wenn eines ihrer Kinder starb, sei auch etwas in ihr gestorben, sagte sie, und das entsprach der Wahrheit. Ihr wurde ein Stück ihres Herzens herausgerissen. Aber es entsprach ebenso der Wahrheit, dass die Toten in sie übergingen und ihr etwas von sich zurückgaben. Man riss ihr ein Stück ihres Herzens heraus, aber es wuchs sich wieder aus und wurde größer und weitherziger als zuvor.

Die ersten Monate nach Carls Tod waren von Ungewissheit geprägt. Wie sollte sie allein mit acht Kindern zurechtkommen? Konnte sie das große Haus halten? Im Frühjahr fand in den Ausstellungssälen von Schloss Charlottenborg eine zweitägige Auktion mit Carls hinterlassenen Gemälden und Aquarellen statt. Es handelte sich um einen Überblick über sein gesamtes Lebenswerk. Es gab Schiffe auf der Reede von Marstal, grönländische Hütten, einen Eisbären auf einer treibenden Eisscholle, die Abendstimmung auf dem Atlantik, einen ruhigen Sommermorgen am Sund und Schauerwetter bei Lyø. Es war sein Leben. Es war der Mann, den sie geliebt hatte.

Der Auktion hatte Anna Egidia mit gemischten Gefühlen entgegengesehen. Sie wusste, dass ihre und der Kinder Zukunft vom Verlauf dieser beiden Tage abhing. Es hatte ihr weh getan, die Gemälde herzugeben. Carls ertrunkenen Körper hatte sie nie gesehen. Nun musste sie sich von seiner Seele verabschieden. Diese Bilder trugen sein Bestes in sich. Es gab nichts Dunkles und Brütendes, keine endlosen Zweifel und Selbstprüfungen, die Anna Egidia in ihrer Jugend so faszinierten und bei denen sie seither all ihre Kraft hatte mobilisieren müssen, um sie zu ertragen.

Dann kamen die ersten Märztage. Carl, den der Golfstrom nach Norden geführt hatte, befand sich auf dem Rückweg. Anna Egidia war nicht in die Hauptstadt gefahren, sondern wartete ungeduldig auf eine Nachricht.

Die Auktion wurde ein ungeheurer Erfolg. Das Geld, das die Gemälde einbrachten, reichte, um ihr und ihren Kindern die Zukunft zu sichern. Das Haus konnte in ihren Händen bleiben, und später gestand sie sich ein, dass sie den Verlust des Hauses wohl schwerer verkraftet hätte als den Verlust ihres Ehemannes. Sein Tod wäre zu endgültig gewesen, hätte sie auch das Haus aufgeben müssen. Es war die Quelle ihrer Ruhe. Carl lebte hier weiter, und sie selbst schien sich von den soliden Mauern, den schweren Dielenböden und den hohen Fenstern, durch die das Licht einfiel, zu ernähren. Carl hatte das Haus nach eigenen Zeichnungen bauen lassen, und sie empfand ihm gegenüber große Dankbarkeit.

In ihrer Erinnerung wurde er nach und nach wie seine Gemälde, mehr Licht als Schatten. Sie spürte die Macht der Hinterbliebenen, ein Leben umzudeuten und zu verändern. Es richtete sie immer wieder auf und machte sie stark, wenn sie sich bückte, um überall in Marstal in die niedrigen Stuben des Todes einzutreten.

Und doch gab es etwas, das an ihr nagte. Es waren die anhaltenden Gerüchte, dass es sich bei Carls Tod nicht um einen tragischen Unglücksfall gehandelt hatte, sondern um Selbstmord. Niemand sagte es ihr je direkt ins Gesicht, aber sie wusste, dass man darüber redete. Auch sie fand den Ton des Abschiedsbriefs an die kleine Karla eigentümlich, sie hatte ihn der Tochter nie gezeigt, zumal sie keine Eifersucht unter den Kindern schüren wollte. Anna Egidia bewahrte diesen letzten Brief aus Grönland auf, las ihn aber nie wieder. Ihr brach der Angstschweiß aus, wenn sie an ihn dachte. Vielleicht hatte Carls Tod weit schlimmere Ereignisse verhindert. Aber Selbstmord, nein, niemals. Nicht Carl. Er mochte seine dunklen Augenblicke gehabt haben. Er hatte seltsame Ideen, in der letzten Zeit vor allem über sie und ihre Ehe. Seinen Wunsch, wieder in die Hauptstadt zu ziehen, teilte Anna Egidia nicht, sie hatte es ihm offen gesagt. Sie hatten ihr Leben hier in Marstal, in dem großen hellen Haus, in dem die meisten ihrer Kinder geboren wurden. Die Großen erinnerten sich nicht einmal mehr an die Zeit in Kopenhagen.

Die Gerüchte über Carls Selbstmord hielten an. Ihr blieb nichts, als sie zu ignorieren. Sie kannte den Grund. Die Gerüchte entsprangen nicht Neid oder Bosheit, sondern entstanden aus dem Wissen der Seeleute über ein Schiff. Man verstand nicht, wie ein Mann, der wie Carl das Leben auf See kannte, an einem

Tag über Bord fallen konnte, an dem lediglich eine mäßige Brise wehte. Und sie hatten recht. Die Reling am Heck der *Peru* war relativ niedrig. Dennoch schien es kaum wahrscheinlich, dass man aus reiner Zerstreutheit über Bord fiel. Der trockene Sachverstand eines Seemanns kam zu einer anderen Schlussfolgerung. Carl war nicht über Bord gefallen. Er war gesprungen.

Anna Egidia kannte den Kleinstadtklatsch und wusste, welch blühende Fantasie auch durchaus fantasielose Menschen entwickeln, wenn es darum ging, anderen die schlimmstmöglichen Motive zu unterstellen. Doch weiter gingen die Gerüchte nicht. Niemand dachte über das Motiv eines eventuellen Selbstmords nach. Jedem leuchtete ein, dass ökonomische Probleme Carl kaum zu einer so dramatischen Handlung gezwungen haben konnten. Ökonomisch war er bestens konsolidiert. Dafür sorgte sein guter Ruf als Maler. Und Anna Egidia wurde zu sehr respektiert, als dass jemand auf den Gedanken gekommen wäre, ihre Ehe für den Grund zu halten. Das Geheimnis hätte sich nur in Carls eigenem Kopf finden lassen, aber da ein Künstler für den gemeinen Mann ohnehin ein Mysterium ist, trugen die Gerüchte über seinen Selbstmord eher dazu bei, seinen Ruhm zu mehren. Dennoch reagierte Anna Egidia, als würde sich in den Gerüchten eine indirekte Anklage verbergen. Es schien, als wollte sie mit ihrer geschäftigen, alles umfassenden Gestalt das Mausoleum sein, in dem Carl begraben lag. Hier sollte die Erinnerung an den hellen Maler und glücklichen Ehemann weiterleben.

Als Anna Egidia alt wurde, sah sie ein, dass die Gerüchte über Carls Selbstmord nie verstummen würden. Doch zu ihrer eigenen Überraschung erkannte sie, dass sie den Respekt vor ihm nicht schmälerten. Im Gegenteil. Dieses Ende gab seinem Leben eine tragische Aura und seinen Bildern eine Tiefe, die ihnen sonst möglicherweise nicht zugesprochen worden wäre. Und auch ihr wurde Respekt gezollt. Sie hatte viel zu ertragen gehabt, auch die Bürde eines schwierigen Mannes.

Sie hatte den Gedanken an Selbstmord nie akzeptieren können. Er weckte in ihr einen Widerstand, als ginge es um ihr eigenes Leben. Sie besuchte häufig die Kirche. Dort setzte sie sich auf eine der blau lackierten Bänke und blickte auf die Altartafel. Noch einmal sah sie in Jesus abgeklärtes Gesicht, das wie von innen erleuchtet schien. Sie sah Carls Hand in diesem Gesicht, den hellen Carl, den sie aus dem Chaos der Erinnerungen geschaffen hatte.

Carl hätte die Tiefseezone des Meeres entdeckt, wenn er noch in der Lage gewesen wäre zu sehen. Aber seine Augen gab es nicht mehr. Selbst wenn er noch hätte atmen und denken können, hätte sein Blick die unterseeische Dunkelheit nicht durchdringen können, in der die gesamte Farbenlehre, für die er gelebt und gearbeitet hatte, verworfen wurde. Bis hierher drang die Sonne nicht. Das Licht kam von den lebenden Organismen selbst, als würde jedes eine eigene innere Sonne tragen. Im Grunde hatte er dies immer gesucht, das innere Licht in den Lebenden, in den Seelen. Aber hier gab es keine Seelen. Das Licht diente einzig dazu, Beute anzulocken oder einen stärkeren Feind zu verscheuchen. Es glomm aus der schlichten Notwendigkeit zu überleben, und in diesem matten Schein existierten keine anderen Farben als violett, dunkelbraun und grau. Sogar für ihn wäre es zu trist gewesen. Hier hätte sich sein Pinsel nicht damit begnügen können, etwas wiederzugeben. Hier hätte er etwas hinzufügen müssen. Doch Carl gab es hier nur stückweise, augenlos war er ohnehin. Welcher Teil von ihm trug wohl bis zuletzt seinen Namen: ein Arm, ein Oberschenkelknochen, vielleicht der Schädel oder der Rest des Herzens in einem Haifischmaul?

Carls Ruhm als Maler hielt nicht lange an. Nach zwanzig Jahren musste Anna Egidia einsehen, dass er zu den Vergessenen gehörte. Eines Tages stand ein Kunstkenner vor ihrer Tür und bat, sich die Sammlung der Familie ansehen zu dürfen. Nicht alles war bei der Auktion in Charlottenborg verkauft worden. Ein Teil der Bilder hing im Wohnzimmer, andere standen an der Wand des Ateliers, bedeckt von einem schützenden Tuch. Sie zeigte das Verbliebene. Der Kunstkenner betrachtete die Bilder aus Grönland lange, vor allem das Bild eines Kajakruderers. Besonders lobte er allerdings die Gemälde mit Motiven der dänischen Küste und Gewässer.

»Es ist eine Schande, dass Ihr Mann in Vergessenheit geraten ist«, sagte er. »Es ist unverdient. Es liegt sehr viel Gefühl für das Nationale in seinen Darstellungen.«

Anna Egidia blickte überrascht auf. So hatte sie Carls Gemälde noch nie gesehen.

»Wissen Sie, was Christian IX. über Ærø nach der Niederlage 1864 gesagt hat?«, fragte der Kunstkenner. »›Nun ist Ærø das Letzte von Schleswig, was uns bleibt.‹ Es müsste eine Gedenkausstellung für Ihren Mann arrangiert werden. Südlich der Grenze wütet der Krieg, und möglicherweise wird Deutschland diesmal verlieren. Dann kehrt Südjütland nach Dänemark zurück, wenn wir nur die Gelegenheit nutzen. Es geht darum, das Nationalgefühl zu wecken. Ich glaube, die Bilder Ihres Mannes könnten eine Mission haben.«

Anna Egidia sagte nichts. Der Gedanke war ihr vollkommen fremd. Jahrelang hatte sie Carl für sich allein gehabt. Sie fühlte sich nicht verletzt, weil man ihn vergessen hatte. Eher erfüllte sie ein innerer Frieden, dass er wieder zu ihr nach Hause zurückgekehrt war. Dass Krieg in der Welt herrschte, musste man ihr nicht erzählen. Gerade erst hatte sie Karl Johan verloren. Anna Egidia antwortete zerstreut auf die Idee des Kunstkenners.

»Ich ziehe so viel Trost aus Carls Altartafel in der Kirche«, sagte sie.

Ihr Gast reagierte, als hätte er von ihrer Antwort nichts anderes als das Wort ›Altartafel‹ gehört.

»Ja, es ist eine Schande«, sagte er, »dass Ihr Mann seine Zeit damit vergeudet hat, Altarbilder zu malen. Damit kam er doch überhaupt nicht zurecht. Obwohl es ja eigentlich ganz originell ist, als Motiv Jesus zu wählen, wie er den Sturm auf dem See Genezareth besänftigt, wenn die Gemeinde überwiegend aus Seeleuten besteht. Es ist dennoch keine herausragende Arbeit.«

»Da bin ich aber ganz und gar nicht Ihrer Ansicht«, erwiderte Anna Egidia mit einer Barschheit, die sie selbst überraschte.

Der Kunstkenner begriff, dass er einen Fehler begangen hatte, und lobte Carl erneut in den höchsten Tönen. Aber es war zu spät, und kurz darauf bedeutete ihm Anna Egidia, dass die Besuchszeit beendet wäre.

Sie wusste nicht genau, wen der Kunstkenner beleidigt hatte: Jesus oder Carl. Möglicherweise beide. Jesus lebte für sie, dank Carl. Sie war keine bibelfeste Gläubige. Sie hatte ihre Kinder im Glauben an Jesus Christus erzogen und mit ihnen das Abendgebet gesprochen, aber ihre Beziehung zu Jesus war eher intim als öffentlich. Wenn sie abends im Bett oder auf der harten Kirchenbank außerhalb des Gottesdienstes mit ihm flüsterte, kam es ihr fast vor, als spräche sie mit Carl. Er war der erste ihrer vielen Toten gewesen, aber es gab kein Grab, zu dem sie gehen, das sie pflegen konnte. Sie hatte die Altartafel.

Wenn sie bei Hinterbliebenen saß, erwähnte sie stets Jesus, aber in flüsternder Vertraulichkeit, als wäre er ein guter Bekannter, und vielleicht hatten ihre Worte deshalb diese Wirkung. Als wäre Jesus zusammen mit ihr eingetreten, und nun saß er still bei ihnen und nickte bestätigend zu jedem ihrer Worte.

Anna Egidia wurde Großmutter von vierzehn Enkeln. Sie hatte sich in vierzehn kleine Seelen einzuleben, sich an vierzehn Geburtstage zu erinnern, mit vierzehn Enkeln Weihnachten zu feiern – vierzehn Kinder, die sie, in ihrem schwarzen Seidenkleid, beiseitenehmen und an der Hand halten musste, um die entscheidenden Worte auszusprechen: Mutter oder Vater ist jetzt im Himmel.

Sie nickten. Sie wussten es bereits von dem Augenblick, als sie das Kleid sahen. Es handelte sich um ein Wissen, das von Vetter zu Cousine wanderte, von Cousine zu Vetter: Wenn Großmutter das feine Kleid anzieht, ist Mutter tot. Wenn Großmutter das feine Kleid anzieht, ist Vater tot.

Die Kinder glaubten, es wäre der Lauf der Natur, dass die Mutter oder der Vater vor der Großmutter starben. Anna Egidia wurde so wichtig für sie. Durch sie lernten ihre Enkel die Kürze des Lebens und den Glauben an die Unsterblichkeit kennen.

Wenn Anna Egidia die traurige Nachricht verkündete, sah sie in den Augen der Kinder die Welt unter ihren Füßen versinken wie ein leckgeschlagenes Schiff. In ihren Seelen stieg das kalte schwarze Wasser immer höher.

Sie bat Anna, Morten, Svend Aage und Johan, die Hände zu falten. Ihren Vater, Karl Johan, hatte man auf seinem brennenden Schiff niedergeschossen.

»Seht«, sagte sie zu ihnen, »so mache ich das, wenn ich mit Großvater Carl spreche, den ihr nie kennengelernt habt, weil er starb, lange bevor ihr geboren wurdet. Wenn der Herrgott sieht, dass ihr die Hände faltet, wird er dafür sorgen, dass euer Vater zuhört, und dann werdet ihr niemals allein sein, obwohl ihr euch vielleicht gerade so fühlt.«

Sie falteten ihre Hände, und sie sah in ihren Augen, wie das schwarze Wasser zurückwich und die Welt aufs Neue unsinkbar wurde. Sie waren nicht mehr allein. Sie hatten sie. Sie hatte hinter Mutter und Vater gestanden. Nun stand sie vor ihnen.

Unten am Hafen schrie eine Möwe einen Gruß von dem ertrunkenen Maler, der eins geworden war mit dem Meer, und die Kinder hörten es und glaubten, es wäre ihr Vater, der antwortete.

Alles ist vorläufig, die Höhe eines Berges, die Kurve einer Küste, die Tiefe des Meeres. Eine Insel entsteht, wird zu einem Werder und wieder zur Insel. Das Land hebt und senkt sich. Die Kontinente fließen. Ein Menschenleben ist zu kurz. Dann ändert es sich wie eine Wolkenformation, von Stratus zu Stratokumulus, von Stratokumulus zu Zirrus, doch manchmal entstehen diese Augenblicke namenloser Ewigkeit.

Rasmussens letzte Reise ist ein Roman, dessen Personengalerie im Großen und Ganzen auf realen Personen basiert. Von Carl Rasmussens Familie habe ich die Erlaubnis, seinen Namen zu verwenden, der Roman folgt den Ereignissen seines Lebens. Seine Gedanken, inneren Konflikte und sein persönliches Dilemma sind aber meine Erfindung. Die Umstände des Todes von Carl Rasmussen wurden in einem Seeverhör verhandelt, danach war der Fall für die Behörden offiziell geklärt, obwohl letztendlich nicht alle Zweifel ausgeräumt werden konnten. Es gab 1893 keinen blinden Passagier an Bord der *Peru,* das plötzliche Auftauchen von Jonas entspringt meiner Fantasie.

Dank

Ohne meine geliebte Liz hätte dieses Buch das Licht der Welt nicht erblickt. Wenn ich überhaupt ein vages Gefühl für das Schreiben eines Romans habe, dann schulde ich es dir.

Einen Dank auch an meine Tausendkünstlerin Laura, deren Porträt von Carl Rasmussen das Buch beschließen darf. Ich fand die Vignette in einem meiner Notizbücher, nachdem eine neugierige junge Dame sie in den Fingern hatte: der Marinemaler, der eins mit dem Meer wurde, auferstanden in der Fantasie einer Elfjährigen: